中央财政支持地方高校改革发展专项资金
海南热带海洋学院2019民族学硕士学位授权一级学科点建设
下拨经费资助出版

明代海南诗歌史

柯继红 著

A HISTORY OF
HAINAN POETRY

IN THE MING DYNASTY

ZHEJIANG UNIVERSITY PRESS
浙江大学出版社

目 录

第一章　海南诗歌觉醒

明代海南诗坛,从洪武初明的建立到崇祯末明的灭亡,计 276 年,经历了明初诗坛、英宪诗坛、弘正诗坛、嘉靖诗坛、万历诗坛、明末诗坛等 6 个发展阶段,完成了海南本土诗歌的觉醒,产生了丘濬、王佐、陈繗、钟芳、王弘诲等一大批重要的诗人,形成了海南诗歌的繁荣与高潮。

第一节　海南诗歌觉醒的背景

海南诗歌的觉醒与海南文化的崛起同步。海南文化发展到明代,发生了一次飞跃。这一飞跃的结果,就是我们今天所知道的明代海南文化的兴盛。明代海南文化的兴盛,有很多表现,如妇女参与文化,礼乐读书风气极浓,学校多,中举多,鼎臣继出,2 人入主国家最高学府,9 人入选《明史》,著作极多,名胜古迹遗留多,荣获"海滨邹鲁"称号,等等。明代海南文化的兴盛得益于各方面的条件,是诸条件综合作用的结果。这些条件包括中央王朝的重视与经营,中原文化的长期传播浸染,移民的文化迁入,前代唐宋元的文教积累,科举平台的激励,地方经济的繁荣,地方官的重教意识,岛内乡绅名士的尊教励教,岛内名师的全心投入,等等。①

明代海南的诗歌文化,正是在这一背景下崛起,并伴随海南文化的兴盛而走向兴盛。考察明代海南诗歌文化的觉醒原因,有以下几个方面值得注意。

---

① 李勃:《明代海南文化的发展及原因新探》,《海南师范大学学报》2011 年第 5 期,第 111-119 页。

一、和平过渡带来的经济繁荣

元明易代,很多地方毁于兵火,经济严重受挫,但海南却实现了和平过渡。《明史》载:"洪武元年……夏四月……廖永忠师至广州,元守臣何真降,广东平……六月……甲辰,海南、海北诸道降。"①也就是说,1368年明军挥师南征至广东,四月广东平,六月元朝海南岛分府元帅即率兵归降明朝,使海南经济免除了兵火之灾。同年十月,海南岛改乾宁安抚司为琼州府;"二年,改为琼、崖、儋、万四州,省琼山……隶广西如故。三年,升琼州为府,总领州三、县十三,隶广东"②。洪武九年,海南岛隶属广东布政使司海南道,领1府3州:琼州府领琼山、澄迈、临高、定安、文昌、乐会、会同7县,儋州领宜伦、昌化2县,万州领万宁、陵水2县,崖州领宁远、感恩2县,1府3州13县的基本格局形成。海南岛的和平过渡,保证了海南经济的发展环境。明初海南经济稳定增长,到弘治年间,已是繁庶近于苏杭。丘濬的学生陈繡在《赠梁听松琼台胜览还乡序》中尝云:"时议琼者,语其形胜,则曰小蓬莱;论其物货,则曰小苏杭;评其文艺,则曰海滨邹鲁。"③明代海南的这一繁庶局面,丘濬与王佐的文章都有形象的记述:

> 兹甸也,居岭海之尽处,又越其涯而独出,别开绝岛千里之疆,总收中原百道之脉者也……一脉透出于瀛海之外……一岛孤峙于瀛海之中……蕞尔小方外之封疆,宛然大域中之气象。阳明胜,而气之运也无息机,土性殊,而物之生也多奇相,草经冬而不零,花非春而亦放。境临乎极边,而复有海泄其菀气而无瘴,地四平以受敌,无固可负,岁三获以常穰,有积可仰。通衢绝乞丐之夫,幽谷多老耆之丈,古无战场,轼语信乎有征。地为颇善,符言断予非妄。民生存古朴之风,物产有瑰奇之状,其植物则郁乎其文采,馥乎其芬馨。陆摘水挂,异类殊名,其动物则彪炳而有文,驯和而善鸣。陆产川游,诡象奇形。凡夫天下所常有者,兹无不有,而又有其所

---

① 张庭玉撰:《明史》卷二《太祖本纪》,中华书局1974年版,第20页。
② 唐胄纂,彭静中点校:《正德琼台志》卷三《沿革考》,海南出版社2006年版,第50页。
③ 邢宥等著,刘美新等点校:《湄丘集等六种》,海南出版社2006年版,第68页。

素无者，于兹生焉。岁有八蚕之茧，田有数种之禾，山富薯芋，水广鲜蠃。所生之品非一，可食之物孔多，兼华、夷之所产，备南、北之所有。木乃生水，树或出酎，面包于椰，豆荚于柳，竹或肖人之面，果或像人之手，蟹出波兮凝石，鱿横港兮填埠。小凤集而色五，并鸴游而数偶。修虾而龙须，文鱼而鹦嘴。鳞登陆兮或变火鸠，树垂根兮乃攒金狗。鼪缘树杪而飞，马乘果下而走，鱼之皮可以容刀，蚌之壳用以盛酒。波底之砂，行如郭索，海澨之贝，大如玉斗。花梨靡刻而文，乌樠不涅而黝。椰一物而十用其宜，椰三合而四德可取。木之精液，爇之可通神明，鸟之氄毛，制之可饰容首。有自然之器具，有粲然之文绣。天下皆有於菟，兹独无之，岂天欲居民蕃息于此。常夜户不闭，而无触藩之虞乎？江南皆无蚺蟒，兹独有之，岂天欲寓公之久居于此，使照壁见喜，而无北风之思乎？噫！斯地也，近隔雷廉，仅一水耳！而物之生也，乃尔不同；远去齐晋，殆万里兮，而气之通也，胡为无异？若是者虽云生物之偶然，安知造物之无深意也。然则兹甸之所以为甸，而奇之所以为奇者，庸有在于是。（丘濬《南溟奇甸赋》）①

……九十三年迷世界。皇天震怒，眷命下土，涤荡华夷氛千古荒莽腥臊埃。圣祖奉天焕发丝纶，褒封"南溟奇甸"天上来。比内邦畿甸服，万年民物奠居落土著根荄。南溟为甸天地开，天荒地莽豁恢恢……南溟为甸方恰才，未及十纪而人物增品之盛，遽与隆古相追陪；衣冠礼乐之美，遽与中州相追陪；诗书弦诵之兴，遽与邹鲁相追陪。财成之道，天地不能财。帝造独代天安排，抚育南北同婴孩……以物华言，山海物产，千状万态，难置百喙。姑举长流，以通异派。是故物华所先，则田美两熟而有三熟之加，蚕禁原蚕而有八蚕之倍。珍珠麦利济军师，桄榔面应济饥馁。天南星药品耳，既同薯蓣济饥，而亦与中秋节物；鸭脚粟草部耳，既均谷菽周给，而恒充四季家醅。花之穗，知年有秋；草之叶，知风有飓。蜜株酒树之硕

① 丘濬著，周伟民等点校：《丘濬集》，海南出版社 2006 年版，第 4456-4462 页。按：原文断句，颇有讹误，如"境临乎极边而复有，海泄其菀气而无瘴"句，断为皆"境临乎极边，而复有海泄其菀气而无瘴"，"古无战场""其植物"两句断为与上句相连，均不妥；又无骈文双行的语气，生硬割裂。今依文意，及骈文双行语法，重新点读过。

果,不假人为而自出天然;凤卵龙乳之佳实,不用茴盐而能令人醉。既有三超园品之奇,复同一守甸土之贵。邻封仅逾百里,限天堑而根不敢移;寰宇虽购千金,守天定而节不敢贷。盖曾受戒真宰于千载之前,而预为南溟奇甸万年之待。又若陇山之鸎,岭南所无也,而甸域有之,是谁使之有哉?盖为奇甸表章稀世之瑞。通国之虎,岭南所有也,而甸域无之,是谁使之无哉?亦为奇甸禁绝万年之害。余若鸡有灵,放啼三声而占否泰;雉有长,就观五色而别章采。是皆甸山钟奇吐秀而自然发露之英华,靡物物刻雕而调习采绘。古有嘉禾异蓂灵物之属,此其古之遗迹。大概维岳降神,岂惟性生贤?亦必有逾古嘉精灵应出为治世光贵。况今先天圣人嗜欲将至而天不违之,物华亦皆钟奇此萃矣。(王佐《南溟奇甸歌》)①

　　诗人的描写也许过于夸张,史家的记载则更确实一些。以下是史书所载各时期海南人口(见表1.1)及田亩的情况(见表1.2)。

表 1.1　海南历史人口统计

年限	户数	人口	出处
汉武帝元封元年(前110)	23000 余	缺	《正德琼台志》卷十《户口》
唐	8593	2821(疑有误)	同上
宋	10317	缺	同上
元	92244	166257	同上
明洪武二十四年(1391)	68522	298030	同上
永乐十年(1412)	88606	337479,其中汉 296093,黎 41386	《正德琼台志》卷十《户口》;《万历琼州府志》卷五《赋役志·户口》载"抚黎知府刘铭伪增黎户一万七千三百九十四,口四万一千三百八十六"
正德七年(1512)	54798	250143	《万历琼州府志》卷五《赋役志·户口》
万历四十五年(1617)	56892	250524	同上

---

　　① 王佐著,刘剑三点校:《鸡肋集》,海南出版社 2004 年版,第 105-108 页。此文史志各本断句多有不同,兹姑仍之。

表 1.2　海南历史田亩统计

时期	田地山园塘亩	田	出处
元安抚司	15519 顷		《万历琼州府志》卷五《赋役志·土田》
洪武二十四年(1391)	19856 顷	18941 顷	《万历琼州府志》卷五《赋役志·土田》
嘉靖四十一年(1562)	36763 顷	34498 顷	《万历琼州府志》卷五《赋役志·土田》
万历四十五年(1617)	38347 顷	34666 顷	《万历琼州府志》卷五《赋役志·土田》

从史载海南人口变化看,元代有人口 166257,明洪武二十四年(1391)有人口 298030,永乐十年(1412)有人口 337479;田地山园塘亩总量的变化,元代为 15519 顷,洪武二十四年(1391)增至 19856 顷,嘉靖四十一年(1562)激增至 36763 顷,万历四十五年(1617)为 38347 顷,从元到明中前期海南人口与田亩发生激增的情况中,可以直观地看到明代海南经济的繁荣变化。《万历琼州府志》中记录的明代海南"实征钱粮""鱼课""盐课""钞课""土贡"等项目的详细变化,也反映了明中前期海南经济各方面的快速增长与繁荣。

和平过渡带来的经济增长与繁荣,为明代海南诗书文化发展提供了良好的条件。

二、明代的"重南"政策

汉代以前,海南岛地处蛮荒,少人眷顾;汉唐之间,海南岛或化或蛮,迄无定止;唐宋之际,海南仍为贬谪之地,为中原人所不屑;特别是有宋一代,苏轼与南渡诸公的贬谪,使海南所地深深烙上了贬谪的印记。在漫长的历史记忆中,海南地区都是偏远落后、难堪教化的代表,不为历代统治者所重视。这一状况,到了明代,得到了彻底的改观。这一改观,首先来自于明的最高统治者朱元璋的"重南"政策。

有鉴于海南岛在和平过渡中表现出来的拥护明王朝的良好态度,有鉴于前代统治者对海南岛的一贯轻视和不作为造成海南岛经济文化落后,朱元璋一反前代,改变了对海南岛的轻视态度。他将海南称为"南溟奇甸",对海南的政治、军事、文化给予特别重视。海南于洪武元年(1368)也就是明朝刚刚建立的第一年即率印来归,使朱元璋非常高兴,他于洪武二年(1369)向海南军民宣谕了国家对海南"无间远迩,一视同仁"的"重南"政策。

> 奉天承运,皇帝诏曰:盖闻古先哲王之治天下也,一视同仁,无间远迩,况海南海北之地,自汉以来列为郡县,习礼义之教,有华夏之风者乎?顷因元政不纲,群雄并起,朕举义除暴,所向廓清。师临南粤,而尔诸郡不烦于传檄,奉印来归,向慕之诚,良可嘉尚。今遣使者往谕朕意,尔其益尽乃心,以辑宁其民,爵赏之赐,当有后命。故兹诏示,想宜知悉。(《洪武二年十一月宣谕海南》)①

朱元璋对海南的特殊关怀绝非偶然,而是有着文化上"习礼义之教,有华夏之风"的深远考虑。对于历代统治者将海南视为蛮荒、贬谪之地,朱元璋非常不满。据《太祖实录》记载,洪武三年正月:

> 壬寅,吏部奏,凡庶官有罪被黜者,宜除广东儋、崖等处。上曰:"前代谓儋、崖为化外,以处罪人。朕今天下一家,何用如此? 若其风俗未淳,更宜择良吏以化导之,岂宜以有罪人居耶?"②

在国家尚未完全统一的前提下,朱元璋对海南地区给予了很高的评价,并对海南的地方安全表现出了真切的关心。今存朱元璋《劳海南卫指挥》文云:

> 南溟之浩瀚,中有奇甸,方数千里,历代安天下之君,必遣仁勇者戍守。地居炎方,多热少寒,时忽瘴云埋树,若非仁人君子,岂得而寿耶! 今卿等率壮士,连岁戍此。朕甚念之,今差某往劳。③

正是得益于朱元璋的"重南"政策,洪武二年三月,海南岛从广西行省改隶较发达的广东行省;三年,1 府 3 州 13 县诸土司行政机构建立,此后二十七巡检司治安机构、海南卫及琼崖参将府等军事机构在海南相继建立;1 府 3 州 13县的各级官办学校及各卫社校组成了教育网络;科举制度开始覆盖海南,发挥重大作用。朱元璋的"重南"政策,其后代基本上延续,对海南岛礼乐诗书文化的兴盛可以说起到了关键的作用。由于国家的特别重视,海南在政治、经济、

---

① 戴熺等纂,马镛点校:《万历琼州府志》卷十一《艺文志》,海南出版社 2003 年版,第 791-792 页。
② 唐启翠辑校:《大明太祖高皇帝实录》,见《明清〈实录〉中的海南》,海南出版社 2006 年版,第 8 页。
③ 朱元璋:《明太祖御制文集》卷五,学生书局 1965 年版,第 177 页。

军事等方面迅速形成了较为完整的体制,科举、教育等更是蓬勃发展,海南人精神振奋,面貌一新,在文化上开始显示出巨大的潜力。《万历广东通志·琼州府》云:"逮我明兴,高皇帝以为南溟奇甸,往往振作焉。自是鼎臣继出,名满神州。"①清屈大均《广东新语》也说:"琼本海中一大洲,去中国绝远,自孝陵称为奇甸,人文因以奋兴。"②考察明代海南诗歌乃至文化的兴盛,必须注意到朱元璋的"重南"政策对海南文化所产生的明显影响。

三、明代海南的科举繁荣与教育书院发达

明代海南诗书文化的兴盛从根本上来讲是由海南的科举状况与教育状况决定的。因为传统诗书教育与科举考试在内容上的重合性,现有记载的海南明代诗人,基本上也都是科举进士或举人出身。科举和学校书院的发达与否体现了一个地方的文化状况,也基本上决定了一个地方的诗坛状况。

(一)科举繁荣

明代海南的科举繁荣,远胜于前代,媲美甚至超过同期大陆的文化最发达地区。

首先从科举中式人数上可以直观地看到这一点。从纵向时间上看,据张朔人《明代海南文化研究》统计,"宋代海南进士数量为 8 人……元代,本岛无中进士者……明代海南进士数,最近研究成果为'64 人'……自洪武甲子(1384)至崇祯壬午(1642)258 年时间内,海南士人共参加考试并中举的科考,共有 87 科,中举 586 人……通过进士、乡举、武举、荐举和贡生等多种途径的选拔,海南共为国家输出 3119 名人才。以丘濬为首的进士层、海瑞为代表的举子层,以及 2450 余名的贡生群体等构成的海南人才梯队。这支金字塔式的人才队伍在边陲脱颖而出,从而成为精英阶层"③。从横向比较上看,据李勃《明代海南文化的发展及原因新探》统计,明代全岛共有进士 64 人(其中琼山

---

① 郭棐纂修,谢晖点校:《万历广东通志·琼州府》,海南出版社 2006 年版,第 16 页。相似文字较早出现在黄佐纂修:《嘉靖广东通志·琼州府》之《琼州府图经》篇,见《嘉靖广东通志·琼州府(二种)》,海南出版社 2006 年版,第 215 页。

② 屈大均:《广东新语》卷九《事语·海外衣冠胜事篇》,中华书局 1985 年版。

③ 张朔人:《明代海南文化研究》,社会科学文献出版社 2013 年版,第 202-215 页。

县 44,文昌县 8,定安县 2,万州 4,海南卫 1,陵水县 1,崖州 2,澄迈县 1,临高县 1);举人 614 人,其中文举人 599 人(琼山县 303,文昌县 60,定安县 48,会同县 17,乐会县 18,万州 32,海南卫 3,澄迈县 30,临高县 18,儋州 10,宜伦县 20,陵水县 3,崖州 19,宁远县 7,昌化县 5,感恩县 7),武举人有 15 人(琼山县 9,澄迈县 2,崖州 3,文昌县 1)。进士和举人合计 678 人。其中琼山县因汉代以来长期作为全岛的政治、经济、文化中心和明代琼州府治所,故成为海南人才荟萃之地,其科举中式人数占全岛总数之多半。此外,明代全岛还有制科和诸科共 64 人(其中举贤良方正 2,经明行修 17,举茂才 1,举人材 41,辟荐 3),其中琼山县 25,澄迈县 3,临高县 1,定安县 3,文昌县 9,乐会县 5,昌化县 3,万州 3,崖州 9,海南卫 3。正途出身的各类贡生(包括岁贡、恩贡、选贡、拔贡、副贡等,即府、州、县儒学毕业的学生经考试合格选拔到中央国子监读书的监生,监生毕业后的待遇与举人相当)共有 2439 人,其中琼州府学 315,琼山县学 144,澄迈县学 179,定安县学 185,文昌县学 168,会同县学 146,乐会县学 179,临高县学 152,儋州学 220,昌化县学 114,万州学 197,陵水县学 103,崖州学 225,感恩县学 112(注:非正途出身的例监、纳监和荫监,不包括在内)。……明代海南岛平均每位进士所需人口数,分别低于广东、广西省同类……明代海南岛平均每位举人所需人口数,分别低于广东、浙江省同类……明代海南岛平均每位进士举人所需人口数,低于广东省同类……①也就是说,从纵向比较,明代的海南科举人才远胜于其前朝,从横向比较,明代海南的科举人才可以与大陆文化最活跃的地区媲美,甚至有过之。

其次,海南科举贡献的人才的质量也非常之高,有所谓"鼎臣继出,名满神州"②之誉。概括来讲,从官职上看,丘濬、廖纪、薛远、王弘海、邢宥、海瑞、胡濂、梁云龙、唐胄、钟芳、夏昇、郑廷鹄、曾鹏、林士元、邢祚昌、黄宏宇等,皆为一品至从三品的高官大员;从文化影响上看,丘濬、王弘海曾执掌国子监祭酒,丘濬、海瑞、唐胄、廖纪、薛远、邢宥、冯颙、郑廷鹄、荣瑄等 9 人入选《明史》,丘濬、海端、王弘海更是具有全国性影响的人物。

---

① 李勃:《明代海南文化的发展及原因新探》,《海南师范大学学报》2011 年第 5 期,第 111-119 页。

② 参见《万历广东通志》,《四库全书存目丛书·史部一九八》,齐鲁书社 1996 年版,第 446 页;又见顾炎武:《天下郡国利病书》,《四库全书存目丛书·史部一七二》,齐鲁书社 1996 年版,第 555 页。

具体来讲,从官职上看,通过科举考试入仕,整个明代海南,在朝中官居一品的有武英殿大学士、执宰相之位的丘濬1人,官居从一品的有吏部尚书、赠赐"三孤"少保的廖纪1人,官居正二品的有南兵部尚书薛远、南礼部尚书王弘海、都察院左都御史邢宥、南都察院右都御史海瑞4人,官居从二品的有布政使胡濂、布政使湖广巡抚梁云龙2人,官居正三品有户部左侍郎唐胄、户部右侍郎钟芳、太常寺卿夏升3人,另外较著名还有官至从三品的江西布政司右参政郑廷鹄、贵州布政司参政曾鹏、广西布政司参政林士元、浙江布政司参政黄宏宇、广西布政司右参政邢祚昌等人;在中央各部门担任郎中(正五品)、员外郎(从五品)、主事(正六品)、给事中(从七品)、监察御史(正七品)以及在地方各省任参政(从三品)、参议(从四品)、副使(正四品)、佥事(正五品)、知府(正四品)的人更是不计其数。从文化影响上看,明代海南先后有2人入掌国家最高学府:丘濬掌北京国子监祭酒,王弘海掌南京国子监祭酒;9人入选《明史》:丘濬(卷181)、海瑞(卷226)、唐胄(卷203)、廖纪(卷202)、薛远(卷138)、邢宥(卷159)、冯颙(卷188)、郑廷鹄(卷319)、荣瑄(卷297),其中前4位都有专传,后5位均为附传。具有全国性影响的人物,海南至少有3位,一是位至宰相、学倾后代的丘濬,一是义臻寰宇、名垂青史的海瑞,一是连接东西、较早欢迎利玛窦及西方文化的王弘海。

再次,明代海南科举人才的繁盛时期尤集中在中前期,这也大大加深了人们对明代海南文化兴盛的印象。据张朔人对明代海南"进士人数的时空分布"的研究,"最早进士为洪武二十四年文昌人何测,最晚进士为崇祯十五年琼山人蔡一德,251年内共有60位中进士。其时间分布为:洪武2人、永乐11人、正统2人、景泰2人、成化4人、弘治8人、正德5人、嘉靖14人、隆庆2人、万历7人、崇祯3人。总的来看,海南进士主要集中在嘉靖初年以前,永乐时期为高峰值,随着时间推移,弘治、嘉靖初年也出现不同程度的上扬,但人数逐渐减少是基本趋势"①。也就是说,在丘濬之前景泰往前看81年,海南平均每6年就会出一名进士,尤其是永乐年间(1403—1424),海南平均每两年就能出1名进士,这对于元一代无进士的海南而言,简直就是天方夜谭般的神话,这一

---

① 《明代海南文化研究》,第209-210页。

状况强有力地改变了人们对于海南文化的传统看法。

另外,明代海南科举还出现过一些特殊的现象,如一门多进士、同届多进士的现象,也说明了海南文化在明代取得的巨大成功。海南一共出现过 6 对父子进士,其中 4 对出自明代,分别是唐舟唐亮、唐胄唐穆、钟芳钟允谦、黄显黄宏宇。海南的同科进士现象更是非常普遍,其中,2 人同登榜者 11 次,3 人同登榜者 4 次,更有永乐年间 4 人同登榜者一次(见表 1.3)。尤应注意的是,3 人以上同科进士的情况,仅永乐年间就出现 2 次,可以想见在明初引起轰动的情况。同门进士对海南岛内文化产生的深远影响,同科进士对岛内文化的岛外传播与声誉产生的影响,都是很难估量的。

表 1.3　明代海南同科进士统计

明代海南同科进士	登榜人	榜期
4 人同登进士榜(1 次)	唐舟、石佑、陆普任、洪溥	永乐二年曾棨榜
3 人同登进士榜(4 次)	薛预、唐亮、徐祥	永乐十六年李琪榜
	曾镒、胡濂、陈繗	弘治六年毛澄榜
	周宗本、鲁鹏、林士元	正德九年唐皋榜
	吴会期、杨恺、王郁	嘉靖二年姚涞榜
2 人同登进士榜(11 次)	王克义、黄敬	永乐四年林环榜
	丘濬、林杰	景泰五年孙贤榜
	海澄、王俨	成化十一年谢迁榜
	韩俊、冯颙	弘治九年朱希周榜
	唐胄、陈实	弘治十五年康海榜
	钟芳、张士衡	正德三年吕楠榜
	陈天然、周世昭	嘉靖十四年韩应龙榜
	唐穆、郑廷鹄	嘉靖十七年毛瓒榜
	王弘海、张学颜	嘉靖四十四年范应期榜
	王懋德、林华	隆庆二年罗万化榜
	许子伟、林震	万历十四年唐文献榜

资料来源:张朔人:《明代海南文化研究》"进士群体的脱科、同科、父子进士现象"及"明代海南进士名录"表,第 205 页,第 211 页。

　　明代海南的科举繁荣缘于国家对人才的重视和科举教育政策。朱元璋非常重视人才,将人才的标准划定为掌握儒家经典,能够修齐治平,并通过官学体系、科考方法来系统培养、选拔人才。朱元璋对于培养、选拔、运用人才,有清晰的认识,洪武三年他下科举诏说:"汉、唐及宋,取士各有定制,然但贵文学而不求德艺之全。前元待士甚优,而权豪势要,每纳奔竞之人,夤缘阿附,辄窃仕禄。其怀材抱道者,耻与并进,甘隐山林而不出。风俗之弊,一至于此。自今年八月始,特设科举,务取经明行修、博通古今、名实相称者。朕将亲策于廷,第其高下而任之以官。使中外文臣皆由科举而进,非科举者毋得与官。"①《明史》载:

　　　　洪武元年……二月……丁未,以太牢祀先师孔子于国学……秋七月……征天下贤才为守令……八月……有司以礼聘致聘贤士,学校毋事虚文……蒙古、色目人有才能者,许擢用……九月癸亥,诏曰:"天下之治,天下之贤共理之。今贤士多隐岩穴,岂有司失于敦劝欤,朝廷疏于礼待欤,抑朕寡昧不足致贤,将在位者壅蔽使不上达欤?不然,贤士大夫,幼学壮行,岂甘没世而已哉。天下甫定,朕愿与诸儒讲明治道。有能辅朕济民者,有司礼遣。"……三年……二月……戊子,诏求贤才可任六部者……五月……丁酉,诏守令举学识笃行之士。己亥,设科取士……冬十月丙辰,诏儒士更直午门,为武臣讲经史……四年……三月乙酉朔,始策试天下贡士,赐吴伯宗等进士及第、出身有差……十三年……二月壬戌朔,诏举聪明正直、孝弟力田、贤良方正、文学术数之士……秋八月,命天下学校师生,日给廪膳……十二月,天下府州县所举士至者八百六十余人,授官有差……十四年春正月……命新授官者各举所知……癸丑,命公侯子弟入国学……秋八月丙子,诏求明经老成之士,有司礼送京师……②十五年春正月……庚戌,命天下朝觐官各举所知一人……夏四月……丙戌,诏天下通祀孔子……五月乙丑,太学成,释奠于先师孔子……十八年……三月……丙子,初选进士为翰林院、承敕监、六科庶吉士……冬十月……甲

辰,诏曰:"孟子传道,有功名教。历年既久,子孙甚微。近有以罪输作者,岂礼先贤之意哉。其加意询访,凡圣贤后裔输作者,皆免之。"……十九年……秋七月癸未,诏举经明行修练达时务之士。年六十以上者,置翰林备顾问;六十以下,于六部、布按二司用之……二十三年……夏四月……庚寅……授者民有才德知典故者官……二十八年……夏六月壬申,诏诸土司皆立儒学。①

对人才选拔、培养的关注,始终是朱元璋治政的一个核心特点,从来就没有离开过朱元璋的视野。朱元璋试图通过"学校教育—科举选拔—国家任用"3 个环节,树立儒家经典及"修齐治平"理学的崇高地位,达到"天下之治,天下之贤共理之"的目的。朱元璋的这一国家策略在明代得到了积极响应,海南则更是其中翘楚。

(二)教育书院的繁荣

在朱元璋的"学校教育—科举选拔—国家任用"治理策略中,科举考试是关键环节和杠杆,而学校教育则是一切的起点和基础。明代海南科举的繁荣,是以大力发展学校教育的硬软件设施为基础的。明代海南的学校教育空前繁荣,无论基础建设还是软件建设,都达到了很高的水平。

首先是学校的数量众多,为学子们提供了空前的方便条件。据李勃统计,"明代海南岛曾设立众多学校,计有:府学 1 所……州学 3 所……县学 13所……社学 201 所……义学 17 所……卫学 1 所……所学 9 所……书院 21 所,其中琼山县 8 所(桐墩书院、同文书院、奇甸书院、西洲书院、崇文书院、石湖书院、粟泉书院、乐古书院),澄迈县 2 所(天池书院、秀峰书院),定安县 2 所(录漪书院、尚友书院),文昌县 1 所(玉阳书院),会同县 1 所(应台书院),乐会县 1所(安乐书院),临高县 2 所(澹庵书院、通明书院),儋州 3 所(振德书院、图南书院、东坡书院),万州 1 所(万安书院)。此外,琼州府及其所属 3 州 13 县均分别设立阴阳学(培养天文历法人才)和医学(培养医学人才)各 1 所"②。

其次是地方官的重教与励学。这一方面得力于朱元璋的倡导;另一方面

---

① 《明史》卷三《太祖本纪》,第 39-52 页。
② 李勃:《明代海南文化的发展及原因新探》,《海南师范大学学报》2011 年第 5 期,第 111-119 页。

是明代地方官多从科举入仕,经过长期的刻苦学习,对诗书饱有感情,于为学
师道一途极为重视;再一方面是成化年间丘濬掌国子监,门生故吏遍天下,成
化之后来海南的地方官对学校教育更是敬而重之。海南的地方官多有一种励
精图治,思以奋发改变海南礼乐诗书落后局面的意志。《万历琼州府志·秩官
志》部分记载并表扬了大量这种重视文教事业的外来地方官,典型如提学佥事
莆田人宋端仪、海南兵宪通城举人舒大猷、分巡海南按察使福建侯官人林如
楚、巡按使福建龙岩人蔡梦说、知府高邮人宋希颜、琼州知府泰和人王伯贞、知
府吉水人张俊、知府庐陵进士张子弘、知府麻城进士周思久、琼守福建仙游人
李多见、琼府通判浙江庆元人吴俸、万州知州鄞县人郑琏、儋州佥判四明人吕
琳、儋州知府南昌人罗杰、儋守阳朔人钟英等等,不胜枚举。①

　　再次是乡绅名士的热心本土文教。长居岛内的乡绅的热心自不必言,如
乡儒琼山县士人吴效弘治末在府城南道义衢西率建"南关精舍"②,琼山县乡绅
林有鹗在琼山县西建"敦仁义学"③,澄迈县乡绅曾惟唯在那社都建"义方
塾"④,乐会县乡绅明王鸿序等合力创建东荣坊、西成坊、中珠乡、执礼乡、博敖
乡、顺义乡、归仁乡、白石乡,尚忠乡、秉信乡、淳行乡、崇文乡等12所社学⑤,临
高县乡绅崇祯十三年在城内城隍庙左捐建"通明书院"⑥,儋州乡儒梁成成化间
在天堂都建"天堂书屋"⑦,儋州乡儒陈瓒在州西20里薛官都建"松台书屋"⑧、
儋州乡儒王勉在州西40里建"龙溪耕读轩"⑨,琼山县乡儒唐英"博通经史百家
之学,尝筑义学,教乡子弟十余年,不计束修,人号其居曰'东善'"⑩,琼山县乡
儒曾应唯"资禀高明,范身矩度。尝构义方堂,郡乡族弟子日讲习修身齐家大

---

①　详细参见《万历琼州府志》卷九《秩官志》,第 571-611 页。

②　见《万历琼州府志》卷六《学校志·乡义学》,第 314 页。

③　见《万历琼州府志》卷六《学校志·乡义学》,第 314 页。

④　见《万历琼州府志》卷六《学校志·乡义学》,第 314 页。

⑤　明谊修、张岳崧纂,李琳点校:《道光琼州府志》卷七《建置志·书院·乐会县》,海南出版社
2006 年版,第 361 页。

⑥　《道光琼州府志》卷七《建置志·书院·临高县》,第 363-364 页。

⑦　曾邦泰等纂修,林冠群点校:《万历儋州志·地集·书院》,海南出版社 2004 年版,第 119 页;又
见《万历琼州府志》卷十《人物志·隐逸·国朝·梁成》,第 764 页。

⑧　参见《万历儋州志·地集·书院》,第 119 页。

⑨　参见《万历儋州志·地集·书院》,第 119 页。

⑩　《万历琼州府志》卷十《人物志·乡贤·国朝·唐舟》,第 703 页。

义。所著有《家礼》、《存羊仪节》、《蒙训》数十"①,琼山县乡儒邝信"力学笃行,设家塾教子弟。二子俊、杰皆儒业,俊隐居,杰以贤良方正仕至广西佥事"②,琼山县乡儒蔡廷椿"居乡训戒子弟,捐田四十亩为灯油"③,崖州乡儒纪纲正"教授生徒,表正乡里,崖士出其门者,多苦学励行"④,琼山县乡儒王宏"少孤力学,工诗文……不求仕,开乡塾,训子弟余数十年"⑤,等等。就是长期在海外为官的学子们,只要有机会在家乡从事教育,如丁忧、挂职、致仕等归省期间,皆乐于在家乡建书院、勤讲学、课学子、诲子女。如国子学正曾宝创"义斋书舍"⑥,举人徐佑在儋州城东建"湖山书舍"⑦,举人唐维在儋州城西北十里建"玉山精舍"⑧,贡士陈文徵正统年间在琼山县东五里建"桐墩书院"⑨,举人李金藻成化初在澄迈县倘驿都率建"秀峰书院"⑩,大学士丘濬初入仕时在琼州府城西北隅创"奇甸书院"⑪、成化八年在琼州府学堂后建"藏书石室"⑫,侍郎唐胄正德年间在琼州府城东创"西洲书院"⑬,参政郑廷鹄嘉靖年间在琼山县博崖都西湖上创"石湖书院"⑭,应天巡抚海瑞隆庆四年四月辞职回琼,"家居十余年,日为课艺文说经义,或馁困时,以手撑腹言无倦厌,即相送出门,犹立谈移晷也"⑮,南礼部尚书王弘诲万历癸巳在家乡创"尚友书院"⑯,给事中许子伟在琼山县西建

　　① 见《万历琼州府志》卷十《人物志·儒林·国朝·曾应唯》,第 757 页;又见《道光琼州府志》卷三十五《人物志·儒林·曾应唯》,第 1542 页。

　　② 《万历琼州府志》卷十《人物志·儒林·国朝·邝信》,第 754 页。

　　③ 《万历琼州府志》卷十《人物志·儒林·国朝·蔡廷椿》,第 759 页。

　　④ 《万历琼州府志》卷十《人物志·儒林·国朝·纪纲正》,第 757 页。

　　⑤ 《万历琼州府志》卷十《人物志·隐逸·国朝·王宏》,第 763 页。

　　⑥ 《万历儋州志·地集·书院》,第 119 页。

　　⑦ 《万历儋州志·地集·书院》,第 119 页。

　　⑧ 《万历儋州志·地集·书院》,第 119 页。

　　⑨ 见《正德琼台志》卷十七《书院》,第 392 页。

　　⑩ 见《道光琼州府志》卷七《建置志·书院·澄迈县》,第 350 页。

　　⑪ 见《道光琼州府志》卷七《建置志·书院·琼山县》,第 338 页。

　　⑫ 见《万历琼州府志》卷六《学校志·琼州府学》、卷十一《艺文志·记·藏书石室记》)

　　⑬ 见《正德琼台志》卷十《书院》,第 394 页。

　　⑭ 见《道光琼州府志》卷七《建置志·书院·琼山县》。

　　⑮ 见明代梁云龙《海忠介公行状》,《北泉草堂遗稿等七种》,海南出版社 2004 年版,第 44 页。

　　⑯ 见吴应廉编纂,郑行顺、陈建国点校:《光绪定安县志》卷二《建置志·学校·书院》,海南出版社 2004 年版,第 167 页。

"敦仁义学"①、万历年间在儋州城外东南隅建"许氏义学"②、在儋州城内五里创"兰村德义书馆"③、捐款在京师创"琼州会馆"④,主事何其义万历辛亥捐资拓建京师"琼州会馆"⑤,贡生吴旦成化年间在琼山县大攝都率建"石门义学"⑥,等等。岛内前后建立的20余所书院,大多数都带有私人讲学的性质,可见岛内民众对于文化学习和传承的热忱与努力。

最后,岛内还产生了一批忠于文化,热爱教育,且有着高度文化素养的教学名师,这也保证了海南文教事业的繁荣发展。这类教学名师有来自岛外的,如徐益、杨升、赵谦、蒋科、郑济、周坦、黄溁、韩鸣金、方坦、黄鹏、唐衡等;也有来自岛内的,如唐舟、丘濬、郑廷鹄、王弘海、许子伟等。这些名师对岛内文化的影响,是不可估量的。

正是在这样人人竞奋,以诗书礼乐为荣的文化教育氛围中,"南溟为甸方恰才,未及十纪而人物增品之盛,遽与隆古相追陪;衣冠礼乐之美,遽与中州相追陪;诗书弦诵之兴,遽与邹鲁相追陪"(王佐《南溟奇甸歌》)。可以说,朱元璋的文化教育政策,在海南结出了硕果。

四、儒学在海南的发展

(一)海南作家对于理学与心学的贡献

明代海南经典作家中,对儒学有自己的意见,对儒学理论做出过一定贡献的,有6位人物:丘濬、钟芳、廖纪、海瑞、王弘海、许子伟。这6人同时也都是诗人。

丘濬对儒学的贡献,在海南人中为最大,并且在明及近代,也是屈指可数的人物。丘濬对儒学的贡献有二:一是以其丰富的治国思想,极大丰富了儒家的治平理论体系;二是以其"遂人欲"的思想及诗歌,开了明代心学的先声。丘濬晚陆九渊228年、朱熹221年、真德秀186年,早陈献章7年、胡居仁13年、

---

① 《万历琼州府志》卷六《学校志·乡义学》,第314页。
② 《万历琼州府志》卷六《学校志·乡义学》,第314页。
③ 《万历儋州志·地集·书院》,第120页。
④ 《万历琼州府志》卷十《人物志·乡贤》,第741页。
⑤ 见《万历琼州府志》卷十《人物志·乡贤》,第742页。
⑥ 见《万历琼州府志》卷六《学校志·乡义学》,第314页。

湛若水 45 年、王阳明 51 年、王艮 62 年。儒学发展到丘濬的时代,尚有两个遗憾:一是自朱熹将"格致诚正修齐治平"八目总为儒学纲领,真德秀对"格致诚正修齐"六目作出详尽解释以来,"治平"思想在现实政治中已极丰富,但"治平"二目的具体内容在儒学体系中却始终阙如;一是南宋著名的朱陆二学发展到明初,朱学已被定为国学而大放异彩,陆学却仍湮没无闻而未获突破。丘濬对这两个方面均做出了不俗的贡献。首先,针对"治平"二目内容的阙如,丘濬作《大学衍义补》,以洋洋 100 余万字,将历代治国的成功经验与策略归结为 12 个大项、200 余小项,进行了详尽的叙述与探讨,可以说涵盖了政治、经济、文化、风俗、道德、法律、教育等传统"治平"的各项内容,使儒学"格致诚正修齐治平"理论真正形成了完整的体系。尤其在经济方面,"以经济自许"的丘濬以其对商品经济、货币规律的敏锐洞察提出了许多相当深刻、有益的思想。《大学衍义补》不仅仅是对传统文化的补充,更是具有现代视野、联系未来文化的开创之作。其次,在心学方面,丘濬也做出了一定的贡献。丘濬在诗文中,很早就表达了对情感的尊重、对"人欲"的肯定以及对个性的赞扬,如其"苏武诗""昭君诗""虞姬诗""严陵诗"等,并在理论上提出了"人人遂其欲"的观点。丘濬的思想特别是早期思想,具有个性解放的某些特质,如其小说《钟情丽集》,甚至还因为对情爱的过度描写与表扬而被时人诟病被今人怀疑。丘濬可以说是开了明代心学的先声。

相比于丘濬,钟芳在儒学上相对保守,理论上没有丘濬那么尖锐。但是,钟芳也有自己独特的贡献。首先,钟芳身处心学的爆发时代,他与当时最著名的理学家王阳明、罗钦顺、湛若水、王廷相、吕楠等相交,往复论难,相当难得地保持了自己的独立,形成了自己"对越上帝"、明易知变、以行为本、讲求实学的高远包容的独特儒学体系,就理论的精纯与视野的高超来讲,比丘濬有过之而无不及。其次,钟芳并不是一个仅以理论取胜的人物,钟芳一生经历丰富,博学多才,精思力践,以勤奋的实践践行着自己的观点,具有明显讲求实学的倾向,成为明代海南史上经世致用的代表人物,并且从思想史上看,可以说是晚明经世致用风气的鼻祖。最后,还有一点不得不提的是,钟芳在知行方面的统一,其儒学的精纯,也体现在其诗歌上,今存 500 多首诗歌,率以说理为依归,皆是其儒学实践的自然表现,基本上没有逃溢的特例。这一点也是钟芳作为诗人,在海南诗歌史上独一无二的地方。总的来看,钟芳是明代海南造诣最深的儒家学者,身处心学浪潮却能对心学进行批判式吸收,是有着自己思想体系的思想家式人物,其创造性或者没有丘濬大,但是其精纯醇厚,不愧为明代海南大儒。

廖纪也是海南主要的儒家学者之一。其主要的贡献是其集40年、日积月累、熟读精思作成的《大学管窥》《中庸管窥》二书。二书因其价值,皆被收编入《四库全书》,原版现存于南昌大学图书馆。二书是基于古本《大学》《中庸》,采辑众家,详尽注解,不用朱子章句,不依郑元旧注而写成的。特别是《中庸管窥》,是继李翱、二程、朱熹、胡广、许谦等大儒之后,对"诚明合一"这一儒家伦理中重要命题的综合论述,把前人的思想更推向前,奠定了廖纪在儒学上的地位。

海瑞不仅在经济政治上有突出贡献,就对儒学的发展而言,也做出了独特的贡献。其最大的贡献,在于主放心之学,以自己独特的行为践行了阳明心学的要求,成为海南心学的代表人物。海瑞在《学问之道无他求其放心而已矣》讲义中说,"既放之心,操存舍亡,求之于此而可明。讲习讨论之功,切磋琢磨之益,君子尽其在我而已,夫岂有他哉!学也者,学吾之心也……问也者,问吾之心也"[①]。海瑞的求放心,有几个特点。一是求真心。海瑞在《巧言令色足恭章》讲义中言:"昧其心而为之,宁不为君子之所恶也哉!"[②]对破碎真心之说,哪怕是出自朱熹,海瑞也给予了毫不留情的批评:"朱子……平生精力尽于训诂……圣真以此破碎,道一由此支离,又不能不为后人之误,功过并之。"(《朱陆》)[③]这种求真心的思想,与其后的汤显祖、冯梦龙、李贽等的提法是相当近似的。二是敢于"非圣"。海瑞主放心之学,对孟子、陆九渊、王阳明非常欣赏,对朱熹多批评,但都不盲从,敢于以自心而"非圣",尝言"伯夷之敢于非圣""孟子论性,区区然执一性善之说……理气不相离而离之……则孟子之过"(《孟子道性善》)[④],"阳明鹘突其说则有之"(《朱陆》)[⑤]。三是反庸俗,反乡愿。海瑞提

---

① 海瑞著,陈义钟编校:《海瑞集》,中华书局1962年版,第502页。
② 《海瑞集》,第501页。
③ 海瑞著,朱逸辉、劳定贵、张昌礼校注:《海忠介公全集》,东西文化事业公司1998年版,第711页。
④ 《海忠介公全集》,第740-741页。
⑤ 《海忠介公全集》,第711页。

倡敢作敢为的大丈夫人格,为人浩然正气,刚强奔放,无气馁之病,一生憎恶折己媚人的乡愿,反对折心从俗的庸俗。四是讲自律。一切本乎自心而能克己,不为外物所动。海瑞生于阳明晚年,长于心学潮流之中,其率心而行、独立不敬行于世,旁人看来自不免有特立独行、刚强不阿之慨。海瑞的诗歌也有率心而行、肆口而发、清奇刚健的特点,正与其心学趣旨同。海瑞的心学崇尚对当时的王弘诲、许子伟、梁云龙等后辈有深刻而直接的影响。

王弘诲对儒学的影响主要表现在他的社会活动上。王弘诲对其他思想流派取兼收并蓄的态度,他以国子监祭酒——国家最高文化机关领袖的身份,广交儒释道的朋友,积极引荐外来的基督教朋友,虽然在融合各家、形成独特思想方面并不是很成功,但作为社会活动家,却为儒家与各家的思想交流提供了一个良好的榜样,为儒家学者面对外来学者应持的态度提供了一个有价值的借鉴。同时,他晚年作为儒家学者在熔铸各家方面所做的努力,由他的诗歌较为清晰地保留了下来,对晚明海南儒学的发展动态甚至整个国家的儒学发展动态都有很高的研究价值。

许子伟“文章则宗丘深庵,理学则师陈白沙、杨复所,气质则效海刚峰”[①],是晚明海南在理学方面有一定造诣的学者诗人。在理学上,许子伟宗陈白沙,尚独立思考。其《喻义亭朱陆同然记》混同朱陆的异同,云“义也者,自有天性来已然;喻义也者,自有圣学来已然。二先生安得不然,安得不同哉”[②],又云“凡吾心性原有是学,惟务敬以直内,义以方外,以成气节文章之盛”[③],显示了阳明心学的明显影响。在个人气质和为官方面,许子伟则师法海瑞,讲气节,敢作为,表现出了与其心学崇尚相同的旨趣。在诗歌方面,许子伟今存诗歌多为其心学的自然延伸,以写景明志为主,表现出了鲜明的尚性灵和自由倾向,与丘濬悟道诗以及海瑞明性诗具有非常相近的面貌。

(二)理学、心学对海南诗歌的影响

1. 儒学的性质决定了诗文修养是儒学的一个基本目标

观察明代海南历史上主要的诗人和文人,会发现他们基本上也都是儒家

---

① 《赐进士吏户兵三科给事中许忠直公墓表》,《北泉草堂遗稿等七种》,第 86 页。
② 许子伟:《喻义亭朱陆同然记》,《北泉草堂遗稿等七种》,第 67-68 页。
③ 许子伟:《迁建儒学记》,《北泉草堂遗稿等七种》,第 77 页。

学者身份,要理解这样一个明显的事实,必须了解儒学的普遍性质。儒学的性质非常复杂,它近似宗教却没有宗教的神秘,近似一般学术却远比一般学术复杂,可以从以下几个方面来看它的复杂性。首先,从历史上对孔门学问的描述看,有以德行、言语、政事、文学为孔门四教,以现代的观点看,文学、政事分指今天的文学与政治学无疑问,德行、言语却不大好讲属于哪一门类。其次,从儒学经典看,明代科考的主要内容是儒家经典及其现实运用,明代学校教育的核心亦是儒家经典及其现实应用,但儒家经典作为科考与教育的核心,其本身的性质却异常复杂。汉以前流行六艺,包括礼、乐、御、书、射、数,从今天的眼光看,包括文学、音乐、伦理、政治、数学其至体育诸门驳杂学问;明所崇尚的四书五经,从今天的眼光看,《大学》是哲学与政治学,《中庸》主要是哲学、教育学,《论语》是文学、教育学、伦理学、政治学的杂烩,《孟子》也是文学与政治学的交叉,《易经》是哲学,《诗经》是诗歌与政治学的交融,《书经》与《春秋经》也是文学、政治学、史学的杂合,则儒家经典几乎包含了哲学、政治学、社会学、伦理学、教育学、语言学、文学、史学、诗学、音乐学等各门内容。儒学的复杂性决定了它是一个包容性很强的体系,在各代的发展很不平衡,但各代却积累下了一些固定的成果,如汉代的解经、宋代的重构等。宋代的重构在明一代有继续发展,而汉代的解经体系则得到了几乎原封不动的传承。无论儒学的性质如何复杂,内容如何庞杂,在这所有的内容中,诗书始终处于核心与基础地位,始终是儒学的基本追求目标。尤其是诗歌,在周代已被塑造为文化的途径、核心品质以及最高目标,汉以后被解释为治国的成功法宝。所以不难理解,几乎所有从事儒家学术的明代学者,由于儒学的核心要求,他们一方面必然要参加科举考试,另一方面也必然要成为一名诗人和文学家。明代之前,海南科举并不发达,人们要理解这种文化的内在要求并不容易,但明代海南学校与科举的繁荣,打开了海南人的视野,诗文修养作为儒学的首要要求,成了明代海南文人的基础课程。

2. 儒学促进了海南道学诗的繁荣

这主要体现在以下几个方面:其一,丘濬早年哲味浓郁的见道诗;其二,钟芳笔下汪洋恣肆的说理诗;其三,王弘海晚年对于释道两家的体道反省诗;其四,存在于多数海南诗人笔下的模仿宋诸儒的体道说理七绝。

3.明中叶后心学对诗坛有重要的影响

一方面,嘉靖诗坛之后海南诗人普遍受到心学影响,诗作透露出心学意识;另一方面,嘉靖诗坛整体上受到心学影响,其诗人的诗歌风格呈现出百花齐放的态势。

第二节　明代海南诗坛的乡邦风气与文人群体

受惠于和平过渡带来的经济繁荣,"重南政策"带来的政教刺激,科举制度带来的举业发达,1府3州13县诸卫社公校及各类书院的普及,以及孤悬海外的地理形胜,明代海南诗坛文人交往频繁,乡邦风气发达,形成了各种形式的文人团体。这些文人团体或松散而难形,或紧密而易察,或以家族为核心而存在,或因文化感召而建立,或以学校书院为依托,或因私舍会馆为根据,或据山水亭台为借所,成员之间尊慕交游,道师尚友,书信论难,诗酒唱和,形成了海南极为独特的文化风景。明代海南的文人群体,较重要的有以下几个。

一、唐氏为中心的文人群体(家族式)

海南唐氏是海南最显赫的家族,仅明一朝就出过六位进士(唐舟、唐亮、唐绢、唐鼐、唐胄、唐穆),两对进士父子(唐舟唐亮、唐胄唐穆),在明有"天下无双唐氏,琼州第一攀丹"之称。唐姓迁琼始祖唐震,字景声,广西桂林兴安县人,历任台阁、太傅、光禄大夫等职,是南宋著名的爱国将领,宋淳祐年间,贬琼州刺史,以台阁特奏之职谪宦广南帅守,迁饶州太守,卒于官。子叔建与叔勋均举文学授承信郎。叔勋宦居内地。叔建字宗立,又字宗宪,荫授琼山县尉,卜宅于琼郡东门,开基攀丹而居之,谓攀丹村。叔建生二子次道、次翁。次道字希圣,举广西乡试解元,授迪功郎出为琼州户禄,生四子。次翁字希文,举文学,任文昌县教谕,生三子。家族几代人从事文学文化教育,正是这种诗书传承、重教传统,使得唐氏家族在琼岛开枝繁叶,逐渐壮大,到今天全岛已发展到3万余人,攀丹也成为海南四大历史名村之首。家族式文化传承使海南唐家人才辈出,诗书鼎盛,成为海南文化的一支重要力量。围绕攀丹唐氏,形成了一个庞大的家族式文人群体,这一群体的成员包括唐谊方、唐舟、唐亮叔祖父子,唐胄、唐穆、唐秩父子,唐善继与唐冕兄弟,海南第一女诗人冯银等人,以上诸人除唐亮外,俱有诗作传世。

唐谊方、唐舟、唐亮为叔祖父子。唐谊方,"本名逊,字谊方,琼山东厢人,元郡教授闻之孙。笃儒学,有古行,元末累避辟。国朝首举经明行修,拜郡庠训导,有规范。永乐三年乙酉冬,诣阙请老,太宗皇帝奇其状貌容止,曰:'此老回去,还有十年寿。'……侄舟,少从笔砚间,后历官内外台,奉书问安,谊方答之诗,有云:'勿忧吾有病,且喜汝无钱'……永乐乙未卒,寿七十七"①。唐舟,唐谊方的侄子,"字汝济,琼山东厢人,英之子。英博通经史百家之学,尝筑义学,教乡子弟十余年……甲申(1404)举进士……为监察御史,即抗辩内侍陷黄本固等数事,风节愈劲。凡按浙江等处,多政誉。为人胸胞坦夷,光明无纤芥畛域……敫历中外余三十年,所至有冰蘖声。尝题门帖曰:'雪霜半染中年鬓,天地应知暮夜心。'见者叹服。及归,杜门不出,家无担石之储,处之晏如,乡议高之。年八十二,无疾而终"②,尝授学于王佐,能为诗,今存诗两首。唐亮,唐舟之子,于永乐十六年(1418)登三甲进士,官至江南宁国府同知、知州等。唐舟、唐亮父子继唐家过琼公之后,使唐氏家族的势力得以再盛。

唐胄、唐穆、唐秩为父子兄弟。唐胄,明琼山县人,弘治十五年(1502)登二甲进士。官至户部左侍郎、江西左布政使、都察院右副都御史等,承王佐所作《琼台志》为海南最早最有价值地方志,并有《传芳集》存世,《明史》对其评价甚高,称其"好学多著述,为岭南人士之冠"。唐穆,唐胄长子,字养吾,嘉靖十七年(1538)进士,官至礼部员外郎,著有《余学录》,《康熙琼山县志》卷七有传。唐秩,唐胄次子,字水竹,号存吾,为诸生时,异人授以道书,明世宗召入紫霄宫,号为"仙师",隆庆初归,卒于淮安,著有《海天孤鹤集》,《康熙琼山县志》卷九有传。唐氏父子均能诗,风格各异,今其诗文存者俱录于海南出版社2003年"海南先贤诗文丛刊"本《湄丘集·传芳集》中。唐胄、唐穆、唐秩父子在文学上取得了较大成功,首先在文化上振兴了唐氏家族。

唐善继、唐冕,皆唐胄族兄。唐冕,海南天才的短命诗人,字元瞻,琼山人,

---

① 《万历琼州府志》卷十《人物志》,第703页。
② 《万历琼州府志》卷十《人物志》,第703-704页。

游郡学治举业,旁通诗词,年二十即卒,作诗极醇正,类唐音,《正德琼台志》卷三十七有传,《嘉靖广东通志初稿》亦记其与族兄唐善继和诗事。唐善继,唐冕族兄弟,其生平见《正德琼台志》卷三十六《人物·孝友》,"唐继祖　琼山东厢人,舟之孙,任长沙卫经历。家计素淡薄。与长兄承祖、弟绍祖、显祖四人最友爱。虽年俱老耆,而呼弟只以乳名。成化间,绍祖充解官料价,花费追陪无出,继祖至卖及己奁田数百金为偿之。妻冯亦无难色,乡里以为难"①。与唐冕、王佐交,王佐有《武昌送唐善继之长沙卫经历》诗,并于《冯氏墓志》中纪其人"唐氏世族名宦,守乃祖侍御史颐庵(注:当为唐舟之号)先生遗训。清素澹泊,惟以读书业儒为事"。冯银,海南最著名的女诗人,唐善继之妻,字汝白,琼山人,教谕冯源之女,以孝及诗书著称,早卒,唐善继持其诗文向王佐求墓志铭,为王佐所重,比重于庄姜许穆夫人。

家族式文人群体的存在对海南文化的影响,一方面体现为这些家族本身的人才输出,另一方面也表现在围绕这些家族所产生的文化辐射与传播上。唐氏迁琼始祖唐震最早创办了书院,在村里广收门徒学子,传授中原文化,丘濬、海瑞、王佐等海南历史上的杰出人物也都曾师从唐氏,是唐氏的门生,唐舟还成为丘濬的岳父,这后一种影响对海南文化更是难以估量的。

家族式文人群体,在海南并非个案。海南前后一共出现过六对进士父子:唐舟唐亮、唐胄唐穆、钟芳钟允谦、黄显黄宏宇、张岳崧张钟秀、王映斗王器成,其中明代占了四对。明代除唐氏家族外,其他一些家族如丘濬家族、钟氏家族、王氏家族等,往往亦成为文人聚散地,在文化创造、聚集与传播过程中,也起到了相当大的作用。

二、丘濬为中心的文人群体(文化感召式)

这一群体的成员包括丘濬、邢宥、李珊、薛远、王佐、丘夫人、陈繗等人,其主要交往载体为诗歌,其活跃时期主要在英宪时期,其辐射范围则恐涵盖了丘濬以后的整个海南文化界。这一文人群体是围绕丘濬形成的,其中,邢宥是丘濬最好的朋友,丘夫人是丘濬的妻子,薛远是与丘濬邢宥同月升官的乡党同

---

① 《正德琼台志》卷三十六《人物·孝友》,第750页。

事,李珊是丘濬的老乡,王佐是丘濬早年的弟子,陈繗则是丘濬晚年的学生,其中除李珊缺乏记录外,余人皆有与丘濬直接交往的记载。这一文人群体最大的特点是受丘濬文化上的感染,围绕丘濬而形成了一种相对松散的交往结构。丘濬有几个不同的身份,六岁作《五指山诗》,以神童诗人的身份享誉海南,中年任翰林院编修、侍读学士、国子监祭酒,以儒家第一流学者身份享誉学界,晚年入阁治政,以政治家的身份知名政坛,其中,真正奠定其文化地位的是其早年在乡邦获得的崇高诗人身份及其中晚期在学界获得的在史学、经济学、儒学上的一流学者身份,正是这一文化身份吸引了具有共同文化兴趣的人,使不同年龄阶段不同身份的乡人走到了一起,尤其是诗文方面,具备了更多的共同语言。

当然,这些诗人与丘濬交往的情形是各不相同的。邢宥和丘濬"约亭"相识,成莫逆之交,曾共同上京赴考,同朝为官,同期乡居,丘濬佩服邢宥的实干,邢宥赏识丘濬的才华,二人相互唱和,诗艺上互相影响,是自然而然的事情。在诗歌上,丘濬对邢宥的影响相对更大一些。王佐,少年时代便被母亲从临高送到琼山,拜在丘濬与唐舟门下学习,对丘濬一生服膺。王佐年少成名,其写作风格却对丘濬全无蹈袭,颇有故意规避、暗自竞争之意,不能不说是另一种影响。英宪诗坛的另一位诗人李珊,也是琼山县人,今虽无唱和之作留存,但与丘濬、邢宥俱是同乡,相互之间应该也有交往。另一位诗人薛远,丘濬《哭邢克宽都宪》诗曾称:"一方交友推君独,同月升官并我三。"①诗中的第三人指的就是薛远。海南诗人这种松散的交往,既保证了诗人各自的独立个性,又在某些地方相互影响,相互促进,形成了海南诗坛一些共通的特点。英宪诗坛的诗歌,从内容上讲,有一些趋于一致的题材与类型,如丘濬、王佐都好咏史,都喜欢写作故乡题材的作品,都写有禽言诗等。

丘濬作为海南最著名的诗人、学者、政治家,其对后来海南文化的辐射影响是不可估量的。后来郑廷鹄整理《琼台会稿》,由之影响海瑞,由海瑞又影响及张子翼、王弘海、许子伟、梁云龙等人,钟芳亦与丘家联姻,丘濬本人是唐家的女婿,其同族子孙先后与陈繗、郑廷鹄、张子翼、钟允谦、唐穆、唐秩等人交

---

① 《丘濬集》,第 3910 页。

好,从而形成了一个庞大的文化网络。这种文化上的感召力,因琼岛孤悬海外而发展到极致,是大陆文坛很难想象的。

三、海瑞为中心的文人群体(政治感召式)

海南发展到明嘉靖、万历年间,乡邦风气大盛,其代表则是以海瑞为中心的文人群体,这一群体的成员包括郑廷鹄、海瑞、张子翼、王弘海、许子伟、梁云龙等人。

郑廷鹄与丘濬曾孙丘郊、丘祁同窗,结下了良好的友谊,增订丘濬著作《琼台会稿》,使这部著作在海南持续产生影响;郑廷鹄拜在海瑞祖父海贞范门下学习,又娶海瑞姑姑为妻,后成为海瑞的启蒙老师;海瑞固是异类,但他与丘濬的曾孙丘郊交好,同游乐耕亭,并赋有诗文,上书前托王弘海理后事,系狱期间王弘海冒死照顾,晚年罢官乡居十四年,热心公益,亦时有吟咏,对乡邦风气当有大影响;张子翼与海瑞出官前为莫逆之交,又与后起的王弘海结为儿女亲家,三人之间酬唱频繁;钟允谦的姐妹钟兰芝嫁给丘濬的曾孙丘坏,则与丘郊、丘祁自必相交频繁,与郑廷鹄应该也有交往;唐秩的诗中今存有《访西垄兄乐耕亭竹下看弈即事》(题注:西垄名郊,丘文庄公曾孙),可见兄弟俩与丘家兄弟交往也很频繁。密切的交往,使海南诗坛乡邦风气大扬,其对于诗歌创作的影响,是很难估量的。

本期文人群体的核心是海瑞,王弘海、许子伟、梁云龙等人皆重海瑞,与海瑞交,深受其伟岸人格的影响。海瑞入狱,王弘海曾冒死探视,给予无微不至的照顾,海瑞亦曾告诫王弘海做官要清达自守,王弘海本性温厚,但受海瑞影响,为官力谏尽职,不辱所托;许子伟十四岁丧父,十六岁拜罢官在家的海瑞为师,海瑞逝世后为其扶柩归葬,并守墓三年,其先后任兵部、户部、礼部谏官,皆直言敢谏,以忠直得名于世,最后亦因敢谏权贵忤旨被贬官,信守了自己在《挽海忠介公》诗中所云"对公衾影欲无惭"的承诺;梁云龙京试屡不第,然为人洒脱,深受海瑞顾重,中进士后得海瑞贺信,谆谆教导其当为一贤大夫而不要负慕富贵,梁云龙在海瑞逝世后为海瑞列传,表彰海瑞伟大一生,并终生铭记海瑞所言,其后半生投身边武,屡建功业,最终卒于任上,没有辜负海瑞的期望。可以说,万历年间的海南诗人,没有不深受海瑞人格影响的。海瑞成了这一时期海南文人政治上的楷模和精神领袖。

四、王弘诲为中心的文人群体(混合模式)

万历年间,海南文化的中心逐渐从海瑞向王弘诲身上转移,随着王弘诲担任国子监祭酒,文化上也逐渐形成了以王弘诲为中心,许子伟、林震等人参与的文人集团。王弘诲以尚书身份休假,回乡期间建"尚友书院",延请林震等去讲座,许子伟为书院撰写《尚友书院记》,是这一群体的重要事件。王弘诲地位既高,致仕又早,以国子监祭酒的身份回乡办教育,围绕他产生的文人团体当不止此一种,但这一群体中三人皆是当时海南最著名诗人,影响是很不同的。

明代海南四大文人群,不仅其成员内部交流非常发达,其群体之间也是交往密切。如丘濬文人群的丘濬与唐氏文人群的唐舟是翁婿关系;丘氏文人群的中坚王佐既受教于丘濬,也曾受教于唐氏文人群的唐舟;海氏文人群的先驱郑廷鹄受丘氏文人群的丘濬影响巨大,并与丘濬后代交好,海瑞亦与丘濬后代丘坼结为好友;丘濬在海南文人群中享有盛誉,其后代与唐氏及几乎所有其他文人群的成员之间都有交往记载;海瑞文人群与王弘诲文人群之间则有前后交替关系,首先,海瑞与王弘诲之间是亦师亦友的关系,其次,王弘诲群体其他成员也无不与海瑞交往,深受海瑞影响。

明代海南文人之间交往密切,乡邦风气浓郁。考察明代海南文人群的情况,特别是其师承关系及交游情况,是理解海南文化的一把钥匙,对于了解海南诗人的交游唱和以及诗文创作,特别是海南诗文的题材及艺术特点,尤其具有不可替代的作用。

第三节 海南诗歌觉醒的表现

一、明代海南诗歌觉醒的表现

明代海内诗坛相对消歇,海外诗坛却勃然崛起,引起了海内的广泛关注。丘濬的学生陈繗在《赠梁听松琼台胜览还乡序》中尝说:"时议琼者,语其形胜,则曰小蓬莱;论其物货,则曰小苏杭;评其文艺,则曰海滨邹鲁。"①《滇南诗选》的补编者,"海南丛书"的主编民国王国宪则说:"因叹吾琼明代遗集不下百数十家,今所存十之一二,其余皆遗佚无存。"②二者所言虽皆从大文化的角度出发,然诗歌作为海南文艺的主要成员,也是海南遗集的最基础的部分,其兴盛状况亦可以借之想象。就是从今天的海南明诗的留存状况来看,海南明诗亦可谓崛起。这种崛起主要表现在以下几个方面。

(一)作家作品众多

明代海南诗歌崛起的第一个表现是产生了数量众多的作家和大量的作品。

明代海南诗歌作家众多,数量庞大,即从现存的诗歌状况,就可以看到这一点。明末陈是集编选海南诗歌选集《滇南诗选》,选编诗人 30 家,代有遗落至清末,尚余 23 家,其中 21 家为明诗。民国王国宪补编《滇南诗选》至 28 家,剔除其中有嫌疑的黎瑜娘、苏微香 2 家及宋白玉蟾 1 家,有明诗 25 家,诗作 759 首。张朔人《明代海南文化研究》开列"(明代)文人别集及其分布""(明代)见存文集中诗、文数量"二表,统计明代别集 38 部,"并不是明代海南文人别集的全部。38 部别集中,存目 25 部,见存 13 部,见存部数占总数 34%。所幸的是丘濬、王佐、钟芳、海瑞、王弘海等别集得以保存",见存诗歌总数计 2367 首。海南出版社 2006 年版"海南先贤诗文丛刊",出版明人别集 17 部,其中总集 1 种,单行别集 15 种 18 人。笔者据"海南先贤诗文丛刊"《粤东诗海》以及"海南地方志丛刊"记载,统计海南今存明代诗歌,计有英宪诗坛丘濬 900 首、王佐 350 首、邢宥 31 首、李珊 2 首、薛远 3 首,弘正诗坛钟芳 596 首、陈缵 271 首、唐胄 42 首、林士元 14 首、夏升 2 首、韩俊 4 首、陈实 2 首、廖纪 4 首、唐冕 3 首,嘉靖诗坛郑廷鹄 68 首、海瑞 20 首、张子翼 190 首、钟允谦 5 首、唐穆 24 首、唐秩 30 首、黄显 1 首,万历诗坛王弘海 448 首、许子伟 10 首、梁云龙 7 首、林震 10 首,明末诗坛陈是集 114 首,总计 3151 首。

这 3000 多首诗歌仅是就明代海南现存诗歌作出的初步统计,其他遗漏的

---

① 陈缵:《赠梁听松琼台胜览还乡序》,《湄丘集等六种》,第 68 页。
② 《鸡肋集》,第 270 页。

情况尚未计算在内。一种情况是整本诗集的遗漏，如史载明初王惠著有《截山咏史》《岭南声诗鼓吹》，今其诗整本无存，琼山举人张善教"与琼州当时名儒赵谦、王惠、杨升诸人游咏，为一时推重"，今其诗不存一字，万州举人冯宣"尤善诗赋"，其诗亦片字不留，唐舟的伯父唐谊方能以诗答唐舟，亦无一首诗歌存留，这种情况相信在海南诗人特别是举业名微的诗人中是相当普遍的存在；另一种情况是今虽有存诗，但数量较少或极少，从其诗歌艺术上的成熟或其他方面可以推断其必有散佚的情况，典型如丘濬、唐胄、梁必强、梁云龙。丘濬，据其同事李东阳云："平生所得近万篇，往往为好事者取去。晚乃掇其存者，分类为编，殆二十之一而已。"①其弟子亦云："平生作诗几于万首，然得之甚易而遗忘亦易，且又多不存稿。故今稿中所载，不过千百之一二而已。"②如他早期作《琼台八景》，今即只存《五指山诗》一首，大约散佚的诗歌非常之多。唐胄是海南的短命天才，据王佐记载，是有诗文集存世的诗人，但今存诗只有随手所作被唐善继保留的两首和歌颂女子贞节的一首道学诗。再如进士梁必强，号称"中年以后，怡情山水，每遇名胜，流连登眺，题诗摩崖，至老不倦。著有《沧浪集》"③，今仅存诗 12 首。进士梁云龙所作边塞风绝句艺术上直追唐王昌龄、李益，今只存诗 7 首。如果将上述两种散佚的情况计算在内，明代海南诗歌的数量还要大大增加，当远远不止今所见的三千之数。大量作品的存在表明海南明代诗歌的确达到了繁荣的地步。

（二）大诗人辈出

明代海南诗歌崛起的第二大表现是杰出诗人众多，名家辈出。

海南诗歌的崛起绝不是仅仅以数量取胜，还在于产生了一批著名诗人，以及能够代表海南诗歌最高成就的大诗人。以现存作品的数量及综合水准来衡量，明代海南诗人约可分为四个层次：丘濬（存诗 900）、王佐（存诗 350）、钟芳（存诗 596）三人为第一层次；陈繗（存诗 271）、王弘诲（存诗 448）二人为第二层次；张事轩（存诗 190）、郑廷鹄（存诗 68）、唐胄（存诗 42）、海瑞（存诗 20）、陈是集（存诗 114）等人为第三层次；余人为第四层次（包括邢宥 31、李珊 2、薛远 3、

---

① 李东阳：《琼台吟稿序》，《丘濬集》，第 3690 页。
② 蒋冕：《琼台诗话》卷上，《丘濬集》，第 5161 页。
③ 梁云龙：《梁必强遗稿序》，《北泉草堂遗稿等七种》，第 51 页。

林士元14、夏升2、韩俊4、陈实2、廖纪4、唐冕3、钟允谦5、唐穆24、唐秩30、黄显1、许子伟10、梁云龙7、梁必强12、林震10)。第一层次为海南的大诗人,第二层次为海南的准大诗人,第三层次是海南的名诗人,第四层次多作品较少,难以判断其实际成就。第三层次以上的都可以称为海南的著名诗人,这些诗人中诗作最少的是海瑞,不过20余首,但他的诗歌意象鲜明,情感激越,感发力大,不得不推为名家。另外几位,唐胄诗古直器重,郑廷鹄诗风流儒雅,张事轩则是海南的陶渊明,亦各以其风格鸣于世。而第一、二层次的丘濬、王佐、钟芳、陈繗、王弘诲五人,更是从各个方面代表了海南诗歌的最高成就,属于海南的杰出诗人。五家之中,丘濬、钟芳多宗宋,王佐、陈繗多宗唐,王弘诲则杂而从之。以艺术成就论,钟芳诗歌以理驭,最为精纯;陈繗诗歌以景胜,为海南写景名家;王弘诲诗歌试图融合儒释道感受,为明末之首;王佐宗唐,最得诗人蕴藉风流,允为海南诗人的杰出代表。其中丘濬、钟芳、王佐三位,更是数量与质量并善,各臻其致,堪称海南的大诗人;丘濬则汪洋恣肆,博学多能,以其广博与影响,隐隐然凌驾于众家之上。

一大批著名诗人和几位顶尖诗人的存在,表明海南诗歌在质量上亦达到了前所未有的繁荣。

(三)题材类型多样

明代海南诗歌的题材类型亦多种多样,举凡即题叙事、说理见道、咏史怀古、咏物写景、咏怀言志、送别赠答、题画论艺、燕游唱和、节令祝贺,并山水田园其至战争边塞等题材,皆有非常丰富的表现,并在许多方面表现出了鲜明的海南地方特色,如海南风物诗、禽言诗、海南咏史诗、咏黎诗、咏海诗等。

(四)体裁多样

明代海南诗歌的体裁运用也是多种多样的,举凡四言、五七言、六言、杂言,古诗、律诗、绝句、词、曲,皆有涉及,这一点张朔人在《明代海南文化研究》一书中曾列表《诗、文在见存别集中的篇幅数目》作详细统计,统计表明丘濬、王佐的诗歌体裁达到15种之多,钟芳的诗歌体裁也有10种,王弘诲所用体裁亦达到12种之多。[①] 从大的方面看,明代海南诗歌以诗为主,辅以少数诗人写

---

① 《明代海南文化研究》,第146-147页。

有的少量词作,如丘濬有词 18 首,王佐有词 4 首,钟芳有词 14 首;从诗所用的体裁看,以五七言近体为主,其中律诗较绝句为多,七言较五言为多,七律是海南诗歌用得最多的体裁,基本上占到多数海南诗人诗作的三分之一左右。部分诗人七律写作比例更大,如张子翼 190 首诗歌中七律有 103 首,郑廷鹄 68 首存诗中有 34 首七律,甚至有个别诗人几乎只写七律,如陈繻今存 271 首诗歌中有 210 首是七律,存作极少的诗人的存作基本上都是七律。海南诗歌体裁的丰富还体现在一些特殊体裁上,如丘濬与王佐的禽言诗,丘濬、王弘海等人的回文诗,丘濬、王佐、王弘海等人的集句诗,钟芳、王弘海等人集中的联句诗,丘濬、王佐、钟芳等人的上梁诗,还有丘濬、钟芳等人的骚体诗作,等等。

(五)风格流派多样

受理学及心学的积极影响,明代海南诗歌一开始就走上了各师其心、风格纷呈的道路。英宪诗坛作为海南诗歌的觉醒期,两大诗人丘濬与王佐即走上了迥然不同的创作道路,大抵而言,丘濬宗宋,王佐宗唐,丘濬重意,王佐重韵,丘濬以诗成名较早,王佐虽与丘濬交,但在诗歌风格上则有力避丘濬、与丘濬相竞之意,正是这种力避蹈袭、独出机杼的作风感染了明代海南诗坛,为明代海南诗坛的百花齐放树立了光辉的榜样;至弘正诗坛,两大诗人钟芳与陈繻更是各出心裁,风格迥异,钟芳诗歌一意说理,醇厚高迈,陈繻诗歌则写景争胜,秀美特出;到嘉靖诗坛,心学影响大著,诗坛上更是百花齐放,郑廷鹄的华美、海瑞的奇健、张事轩的冲淡、钟允谦的寥静,皆能各据其性,各逞其丽;万历诗坛,王弘海的融合众学、许子伟的峭拔、梁云龙的雄壮、梁必强的飘逸,也是个个面目不同。明代海南诗坛并没有形成严格意义上的诗派,但宗唐宗宋之争暗中潜伏,钟芳的理学诗与丘濬的见道诗暗中相通,隐逸诗人有张子翼、梁必强,边塞之风有唐胄、梁士元、梁云龙,大约也有殊时同流、殊途同派之趋势。风格流派的多样性亦是明代海南诗坛的显著标志。

二、明代海南诗歌的若干特征

明代海南诗歌精彩纷呈,表现出了不同于大陆诗坛的若干特征。约略而言,则有九个方面值得一提:一是理学诗发达;二是海南风物诗众多;三是海南特色的咏史诗;四是独特的禽言诗;五是独特的咏黎诗;六是咏海诗;七是具有实用价值的上梁诗;八是具一定特色的六言诗;九是带有游戏性质的集句诗、联句诗、回文诗等。

（一）理学诗发达

理学与心学对明代海南诗歌影响明显,除在思想、风格等方面形成的潜在影响外,其最直接的影响就是产生了大量的理学见道诗。明代海南理学诗特别发达,其主要表现在以下几个方面:一是出现了丘濬见道诗、钟芳说理诗以及王弘诲观禅观道诗等几种理学诗的突出形态;二是继承宋儒以七绝言道的传统,几乎每一位有一定数量七绝的海南诗人都会有一部分体道说理七绝,其中取得突出成绩的则有丘濬、钟芳、陈繗、王弘诲等人;三是明中叶后心学发达,很多其他类型的诗歌都带上了见道说理的特性。明代海南的理学诗发轫于丘濬,大成于钟芳,专题组诗化于王弘诲,可以说贯穿了明代海南诗歌的始终。考察明代海南理学诗,除了注意从理学到心学的发展外,还必须注意到丘濬的杰出贡献。

（二）海南风物诗众多

明代海南诗人乡邦风气严重,对家乡风土文物的热爱使讴歌海南风物成为海南诗人的本能。翻开海南诗人的诗集,从丘濬六岁所作的《五指山诗》开始,扑面而来的是独特的海南地理风物、浓郁的乡土人情。考察海南风物诗,值得注意的有以下一些方面。其一,大诗人丘濬童年所作《琼台八景》之《五指山诗》,因其传播的广泛和影响力大,可以说是觉醒了海南诗人的乡土自豪感,开启了海南诗人讴歌家乡的漫长旅程,王佐、钟芳、许子伟、郑廷鹄、王弘诲均有五指山诗,是该类诗歌的一个具体而微的缩影;其二,自丘濬之后,几乎所有的明代海南诗人都参与到了这一讴歌家乡的行列中来;其三,海南的物产与山水得到了空前的展示,几乎所有海南山水名胜都有大量的明人题咏,翻开各种海南地方志,扑面而来的都是这类诗歌的记载;其四,海南诗人对家乡的热爱是如此浓烈,以至于单篇诗歌已不足以表达其热情,而常常出之以组诗的形式,其突出代表如丘濬的《琼台八景》、王佐的《桐乡八小景》、邢宥的《琼台杂兴七首》、陈繗的《海天春晓十首》、钟芳的《珠崖杂咏次韵七首》、王弘诲的《员山八首》《嬴惠庵十景诗》等;其五,海南风物诗最杰出的代表是王佐,其海南风物诗歌有 70 余首,占其诗歌总量的五分之一,突出表现在对海南独特植物的描写上,深度与广度都超出了海南任何一位诗人。明代海南风物诗影响至清代,清人编写的以海南安定山水风物为主要吟咏对象的《定安古诗》,即是受这一类诗歌的影响。

（三）海南特色的咏史诗

海南诗人的咏史诗除了一般的历史吟咏之外,也表现出了鲜明的地方特色。一是对涉及本岛的重要历史的咏叹,如王佐的《哀使君》《哀四义士》、唐胄的《哀百姓》《补白沙口哀诗序》讴歌琼州海峡的拥宋反元战争,王弘诲《建州城怀古》咏怀岛内的历史朝代更替等;二是围绕本岛贬谪人士海南八谪（丁谓、卢多逊、李德裕、苏轼、李纲、赵鼎、李光、胡铨）所生发的历史咏叹,这类作品以王佐的咏叹最多且为代表,如《海外四逐客四首》《赵忠简公鼎墓》《澹庵井》《和友人归姜驿夜宿胡澹庵祠》《茉莉轩二首》《读宋史》《崖州裴氏盛德堂》《咏史八首之李卫公德裕》《攀枝花》《题东坡祠》《次友人游载酒堂韵》《含笑花二首》《卢相多逊》等。另外,海南咏史最杰出的诗人是丘濬和王佐,丘濬咏史诗今存百余首,咏史范围广,最大特点是善于做翻案文章,显示了一个历史学家的卓越见识;王佐的咏史诗则非常集中,善于吟咏盛衰更替之交的历史,其贬谪系列、玄宗系列、秦汉易代系列等,在历代咏史诗中也是极具特色的。

（四）独特的禽言诗

禽言诗是借助鸟语表达人生感悟的一种诗歌形式,其开山之作为宋梅尧臣《四禽言》,因"形式新奇,风格平淡"颇具深意,而被后人称为"愤将禽语寄悲情"[①]。禽言诗在后代拟作不断,海南丘濬与王佐分别拟有《三禽言》与《禽言九首》,丘濬的《三禽言》借禽言写历史,寓意深邃,王佐的《禽言九首》随意挥洒,涵盖广泛,俚俗味十足,成为海南诗歌中的一道独特风景。

（五）独特的咏黎诗

黎族是海南独有的民族,咏黎诗是海南诗歌的独特成员,在艺术上和文化上都具有非常大的价值。

（六）明代海南的咏海诗

咏海诗是明代海南诗歌一个值得注意的种类。其主要代表作有丘濬的

----

① 张如安:《愤将禽语寄悲情——禽言诗论略》,《中国韵文学刊》2002 年第 2 期,第 71 页。

《登高丘而望远海》《浊海歌》《海仪》《海诗》,钟芳的《珠崖杂咏次韵其三》《渡海和韵》《宿海口值雨》《舟中夜泊有怀》《海行(旧作)因仆夫夜行而歌喜而有作》,王弘诲的《游铜鼓岭观海寄贺明府二首》,唐胄的《吟海天春晓宋海南道》,王佐的《海天长啸图》《闸头潮退》,等等。

（七）贬谪诗不发达

与宋一代海南留下了大量的贬谪诗相比,明代海南的贬谪诗歌非常稀少。海南诗坛贬谪气氛稀薄,贬谪诗歌稀少,这与传统的海内诗歌分布很不一样。贬谪诗的稀少,与明代海南诗人的经历并不完全一致,表明了明代海南诗人全新的处世心态,是很值得研究的现象。

此外,明代海南诗歌其他值得注意的现象还有一定数量具有实用价值的独特上梁诗,丘濬16首、王弘诲15首具有一定特色的六言诗,以及海南诗人颇喜写作的带有游戏性质的集句诗、联句诗、回文诗等。

第四节　明代海南诗歌的发展分期

明代海南诗坛,自朱元璋即位(1368)到明朝灭亡(1644),历经276年,根据其诗风衍变及文人更替,约可分为六个时期:明初诗坛、英宪诗坛、弘正诗坛、嘉靖诗坛、万历诗坛、明末诗坛。

明初诗坛历洪武、建文、永乐、洪熙、宣德五朝,诗书礼乐风气渐兴,诗人间出诗坛,然诗风未作,诗人尚少,今见者仅唐舟数人,诗亦多散佚,是为海南诗歌的酝酿期与准备期。

英宪时期,历英、代、宪三宗,正统、景泰、天顺、成化四朝,风气酝酿既久,诗歌遂得勃兴,邢宥乡居闲咏,蹿乎其前,王佐随时敏捷,济乎其后,丘濬扬鞭奋鬣,师心师古,砥柱中流,振臂其中,旁以李珊的条鬯唱和,带以薛远的奇逸高古,海南诗坛佳俊,一时彬彬大盛。此一时期,尤以丘濬为首,唱和则相互竞笔,取材则相互借鉴,率重家乡风物咏史,形成一股相互推进的乡邦之风,为海南诗坛奠定鲜明基调与特色,是为海南本土诗歌的真正觉醒,为海南诗歌的崛起期。

成化末期,新人继起,弘治正德,蔚为大观,前有陈繗之一意体物,輂景为神,后有钟芳之倾力说理,典重为宗,佐以唐胄之幽燕老将、林士元之浑雅慷慨,辅以韩俊之忧愤时局、夏升之热烈乡情,还有陈实之朴实、廖纪之奇气,再加上天才短命诗人唐冕之圆熟丰韵,一起构成了弘正诗坛的辉煌沉实,海南诗坛再臻高潮。此一时期,钟芳崛起于天南,其诗浑穆壮观,堪与琼山丘濬、临高王佐三分海外。陈繗亦以精纯写景而雁随。钟陈二人为此期海南诗坛之中坚。

嘉靖年间,心学自胡、陈、湛、二王源流,惠及海南,与岛内原有之丘濬见道风气相生发,海南诗坛风气遂纵深变化,不拘格套,各师其心,为之一变。此期诗人,郑廷鹄宗唐,深受李商隐影响,诗歌风流蕴藉,晶莹华美;海瑞放施心学,诗歌一如其人,清刚率性,时杂奇气;张子翼慕陶渊明,行事写作都以陶渊明为鉴,风格闲逸冲淡,并承前辈陈繗写景衣钵;钟允谦寥静自持,承继其父及丘濬,独抒性灵,哲味隽永;唐穆、唐秩兄弟亦风格迥异,虽并皆不以诗歌为重,所作率少于前代,然各秉心学,发而为诗,一时有百花齐放之势,是为海南诗坛的变革期。

万历诗坛,前受海瑞沾溉,后受王弘诲影响,心学影响振其余波,形成以王弘诲为中心,许子伟、梁云龙、梁必强、林震等为羽翼的诗人群体。王弘诲以国子监执文化牛耳,其诗亦有统制儒佛道、融合诸学之意;许子伟以忠谏追海瑞,其诗决断峭拔,警似其人;梁云龙少有大志,晚乃制度军武,其诗存唐边塞之气;梁必强早早致仕,飘摇山水之间,其诗清奇飘逸,不入人间烟火。此期诗歌,王弘诲陵越众制,差可比拟前代大家,然诗至林震,已有如晚唐衰飒之风。

明末诗坛,随心学散绪而顿转消沉。海南自万历中叶之后,诗坛已率皆硕老,泰昌、天启、崇祯三代,所可道者新人更是只有陈是集一位,是集有感于诗坛的衰退,作《溟南诗选》思以振之,然风气既飒,无所可救,明代海南诗歌遂在《溟南诗选》的最后一抹光辉中悲怆落幕。

第二章 明初诗坛：酝酿期

海南明初诗坛(1368—1435)，自朱元璋即位到宣宗卒，历洪武、建文、永乐、洪熙、宣德五朝，总计近 70 年，是明代海南诗歌的酝酿时期。此期诗坛的诗人诗作历史记载语焉不详，存者稀少，然大致因其并无大诗人，诗人诗作均甚寥寥，不为后人所重故；此期诗坛的主要贡献是完成了诗书风气的建设，为海南本土诗坛的崛起做好了准备。此期，当属明代海南诗歌的酝酿时期。

第一节 明初海南的诗书风气

海南的诗书风气，在宋"衣冠礼乐盖斑斑然矣"的发展之后，经元代"九十三年迷世界"的短暂消沉，在明初再度获得巨大发展，形成了海南历史上前所未有的"海滨邹鲁"盛局。对明初 70 年"海滨邹鲁"的记忆与赞美充斥着海南经典作家的文笔，其中最经典的记述有以下几例：

> 佐少时读《吴坦斋文集》，悲其人与文，以为位不满德而已。及游京师，有所见闻而感发焉，然后知坦斋天下士也。何则？国初琼俗敦朴，礼文苟简迁就，坦斋以诗礼唱导乡邑，凡其冠婚丧祭，多所取则。今冠礼久废于天下，而独行于琼州，坦斋遗教也。比有两京缙绅先生欲行冠事，三加仪文服制，学者非讲习有素，仓卒不能就事。[①] 筮宾辅于国学，两出吴氏门人，当时南北之士莫不景仰吾琼为海外邹鲁，然后知坦斋天下士也……坦斋名锜，字重器，永乐辛丑科进士。秉中，乡贡进士，肃之父也。世居琼

---

① 笔者按：海南出版社 2004 年版《鸡肋集》此处标点为句号，实不妥，据上下文意，宜为逗号。

山南桥,至肃始高蹈丘国,移居苏村别墅云。(王佐《赠吴肃正里周
年序》)①

魏晋以后,中原多故,衣冠之族,或宦或商,或迁或戍,纷纷日来,聚庐
托处。熏染过化,岁异而月或不同;世变风移,久假而客反为主。劘犷悍
以仁柔,易介鳞而布缕。今则礼义之俗日新矣,弦诵之声相闻矣,衣冠礼
乐彬彬然盛矣。(丘濬《南溟奇甸赋》)

南溟为甸方恰才,未及十纪而人物增品之盛,遽与隆古相追陪;衣冠
礼乐之美,遽与中州相追陪;诗书弦诵之兴,遽与邹鲁相追陪。(王佐《南
溟奇甸歌》)

时议琼者,语其形胜,则曰小蓬莱;论其物货,则曰小苏杭;评其文艺,
则曰海滨邹鲁。(陈繗《赠梁听松琼台胜览还乡序》)②

明代海南各地方志作者也均同意此类判断。王佐作《琼台外纪》并预修
《正德琼台志》,留《东岳行祠会修志序》云,"诗书之化,百年以来,风俗淳美,超
越前代"③;唐胄修《正德琼台志》,全引王佐《赠吴肃正里周年序》说法;《嘉靖广
东通志·琼州府》卷十六《风俗》说,"琼州为郡,在天下极南。自赵谦来典教
事,一时士类翕然从之,衣冠礼乐班班盛矣。中原华胄迁谪,商戍乐其土地之
善者,占籍益众,百工技艺奇巧精致,士夫之列科目馆阁者蝉联相辉,为岭南望
郡"④;《万历广东通志》卷五十七《琼州府·风俗》说,"迄宋苏轼居琼之后,人才
辈出,郑真辅以少年及第,姜唐佐、符确、何一鹏诸人皆巍然廷对,其科名盛矣。
迨我圣祖开基,文教畅于南裔,名相巨卿项背相望,宁非中州流寓渐靡所致欤?
盖贤哲在野则俗美,若苏轼者,岂不信然"。

① 《鸡肋集》,第 168-170 页。
② 陈繗《赠梁听松琼台胜览还乡序》,《湄丘集等六种》,第 68 页。
③ 《正德琼台志》,第 3 页。
④ 《嘉靖广东通志·琼州府(二种)》,第 109-110 页。笔者按:原文标点"中原华胄迁谪,商戍乐其
土地之善者",明显有误,据语意改为"华胄迁谪、商、戍,乐其土地之善者"。

明初海南 70 年的诗礼风气,如同整个明代海南的诗礼风气,发展并不平衡。其不均衡发展,可以借助"明代海南进士人数的时空分布"窥见一斑。据张朔人"明代海南进士人数的时空分布"研究,"最早进士为洪武二十四年文昌人何测,最晚进士为崇祯十五年琼山人蔡一德,251 年内共有 60 人中进士。其时间分布为:洪武 2 人、永乐 11 人、正统 2 人、景泰 2 人、成化 4 人、弘治 8 人、正德 5 人、嘉靖 14 人、隆庆 2 人、万历 7 人、崇祯 3 人。总的来看,海南进士主要集中在嘉靖初年以前,永乐时期为高峰值,随着时间推移,弘治、嘉靖初年也出现不同程度的上扬,但人数逐渐减少是基本趋势"[①]。如果把数据换算成每朝考取进士所需的年数计算,则更能准确地看到其变化,见表 2.1。

表 2.1　明代海南各朝进士率统计

	洪武	建文	永乐	洪熙	宣德	正统	景泰	天顺	成化	弘治	正德	嘉靖	隆庆	万历	泰昌	天启	崇祯
人数	2		11			2	2		4	8	5	14	2	7			3
年数	31	5	23	10月	10	14	9	8	23	19	16	46	7	48	1月	7	18
进士率	15.5		2.1			7	4.5		5.8	2.4	3.2	3.3	3.5	6.9			6
(年/人)	明初 5.2					13.2				2.7		3.3	6.1		明末 8.3		
	平均 4.6																

从表 2.1 可以看出,明代海南各期进士率以明初永乐朝和明中叶弘、正两朝为最高,明初洪武期及明末均较低,从中可以窥见明及明初诗礼风气发展的某种趋势。

考察明初海南的诗书风气的发展,自然应考虑到明初经济的繁荣与人口的增长,这些方面在唐胄《正德琼台志》中有详细的介绍,但更为重要的是考察人的作用。人在道在,人亡道息,明初海南诗书风气的形成是中央决策者、地方官、各级教师、广大学子共同努力的结果,考察其过程,大致经历了四个小的发展高潮,依据人在其中的作用,可将其划分为四个时期:宋希颜、李思迪、桑昭时期,赵瑄、吴德用时期,赵谦、王伯贞时期,后王伯贞及吴锜时期。

---

① 《明代海南文化研究》,第 209-210 页。

一、宋希颜、李思迪、桑昭时期(洪武二年至四年前后)

宋希颜　字子渊,高邮人,由旧宦。洪武己酉(洪武二年)四月,授琼州知州,领印开治。庚戌(洪武三年),升州为府,增秩授知府事。廉平,有善政。迁设府治,开创衙门、学校,规模弘远。辛亥(洪武四年),钦录去任,士民称之。[①]

李思迪　济南人,元进士。遇乱,晦处田野。国初召起,任起居注,累官山西参政。洪武辛亥(洪武四年),谪宰琼山。学博才杰,廉公勤恪,开拓一应创置,举皆中度。革奸贪,毁淫祠。弊极事繁,辨集无虚日。公余辄歌赋,自号海滨子,因以名集。召回,后爵尚书。[②]

桑昭　无为州人。洪武十七年[③],由金吾前卫指挥佥事特委来掌卫印。历十年,爱军恤民,造修公廨、衙宅、营房、仓库,展广土城、街道、沟渠,清澜、昌化、海口三所皆所创置。申呈不立屯田,废东西军营,以地入广学治,人到于今称之。[④]

宋希颜于洪武二年至四年开琼新治,李思迪于洪武四年领琼山知县,桑昭于洪武七年起掌海南卫十年,在明初百废待兴之际,他们以州县卫长官身份全力投身并领导海南的学校文化建设,允为明初海南文教开拓者的杰出代表。宋希颜、李思迪、桑昭时期是明初海南诗礼风气的开创期,主要完成了学校的硬件建设,奠定了海南诗礼的繁荣基础。

此期的主要贡献有以下四点:其一,洪武二年到三年是海南由四州制到一府三州制的改制期,奠定了以后海南发展的基本格局,宋希颜是其领导与执行者,为海南的繁荣做出了开创性贡献;其二,二年到三年是海南1府3州13县学校建制的开创期和学校建设高潮期,宋希颜极重视学校,"开创衙门、学校,

---

① 《正德琼台志》卷三十三《名宦》,第 700-701 页。
② 《正德琼台志》卷三十三《名宦》,第 701 页。
③ 笔者按:疑为"七年"之误,见表 2.2 注。
④ 《正德琼台志》卷三十三《名宦》,第 702 页。

规模弘远",为诗礼传播奠定了坚实的基础,为后来之治琼者的文化态度做出
了杰出榜样;其三,作为州府所在地琼山的知县,李思迪进士出身、"学博才
杰",热心歌赋,后来还升任至尚书,不仅对海南当时的诗礼建设做出了杰出贡
献,即所谓"开拓一应创置",还对海南未来的诗礼风气发展有不可估量的影
响,其本人杰出的文化态度既作为杰出知县的模范,也作为一般诗书风气的模
范而被海南人长期记忆;其四,其他社会各界都全力参与到政府的诗礼文化创
制上来,海南卫桑昭是其中的突出代表。

　　此期是三州十三县学校的建设包括重建、扩建、翻建、修葺的高潮期。关
于海南明初 70 年的学校建设,唐胄《正德琼台志》学校篇有详细记载,其阙页
内容可由《嘉靖广东通志初稿·琼州府》等志补足,为方便读者,今以文字较简
的《嘉靖广东通志初稿·琼州府》所载为本,将明初 70 年学校建设内容列于
表 2.2。

表 2.2　明初 70 年海南学校修建统计

	洪武初年大修	洪武中期补修	洪武到永乐初年重修补修	宣德年间重修
琼州府儒学	洪武三年,知府宋希颜重建大成殿、两庑、棂星、戟门、明伦堂、四斋,辟射圃于学右,以学田并入有司;甲寅以来展城,学址逼侧军营,指挥桑昭①乃废东西营,以地入学,厨房、号舍、馔堂以次举造		甲戌,造祭器;庚辰,知府王伯贞造讲堂	宣德初,通判吴祯修之
琼山学	洪武四年,知县李思迪迁于郡东北东坡书院;九年,知县陈概迁于南郊		后教谕赵谦重修,学西筑考古台。永乐二年知县欧阳旭大修庙学	
澄迈学	洪武三年,知县刘时敏重建殿庑、棂星、戟门、明伦堂、东西斋		永乐间,知县孙秉彝建馔堂、库厨	

　　①　桑昭以地入学年与来海南掌卫印年记载矛盾考:据《正德琼台志》上下文,桑昭以地入学当在
甲寅(洪武七年)以后,甲子(洪武十七年)之前,但未准确记载为何年,《嘉靖广东通志初稿·琼州府》
《嘉靖广东通志·琼州府》皆延续其模糊记载,至《万历广东通志》,则明确曰:"七年甲寅,指挥桑昭以东
西管地入学,神厨、祭器、库舍、馔堂以次举进。"则桑昭以地入学当在洪武七年。但诸志(包括《嘉靖广
东通志》《万历琼州府志》)介绍桑昭生平,皆本《正德琼台志》,谓"无为州人。洪武十七年,由金吾前卫
指挥金事特委来掌卫印。历十年……以地入广学治"。则来琼年代记载与学校处记载不符,疑"十七
年"当为"七年"之误。

续表

	洪武初年大修	洪武中期补修	洪武到永乐初年重修补修	宣德年间重修
临高学	洪武三年,知县王续于旧址创建殿庑、棂星、戟门、明伦堂、两斋、馔堂、大门、神厨、库房、射圃		永乐三年,知县朱原律等重建,建制宏伟	十二年知县陈蒙重修。宣德间,主簿陈观易棂星门以石柱,曹洪重修两庑
定安学	洪武二年,复随州降为县学,知县吴志善创,茅覆粗备		永乐三年,知县吴定实等重建殿庑、棂星、戟门、明伦堂、馔堂、两斋、库厨、泮池	宣德三年,知县白尚德重修
文昌学	洪武三年,知县周观仍建;八年,知县赵文炳徙于县治左,为今学,殿庑、堂斋、棂星、戟门、大门、射圃、厨库俱备			宣德二年,教谕陈文骥增广殿庑;十年,佥事龚鐩重立明伦堂
会同学	洪武三年,署县丞李霖始立于县东		洪武二十七年,知县熊彦信鼎建殿堂、两斋。永乐元年,典史徐廷玉重建堂斋、厨库、外门	
乐会学	洪武三年,知县王思恭重创		永乐六年,知县朱葛平、教谕林璟募财重建殿庑、堂斋、戟门、棂星门、学门、厨库、射圃	
儋州学	洪武三年,知州田章建立殿堂、斋庑、棂星、戟门、馔堂、厨库、泮池、射圃	十四年,学正王麟、彭迡继任,一新大成殿	永乐十一年,知州陈敏重修之	
昌化学	洪武三年,知县董俊仍建一新	十九年,知县范朗重建大成殿;二十年,知县沈源建明伦堂、立二斋		

续表

	洪武初年大修	洪武中期补修	洪武到永乐初年重修补修	宣德年间重修
万州学	洪武三年,判官唐珪、万宁知县黎恕捐俸,建殿、庑、堂、斋		永乐间,同知刘以敬、知州戴彦次第新之,复创馔堂、学门。神厨、库房,辟射圃于学之北	
陵水学	洪武三年,署县丞汤良弼于港门旧址创建正殿,堂斋、门垣皆备			
崖州学	洪武三年,判官金德仍旧址开设;九年,知州刘斌重建射圃诸制		二十六年,同知顾言建明伦堂。永乐九年,学正王礼等建三斋	宣德五年,知州侯礼重修
感恩学	洪武三年,知县黄忠信仍址创建	十八年,县丞杨干以地狭,移于县治东北半里,创建殿堂、东西斋	永乐间,知县郭绪重建	

资料来源:戴璟修,张岳等纂《嘉靖广东通志初稿·琼州府志》之《学技》篇,见《嘉靖广东通志·琼州府(二种)》,海南出版社 2006 年版,第 100-108 页。

从表 2.2 中可以看出,明初海南在洪武初与永乐初有过两次大修学校的行举,其中洪武三年的重修重建工程系统而浩大,一举奠定了海南覆盖完备的学校制度。

此期海南的学校建设,主要由各知县主持,海南因此涌现出了一大批像李思迪这样热爱文化、热衷文化建设的官员。其杰出代表还有昌化令董俊、琼山令陈概、会同令陈新等人:

董俊　昌化尹,河南人。洪武二年,领印开设。初新附,民心犹梗化。俊有干局,明礼法,宣威德,劝课农桑,兴举百废,民黎咸乐其业。作兴学校,士类多所汲引。后升睢州知州。①

陈概　字玉量,北平人。洪武初,由吴川县丞升宰琼山。治民养士,

_____

① 《正德琼台志》卷三十三《名宦》,第 701 页。

政教亚于李思迪。九年，自坡院迁县学于南郊，制度皆其规画。①

　　　　陈新　广西人。洪武间任会同知县。居官公勤，稍暇即召生徒讲解。茅居潇然，不以介意。②

其时，地方家族的读书风气开始兴起，亦成为不可忽视的一个方面，攀丹村唐谊方、唐英家族堪为其代表。

　　　　唐谊方　本名逊，字谊方，以字行。琼山东庙人，元郡教授闿之孙。笃儒学，有古行。元末累避辟，国朝首举经明行修，拜郡庠训导，有规范。永乐三年乙酉冬，诣阙请老。太宗皇帝奇其状貌容止，曰："此老回去，还有十年寿。"门有祖植古榕，常休憩其下，雨则躬循田亩。他塍有败者，亦为塞之。代贫乏嫁娶。乡人称"榕树公"、"真长者"。侄舟，少从笔砚间，后历官内外台。奉书问安，谊答之诗，有云："勿忧吾有病，且喜汝无钱。"舟卒以清节鸣时。永乐乙未卒，寿七十七，果符十年寿之数，人以为圣语即天命云。③

唐谊方做过元朝的琼郡教授，入明后征为郡庠训导，其弟唐英亦在攀丹村设义学，教育乡里子弟，为乡里称道为"东善培英"，后来还培养出一个杰出的儿子唐舟和一个杰出的孙子唐亮。唐家的诗书风气不仅是海南明初诗书风气的一个缩影，甚至还直接为海南文坛做出了贡献。丘濬娶唐舟的女儿为妻，受过唐舟的精心教育，王佐的母亲唐朝选乃唐舟堂兄唐瑶的女儿，少时便将王佐送往娘家从唐舟并丘濬学，唐家的诗书风气对海南文化特别是诗坛的影响可想而知。丘濬、王佐等一生皆以力学好学著称，实源于明初风气的培养。

二、赵瑁、吴德用时期（洪武十五年到二十年之后）

　　　　赵瑁　宜阳人，博学洽闻。洪武初，由儒士授河南府学训导。壬戌

---

①　《正德琼台志》卷三十三《名宦》，第 701-702 页。
②　《正德琼台志》卷三十三《名宦》，第 705 页。
③　《正德琼台志》卷三十六《人物·名德》，第 741-742 页。

（洪武十五年），升知本府。顿革宿弊，吏民畏服。以忧去，后迁吏部尚书。[1]

> 吴德用　沙县人。洪武乙丑（洪武十八年），由通经秀才任本府知府。为政和易，利泽及人。[2]

继洪武初的大兴土木之后，洪武中期的海南诗书风气的进一步发展仍由主政者主导，但渐渐深入。赵瑁于洪武十五年知琼州，吴德用于十八年接替赵瑁职，两人一强势一和易，但有着共同的特点，就是均有良好的诗书教育背景。吴德用是通经秀才，赵瑁更是当过府学训导，也就是府学的老师，这些背景对于海南的诗书教育事业，自然是有极大的帮助。而且还有一层，赵瑁从训导身份升知府，后来连升到了吏部尚书，连升后对海南的教育事业是否有过直接支持暂且不提，就是其连升的经历，也无疑对海南从教的官吏们是一个巨大的昭示，极大提高了老师教学的积极性。

此一期间，一些学校仍在完成建设，如：儋州学于洪武十四年由学正王麟、彭迩翻新大成殿；感恩学于洪武十八年由县丞杨干迁移至县东北扩建；昌化学于洪武十九年由知县范朗重建大成殿，二十年由知县沈源建明伦堂。但更为重要的是，此期诗书风气在政府开创的良好氛围中逐渐走向基层，积累壮大。

三、赵谦、王伯贞时期（洪武二十五年至永乐十一年）

> 赵谦　字㧑谦，余姚人。博洽经史，时号考古先生。洪武壬申（洪武二十五年），由国子典簿谪任琼山教谕。造就后进，一时士类翕然从之，文风丕变。守令为筑考古台于学右，为著述之所。尤精六书之学，尝著《声音文字通》、《造化经纶图》、《学范》、《历代谱赞》等书……五世孙宏翰《上丘深庵书》略：……洪武十二年，太祖命词臣修《正韵》，先世应聘而出，众以年少，黜之为中都国子典簿。时宋学士景濂为总裁，徒为叹息而竟不能留。明年，又与僚官论事不合，罢去。放歌东归，益肆力于著述，学者翕然

---

①　《正德琼台志》卷三十三《名宦》，第 702 页。
②　《正德琼台志》卷三十三《名宦》，第 702 页。

宗之。二十二年,朝廷搜遗贤,先世复起。时吏部郎侯公庸具奏,太祖曰:"朕知之久矣,朕将老其才而大用之。"具启懿文,懿文曰:"吾识其人,宋先生每称之。然其所著书,非静处不能就。其以为教官。"翰林学士庐陵解公缙又谓,与其班贤哲于朝廷之上,孰若施教化于蛮夷万里之远。乃领教琼山。公为文送之曰:"教官,圣人之木铎也。吾当贺圣人于南海之滨又增一木铎矣。"先世既至,作琼台,布学范,慨然以兴起斯文为己任,虽将门子弟及蛮夷荷戈执戟之徒,皆知向风慕义。而远方从游者,若合肥王惠仲迪、莆田朱继伯绍、三山郑观尚宾、凤阳孙仲岳、临川吴均平仲辈为最著。由是南海始闻圣学,而名世大儒寖出矣。翕然文风被弦诵日,洋洋邹鲁。太祖将以大用,不俟而卒。盖洪武二十八年十月一日也。门人含敛殡祭如己父,而悲痛追慕之诚,屡形诸诗。永乐初年,门人吴邑柴广敬攉进士高等,以《声音文字通》具奏。太宗诏藏秘阁,为考文重典。翰林诸友自解公以下,读其书,莫不悲泣。①

王伯贞 讳泰,字伯贞,以字行,更字之干,号海琼牧叟,泰和人。洪武壬戌(洪武十五年,1382 年),以聘起,因论太极称上意,授广东按察司试佥事,实授工部主事。己卯(建文元年,1399 年),复用荐起知琼州,时年几六十。优文学,为政宽简,有古循吏风。州黎杀人报仇,府卫以反闻,兵之。伯贞保其无他,捕仇杀者数人,遂定。琼田三获,军赋不时受,俟民之则急敛而倍入之。始令每获必输,皆告便。岁甲申,郡大旱。祷之,大雨。既而闻城南十五里外尚不雨,又祷之。诘旦,适往清澜浦视番舶,雨亦随至,民为鼓舞,曰"太守雨"。辟田野,兴学校,政教大行,流民相率来归者万三千余口。在郡凡十五年,而以病及往来道路者半,民爱之如父母。以内艰去,号泣而送者十余里不绝。是时,广之东语贤守称最焉。后卒于京万宝坊。正统中,以子直贵,赠吏部尚书。初,民为木主,祔祀东坡祠。成化初,始专祀于二贤祠。②

---

① 《正德琼台志》卷三十三《名宦》,第 703-704 页。
② 《正德琼台志》卷三十三《名宦》,第 705-706 页。

赵谦、王伯贞时期是明初乃至整个明代诗书风气形成的关键时期,二人对海南诗书风气的形成有着极为重要的影响。

赵谦是自苏东坡之后,海外舶来的另一位学者型大儒,他以海内名儒的身份屈身琼山教谕四年,诗书唱论,奖掖后进,最后卒于任上,造成了琼山乃至整个海南文运的转关。赵谦之于海南文化的特殊意义是多方面的。首先,他本人博学洽闻,著作丰富,学术精湛,为海南带来了海内一流的学术;其次,他经历丰富,影响显赫,当朝天子及最著名的学者解缙都对他极为推重,为海南士人带来了开阔的文化眼界;再次,他极善于交游,与杨升、朱四吟、张善教等游咏,吸引海内名士王惠、朱继伯、郑观、孙仲岳、吴均等一大批人物从游,真正造成了海南文风的流动;最后,赵谦是带着"圣人的木铎"与"与其班贤哲于朝廷之上,孰若施教化于蛮夷万里之远"的明确文化追求来到海南,并卒于任上的,他给海南人带来了卓越的文化追求,留下了永恒的文化记忆。赵谦逝世后的第四年,海南迎来了另一位德高望重的文化保护人,"几六十"高龄的文学爱好者知府王伯贞。王伯贞以年高而慈民,以"优文学"而重教,他在海南掌政长达十五年之久,"辟田野,兴学校,政教大行",极大发扬了赵谦所开创的诗书唱诵之风,并收获了极大的成功。

在赵谦和王伯贞的努力下,琼山及整个海南的诗书教育很快结出了硕果。永乐年间,海南出现了进士科中式的井喷现象,令中原文化界为之侧目。永乐二年,也就是赵谦逝世后的第八年,王伯贞掌政的第五年,海南一年考取了四位进士——琼山唐舟、琼山陆普任、琼山石祐、澄迈洪溥,其中前三位都是琼山人;永乐四年,也就是赵谦逝世后的第十年,王伯贞掌政的第七年,海南一年考取了两位进士——琼山王克义与琼山黄敬;永乐十年,也就是王伯贞掌政的第十三年,海南再中一位进士——文昌人林密。也就是说,赵谦逝世后不久,王伯贞掌政期间,整个海南前前后后一共考中了七名进士。这个数字即使在文化最发达的江浙,也是极罕见的。更有甚者,王伯贞离任后的几年,这一井喷现象仍在继续,永乐十六年,海南秋闱再有二人同中进士科——琼山薛预、琼山唐亮、万州徐祥。至永乐十九年,海南还有琼山人吴锜考中进士。进士科的非凡成绩,特别是一科四进士的巨大成功,既是明初海南诗礼风气自然发展的结果,是对海南明初文教努力的肯定,同时也是对海南诗礼风气的一种巨大激励,使海南诗书风气沿着健康的方向进一步迈进。表 2.3 是海南明初进士科的情况,可资参考。

表 2.3 海南明初(洪武、建文、永乐、洪熙、宣德五朝)进士名录

中进士时间	进士姓名
洪武二十四年	文昌何测
洪武三十年	琼山符铭
永乐二年	琼山唐舟、琼山陆普任、琼山石祐、澄迈洪溥
永乐四年	琼山王克义、琼山黄敬
永乐十年	文昌林密
永乐十六年	琼山薛预、琼山唐亮、万州徐祥
永乐十九年	琼山吴锜
	计洪武 2 人,永乐 11 人(琼山 9 人、文昌 2 人、澄迈 1 人、万州 1 人)

注:参见《嘉靖广东通志·琼州府》之《选举表·进士表》,载《嘉靖广东通志·琼州府(二种)》,第 255-256 页。

这一时期值得表彰的人物,除了教师赵谦、知府王伯贞及诸学子外,还有其他许多对海南诗书风气形成做出了独特贡献的人物。外地人物如琼山知县陈永彰、儋州学正郑济、乐会教谕林璟(一作"景"字)、流寓水南村的莫蓁等:

> 陈永彰 庐陵人。洪武丁丑(洪武三十年),由学博经明任琼山知县。有守能干,宽和爱民。修复滨壅汙岸及梁陈陂。永乐初,忧去,民犹思之。①

> 郑济 闽县人,永乐间,任儋学正。融会经书旨趣,日与诸生讲论不倦。尝著《四书书经讲说》,今流于世,人犹宗之。②

> 林景 漳浦人。永乐间,由举人任乐会教谕,博闻多识,训诲有方。后升监察御史。③

① 《正德琼台志》卷三十三《名宦》,第 705 页。
② 《正德琼台志》卷三十三《名宦》,第 707 页。
③ 《正德琼台志》卷三十三《名宦》,第 707 页。

> 莫寨,吴川人,永乐初寓崖之水南村,占籍南厢。梗直不阿,通经善诗,郡守姚瑾特见亲重。①

长期寓居海南的人物如临高校官杨升、乡校教师徐益等:

> 杨升,字起宗,永嘉人。自洪武末寓琼三十余年,通《春秋》,博洽能文,郡县诸家撰述多出其手。举临高校官,后以老谢政。与郡守王伯贞友善,尝改补蔡止庵《琼海方舆志》,文行冠于一时。年八十八终。②

> 徐益,字咨益,丰城人。洪武间,从父戍琼,博通经史,长于诗赋,为乡校师,尚书薛公远辈皆出其门。与王霜筠、杨行素、朱四吟诸士友善,尝为霜筠校正咏史诗。③

本地人物如琼山人王惠、张善教等:

> 王惠　字仲迪,号霜筠,合肥人,从兄千户志调官籍于琼。博学能文,解学士缙称惠从赵考古讲明性命义理之学,洁白清修,毅然自立。洪武末,用大臣荐至京,以三丧未举,力辞归隐,天下闻其节行。所著有《截山咏史》、《岭南声诗鼓吹》等集。④

> 张善教,琼山人,万户贤之子。领洪武丙子(1396)应天乡荐,授岑溪谕,丁内艰。永乐间,改沙县谕。学行粹洁,未逾年,士皆从化。倡诸生以新文庙,县父老闻之,欣然来助。后致仕,建滨沧亭,与赵谦、王惠、杨升咏赏,为一时重。⑤

这些人在聚集风气、倡导诗书、德行示范诸方面,都对推动海南诗书风气的形成产生了示范性影响。谈到此期诗礼人物之盛及对后辈的作用,唐胄曾

---

① 《万历琼州府志》卷九《秩官志·流寓》,第610页。
② 《万历琼州府志》卷九《秩官志·流寓》,第609页。
③ 《万历琼州府志》卷九《秩官志·流寓》,第609页。
④ 《正德琼台志》卷三十六《人物·名德》,第742页。
⑤ 《万历琼州府志》卷十《人物志·乡贤》,第703页。

在《正德琼台志》中深情回忆说:"国朝洪武、永乐间,吾郡耆德聚盛,学校则有唐公衡、赵公谦,及余榕隐曾祖诸人;乡落则吴公伯雄、文祥,王公惠、徐公益、杨公升、朱公继、郑公观、吴公均、张公善教;武弁则孙公岳;谪放则桑公慎、赵公起潜、董公哲、孙公傅辈。或鸣鼓横经,集冠履以讲唐虞,或深衣幅巾,会诗酒而敦礼义。今日文化之盛,岂无自哉?"①自豪之意溢于言表。盖生于一种文化之中,必于其强盛之处深所感动,于其强盛之时深为感谢,发之自然,表之文字,亦有不得不动情处,非徒为文字之炫耳。

四、后王伯贞及吴锜时期(永乐十一年之后)

> 吴锜　琼山西厢人,世居南桥,义宁县知县。崇尚文公家礼,乡人多化之。国初,琼俗敦朴,礼文苟简,吴坦斋始以诗礼倡导乡邑,凡冠婚丧祭多所取则。比有两京缙绅先生欲行冠事,筮宾辅于国学,两出吴氏门人。□当时莫不景仰琼为海外邹鲁,然后知坦斋天下士也。见王佐《文集》。②

海南诗礼风气在王伯贞时代持续增长,王伯贞过世之后并未停止,而是进一步继续深入发展。永乐十六年海南再有三人同中进士,永乐十九年吴锜中进士,为这股风气添加助力。此期推动海南诗书风气进一步繁荣的,有地方官,有教师,也有学子。地方官的代表人物是知府徐鉴,曾对少年丘濬有知遇之恩,其孙徐溥与少年丘濬交好,同科中进士,后来还与丘濬同入内阁主事。

> 徐鉴　字子明,宜兴人。宣德间,由户部郎中奉敕守琼。廉静寡欲,孜孜爱民。为政简易,大率以劝化为主,不事刑法文案,有古循吏风。节财用,贷逋负。教民树艺,兴学课士。郡多异产,中使阮、韦、冯三人岁来索扰,见鉴严正不可犯,且为上属任,稍敛戢。继有三人皆黄姓者踵至,凡非所当索,限有司弗与。及行所部,辄遣骑从之,俾不得肆。武官利黎产,多启衅以邀赂,镇以无事,皆按堵不为变。民渐黎俗,病不服药,惟杀牛祭鬼,至鬻子女为禳祷费。鉴以佛老虽非正,然不害物命,犹善于此,乃许巨室为民望者,修饰寺观,以移积习。自是有病者不杀生,而民用稍纾。在

---

① 《正德琼台志》卷四十二《杂事》,第 874-875 页。
② 《万历琼州府志》卷十《人物志·进士》,第 642 页。

位四年,惠政兴行,十数年宿弊尽革,一郡治安。宣德癸丑秋卒,巷哭家祭。枢还,送者填海滨,目送其舟至不见乃去。作木主,同王伯贞袝祭于东坡祠。成化初,始为二贤专祠。弘治初,以孙溥贵,赠礼部尚书,兼文渊阁大学士。①

教师的代表是曾兰。

　　曾兰　汀州人。随父子荣任郡学教授,发广东宣德己酉(四年)首解,任文昌训导。学赡才优,启迪有方,士风用振。尝著《举业启蒙》《策海集成》行于时。② 门人李靖、王睿、王翰,其最著者。郡举子博后场之学自兰始,后愈传愈盛。③

此期民间的诗书氛围非常浓厚,民间藏书对后起学子向学也起到了一定的作用,其代表人物是王惠的女婿赵璟。

　　赵璟　字伯辉,卫武胄子。安贫乐道,环堵潇然,吟哦不辍。《外纪》:璟尝与薛尚书继远、丘文庄仲深友善,时接谈笑,其声琅琅。然每伤其妻父王霜筠先生家多书籍,而后无能主者。收藏宝蓄,用资诸人,以故薛、丘二公多得名书观览,皆起寒畯而能以学识致通显,为海内名人。璟有助焉。时人以为璟犹石路初通之车辙,能通车而不有其功者也,兹故录之。以愧夫蓄书家之子孙,妒人胜己,忍其蠹坏而不恤,或市货以资侈费者,其贤否何如哉!④

各方努力的结果之一就是海南诗书风气得以发酵,产生出吴锜这样的礼乐名家以及丘濬这样将要开始崭露头角的新星。吴锜在海南诗礼风气的影响下,成为海南一代礼乐名家,他在家乡倡导礼乐风气,将明初海南的诗礼风气带向鼎盛,并通过文化输出开始对中原文化进行反哺。吴锜的存在表明海南的诗礼风气达到了鼎盛,在礼的创造性方面开始显示出实绩,也预示着在诗的创造性方面,海南取得突破性进展已为期不远。实际上,明初末期,丘濬、王佐

---

① 《正德琼台志》卷三十三《人物·名宦》,第 707-708 页。
② 《正德琼台志》卷三十三《人物·名宦》,第 708 页。
③ 《正德琼台志》卷三十七《人物·文学》,第 758 页。
④ 《正德琼台志》卷三十七《人物·隐逸》,第 762 页。

等一批作家开始出生,海南诗坛将同样迎来它的爆发,海南诗坛的崛起已势在必发、呼之欲出了。

第二节　明初海南诗坛的历史勾稽

今所见海南明初诗人的记载零散而稀少,诗作亦寥寥,明初诗坛的情况只能从各个方面去追索推测。

一、《正德琼台志》人物传记中明初 70 年能诗者录记

唐胄《正德琼台志》中有关诗的记载,分为四种情况:一是文学传中的记载;二是各类人物传中的能诗记载;三是杂事中的记载;四是出于证史目的的各类引诗或小传。其中第一、二种的记载,基本上能判断该人的诗人身份,代表了琼籍和寓琼诗人的基本情况。今将《正德琼台志》第一、二种的记载考略于表 2.4。

表 2.4　《正德琼台志》人物传记中明初 70 年能诗者记载

姓名	简历	主要记语	出处·页码
李思迪	元进士,洪武辛亥谪宰琼山	余辄歌赋,自号海滨子,因以集名	卷三十三《名宦》,701
徐益	丰城人,洪武从父成琼,为乡校教师数十年	尤长于诗赋	卷三十四《游寓》,728
杨升	永嘉人,洪武末寓琼三十余载,举临高校官	郡县建置并诸家谱序记文、题咏多出其手	卷三十四《游寓》,728
唐谊方	琼山东庙人,郡庠训导,永乐三年诣阙请老	谊答之诗	卷三十六《人物·名德》,741
王惠	合肥人,从兄千户志调官籍于琼	《截山咏史》《岭南声诗鼓吹》	卷三十六《人物·名德》,742
唐舟	琼山东厢人,进士,监察御史	题门帖	卷三十六《人物·名德》,742
王克义	琼山海口人,永乐丙戌进士	增减宋词科;《试蓬莱春晓歌》	卷三十六《人物·名德》,743

续表

姓名	简历	主要记语	出处,页码
王懋	王惠之弟,年几八秩卒	善诗	卷三十七《隐逸》,761
赵璟	与薛远丘濬友善	环堵潇然,吟哦不辍	卷三十七《隐逸》,762
王宏	后所人,乡塾训子弟余数十年	工诗文;游灵山分韵赋诗,宏以布衣与列	卷三十七《隐逸》,762

计而言之,则录诗人 10:言其有集者 2,为李思迪与王惠;言其工善诗者 5,为徐益、杨升、王克义、王懋、王宏;言其喜诗能诗者 3,为唐谊方、唐舟、赵璟。

二、明初海南诗人的交游

(一)赵谦儒学集团的诗人交游

海南赵谦儒学集团是以前任国子典簿、谪任琼山教谕四年的洪武末大儒赵谦为中心形成的儒学文化交流团体,当时吸引了几乎海南所有的精英,以及部分的岛外名士,参与者众多。由于儒学与诗的特殊关系,当时涉及的诗歌交游当极为普遍,有明确交游记载的则有以下几人:张善教、赵谦、王惠、杨升、徐益、王懋。

这些人之间建立交游关系的记载主要见其中张善教、徐益、王懋三人传记:

> 张善教……与赵谦、王惠、杨升咏赏,为一时重。①

> 徐益……尚书薛公远辈皆出其门。与王霜筠、杨行素、朱四吟诸士友善,尝为霜筠②校正咏史诗。③

> 王懋……惠之弟……善诗……终身晦迹……年几八秩卒。④

涉及的另外三人,亦有传记,如下:

---

① 《万历琼州府志》卷十《人物志·乡贤》,第 703 页。
② 注:霜筠是王惠的字。
③ 《万历琼州府志》卷九《秩官志·流寓》,第 609 页。
④ 《正德琼台志》卷三十七《人物·隐逸》,第 761-762 页。

王惠……从兄千户志调官籍于琼……从赵考古讲明性命义理之学。①

杨升……自洪武末寓琼三十余年……郡县建制并诸家谱序记文、题咏多出其手……与郡守王伯贞过密。尝改补蔡止庵《琼海方舆志》。文行冠于一时。年八十八,无疾终。②

赵谦……时号考古先生。洪武壬申(洪武二十五年),由国子典簿谪任琼山教谕。造就后进,一时士类翕然从之,文风丕变。……作琼台,布学范,慨然以兴起斯文为己任,虽将门子弟及蛮夷荷戈执戟之徒,皆知向风慕义。而远方从游者,若合肥王惠仲迪、莆田朱继伯绍、三山郑观尚宾、凤阳孙仲岳、临川吴均平仲辈为最著。由是南海始闻圣学,而名世大儒寖出矣。翕然文风被弦诵日,洋洋邹鲁。③

从六人的简传,可以推测出他们交游的简况,大致有以下几点:第一,交游的时间在洪武二十五年到洪武二十八年前后;第二,交游的地点以赵谦所居的琼山为中心;第三,诗歌交游的中心是赵谦,或者是赵谦与王惠两人,因为六人当中,赵谦固是德高望重的领袖,王惠却拥有诗集,且与他人皆有直接的交往记载,在诗歌唱和过程中可能起到了更大作用;第四,交往的过程大概可以描述为,王惠、王懋兄弟本合肥人,随兄王志定居琼山,洪武末,王惠以丧归,刚好碰到来琼做教谕的赵谦,王惠慕赵谦学问而追随,其时,杨升从永嘉来琼,本地万户张贤之子张善教则尚未中举,皆追慕赵谦而从游,从父戍琼的诗歌爱好者兼乡校老师徐益因与王惠以诗歌交好,而参与进来,于是形成了一个诗歌唱和的小团队,从赵谦游者很多,但这个小团队则以王惠为中心,可能相对独立;第五,赵谦在琼只待了四年便离任,赵谦离任海南后,余五人可能有继续交往。交往的中心应是王惠。

---

① 《正德琼台志》卷三十六《人物·名德》,第742页。
② 《正德琼台志》卷三十四《流寓·游寓》,第728页。另,第831页存杨升表扬节妇的《毕氏词略》骚体诗一首。
③ 《正德琼台志》卷三十三《人物·名宦》,第703-704页。

（二）曾兰儒学集团与王睿文学家族

曾兰儒学团队是永乐宣德年间，以科举名师曾兰为核心形成的儒学集团，其交往时间在宣德四年前后，交往地点宣德四年前在琼山郡学，宣德四年后在文昌县学，其知名成员有李靖、王睿、王翰等人。其中，曾兰、王睿皆入唐胄《正德琼台志》之《文学传》。

> 曾兰　汀州人。随父子荣任郡学教授，发广东宣德己酉（宣德四年）首解，任文昌训导。学赡才优，启迪有方，士风用振。尝著《举业启蒙》《策海集成》行于时。① 门人李靖、王睿、王翰，其最著者。郡举子博后场之学自兰始，后愈传愈盛。②

> 王睿　调塘人，贤达之侄。从曾兰学，与王翰齐名，时称二王。兰编《策海集略》，睿为校正。惜天卒。唐侍御舟志墓，有"博通百家子史，出色儒林"之称。丘解元濬诗云："芸窗事业九分九，浮世才华三十三。黄宪夭亡人共惜，刘蒉下第我应惭。"乡里至今传诵。③

李靖、王翰则其人其事今皆不详。

王睿文学家族包括王睿、王睿之子王瓒和王睿堂侄王恭，王瓒、王恭二人亦入《正德琼台志》，并以诗名载，王瓒记载尤详。

> 王恭　睿之堂侄。安静喜吟。④

> 王瓒　睿之子，详《楼阁·清溪钓矶》下。俱调塘人。⑤ 清溪钓矶，在郡东南独坡都，逸士王瓒【瓒字时用，调塘都人，文学睿之子。移居独坡。性磊落不羁，喜吟咏，不事生产，轻世侮物，虽若颠而持论实确。会有投机者，与之剧谈肆饮，忘昼夜而不舍，甚至去衣披发起舞叫喊。凡有假乞，辄尽有与之，妻子慊不敢阻。家世饶产业，至瓒倾覆殆尽而不恤。前辈常评乡耆中，林桐茂材，有瓒之颠而诗不及；冯源伯渊，有其近体律诗而口占白

---

① 《正德琼台志》卷三十三《人物·名宦》，第 708 页。
② 《正德琼台志》卷三十七《人物·文学》，第 758 页。
③ 《正德琼台志》卷三十七《人物·文学》，第 758 页。
④ 《正德琼台志》卷三十七《人物·耆旧》，第 764 页。
⑤ 《正德琼台志》卷三十七《人物·耆旧》，第 764 页。

律不及;沈悌,有其白律方言诗,而俚歌不及。至于轻财仗义,则源与悌虽甚富,而皆尤不及焉】钓游之所。荫林清泉,卓有佳趣。【瓒自诗:

散诞滩头伴石矶,闲云流水正相依。夜来坐上东山月,钓得鲈鱼入馔肥。

钓得红鳞个个鲜,妻儿倒瓮醉灯前。人生有趣心长乐,不羡王侯食万钱。

檐挂烟蓑带月还,沧浪歌彻水云间。时常淡饭寒鲈馔,荣辱无关梦亦安。

林南川光:

百年几许清溪兴,若个清溪是凤缘。白鹭黄鹂皆眼界,桃花流水自山川。尘埃万里终寥落,衣袖千回此濯沿。我有长歌堪附搭,酒杯何处话先天。

忽闻此日清溪侣,何处深潭应浅陂。流水放歌还胜事,春风击棹更童儿。不辞海上神仙酒,亦有山中野老诗。万里羊裘虽自得,等闲不羡钓鱼矶。】①

王睿系曾兰儒学集团中坚人物,助曾兰校《策海集略》(笔者按:与《策海集成》当为同一书)稿,可见曾兰对之倚重。惜乎夭卒,则去世当较年轻。其去世时儿子王瓒是否成人,并不知晓,所以很难判断王瓒、王恭等是否参与到曾兰集团活动中。两大集团之间文人间的关系,尚待考索。

王睿文学家族很显然是诗人家族;曾兰儒学集团推测应该也有唱和,但曾兰、王睿诗歌水平如何,今于史录并未发现记载,仍存疑。

《正德琼台志》存王瓒五首诗歌,评价甚高,可以想见王瓒其人其诗的一般情况。在明初海南诗人中,其应该算是比较难得的。

(三)灵山诗会

《正德琼台志》卷五《山川·灵山》条附序二、诗二十,并唐胄按语一条,记其事并诗甚详。

---

① 《正德琼台志》卷二十四《楼阁上·清溪钓矶》,第499-500页。注:引文中【】号为笔者区别见所加。

首附唐舟《游灵山诗序》云："……东广连帅济宁王公总制海岛,号令成布,因神之灵、山之秀,会今大参苍梧龚公、盱江左公、宪副贵溪王公、钱塘童公、金宪高唐穆公、琼守程公往游焉。后至者予与监察御史邝公、前庶吉士王公,金谓斯游不可无纪,乃进触于连帅且曰:'公文章政事,表表在人耳目,有非一日,敢求一题纪诸胜事。'公遂走笔而成:'烧香游神祠,松风生微寒。高歌携金尊,颓然青云间。'二十字为韵分赋。时官属陶良佐、士人王宏亦预,通十九人。诗成,以次编汇,不以穷达为先后,谓余宜叙首……正统壬戌夏。"①次接陈琏《游灵山庙诗集序》补述云:"正统七年夏五月,广东连帅济宁王公清,出镇琼台,恩敷威行,海隅宁谧。闻郡有灵山之神……凡至琼者,莫不趋拜祠下,以纵大观。公既得其详,当戎务之暇,率官僚文士,往谒于神,以肆登览……公谓斯游不偶,乃启筵呼酒,以极游览之娱。监察御史致仕郡人唐君舟,请公赋诗,以纪斯游之胜。公因为五言诗一首二十字,皆平声。大参苍梧龚公及在席者各分韵赋之,连帅凤阳张公、大参蒲圻王公从而和之。唐公辑而成编,曰《游灵山庙诗集》。公持归,宪使于湖郭公览之叹赏,与诸公复有作焉……公近阅武至宝安,间出斯集,属予序。逊弗获,于是乎书。"②两序之下,列分韵所咏二十首诗,依次冠名:

"烧"字,御史唐舟;

"香"字,大参龚篪;

"游"字,御史邝杰;

"神"字,金宪穆铎;

"祠"字,少参王恺:"从而和之";

"松"字,连帅王清;

"凤"字,丰城陈振;

"生"字,千户屠泰;

"微"字,宪副童贞;

"寒"字,大参左瑞;

---

① 《正德琼台志》卷五《山川·灵山》,第81-82页。
② 《正德琼台志》卷五《山川·灵山》,第81-82页。

"高"字,维阳邵伟;

"歌"字,宪副王增祐;

"携"字,连帅张玉:"从而和之";

"金"字,乡士王宏;

"尊"字,太守程莹;

"颓"字,乡士王懋;

"然"字,前庶吉士王槐;

"青"字,森使郭智:"复有作焉";

"云"字,东鲁李芳;

"间"字,镇抚陶俊。

诗之后附唐胄按语云:

> 按《外记》:都指挥王清游灵山有五言绝句,皆平声,分韵题诗有集,佐童时略记一二联警句。"青"字韵中联云"一时宾从头皆黑,千载江山□尚青",御史唐舟诗也。"携"字韵中联云"深院有人□也吠,空庭无主燕于飞",举人丘濬诗也。今全本不可复得。据此,则上诗二十首,自余伯祖侍御以下十七首系即席者,祠、携、青三韵则同时郭王张三公追和者。余后郡中士夫续和附集,珠玉尚多,惜皆遗亡矣。[1]

据《正德琼台志》记载,可以确定关于灵山诗会的基本情况:

其一,正统七年夏,广东都御史王清镇守琼州,游灵山,列筵款待与游者,席间总十九人,应致仕御史唐舟等与会者所请,王清即席赋二十字平声诗一首,十九人分韵赋之,唐舟以次序之,作序,序中提到与会者有王清、龚篪、左瑞、王增祐、童贞、穆铎、程莹、唐舟、邝杰、王槐、陶良佐(即陶俊)、王宏等十二人;

其二,张玉、王恺从而和之,唐舟次复辑录,成《游灵山诗集》;

其三,郭智与诸公复有作焉,唐舟出书请陈琏作序;

其四,此后,郡里很多人都追和了这组诗歌;

---

[1]　《正德琼台志》卷五《山川·灵山》,第84页。

其五，王佐回忆本辑录有"青"字韵唐舟诗、"携"字韵举人丘濬诗；

其六，唐胄《正德》本，列诗 20 首，其中 12 首作者与唐舟序提及即席者名同，3 首与陈琏补序提及"从和""复作"者名同，另 5 首名字未见其他记录；另外，王佐所记忆本有 2 首 2 作者，与上述皆不吻合，其情况见表 2.5。

表 2.5　史载灵山诗会及其附和作者名录

韵字	烧	香	游	神	祠	松	风	生	微	寒	高	歌	携	金	尊	颓	然	青	云	间
	唐舟	龚篪	邝杰	穆铎		王清		童贞	左瑞		王增祐			王宏	程莹		王槐			陶良佐
					陈振	屠泰				邵伟					王懋			李芳		
				王恺							张玉						郭智			
											丘濬							唐舟		

据此可以推测：唐舟等 12 首即席所作可信度最高，其次是陈振等 5 首，二者加在一起也就是唐胄所推测"即席者"17 首；王恺等 3 首显系后来和作；丘濬的作品当可推断为正统十年中举之后到正统十四年中进士之前所作，因为王佐回忆丘濬作此诗时为举人，而丘濬中举在正统十年，显然不可能以举人身份参与正统七年的灵山诗会，故丘濬所作当为后来的附和之作。难以推断的有三点：一是即席 19 人分韵赋诗的数量，是 19 首还是 20 首，难以定判；二是王恺等三韵的原即席作者与作品，今难判断；三是王佐所言唐舟的诗歌是否为即席作品，不能判断。

正统七年的灵山诗会及其引发的和诗活动，对海南本土诗坛就像一个巨大的催化剂，其参与者身份复杂，有退休高官，也有在任高官，有行政府守，也有军队首领、地方平民，有海南本地人，也有外来定居或短暂游居者，对文化各界产生了广泛的影响。尤其参与者高官极多，声势浩大，对诗坛的震动难以估量。英宪年间丘濬的和诗，少年王佐的回忆，乃至其后唐胄的郑重记载，都表明了这一事件对海南诗坛杰出人物产生的巨大的吸引力与影响。

参与灵山诗会的海南本地诗人，主要是唐舟、王宏、王懋三位，皆入《正德琼台志》，唐舟入名宦传，王宏入文学传，王懋入隐逸传。

三、海南明初存诗巡录

明代几部海南地方志,包括《正德琼台志》《嘉靖广东通志·琼州府》《万历琼州府志》,记载的各类居琼或长期寓琼的人物中,有诗名或有存诗的情况见表 2.6。

表 2.6　海南明初诗人存诗名录

海南明初文坛人物	有诗名	有诗集	有存诗
唐谊方	▲		
李思迪	▲		
赵琚			
赵谦	▲		
王伯贞			
徐益	▲		
杨升	▲		
张善教	▲		
王惠	▲	《截山咏史》《岭南声诗鼓吹》	▲3 首
唐舟	▲		▲2 首
王宏	▲		▲3 首
王克义	▲		▲2 首
王懋	▲		▲2 首
郑济			
赵璟	▲		
莫蓁	▲		
朱四吟	▲		
冯宣	▲		▲1 首
曾兰			
王睿			
王恭	▲		

续表

海南明初文坛人物	有诗名	有诗集	有存诗
王瓒	▲		▲5首
王翰			
黎琼			▲1首

从统计看,海南明初有诗名者不少,有诗存者却仅见王惠、唐舟、王宏、王克义、王懋、冯宣、王瓒、黎琼等数人数首,有明确诗集者则更是仅有王惠一人。今将存诗者介绍如下。

王懋,以德行与医术分入《正德琼台志》隐逸传及艺术传。其生平见《正德琼台志》,王懋曾以乡士身份参与灵山诗会,并即席赋诗。今其存诗两首:

芒鞋竹杖陟崔嵬,一径烟岚两半开。阴洞丹炉无伏火,古祠画壁拥荒苔。香浮翠霭茶烹鼎,免溜红霞酒满杯。陪赏归来情未□,□川斜日暮云颓。(《游灵山诗得颓字》)①

万里投荒到海南,桄榔林下即茅庵。谪居身世何须惜,忧国情怀尚不堪。当日岂无人载酒?至今常使客停骖。我来堂上瞻遗像,飒飒清风洒布衫。(《载酒堂》)②

两首诗一为写景,一为咏史,情怀散宕而略有哀飒意,大约有才而不能完全见申者皆有此种意境,语言则甚浑脱。

王惠,明初海南最著名的诗人之一,入《正德琼台志》卷三十六《人物·名德》。然其集皆不传,今仅存颂烈妇诗二首和颂神应港诗一首:

西风昨夜怒掀天,吹折瑶池并蒂莲。夫属妇言情已切,妇从夫死志弥坚。不惟大义今时重,犹有芳名后世传。最是伤心孤与老,一家两地隔

---

① 《正德琼台志》卷五《山川·灵山》,第84页。
② 《正德琼台志》卷二十五《楼阁·载酒堂》,第511页。

蛮烟。

　　人间何事使人惊？一死能全万古名。合卺已相同穴葬,盖棺宁忍别偷生。肝肠断折情犹切,节义坚贞命必轻。多少英雄名达士,临危何不尽忠诚。(《程烈妇诗》二首)①

　　江水奔投海,湍沙障作堤。萦纡盘数里,迢递接双溪。港窄波还漫,潮平岸始低。鲛人频揭水,蕃舶每胶泥。宋将威何赫,王师力并齐。辇沙劳奋锸,堰水跃鲸鲵。既辟俄云合,将通又复迷。海神驱万族,飓母驾群犀。别港开如堑,征帆径若溪。庙坛初建设,祭物盛提携。不独便舟旅,更兼喜旄倪。当时神显应,此日客分题。烂漫离杯劝,娇腾驻马嘶。不堪情缱绻,回首暮云西。(《神应港》)②

节妇诗固是当时风气,且不提。《神应港》诗描写海南港口的变迁,题材特别,值得重视。神应港是宋代名港,据《正德琼台志》在诗前载:"旧名白沙津,在县北十里洔州都,聚舶之地。初,港不通大舟,多风涛之虞。宋熙宁中,琼帅王光祖曾开未就。淳祐戊申,忽飓风作,自冲成港,人以为神应,故名。宋于此置渡达徐闻沓磊驿。"③诗歌前八句描写神应港萦纡数里、港窄波缓的雄概,中八句回忆琼帅开港未通的历史,接下来八句描写了神应港应天而生成、惠泽黎民的神奇事件,最后四句以抒写感今怀古的幽绪而作结。诗歌语言精练,情感缱绻,包含着丰富的人文精神和历史信息。

　　王宏,入《正德琼台志》文学、隐逸二传。《正德琼台志》文学传载:"字孟远,号蛰庵,后所人。少孤力学,工诗文。以母旌表节妇韩氏年老,不求仕,开乡塾训子弟,余数十年。正统间,大参龚璲、都阃王清及致仕御史唐舟辈,游灵山分韵赋诗,宏以布衣与列,时人高之。丘濬《志邝俊墓》有云:'吾离家十八年,城中父老彫谢殆尽,唯王孟远、邝廷辅两先生在,岿然若灵光之在鲁也。'"④

---

① 《正德琼台志》卷四十《人物·烈女》,第828页。
② 《正德琼台志》卷五《山川·神应港》,第89页。
③ 《正德琼台志》卷五《山川·神应港》,第89页。
④ 《正德琼台志》卷三十七《人物·文学》,第762页。

今存诗两首：

> 万木参天古皖□，□陪□盖此登临。远山雨过千屏画，斜日穿花□地金。对酒□怀成畅饮，题诗分韵动豪吟。兴阑随意苍苔坐，一曲《熏风》入舜琴。(《游灵山诗得金字》)①

> 三要清官一月除，尚书学士与金都。六朝礼乐王纲正，千古文章世道扶。政教已闻超汉宋，人才今见盛唐虞。彬彬文彩昭临下，欢动琼南士大夫。②

两首一为歌颂海南山水人情，一为歌颂海南文化盛事，均笔意酣畅，情绪饱满，表现出了明初海南人物意气飞扬的精神面貌。其中第二首叙写历史，语意要显赫一些。第一首写故乡风物，含蓄风流，在今所见《灵山诗集》二十首诗中，要算是较好的作品。其中"远山雨过千屏画"句诗中有画，极为秀丽，"一曲《熏风》入舜琴"则和平醇雅，极得古趣。王宏以布衣参与盛会，确乎为海南文化增添了异色。

唐舟，字汝济，唐谊方侄。学博才赡，甲申(1404)举进士，授新建知县，上下大服。未久应求贤诏升江西金宪，整肃纪度，郡邑承望风采。洪熙元年(1425)，大臣首荐为监察御史，出按浙江，所至多政誉。为人胸次坦夷，光明正大，历官中外三十年，清正声名闻朝野。及归，杜门不出，年八十二无疾而终。今见其诗二首：

> 捐生节不负闺门，女品寰中第一人。佳誉只今传岭海，伫看褒诏万年春。(《毕节妇诗》)③

> 路出城东十里迢，深林青接野原烧。一声啼鸟幽山趣，几曲交花转径遥。天阕景灵供胜地，神孚帝梦祀皇朝。元戎为爱多佳致，杖屦追随荷见

---

① 《正德琼台志》卷五《山川·灵山》，第 84 页。
② 《正德琼台志》卷四十二《杂事》，第 875 页。
③ 《正德琼台志》卷四十《人物·烈女》，第 831 页。

招。(《游灵山得烧字》)①

前一首为歌颂贞节的诗歌,不足道。后一首纪灵山郊游,是晚年于灵山诗会上拈韵即席而作,写景清致,颇为可爱。

冯宣,入《嘉靖广东通志·琼州府》列传。称其生平:"万州人。学问赅博,中永乐癸未(1403)乡试,授唐府纪善。以风节自持,率动由礼。尤善诗。王雅重之,士夫推逊。及归,惟图书数十卷。"②今诗仅存一首咏史,记于《正德琼台志》:

> 荆王子墓　元撒敦王之子,至元中,以高昌王事累,谪万州安置,数年卒,葬于州东北八里东山岭下,今有冢尚存。举人冯宣诗:万里南迁国亦亡,碧山埋恨海天长。何殊青冢居胡朔,无异怀王落瘴乡。仙鹤泪残辽月暗,杜鹃啼处蜀城荒。千年王子坟前路,多少行人争感伤。③

元荆王太子谪居海南而亡,无疑对于海南人是一段伤感的记忆,而元之亡,亦包含着太多情感,本诗选择这一历史人物,抒发一种国破家亡、命运无常的历史感慨,一连用昭君、楚怀王、卢莫愁、望帝四个典故来表现历史的无情与个体的无奈,表达还是非常充分的。

王克义,《正德琼台志》有传,传云:"琼山海口人。永乐丙戌(1406)进士,授崇仁知县。大臣荐其才,有'博学宏辞'等语。至则增减宋词科,出题试之,果中式。升都官,寻出为建昌府推官。所至廉能。"④今其诗见存二首:

> 碧云初出扶桑树,六龙已驾羲和驭。海上神山晓色分,琪花瑶草湿香雾。双双彩凤栖梧桐,喈喈相应朝阳东。四海苍生尽苏息,万国如在春风中。忆得当年来上国,棘围鏖战文场屋。琼林宴罢醉扶归,不让当时步瀛客。厥来出宰十八年,于今奉诏还朝天。上林春色正明媚,百花灿烂争芳

---

① 《正德琼台志》卷五《山川》,第 82-83 页。
② 《嘉靖广东通志·琼州府(二种)》,第 470 页。
③ 《正德琼台志》卷二十七《冢墓》,第 592 页。
④ 《正德琼台志》卷三十六《人物·名德》,第 743 页。

妍。自喜生逢尧舜世,愧乏涓埃酬圣帝。吟咏非才丹泪垂,强作狂歌歌舜治。(《试蓬莱春晓歌》)①

游客凭栏趣最宜,构轩兀坐看花枝。含英沁露微醺际,吐卉当风送馥诗。蓓蕾似于邪党妒,清香偏与正人期。繁华眼界空千里,茂叔渊明怎得知?(《茉莉轩诗》)②

《试蓬莱春晓歌》不过写四海升平,自得得志之意,然亦透露出当时海南的文治气息。《琼州茉莉轩诗》则以花写人,于繁华之中寓以一种高洁品质,较为可读。

黎琼,《正德琼台志》有传,传云:"字去瑕,琼山卢农人。博学通,五经,有声场屋。将领贡,悒悒不乐,遂弃举子业,制隐居服,足不履城府,以读书自娱。有《咏大学两关诗》曰:'人于险处皆能越,抵死不来打此过。有个真能打过去,试看光景竟如何。'所作多类是。门生梁继赠诗有云:'道心正直殊时俗,老屋倾欹有古风。一种鬓毛春雪白,五车经史夜灯红。'盖实录也。有司请为乡饮宾,多不就。年八十余卒。"③从其诗歌看,风格俚俗朴质,类于其为人。

总体上来看,明初海南诗坛传下来的诗歌多是颂节与家乡风物吟咏,也有少数咏史及其他类,但题材并不广泛。颂节诗乃一时思潮,并无可道;风物吟咏也还没有表现出海南风物的独特韵味来。但明初海南诗歌风气为丘濬与王佐等人的诞生准备了条件。

---

① 《正德琼台志》卷三十六《人物·名德》,第 743 页。
② 《正德琼台志》卷二十五《楼阁下·茉莉轩》,第 502 页。
③ 《正德琼台志》卷二十七《人物·隐逸》,第 763 页。

第三章 英宪诗坛:崛起期

经历了元明长达百余年的和平发展,经过了明初近 70 年的诗书教育的准备,海南诗歌终于迎来了一次集体的喷发,这就是英宪诗坛。海南英宪诗坛,包括正统、景泰、天顺三个朝代,出现了丘濬、王佐、邢宥三位著名诗人,三人相互唱和,各争其鸣,丘、王更是横空出世,双峰并峙,堪称大家,再加上李珊、薛远、曾僖、裴崇礼、王朝隆等人遥相呼应,一扫前代海南诗人孤出散勇的局面,此一时期,堪称海南本土诗歌的崛起期。

第一节 海南诗歌的崛起

明英宪时代,是海南诗歌的崛起时代。崛起时代的英宪诗坛,格局挺异,风格秀特,交游频繁,乡风浓郁,奠定了海南诗歌的独特个性及总体格局,为后来海南诗歌的发展奠定了坚实的基础。

海南英宪诗坛格局挺异,与海内诗歌发展并不同步。英宪时期,是明代海内诗歌的一个低潮期,除后期茶陵诗派李东阳外,所可道者不多,就全国性影响而言,既不能与后来的前七子媲美,亦难与此前的台阁风相侔。海南诗坛则不同,同时出现了一批重要诗人,其中还有丘濬、王佐这样的著名诗人。李东阳尝称丘濬:"礼部尚书琼台丘公,蚤能诗,信口纵笔,若不经意,而思味隽永,援据该博。平生所得近万篇,往往为好事者取去。晚乃掇其存者,分类为编,殆二十之一而已。东阳在翰林,从公久。近见其所为编者,始探宝藏,入武库,心悸目眩,应接不暇……夫去古既远,至唐以诗赋取士,士专门而久业。句锻而月炼,乃有以一句合格,篇未成而传诵人口者,此诗之盛,亦诗之弊也。公(丘濬)之学于诗,固有所不屑专,而实专门者所不逮,彼肤见谫识,管窥蠡测,岂复能尽其妙哉？论诗者以气运为主，亦或以江山为助。国朝熙平百年，礼乐方作，气运之盛，固有攸证。而岭海之灵秀，又水银丹砂灵芝赤箭所不能当者，是诗之成，固公学力所就，抑亦岂偶然之故哉？公虽欲辞一代制作之名，以靳于后世，有不可得者矣！"①丘濬虽在晚年入阁，但他的诗歌在当时颇有特立独行的味道，从性质上来讲，与海内台阁时风并不相续，与后来的七子也有距离，其上承南宋活法风流，下开晚明性灵心源，可谓正本清源，无论是数量，还是质量，都称得上是明代诗歌重要的一环。王佐诗则取法唐人，律学老杜，五绝学王维，七绝学李白、杜牧，古诗有杜韩元白的影子，主宗盛唐，形成了高华清美的成熟风格。海南英宪朝的两大诗人，一宗宋，一宗唐，都不涉台阁时风，这是海南诗坛与海内不同的地方。海南英宪诗坛的几位诗人，其风格各不相同，丘濬的诗歌天趣自然，尚通俗流畅，王佐的诗歌高华清美，望而可爱，邢宥的诗歌古直质朴，李珊的诗歌条畅敏畅，共同构成了丰富多彩的诗歌风景。

　　海南英宗诗坛，还有一个特点，就是以大诗人丘濬为中心，形成了一个有唱和关系，相互影响的松散团体。邢宥和丘濬20余岁"约亭"相识，成莫逆之交，曾共同上京赴考，同朝为官，同期在家乡居，丘濬佩服邢宥的实干，邢宥赏识丘濬的才华，二人相互唱和，诗艺上互相影响，是自然而然的事情。在诗歌上，丘濬对邢宥的影响相对更大一些。王佐，少年时代便被母亲从临高送到琼山，拜在丘濬与唐舟门下学习，对丘濬一生服膺。王佐年少成名，其写作风格却对丘濬全无蹈袭，颇有故意规避、暗自竞争之意，不能不说是另一种影响。英宪诗坛的另一位诗人李珊，也是琼山县人，今虽无唱和之作留存，但与丘濬、邢宥俱是同乡，相互之间应该也有交往。另一位诗人薛远，丘濬《哭邢克宽》诗曾称"一方交友推君独，同月升官并我三"，诗中的第三人指的就是薛远。海南诗人这种松散的交往，既保证了诗人各自的独立个性，又在某些地方相互影响，相互促进，形成了海南诗坛一些共通的特点。

　　英宪诗坛的诗歌，从内容上讲有一些趋于一致的题材与类型。如丘濬、王佐都好咏史，都喜欢写作故乡题材的作品，都有禽言诗等。其中，最突出的一个共通点就是喜欢吟咏故乡风物，乡风浓郁。这与海南诗人乡居的情怀分不

---

　　① 李东阳：《琼台吟稿序》，《丘濬集》，第3690页。

开。海南诗人乡居一般有三个时段:进学前,丁忧时,退隐后。退隐后乡居对文人尤有吸引力,邢宥晚年退隐乡居十余年,李珊、薛远俱都早早退隐乡居,王佐更是乡居 20 多年,丘濬晚年三上请辞帖唯愿回乡乡居。长期的乡居生活养成了亲近自然、恋土怀乡的深厚感情,反映到诗歌中,就是数量众多的家乡风物诗、怀乡诗。薛远今存诗一首,即为家乡风土诗,邢宥、李珊今存诗多半都与海南有关,王佐有 50 多首非常独特的海南风物诗歌,丘濬的集子中海南风物诗也大量存在。这些地方使海南诗坛一开始就保持着独特的地域特色。从相互唱和、相互推重到相互影响、相互促进,这种丘濬所称的“乡邦之气”,不仅成为海南英宪诗坛的重要特征,也对整个海南诗坛产生了重要影响。

第二节　丘　濬

一、丘濬的生平和思想

(一)生平

丘濬(1421—1495),明代理学名臣,字仲深,号深庵,家籍广东琼州府琼山县下田村,正统九年举人,景泰五年进士,晚年官至宰相,卒于任上,世称琼台先生。丘濬一生以学为官,经学、史学、文学兼善,为海南最著名的政治家、史学家、文学家,其著述之丰,为明代罕有,今存《大学衍义补》《世史正纲》《朱子学的》《家礼仪节》《琼台诗文会稿》《五伦全备忠孝记》《举鼎记》《投笔记》《成语考》等多种,均收录于海南出版社 2006 年编纂《丘濬集》中。该集收录除上述九种著作外,还包括《明史》本传、年谱、一部诗话、若干碑祭文等,资料其全,可资参看。

丘濬 24 岁中举,34 岁中进士,首选翰林院庶吉士,36 岁授翰林院编修,44 岁充宪宗经筵讲官[①],45 岁升侍讲,47 岁进侍讲学士,57 岁升翰林学士,再升国子监祭酒,60 岁加礼部侍郎仍掌国子监事,68 岁升礼部尚书,70 岁任会试总裁,71 岁加太子少保,升文渊阁大学士,以尚书入阁掌相权,74 岁加少保兼太

---

① 考《丘濬年谱》有误,充经筵讲官一职前记三十七岁后记四十四岁。

子太保、户部尚书、武英殿大学士,75 岁卒于任上,赠左柱国太傅,谥文庄。丘濬的一生,大致可分为早、中、晚三个时期。

34 岁之前,为家居读书及游学历考期,是为早期。

这一阶段又可分两个小的阶段:24 岁前,尚未中举,为家居读书期;24 岁中举到 34 岁中进士期间,为游学历考期。早期是丘濬思想的形成期,考察这一时期最值得注意的有三点:一是其家世的影响;二是其天资聪颖;三是其勤学的经历。

丘濬早期的情况,首要注意的就是其家世的影响。在所有的影响中,以"代有禄仕"①"海外闻家"②的先祖、"性有阴德,为良医"的祖父以及"有孟母风"的母亲三者的影响最为突出。丘濬先祖是福建晋江人,七世祖名叫丘学正,曾祖叫丘均禄,字朝章,号硕庵,元末担任元帅府奏差职,居琼,因乱不能归,遂家于下田村。家族"代有禄仕",对丘濬立志用世,一生关注政治,毫不懈怠,有明显的导示作用。除先祖外,对丘濬影响最大的数其祖父。丘濬祖父丘普(1369—1436),字思诒,临高县医官,何乔远撰《丘文庄公传》称"为良医"③。焦映汉撰《丘文庄公传》载:"乐善好施,宣德甲寅岁(1434),郡大寝,饥殍遍原野,普舍地为义冢,埋枯掩骼,为第一水桥等处,封茔累累,凡百余所,每遇清明,必酒饭设奠,幽明德之……"④丘濬自撰《可继堂记》回忆:"一日先祖坐堂上,兄与濬皆侍,公谓兄源曰:'尔主宗祀,承吾世业,隐而为良医,以济家乡,可也。'谓濬曰:'尔立门户,拓吾祖业,达而为良相,以济天下可也。'时吾兄弟俱幼稚愚骏,不知先祖之言为何如,然自是亦知惕厉自持,不敢失坠。"⑤丘普治病救人,雅仁好施,务实并有远见,对丘濬的影响极为深远。前期对丘濬影响较深的还有一个人,就是其母亲李氏。丘父名传(1395—1427),一生无功名,33 岁不幸早逝,时濬仅 7 岁,母李氏仅 28 岁。⑥ 李氏出身书香之家,乃澄迈县贡

---

① 《丘濬集》,第 4358 页。
② 《丘濬集》,第 4506 页。
③ 《丘濬集》,第 5069 页。
④ 《丘濬集》,第 5069 页。
⑤ 《丘濬集》,第 4365 页。
⑥ 周伟民、唐玲玲:《丘濬年谱》,《丘濬集》,第 5069 页。

生李易周之女,亡夫后,寡居,"守志食贫,顾复教诲,有孟母风"①,与祖父丘普一起毅然承担起抚育孩子的重任。丘母的坚毅对丘濬的性格形成有重要影响。丘濬后来回忆少年"予少有志用世,于凡天下户口、边塞、兵马、盐铁之事,无不究诸心意,谓一旦出而见售于时,随所任使,庶几有以藉手致用"②,少年时代这种强烈的济世情怀和博览群书的修养的形成,与上述家族、祖父和母亲的影响有莫大关系。

丘濬早期另一个值得注意的现象是其天资聪颖。"濬生有颖质,读书过目成诵。甫六岁,能作《五指山》诗,矢口成章,迥异绝伦,识者知其国器。"③"少时曾作琼台八景,郡侯程公已刻之梓,今不复存,惟记其首一章,谩录于此。五峰如指翠相连,撑起炎州半壁天。夜盥银河摘星斗,朝探碧落弄云烟。雨余玉笋空中现,月出明珠掌上悬。岂是巨灵伸一臂,遥从海外数中原。"④七八岁时,从大父居乡间过道旁学馆,口占鸲鹆联"应与凤凰为近侍,敢同鹦鹉斗聪明"⑤。八九岁,奉社学师命作东坡祠诗,有联句"儿童到处知迁叟,草木犹堪敬醉翁"⑥。十余岁,作《浊海歌》云:"天下百川皆清漪,一流入海便成淄。茫茫谁复辨泾渭,混混孰与论渑淄。洪涛巨浪轰轰怒,不觉已身如秽瓠。看来何似山下泉,清香凛冽为人慕。我向潮头三叹息,志欲澄清势未及。愿言上帝檄天吴,一夜黑波变成碧。"⑦"年甫十二,即偶成唐律一首云:'绝岛穷荒四面墙,偶从窗隙得余光。浮云尽敛天还碧,斗柄初昏夜未央。燕语莺啼春在在,鸢飞鱼跃景洋洋。收来一担都担着,肯厌人间岁月长。'"⑧少年时,即作《主一斋》诗言理学,"沉沉天宇定生光,人得心斋已坐忘。学奕几曾思射鹄,挟书争肯更忘羊。灵台有窍春常满,止水无波尽不扬。好把敬箴书座右,常如先正在羹墙"⑨,《题梅诗》言志,"自是花中一世豪,林逋何逊谩謷謷。占魁调鼎皆余事,更有冰霜

① 焦映汉:《丘文庄公集》卷首《丘文庄公传》,《丘濬集》,第5070页。
② 《琼台诗文会稿》卷十九《愿丰轩记》,《丘濬集》,第4354页。
③ 焦映汉:《丘文庄公集》卷首《丘文庄公传》,《丘濬集》,第5073页。
④ 《琼台诗文会稿》卷五《五指参天》诗序,《丘濬集》,第3864页。
⑤ 《丘濬集》,第5161页。
⑥ 《丘濬集》,第5160页。
⑦ 《丘濬集》,第5163页。
⑧ 《丘濬集》,第5162页。
⑨ 《丘濬集》,第5171页。

节操高"①,游文丞相祠口诵文公诗集句明志"如此男儿铁石肠,英雄遗恨落沧浪。人生自古谁无死,烈烈轰轰做一场"②。焦映汉《丘文庄公传》载丘濬"稍长,博观群籍……三教百家之言,靡不涉猎",史载丘濬"年十七始习举子业,落笔为文,数千言立就,复出伦辈"③,"少有大志,故未登仕版,而忠君忧国之情已略见于诗词间,正统己巳车驾北狩,先生作《捣衣曲》以寓意"④。丘濬的天分为丘濬的学官生涯提供了有力的保障,同时,更值得注意的是,这种天分之中自然含有一种特别的灵性。这种灵性,与明代最早的理学派胡居仁、陈献章基本同时,与后来王阳明、王艮的心学内在相通,却比后者早了约半个世纪,可谓得风气之先。特殊的灵性为丘濬的学术,特别是经济和文学带来了特别的光彩,对丘濬的学术品质及诗歌,产生了深远的影响。

丘濬早期需要注意的第三个方面是其勤学的经历。儒家向有励学的传统,作为儒家大学者,丘濬的嗜书好学,极为动人。《明史》载丘濬"性嗜学"⑤,"幼孤,母李氏教之读书,过目成诵。家贫无书,尝走数百里借书,必得乃已"⑥。何乔远《丘文庄公传》记:"濬幼孤,嗜书,或从市肆借读,或从亲友访求假抄。闻有积书之家,必像计纳交,有远涉数百里,转浼至数十人。积久至三五年而后得者。其至为人所厌薄,厉声色相拒,其颛笃如此。"⑦丘濬作《藏书石室记》,自记其少年求书经历以及对书的感情,"予生七岁而孤,家有藏书数百卷,多为人取去,其存者盖无几。稍长知所好,取而阅之,率多断烂不全,随所有用力焉。往往编残字缺,顾无从得他本以考补,时或于市肆借观焉。然市书类多俚俗驳杂之说,所得亦无几,乃遍于内外姻戚交往之家,访求质问,苟有所蓄,不问其为何书,辄假以归,顾力不能收录,随即奉还之,然必谨护爱惜,冀可再求也。及闻有多藏之家,必像以计纳交之,卑辞下气,惟恐不当其意。有远涉至数百里,转浼至十数人,积久至三五年而后得者,其至为人所厌薄,厉声色以相

---

① 《丘濬集》,第 5162 页。
② 《丘濬集》,第 5160 页。
③ 《丘濬集》,第 5077 页。
④ 《丘濬集》,第 5196-5197 页。
⑤ 《丘濬集》,第 5155 页。
⑥ 《丘濬集》,第 5153 页。
⑦ 《丘濬集》,第 5076 页。

拒绝,亦甘受之不敢怨怼,期于必得而后已。人或笑其痴且迂,不恤也。不幸禀此凡下之资,而生乎遐僻之邦,家世虽业儒,然幼失所怙,家贫力弱,不能负笈担簦以北学于中国,中心惕然。思欲以儒自奋,以求无愧于前人,反求诸心,似知所爱慕者,其欲质正于明师良友。引领四顾,若无其人,不得已而求之书,书又不可得,而求之之难有如此者。乃喟然发叹,自盟于心,曰某也幸他日苟有一日之得,必多购书籍以庋藏于学宫,俾吾乡后生小子,苟有志于问学者,于此取资焉。无若予求书之难,庶几后有兴起者乎"[①]。观丘濬的早期生涯,"二岁。祖父思诒公教礼认字"[②],"七岁入小学"[③],"八九岁时入社学"[④],"十三岁。刻苦攻读经史,是年卒业'五经'"[⑤],"年十七,习举子业,下笔数千言"[⑥],"十九补庠生"[⑦],二十二岁"肄业学宫"[⑧],二十四岁"举乡试第一"[⑨],二十七岁"试礼部,得校官不就,卒业国学者六年"[⑩],二十八岁,"留京从祭酒江西萧镃肄业太学,在太学有六年之久"[⑪],基本上都与读书求学相始终。长期的发奋读书使丘濬对书有很深的感情,尤好藏书,这种爱好一直保持到晚年,"八年卒于官……行人宋恺护丧南归。行装自钦赐白金绮币外,惟图书数万卷而已"[⑫]。丘濬有自己较为系统的藏书意见,先后写出了《藏书石室记》《论图籍之储》《访求遗书奏》等理论文章。

家世的影响,天才的禀赋,勤学的习惯,为一个伟大学者的诞生提供了所有条件。

从 34 岁中进士到 68 岁进礼部尚书,为翰林编修及掌国子监期,是为中期。

① 《琼台诗文会稿》卷十九《藏书石室记》,《丘濬集》,第 4356 页。
② 《丘濬年谱》,《丘濬集》,第 5073 页。
③ 《琼台诗文会稿》卷十九《愿丰轩记》,《丘濬集》,第 4355 页。
④ 《丘濬年谱》,《丘濬集》,第 5075 页。
⑤ 《丘濬年谱》,《丘濬集》,第 5075 页。
⑥ 焦映汉:《丘文庄公传》,转引自《丘濬年谱》,《丘濬集》,第 5077 页。
⑦ 《琼台诗文会稿》卷十九《愿丰轩记》,《丘濬集》,第 4355 页。
⑧ 《琼台诗文会稿》卷十九《雁集琼痒记》,《丘濬集》,第 4352 页。
⑨ 《明史》卷一百八十一《丘濬传》,第 4808 页。
⑩ 《琼台诗文会稿》卷十九《愿丰轩记》,《丘濬集》,第 4355 页。
⑪ 《丘濬年谱》,《丘濬集》,第 5083 页。
⑫ 《道光琼州府志》卷三十三《人物志》,第 1475 页。

中期是丘濬作为一个伟大学者的开拓期。这一阶段也可分为两个小的阶段，从 34 岁进翰林院到 57 岁，"入院首尾二十余年，四转官阶，不离乎言语文字之职"①，为翰林编修期；57 岁后升国子监祭酒到 68 岁，为掌国子监期。这两个阶段丘濬主要完成的工作有：编书、教书、考试、献策。

编书包括公编和私编两类，是丘濬这一时期完成的最重要工作，奠定了丘濬一流学者的身份和地位。

公编主要是修史。34 岁丘濬中进士，"首选为翰林院庶吉士"②，有初入翰林《述怀》诗"经史事幽讨，兀兀穷岁年。誓言追往哲，绝彼尘累迁"③，"既官翰林，见闻益广，尤熟国家典故，以经济自负"④，35 岁景泰六年受命与"修《寰宇通志》"⑤，36 岁五月"《寰宇通志》成，上之，授翰林院编修"，38 岁天顺二年"八月诏修《明一统志》"⑥，41 岁"书成……丘濬作《拟进大明一统志表》"⑦，45 岁"成化元年，升侍讲，命与修《英庙实录》"⑧，47 岁"三年，《实录》成，进侍讲学士"⑨，有《使馆著书》诗，57 岁"续修《宋元纲目》，升翰林学士"⑩，68 岁"命修《宪宗实录》，为副总裁"⑪，71 岁"《宪宗实录》成，加太子少保"⑫，先后参加了五部重要史书的编纂工作。史书的编纂开阔了丘濬的视野，为其更重要的编纂工作打下了基础。

私编的工作则较为多样化。丘濬大概在任翰林编修期间开始写作《朱子学的》，至迟"写毕于天顺七年"⑬；45 岁充殿试读卷官时，"得公《曲江集》于馆阁群书中，手自抄录……闻先妣太宜人丧，因携南归，期免丧后，自备梓刻

①　《琼台诗文会稿》卷十九《愿丰轩记》，《丘濬集》，第 4354 页。
②　《丘濬年谱》，《丘濬集》，第 5088 页。
③　《琼台诗文会稿》卷一《述怀》，《丘濬集》，第 3707 页。
④　《明史》卷一百八十一《丘濬传》，第 4808 页。
⑤　《丘濬年谱》，《丘濬集》，第 5090 页。
⑥　《丘濬年谱》，《丘濬集》，第 5093 页。
⑦　《丘濬年谱》，《丘濬集》，第 5096 页。
⑧　《道光琼州府志》卷二十二《人物志》，第 1462 页。
⑨　《道光琼州府志》卷三十三《人物志》，第 1462 页。
⑩　焦映汉：《丘文庄公传》，转引自《丘濬年谱》，《丘濬集》，第 5116 页。
⑪　《丘濬年谱》，《丘濬集》，第 5131 页。
⑫　《丘濬年谱》，《丘濬集》，第 5136 页。
⑬　《丘濬年谱》，《丘濬集》，第 5098 页。

之"[①];54 岁"窃取文公《家礼》本注,约为仪节,而易以浅近之言"[②],"作《家礼仪节》"[③];59 岁"开始纂述《大学衍义补》"[④],"谓西山真氏《大学衍义》有资治道,而于治国平天下之事缺焉;乃采经传子史有及于'治国平天下'附以己见,作《大学衍义补》"[⑤];61 岁"《世史纲要》成";67 岁"《大学衍义补》一书告成"[⑥]。在丘濬所有的私编书中,《大学衍义补》最为典要,当时称善其"有补政治"[⑦],明孝宗称赞"考据精详,论述赅博"[⑧],"神宗复合梓行,亲为制序"[⑨],今人则更看重其"劳动决定商品价值的论点"[⑩],"'民自为市'的工商管理政策"[⑪],"'三币之法',是封建时代一个空前绝后的杰出的货币制度设计"[⑫]。《世史纲要》则次之。前者确立了丘濬一流经济学家、理学家的身份,后者奠定了丘濬史学家的地位,是为丘濬的代表作。丘濬的几部私修书都很好地体现了其"作文必主于经,为学必见于用,考古必证于今"[⑬]的一贯治学观点。

除编书外,这一时期丘濬的另一个重要工作是教书。焦映汉《丘文庄公传》载"濬生平好议论上下千古,尤熟国家典故,政事可否,反复与大臣言官诤论,是非虽未必一一中适,然不肯媕婀取悦,至其商榷往事,时出意见,自高奇矫众论,能以辩博济其说,人莫能加"[⑭],渊博的学识让丘濬很适合于当老师。

44 岁,"宪宗嗣立,充经筵讲官","音吐洪畅,宪宗悦之"[⑮],丘濬当上了帝王师;57 岁,"升祭酒"[⑯],丘濬成为全国最高学府国子监的校长,领袖天下学

---

① 《琼台诗文会稿》卷九《张文献公曲江集序》,《丘濬集》,第 4022 页。
② 《琼州诗文会稿》卷九《〈家礼仪书〉序》,《丘濬集》,第 4041 页。
③ 《丘濬年谱》,《丘濬集》,第 5112 页。
④ 《丘濬年谱》,《丘濬集》,第 5119 页。
⑤ 何乔新:《光禄大夫武英殿大学士文庄公神道碑文》,《丘濬集》,第 5048 页。
⑥ 《丘濬年谱》,《丘濬集》,第 5129 页。
⑦ 《明孝宗实录》卷七,转引自《丘濬年谱》,《丘濬集》,第 5130 页。
⑧ 《明孝宗实录》卷七,转引自《丘濬年谱》,《丘濬集》,第 5130 页。
⑨ 《四库全书总目提要》,转引自《丘濬年谱》,《丘濬集》,第 5130 页。
⑩ 《丘濬集・前言》,第 3 页。
⑪ 《丘濬集・前言》,第 3 页。
⑫ 《丘濬集・前言》,第 3 页。
⑬ 程敏政:《书琼台吟稿后》,李焯然:《丘濬评传》,南京大学出版社 2005 年版,第 15 页。
⑭ 焦映汉:《丘文庄公传》,《丘濬年谱》,《丘濬集》,第 5099 页。
⑮ 何乔远:《丘文庄公传》,《丘濬年谱》,《丘濬集》,第 5104 页。
⑯ 《丘濬年谱》,《丘濬集》,第 5116 页。

子,成为天下之师长达十年之久。丘濬在入国子监第二年末就着手编纂《大学衍义补》,这部书中的很多内容可能就是丘濬教学的研究成果。丘濬"作文必主于经,为学必见于用,考古必证于今"的人文思想对明代的教育与文风应该有着相当大的影响。

在任编修期间,丘濬还参与了科举考试的选拔工作。45 岁,丘濬"主试应天府"①乡试,有《应天府乡试录序》;48 岁,丘濬参加顺天府乡试考试官工作,有《拟顺天府乡试录序》;49 岁,丘濬"充殿试读卷官"②,有《谨身读卷》;54 岁,丘濬"充会试副总裁"③,有《会试录序》。另外在 70 岁时,孝宗亲出制策试礼部,丘濬还充任过读卷官,有《赐进士题名记》。丘濬利用主持科举选拔的机会,宣传儒家理学经世致用思想,扭转当时文风,"时经生文尚险怪,濬主南畿乡试,分考会试,皆痛抑之"④。丘濬所出的部分考题,今尚存,颇能见出丘濬作为学者的独特风采,亦能体现出明代前期的一种相当务实的理学精神。

另外,此期丘濬还就一些特殊情况上过一些时务策,如明史载"两广用兵,濬奏记大学士李贤,指陈形势"⑤事等。但总体而言,本期的丘濬主要是一位学者,其经世致用的才能并没有得到太多施展。

68 岁之后,丘濬先后任职尚书并入阁执相,进入其生涯的晚期。

此期丘濬借《大学衍义补》一书,获得孝宗青睐,连升官职,最终位至宰相,位极人臣,表面上看荣华等身,但实际上此期丘濬已于《大学衍义补》耗尽了心力,在修完生平最后一部史书《宪宗实录》而获得入阁机会时,已年过古稀,近于灯枯油尽之态,三上辞职帖而不许,宰相之事,不过是勉力为之而已。丘濬从入阁到致身,前后只有短短四年,政事平平,所可道者不多。值得一提的是此期颇多的叹老还乡诗,展现了一位卓有成效的儒家学者晚年复杂的心态,如《初入阁》诗"平生性僻耽书籍,正好观时不得观,坐对水天长叹息,眼花撩乱涕汍澜",这类诗歌往往语义双关,充满了对人生的洞察和感喟,令人叹息。

---

① 《丘濬年谱》,《丘濬集》,第 5101 页。
② 《丘濬年谱》,《丘濬集》,第 5105 页。
③ 《丘濬年谱》,《丘濬集》,第 5113 页。
④ 《〈明史〉本传》,《丘濬集》,第 5153 页。
⑤ 《〈明史〉本传》,《丘濬集》,第 5153 页。

(二)思想

纵观丘濬的一生,早期奋发求学,中期勤于治学,晚期勉力为官,基本上遵循了儒家"修齐治平"的理念。但是,受商品经济和自由贸易的影响,通过引入新的经济因素、治理策略和相关理念,丘濬对新经济条件下儒家的治平体系建构进行了探索,创造性发展了儒家的治平体系,极大丰富了儒家关于国家治理特别是经济治理方面的策略理论。丘濬的思想探索为儒家的近现代化提供了一种极可借鉴的模板。

丘濬的思想,体系宏富,特别反映在《大学衍义补》一书中,"平生精力,尽在是书,苟有所见,皆不外此"①。撮其要而言,则"本一""用万""明理""遂欲"②八字可以尽,分而言之,则有"诚意""正朝廷""正百官""固邦本""制国用""明礼乐""秩祭祀""崇教化""备规制""慎刑宪""严武备""驭夷狄""成功化"等诸种条目。其中,最有光彩的是其"本一""用万""遂欲""制国用""崇教化"思想。

"本一"思想,指本于儒家,又指本于一心。丘濬一生服膺儒学,立尧舜禹文武周孔孟周张程朱为道统,对孔孟程朱均极推崇,立《朱子学的》而为之继③。但是,丘濬不是腐儒,程朱理学到丘濬的身上已经有了某种变化。尝称"念惟天下之大,亦本于一身"④,"万化之本原,一心之妙用……人为物之灵……是岂无故而然哉? 亦惟本乎一心焉耳"⑤,已经显示出了理学向心学的转向。这种转向对丘濬的文学和经济理念有显著影响。

"用万"思想,丘濬提出"人心之微,其用散于万事"⑥"窃以谓儒者之学,有体有用,体虽本乎一理,用则散于万事"⑦。"用万"的思想使丘濬能够挣脱理学过于专注内心修养的束缚,而将纷纭复杂的现实社会纳入研究视野,最终超越

---

① 丘濬:《入阁辞任第三奏》,《丘濬集》,第 3962 页。
② 笔者概括,散见于《进大学衍义补表》。
③ 张伯行《朱子学的原序》云:"朱子集周、张、二程之言,作《近思录》,为孔、曾、思、孟之阶梯,文庄作《学的》,为周、张、二程之阶梯。"《丘濬集》,第 3302 页。
④ 丘濬:《进大学衍义补表》,《丘濬集》,第 10 页。
⑤ 《大学衍义补》卷一百六十《治国平天下之要·成功化》,《丘濬集》,第 2502 页。
⑥ 丘濬:《进大学衍义补表》,《丘濬集》,第 10 页。
⑦ 丘濬:《大学衍义补原序》,《丘濬集》,第 4 页。

前儒们的单纯慎修功夫,开拓出治国平天下的新境界。丘濬于经济、政治、军事、教育、文化、文学、史学无不关注,《大学衍义补》提出 12 个大问题 119 个小问题,最得力于这种"用万"思想。晚明出现顾黄王等视野开阔、通晓百家的经世大家,丘濬可谓早启其端。

"遂欲"思想是丘濬得风气之先的创新。对"人欲"的看法是儒学发展的一道门槛,孔子曾提出"克己复礼为仁",程朱理学倡导"存天理,灭人欲",丘濬作为儒学继承者,自然不能完全反对传统观点,但是,受社会新风潮的影响,丘濬已在相当程度上摆脱了传统观点的束缚,形成了自己的看法。《进〈大学衍义补〉表》称"事皆有理,必事事皆得其宜;人皆有心,须人人不拂所欲"①,提出"人人不拂所欲",即是对人欲进行了鲜明的肯定,这已经是全新的人文精神了。丘濬对民本的关注,对经济的深究,对历史的意见,对教育的重视,对文化的看法,及其诗文特别是诗歌创作,因为这种新的人文精神的渗透,都散发出了异样的光彩。其中,丘濬的诗学思想,尤得风气之先,值得一提。

"制国用"思想,就是研究经济活动规律发展国民经济。史载丘濬"以经济自负"②,绝非浪得虚名。《大学衍义补》提出了系统的国家经济治理方略,包含着非常丰富的经济思想,其中关于商品经济、货币贸易方面的论述,尤为今人看重。

丘濬的文学思想较复杂,既张理学,亦不搏人欲,主张"文以载道"③,与一般理学家同,主张"易晓而可行"④,则与一般理学家异。丘濬的诗歌思想,主张"天趣之自然"⑤,同其"易晓可行"而异于"文以载道",与同期台阁体主张很不一样,颇已能突破理学藩篱,显示出明前期人文精神的最初萌动,可别为"天趣自然论",集中表现在《刘草窗诗集序》《戏答友人论诗》《送蒋敬之归省和宋先生送方正学韵十四首》中。《刘草窗诗集》云:

> 三代以前无诗人,夫人能诗也,太师随所至,采诗以观民风,而系国以

---

① 丘濬:《进〈大学衍义补〉表》,《丘濬集》,第 10 页。
② 《明史》卷一百八十一《丘濬传》,第 4808 页。
③ 程敏政:《琼台先生文集序》,《丘濬集》,第 3686 页。
④ 《琼台诗文会稿》卷九《家礼仪节序》,《丘濬集》,第 4041 页。
⑤ 周伟民等在《丘濬集·前言》对此有专门讨论,见《丘濬集》,第 27 页。

别之。方是时,上自王公后妃,下至匹夫匹妇,率意出口,皆协音调,可诵、可歌,自夫子删三千篇,以为三百五篇后,诗始不系于国而系于人。夫人不皆能诗也,诗道于是乎始晦,自时厥后,诗不出乎天趣之自然,而由乎学力之所至。有一人焉,本学力而积久,习熟以几于化,诗非不工也,然比之得天趣之自然者,则有间矣。呜呼! 此删后所以无诗,与诗自删后,历春秋、战国、秦、汉,非无作者而不传,虽有传亦不详。汉、魏之际,建安七子者出,然后诗之名始专归于人,于是乎曹、刘、沈、谢、李、杜、苏、黄、虞、范诸人继出,乃各自以其诗名家,然人以时异,诸人之作,又各随不同,论者又以代别之,曰此魏、晋也,此南北朝也,此唐也,宋也,元也。呜呼! 秦、汉以来之诗,变至于唐极矣。唐一代以诗取士,宜乎名世者为多,然而著名者仅二人焉,而不出自科目。宋人取士,初亦沿唐制,其后专用经义,诗道几绝。间有作者,非但无三代风,视唐人亦远矣。国初,诗人生胜国乱离时,无仕进路,一意寄情于诗,多有可观者。如吴中高、杨、张、徐四君子,盖庶几古作者也。其后举业兴而诗道大废,作者皆不得已而应人之求,不独少天趣,而学力亦不逮矣。吴人自四子后作诗者,多出于文字之绪余,非专门也。惟草窗刘公原博,家世业医,至公始专心于诗,不拘拘缀缉经语,以事进取。遇凡景物会心,时事刺目,一于诗焉发之,词气激烈,音节顿挫,多有出人意表者。[①]

文中倡天趣黜学力、别经诗专诗学、诋举业废诗道,与其关于文以载道的意见大左。又有《戏答友人论诗》云:

> 吐语操词不用奇,风行水上茧抽丝。眼前景物口头语,便是诗家绝妙词。[②]

倡自然天趣之意甚明。其评老杜诗歌"少陵光焰万丈长,爱国忧君有深趣"[③],晚年所作排律《首尾吟》云:

---

① 《丘濬集》,第 4038 页。
② 《丘濬集》,第 3849 页。
③ 《琼台诗文会稿》卷二《寄符钟秀求所作》,《丘濬集》,第 3737 页。

> 本自性情该物理,虽缘人作实天机。①

所持观点并无大的改变。《送蒋敬之归省和宋先生送方正学韵十四首》则特别强调了勤勉、静观、把握时机、持之以恒等为学作文的一些具体诀窍。丘濬关于诗歌的"天趣自然论",脱自其本人的"遂欲"观,是"中国社会历史转型期,文化走出中古、走向近代化时代的先声"②,"在明代中叶以后被普遍接受并产生了广泛的影响"③。丘濬自己为诗,虽多理学学力,然凭借天赋,多抒性灵,亦能合其诗歌主张,如《题虞美人墓》云:

> 自古英雄数项王,喑哑叱咤万人亡。只消几句凄凉话,柔尽平生铁石肠。④

《题苏武图》云:

> 苏卿持汉节,百节死不移。谁知向胡妇,犹有动心时。⑤

"严陵凭吊诗"云:

> 祚终四百已无汉,州历千年尚姓严。终古祠堂钓台侧,水光山色拥高檐。⑥

> 常叹刘歆头,不及严陵足。厥角稽首势若崩,况敢横足加帝腹。严先生,何壮哉! 钓台岂但高云台。清风辽邈一万古,落日颓波挽不回。⑦

省名理,顺人欲,黜群名,张个性,已开个性觉醒先声。其早期诗歌,更是脱口而出,顺肆天然,闻声见性。如其八九岁时的遗句:

> 儿童到处知迁叟,草木犹堪敬醉翁。⑧

十二岁时的《偶成唐律》:

---

① 《丘濬集》,第 3931 页。
② 《丘濬集·前言》,《丘濬集》,第 29 页。
③ 《丘濬集·前言》,《丘濬集》,第 29 页。
④ 《丘濬集》,第 5167 页。
⑤ 《丘濬集》,第 5167 页。
⑥ 《丘濬集》,第 5168 页。
⑦ 《丘濬集》,第 5168 页。
⑧ 《丘濬集》,第 5160 页。

绝岛穷荒面面墙,偶从窗隙得余光。浮云尽敛天还碧,斗柄初昏夜未央。燕语莺啼春在在,鸢飞鱼跃景洋洋。收来一担都担着,肯厌人间岁月长。①

但作为理学家的丘濬,对自己的诗歌创作似乎亦有矛盾,其《送蒋敬之归省和宋先生送方正学韵十四首》其四有"欲仕万钧重,宁免赪两肩"②之言,至晚年有"故予平日,不欲以诗文语学者"③的意见。

二、丘濬诗歌的思想内容

关于丘濬的诗歌,同事李东阳云"平生所得近万篇,往往为好事者取去,晚乃掇其存者,分类为编,殆二十之一而已"④,其弟子亦云"平生作诗几于万首,然得之甚易而遗忘亦易,且又多不存稿。故今稿中所载,不过千百之一二而已"⑤,盖得之易而又不甚宝之,尝云:"世之作文者,类喜锻炼为奇,不究孔子词达之旨;或剽窃以为功,不识周子文以载道之说。虽有言无补于世,无补于世纵工奚益?故予平日,不欲以诗文语学者。"⑥今存诗仅九百余篇,见于《琼台诗文会稿》,蒋冕《琼台诗话》中亦载有残篇,俱收录于海南出版社 2006 年版《丘濬集》中。

丘濬为诗,一禀自然,遇凡有感,皆付诸诗,天赋既强,学又宏富,自六岁《五指山诗》鸣世,到 75 岁致身,又未尝停笔,故其诗歌的内容极为丰富。大致而言,较重要的是其哲理诗、咏史诗、风物诗、咏怀诗、赠答诗、题画诗、论艺诗、节日诗、回文诗。

(一)哲理诗

哲理诗在《丘濬集》中数量不多,但却是丘濬诗歌最好的部分。丘濬自谓"经明礼乐行文健,策对图书究理真"⑦。作为一名理学家,丘濬大部分时间在

① 《丘濬集》,第 5162 页。
② 《丘濬集》,第 3783 页。
③ 程敏政:《琼台丘先生文集序》,《丘濬集》,第 3686 页。
④ 李东阳:《琼台吟稿序》,《丘濬集》,第 3690 页。
⑤ 蒋冕:《琼台诗话》卷上,《丘濬集》,第 5161 页。
⑥ 程敏政:《琼台丘先生文集序》,《丘濬集》,第 3686 页。
⑦ 1444 年广东乡试考官王来题诗勉励,丘濬有《送王侍卿赴江西》,见《丘濬集》,第 3894 页。

书斋中度过,其《偶书》云"方寸间潜天地,书卷中来圣贤。谁道先生无事,一日万里千年"①,对其书斋生涯显得非常自豪。在书斋中,读书知理,明心见性,表达对社会现实的感受,一个重要的手段就是诗歌。

哲理诗中,写得最好的是明心见道诗。其写于少年时代的《偶成唐律》《主一斋》《浊海歌》为代表作,皆率性而成,灵犀点通,风格近诚斋。

《主一斋》云:

> 沉沉天宇定生光,人得心斋已坐忘。学奕几曾思射鹄,挟书争肯更忘羊。灵台有窍春常满,止水无波尽不扬。好把敬箴书座右,常如先正在羹墙。②

哲理诗中,写得较好的另一类是观世叹易的诗歌。如少年时作《因事有感》云:

> 白发年来也不公,春风亦与世情同。于今燕子如蝴蝶,不入寻常矮屋中。③

丘濬生自海外,长期安贫,颇能以一种局外的眼光观察世道,故常能于世道变化中看出一种人生哲理。这类诗歌的代表还有《初过梅关》《夜泊淮安西湖嘴有感》《感寓》《江行阻风》等。

> 当年未到梅关上,但说梅关总是梅。今日过关堪一笑,满山荆棘野花开。(《初过梅关》)④

> 十里朱楼两岸舟,夜深歌舞几曾休。扬州千载繁华事,移到西湖嘴上头。(《夜泊淮安西湖嘴有感》)⑤

> 生来海边住,惯识海中舟。才喜开洋便,俄惊阁浅留。风云多变态,波浪少安流。却美击纶者,年年守步头。(《感寓》)⑥

---

① 《丘濬集》,第 5166 页。
② 少年见道诗,录自《琼台诗话》"主一斋"条,《丘濬集》,第 5171 页。
③ 观世叹易诗,录自《琼台诗话》"因事有感"条,题作"少年时",《丘濬集》,第 5163 页。
④ 观世叹易诗,录自《琼台诗话》"初过梅关"条,《丘濬集》,第 5163 页。
⑤ 叹繁华变异,录自《琼台诗话》"夜泊淮安西湖嘴有感"条,《丘濬集》,第 5169 页。
⑥ 观海叹易诗,录自《琼台诗话》"感寓"条,《丘濬集》,第 5167 页。

　　人言夏月南风顺,偏我来时遇北风。气候难将常理论,江神肯与世情
同?昨宵倚棹清光里,今日维舟暮雨中。行止非人能逆料,疑赓《天问》问
天公。(《江行阻风》)①

《初过梅关》《夜泊淮安西湖嘴有感》写世态变易,《感寓》从世态变易生发感慨,
《江行阻风》更在感慨中增进疑问。这类作品在他人集子中是不多见的。

　　哲理诗中,乐物明和也是重要的类型。儒家乐天知命、爱物重和的思想对
丘濬影响甚深。如《谷旦》诗云:

　　入春经八日,无日不晴明。岁有丰登兆,人怀喜悦情。物皆安物性,
吾亦乐吾生。把笔题诗句,长歌咤少陵。

乐春之情溢于言表。《人日有怀》云:

　　七日逢人好,三年作客赊。塞云晴度雁,城日晓翻鸦。雪化经冬水,
梅开隔岁花。欲归归未得,惆怅惜年华。

乐物怀乡,于惆怅中更使人生发怜惜。《重阳三首》其一云:

　　满城风雨近重阳,篱菊含滋欲放香。明日阴晴殊未定,先时欢会又何
伤。茱萸细看今还健,竹叶新醅且预尝。幸免催租人败兴,不妨连日醉
壶觞。②

这类诗歌姿态各异,皆中和平正,滋味隽永,有枯淡之处,而无矫揉之态,其得
儒家敦厚风味,最堪怜赏。

　　哲理诗中,还有一些纲常伦理之作。作为理学家,“牢笼百氏,出入六经,
主持纲常,翊扶世道”(周希贤《琼台吟稿序》)③,丘濬写过一些真诚表扬儒家纲
常伦理的作品,如《琼花》借琼花分别夷夏,《常熟王节妇诗》真诚表彰妇节。

　　蕃厘观里草芊芊,不见琼花见八仙。岂是花神厌夷德,番魂先返大罗
天。(《琼花》)④

---

① 叹易诗,录自《琼台诗话》“江行阻风”条,《丘濬集》,第 5170 页。
② 《丘濬集》,第 3925 页。
③ 《丘濬集》,第 3692 页。
④ 《丘濬集》,第 5168 页。

> 所天早逝可奈何，始终一节矢靡它。真松自无桃李态，古井不起江湖波。九重纶绰褒奖厚，百世纲常关系多。清风凛凛敦薄俗，虞山万仞同嵯峨。(《常熟王节妇诗》)①

这类诗歌不多，体现了丘濬作为理学家固执的一面。

表扬儒学，对佛道当然要有一定的看法。丘濬哲理诗中，有一些秉持儒家理性，表达佛道观感的诗歌。丘濬对世俗佛道态度并不一样，大致而言，对道家求仙长生颇不以为然，对佛家苦修忘机则多一些亲近。如其反宋代道家张平叔《悟真篇》词意，作《读悟真集》三首辟道云：

> 真铅真汞结真丹，易简工夫不在繁。道是悟真应未悟，悟真宁用许多言。

> 天然义理本来真，自古原无不坏身。若道神仙长不死，世间应有汉唐人。

> 张翁自谓得真传，吃紧教人学大还。今去翁时未千载，如何不见在人间。

批评之意甚明。而他的《过僧舍诗》则云：

> 僧房暇日偶经过，话到忘机不觉多。凤契自应知我是，任缘无复问谁何？香从内赐乌龙挂，经自西来白马驮。斜日半山归路晚，数声钟磬出州萝。(《过僧舍诗》)②

和佛述理，颇含同情。明代中叶之后，援释入儒成为理学家的通法，丘濬这里已肇始端倪。

丘濬的哲理诗命题很广，常与言志、言物、咏怀糅合在一起，如《浊海歌》《题梅诗》《鹦鹉》《题红梅》等，其间界限并不是很分明。

---

① 《丘濬集》，第 5166 页。
② 《丘濬集》，第 5168 页。

(二)咏史诗

作为史学家,丘濬擅长咏史。咏史诗在《丘濬集》中占据重要地位,陈纯燕有《谈丘濬咏史诗》对其进行专门讨论。

丘濬咏史诗有几个特点。

一是数量多。今存百余首,占其存诗总量的八分之一还多。

二是体裁多样。今存五古有《夜坐和曲江感遇诗韵》四首,"拟古乐府有《绿珠行》《公莫舞》《将进酒》《题古康三洲岩》《湘江曲》《梁父吟》等,七言古有《岳王坟》《岁丁卯过采石吊李白》《丁卯舟中望鞋山因忆解学士吊李白戏作》《读东坡诗》《题杨延玉忠义》《题李都督虎》《云山清趣为欧阳道人作》《竹林七贤》等,有五言绝《明妃曲》《明妃图》《苏武图》等,五言排律有《过梅关题张丞相庙》《题文丞相庙》《题明妃图》《题渊明图》《题虞美人墓》《咏史》《寄题曲江张丞相祠堂》《咏虞姬》等,七言律诗有《过曲江谒张文献公祠》《金陵即事》《和李太白凤凰台韵》《姑苏怀古》《辛未过扬州怀古》《和李太白韵寄题金陵》《过采石吊李白》《苏武归朝图》《谒文丞相庙》《明妃》等,歌行有《竹林七贤图》《三禽言》《剡溪图》等,咏史词有《寄题岳王庙》《和东波韵赤壁图》等"[①]。

三是内容广泛,咏及历史人物众多。政治人物如张九龄、文天祥、岳飞、苏武、李广、秦桧、秦始皇、刘邦、项羽,文人墨客如李白、苏轼、李商隐、陶渊明、欧阳修、陆龟蒙等,隐士型人物如竹林七贤、严子陵,女性人物如明妃、虞姬、绿珠等,在丘濬笔下都有不同程度的表现。有些人物则是反复咏叹,如言张九龄诗,今存有《夜坐和曲江感遇诗韵》四首、《过梅关题张丞相庙》、《寄题曲江张丞相祠堂》十首、《过曲江谒张文献公祠》、《解嘲五首》其一,达 17 首之多;咏叹王昭君的诗,有《明妃》二首、《明妃曲》三首、《明妃图》三首、《题明妃图》一首、《昭君词翻白乐天诗案》二首,计有 11 首;其他咏岳飞、李白、严子陵、文天祥、苏轼、苏武的,亦均有多篇,咏虞姬的也有《咏虞姬》《题虞美人墓》两篇。

四是好恶明确,是非分明,不做骑墙文章。丘濬一生服膺名相张九龄,亲苏轼,慕李白,高严子陵,崇文天祥,对岳飞、王昭君等悲剧人物充满怜惜,对秦

---

① 陈纯燕:《谈丘濬咏史诗》,琼州学院学士学位论文,2015 年。

皇、刘项、秦桧等则有客观的评价,"究本之论,扶世立教之意,郁乎桊然"①。

五是说话大胆,喜做翻案文章。丘濬咏史大多独出心裁,跳脱成见。显示出史学家的卓识独见,如咏岳飞不主责秦桧,《题明妃图》表彰画师,咏陆龟蒙批评其归隐(《笠泽图》),题苏武别述其心系穹庐(《题苏武归朝图》),说垓下却叹戚氏,褒项羽但话其柔肠(《题虞美人墓》),论鸿门宴不论刘邦生与死,议秦始皇批评其修筑长城(《咏史》其一)。叶向高《丘文庄公集序》言"郑端简称公好议论,上下千古"②,李东阳《琼台吟稿序》称"剧谈高论,如缫丝灸毂,竟日不竭"③,《〈明史〉本传》称"性偏狭……议论好矫激,闻者骇愕"④,何乔新《光禄大夫武英殿大学士文庄丘公神道碑文》称"弱冠著论,谓许文正公仕元无能改其俗,又不能行己之道,不仕可也。耆儒硕师见其论,初甚骇之;已而又大服,以为先儒未有言及此者……修英庙实录,或谓少保于谦之死,当著其不轨之迹。公曰:'己巳之变,微于公天下不知何如,武臣挟私怨诬其不轨,是岂可信哉'"⑤,陈熙昌《琼台诗文会稿序》称"标灵领异,唯先生独也奇"⑥,《四库总目提要》卷一百七十称"其好论天下事,亦不过恃其博辨,非有实济"⑦,大约持中者皆谓其议论好奇,颇不同于当时流行学术,至为中庸者所忌,然深究之,其翻案诗歌盖一出自天性,一出自明代心学倾向,非徒号新取世也。

(三)风物诗

丘濬风物诗极多,今存作品中,举凡动物、植物、居所、楼观、山水、田园,皆有表现。其中,特别值得注意的有四类:一是题画诗,二是咏海诗,三是楼观诗,四是咏梅、咏竹诗。

丘濬题画诗今存 60 余首,显示出这位理学名臣于著书、作诗、为官、教学之外,对绘画的特殊兴趣。从今存资料看,丘濬能书,对画有高度的鉴赏能力,今存书画题跋 11 篇、像赞 22 篇,其书画观散见于《题蓝关图后》《跋古圣贤像

---

① 《丘濬集》,第 3687 页。
② 《丘濬集》,第 3679 页。
③ 《丘濬集》,第 3690 页。
④ 《丘濬集》,第 5155 页。
⑤ 《丘濬集》,第 5047 页。
⑥ 《丘濬集》,第 3682 页。
⑦ 永瑢、纪昀:《四库全书总目提要》,海南出版社 1999 年版,第 895 页。

后》《题谢氏先人手书》《书百牛图后》《书潘克宽十八学士图》之中，约而言之，则有诗画一体、画为心声观，起志观，尚意，尚气，等几条。

诗画一体、画为心声观。《题蓝关图后》云"诗为有声画，画为无声诗，诗与画等耳……有深意也"①，提出了诗画一体观；《题谢氏先人手书》云"今观谢氏之先人，其心画之庄重劲正如是，意其为人亦必称之。展观之际，令人起敬"②，提出"书为心画"，曲折表达了画为心声的观念。诗画一体、画为心声观是对苏轼"诗中有画，画中有诗"观点的继承和发展。

起志观。《题蓝关图后》云"诗为有声画，画为无声诗，诗与画等耳……以起子之志"③，提出了绘画如诗歌一样的励志作用；《跋古贤像后》云"今乃于一日之间，翻阅之顷，而诸贤之威仪、容貌俨然聚于目前，而其言论风旨皆可仿佛而见之……生之所嗜乃不在彼而在此，其志亦可尚也哉"④，直接以"志"来评价艺术赏析活动。将诗言志推广到画言志，是丘濬绘画观的核心。

尚意。《题蓝关图后》云"诗为有声画，画为无声诗，诗与画等耳……一以明己之意"⑤，提出了绘画以明意的观点；《书百牛图后》云"观于此其有以知稼穑之艰难也欤"⑥，传达出鉴赏以知意的观点；《跋虞山图》云"古人绘画之作，所以模写景像，必其物世所有，或有之而不常见，不然，则是其物可观、可玩，而不可以携取者。又不然，则去其地而思其物，有不可以再致。故寓之笔墨丹青，假其似以存其真……始为此图，偶以适其意耳"⑦，提出了绘画以适意的观点。尚意重意，大约与宋代文艺思想的影响有关。

尚气。《书潘克宽十八学士图》评论画中人物之气象："今观此图，见所谓十八学士者，其遗像虽人人殊，然其瑰玮豪迈之气，溢于衣冠面貌之表……其气象如此，岂终在下人者乎。"⑧《跋虞山图》评论画中山川之清气："古人绘画之

---

① 《丘濬集》，第 4410-4411 页。
② 《丘濬集》，第 4414 页。
③ 《丘濬集》，第 4410-4411 页。
④ 《丘濬集》，第 4412 页。
⑤ 《丘濬集》，第 4410-4411 页。
⑥ 《丘濬集》，第 4417 页。
⑦ 《丘濬集》，第 4419-4420 页。
⑧ 《丘濬集》，第 4419 页。

作,所以模写景像,必其物世所有,或有之而不常见,不然,则是其物可观、可玩,而不可以携取者也。又不然,则去其地而思其物,有不可以再致。故寓之笔墨丹青,假其似以存其真……始为此图,偶以适其意耳,非有意于传世也……冲和清淑之气,皆于此聚止……其子若孙,钟其气而生者往往蕃衍而多贵……"①丘濬的尚气观既有孟子的影响,又有六朝"气韵生动"的影响,是二者的结合。

丘濬能书,但其书今不可见,其能画与否,从其诗文中尚难以判断。丘濬的题画诗,是他的书画观的最直观反映。丘濬题画诗的对象,有自然山水画、历史人物画、历史景观图、祝寿图等。题自然山水画代表作为《题程彦实尚书晴洲卷十首》,其七、九云:

> 晴天朗日景熙熙,旦昼皆佳夜更宜。踏遍白沙鸥不起,无心待物物无疑。(其七)

> 一片溪山景最奇,空濛潋滟两皆宜。青天白日好归去,不待沾裳湿足时。②(其九)

题历史景观图的代表作有《赤壁图》《洞庭图》:

> 乌林赤壁江东注,千载曹刘争战处。黄州迁客雪堂成,水落山高天薄暮。扁舟一叶溯流光,洞箫吹月鹤横江。自从两赋留传后,世人不复谈周郎。(《赤壁图》)

> 八月湖面阔,天低地尽浮。四山通潦水,万景聚重楼。木杪仙人过,云中帝女游。何时乘雅兴,徒倚豁吟眸。(《洞庭图》)

题人物画的代表作有《苏武图》《笠泽图》《题明妃图》《苏武归朝图》:

> 苏武持汉节,百折不死移。谁知向胡妇,犹有动心时。(《苏武图》)

---

① 《丘濬集》,第 4419 页。

② 本节以下所引丘濬诗作,除非特加说明,皆出自"海南先贤诗文丛刊"本《丘濬集》,不再出注。

我闻在昔天随翁，浮家浪迹笠泽中。笔床茶灶随所寓，润物搜肠情兴浓。七泽三江通甫里，一叶扁舟五湖水。年来遁世避风波，不知长在风波里。（《笠泽图》）

莫向西风怨画师，从来旸谷日光遗。当时不遇毛延寿，老死深宫谁得知。（《题明妃图》）

茂陵烟树碧萧疏，白首生还志不渝。面目依稀犹似昔，节旄零落已无余。归期不待羝生乳，远信真成雁寄书。颇有幽怀未忘得，梦魂时或到穹庐。（《苏武归朝图》）

丘濬的题画诗很少对画作本身作价值判断，而是多秉持言志观点，或揭示画作之志，或借画言志，流露出理学家、史学家特殊的学术见识。

咏海诗是丘濬咏物诗中较特殊的一类。丘濬今存咏海诗四首，分别是七言乐府《登高丘而望远海》，七言古诗《浊海歌》，五律《海仪》与七律《海诗》。丘濬生于海南岛，长在大明，在郑和最后一次下西洋时已三岁，其对海的感受对于研究明人的海洋意识颇值得注意。《海诗》云：

乾坤巨浪海茫茫，万斛楼船百尺樯。云脚四垂天作界，浪头双港水分洋。夜深宝气腾光焰，岁久龙漦结古香。一自大观归老眼，寻常一口吸江湘。

叙其奔腾之势，实写海的气势。《海仪》云：

远观沧海阔，万派总朝宗。溪壑流难慢，乾坤量有容。潜藏多宝贝，变化起鱼龙。自觉胸襟大，汪汪无乃同。

写其雍容之态，虚写海的容态。少年时作《浊海歌》云：

天下百川皆清漪，一流入海便成淄。茫茫谁复辨泾渭，混混孰与论渑淄。洪涛巨浪轰轰怒，不觉已身如秽菹。看来何似山下泉，清香凛冽为人慕。我向潮头三叹息，志欲澄清势未及。愿言上帝檄天吴，一夜黑波变成碧。

极写海的浑浊莫辨,澄清不及,却是借大海写哲理。《登高丘而望远海》云:

> 登高丘,望远海……岂不欲振策赴瑶池,恨无神骏能历块。不如振衣千仞冈,老眼空明无障碍……请学尼丘古圣神,越过东山登泰岱。

则是一篇借大海言"欲穷千里目,更上一层楼"的励志诗。四诗有实写,有虚写,或说理,或言志,面貌各异,颇具变化,其中,除第一首外余皆含寄托之意。丘濬曾作《观澜阁卷序》云"水中为物,中有至理存焉",作《海航诗卷序》讲"以理为航,以海视世……揆诸理而曰利,曰用,则持吾诚敬之舵,张吾礼义之帆,揆诸理而有不利,有不可,则维吾缆于圣涯,下吾杙于道岸",理学家看待水与大海的眼光是多寄托而非实用的。丘濬还有一些涉海的诗歌,如《海屋添筹寿徐助教》《甲午岁舟中偶书其四》《舟次直沽简同寅彭彦实》《送张城中书使朝鲜国》《送王给事中使占城》《送陈缉熙修撰使高丽》等,对海有不同程度的描写。总的来看,丘濬的咏海诗和涉海诗,对海的感受是很复杂的,其间敬畏多于喜爱,远观多于近视,谨慎之心多于开拓之意,理性精神多于感性体验。这与一般明人的海洋观相一致,而与稍后西方的海洋冒险精神是很不同的。

地理名胜诗是丘濬诗的一个重要内容。丘濬一生既由南入北,又学力宏富,故于地理名胜多所眷顾,举凡名山好水、城池关隘、亭台楼阁、堂园祠庙,一一入诗,视野既张,笔力复健,又时案入时事,别出新意,往往气势雄慑,令人瞩目。今集中存有《卢则堂》《题古康三洲崖》《严子陵图》《寿萱堂》《丁卯舟中望鞋山因忆解学士吊李白诗戏作》《岁丁卯过采石吊李白》《题三衢山水图》《荣节堂》《岳王坟》《蝉听轩为常州谢同知题》《尼邱山寿封给事中孔公》《赤壁图》《剡溪图》《竹轩》《滕王阁》《庐山瀑布》《夜题金山寺》《洞庭图》《琼山》《过峡山飞来寺》《姑苏陈氏佳城十景十首》《送钱塘杨凯之南京膳部六首》《寄题南华寺大鉴禅师》《过梅关题张臣相庙》《初过梅关》《题文丞相庙》《游扬州蕃厘观》《夜泊淮安西湖嘴》《望居庸关》《题傅岩图》《寄题钓台》《过会通河有感》《过大通桥有感》《题都城东北枯树庙枯树》《寄题曲江张丞相祠堂十首》《五指参天》《主一斋为陈敬作》《过曲江谒张文献公祠》《多景楼》《金陵即事》《和李白凤凰台韵》《姑苏怀古》《寄题虎丘可中庭》《辛未岁过扬州怀古》《新河杂咏二首》《和李太白韵寄题金陵》《岁癸酉赴京至羊城有感》《都城春日》《舟次直沽简同寅彭彦实》《过采石吊李谪仙》《运筹亭为韩都御史题》《挽贝灵台》《谒文丞相庙》《忆青山庄》《忆学士庄》《洙泗图》《寄题岳王庙》《春日会友人梁氏园游赏》《和东坡韵题赤壁图》《学士庄》等相关诗作，计 70 余首。代表作有五律《庐山瀑布》《夜题金山寺》。

何处飞泉好，庐山自昔闻。悬空一水立，蓦地两山分。直泻崖前月，平沾树杪云。源头如可到，乘兴访匡君。（《庐山瀑布》）

岷江万里下，梵刹半空开。吴树风吹断，淮山水荡回。潮声杂钟磬，波影动楼台。千载张公子，题诗会再[①]来。（《夜题金山寺》）

七律《寄题虎丘可中庭》、《新河杂咏》其二、《金陵即事》。

玉宇澄清宝界平，一庭寒影恰相应。柱头千载归来鹤，石上三生过去僧。蟾窟依然光满满，虎丘空有气腾腾。生公说法神听处，此日来游寄我曾。（《寄题虎丘可中庭》）

父老依稀说六朝，当时伯气已全销。新亭别泪何须堕，古井妖魂不可招。瓜步客帆朝带雨，长干僧艇晚随潮。行人不用夸天堑，南北舆图总属尧。（《新河杂咏》其二）

六朝城阙久蒿莱，紫盖黄旂帝运开。鸐鹊漏传云外观，凤凰箫奏月中台。千峰山势连吴远，万里江流自蜀来。此日江南非昔比，吴山词赋莫兴哀。（《金陵即事》）

其风格豪放近太白，笔力雄健追老杜，盖天赋近白而学力近杜，兼二者之长而有之也。

丘濬喜欢咏梅、咏兰、咏竹、咏菊、咏松、咏雪、咏雁、咏马、咏牛。其中最见性情的是咏梅、咏竹、咏牛。

---

① 按：《丘濬集·会稿》（第 3796 页）作"雨"字，《丘濬集·诗话》（第 5172 页）作"再"，疑《会稿》为讹，今依《诗话》作"再"字。

丘濬咏梅诗最多,达 14 首:《梅雪卷为艾用章作》《梅花为仪曹主事彭君题》《梅窗》《题梅》《红梅》《题墨梅》《题红梅三首》《题梅二首》《白红梅二首》《京城见梅》,另有相关梅诗三首:《梅窗琴乐》《梅庄居士挽章》《梅溪处士挽章》。其中代表作是少年所作《题梅》以及《红梅》。

> 自是花中一世豪,林逋何逊谩喈喈。占魁调鼎皆余事,更有冰霜节操高。(《题梅》)

> 琼妃夜宴蕊珠宫,归到人间便不同。谁把秋香浪评品,此花真是状元红。(《红梅》)

梅花具有独特的秉性,《梅花为仪曹主事彭君题》曾云"此花独为万物先……此花独为万物殿",两诗均是赞扬这种卓尔不凡的品性。另有《题红梅三首》其三写得别具一格,极耐人寻味。

> 素心的的结成丹,节操依然耐岁寒。他日调羹如见用,故家风味一般般。(《题红梅三首》其三)

丘濬非常喜欢竹,赞竹为"天生植物中,赋质独贞坚"(《题金竹送周司训》),自称"平生爱竹应成僻"(《题竹送湖广汤佥宪》),今存咏竹诗 14 首:《题金竹送周司训》《题竹送高博士使高丽》《竹庭为袁秉中作》《题竹送湖广汤佥宪》《题竹石图送陈宗尧》《画孤竹》《竹轩》《题李阁老爱竹轩卷二首》《竹轩》《题金本清勾勒竹》《为徐尚宾乃尊题竹》《题竹送乡生还教本郡》《卿竹》《题周都尉墨竹》。代表作《题竹送高博士使高丽》云:

> 青旌悬翠旄,龙竿缀凤尾。持出大明宫,摇摇向东指。气节横九秋,风声扬万里。坐使三韩人,快睹古君子。

借物励人,物人神合,气象豪迈,风格俊朗。

丘濬的几首咏牛诗也颇能见出诗人的真性情。《书白牛图后》云"我本农家子,儿时曾作牧。倒骑牛背上,蓑笠吹横竹……泛观天下物,无物似牛犊。既已拽犁耙,又用转车毂……论功亦莫比,论苦亦良酷……既然食其力,何忍食其肉。水陆珍百品,物物可充欲。孟子有遗言,不忍其觳觫",典型的赤子之心,儒者情怀。《因俟朝政立久,因思牛之功最大,而牛之苦甚,反庄子牺牛之说而咏此》[①]即题表意,虽曰翻新,其情怀也大致相同。丘濬《题山水》尝云"我本山中人,老作朝中客……每常骑马想牵牛,几听鸣銮思棹讴"[②],《弘治初元春二月二十五日,皇上躬耕耤田,臣濬叨在九卿之列,预行九推礼,感而有作》诗云"我本农家子,世业在犁锄,生来好诗礼,舍农去为儒"[③],大约丘濬本自农家,生自农村,少干农务,兄以从医,自己从仕,于职业分途之理解已其分明,并大不同于时见,故于农家身份并不掩饰,其或颇以为自豪。

怀乡恋阙乃人之常情,"远道天为界,穷乡海作涯"(《思归》)[④],在丘濬咏物内容中,故乡风物地理占有相当比例。这些内容既见于其具体的咏物诗,又散见于其咏怀赠答诸作中。家乡风物吟咏代表作有少作《琼台八景·五指参天》《琼山》以及居京所作《梦题下田村居》。

五指山乃海南第一山,丘濬六岁作《琼台八景·五指参天》咏五指山云:

　　　　五峰如指翠相连,撑起炎州半壁天。夜盥银河摘星斗,朝探碧落弄云烟。雨余玉笋空中现,月出明珠掌上悬。岂是巨灵伸一臂,遥从海外数中原。

诗歌虽非完璧,但视野的开阔,写景的宏大,特别是末句指点山河的气势,已隐然显示出明代海南"海滨邹鲁"的文化气象,迄今言五指山者仍无出其右,允为五指山诗压卷之作。五指山为海外所知,几为海南名片,此诗与有力焉。

琼山是丘濬家乡所在,丘濬作《琼山》诗云:

　　　　环海三千里,珠崖第一山。名驰四海内,秀出万峰间。月下森瑶简,风前振佩环。孤高尤润泽,腊屐未容攀。

对故乡的山野极尽赞誉之词。

下田村是丘濬的家居所在村落,丘濬有《梦题下田村居》诗,诗云:

　　　　瀛海中间别有天,宁知我不是神仙。请言六合虚空外,曾见三皇混沌

① 《丘濬集》,第 3915 页。
② 《丘濬集》,第 3944 页。
③ 《丘濬集》,第 3728 页。
④ 《丘濬集》,第 3801 页。

前。玄圃麟洲非远境,延康龙汉未多年。有人问我家居处,朱橘金花满
下田。

自豪和怀乡之情溢于言外。

丘濬的故土风物诗往往肆口而发,不事雕琢,而时有好句。如五律《感旧
偶书》云"竹皮消旧粉,榔腹解新苞",《雨后过访友人山居》云"好山如洗出,幽
鸟似呼来",《郊行有感》云"数寸草中喧众鹊,万重云际杳孤鸢。天垂野尽疑无
外,海阔波平不见边",《春日田园杂兴》云"晓犁破草翻新块,晴瓮分泉养嫩蔬"
"鸲鹆飞来牛背立,鹁鸠对向树头呼""一犁春雨万家金""绕畦菜荚初生甲,出
水秧苗渐露针""风和莺语笙璜巧,雨过蛙声鼓吹喧""木屐穿花沾露湿,桔槔斸
水带泥浑"等。这些诗句没有长期的乡村生活体验,是写不出来的。

除专门的咏物诗外,丘濬对故乡风物的吟咏亦多见于其他类型的诗中。
如《客有谈及家林者偶成》云"椰壳脂凝将减水,椰胎子出正分房",回忆家乡美
景。《题松送崖州洪千户袭爵回》云"攒峰峭壁涨海涯,苍松老去长孙枝。莫言
幽僻无人见,会有峥嵘头角时……结成三千年琥珀,养就十四围霜皮。老我玉
堂翘首望,看汝耸擎昂霄风声四远驰",对故乡的松树人情寄以厚爱。《题友人
陈汝谐璞墩》云"琅玕个个指云长,玉屑霏霏逐风落。一溪流碧弯半璜,泉声琼
琤鸣珮珰。山含辉兮木含润,人言此地如昆岗。琼枝琪树罗阶砌,夜深疑有百
虹气……我家城西君城东,梯云石磴远相通。别时茫茫隔烟海,置身远在群玉
峰",对故乡种桐制玉人的生活及环境亦委以深情。

(四)咏怀诗

丘濬咏怀类诗歌颇多,咏怀倾向大抵有年龄之别。早期禀赋性灵,多言入
世遂志,中期蹉跎儒理,率多感遇安命,至晚年以衰朽残年入阁,则多反躬自
省、言辞卑戚之作。今存晚期反躬之作尤多。

丘濬少年时代留下来的残篇,即能见出其有志用世倾向。如《琼台诗话》
记载其七八岁时,从大父居乡间过道旁学馆,以鸲鹆为题作句"应与凤凰为近
侍,敢同鹦鹉斗聪明"[1];少年在太学时,与同舍生游文丞相祠,口诵文公诗集句

---

[1] 《丘濬集》,第5161页。

"如此男儿铁石肠,英雄遗恨落沧浪。人生自古谁无死,烈烈轰轰做一场"①。前面已提过的《五指参天》《题梅》《偶成唐律》等诗,亦可以作咏怀来看。这种积极言志的情形一直延续到入仕之后,如 34 岁作《述怀·时初入翰林》云"经史事幽讨,兀兀穷岁年。誓言追往哲,绝彼尘累牵。立足千仞冈,游心万古天",慷慨之气仍盛。

慷慨之气的衰退,大抵伴随着书斋生涯的深入。一方面,"世事转头别,功名袖手观"(《甲午除夕五首》其四)②,故"壮心随日减,归思入秋多"(《秋日寄友》)③;另一方面,"往事今如此,前途已可知。但求身健在,屡遇岁丰期"(《偶成》)①,故"年年岁岁平安过,如斯而已,不须更问如何"(《水龙吟·癸巳初度》)⑤。这一期的感怀作品,或惜春叹秋,叹遇伤感,如《甲午岁舟中偶书》《辛未岁过扬州怀古》《病起写怀》等,或赏春怜秋,安命言乐,如《春日田园杂兴四首》《中秋四夜》《和李子构都门春日韵二首》等。许多言春游玩之作,都在此期。

丘濬晚期抒怀作品更多反省,更耐人寻味。代表作为 57 岁所作《丁酉春偶书》,云:

> 五十年来加七岁,古稀相去三十年。饱谙世味只如此,痛绝尘缘任自然。举世不为齐客瑟,后人或取蜀儒玄。人生但得平平过,不用操辞更问天。

诗中言"后人或取蜀儒玄"并非虚言,两年前丘濬曾作《左右箴铭序》云:

> 人若不安分,汲汲然恒有不足之念,迨其老也,犹不息心。予今年五十有五矣,忝以文字为职业,然往往用于空言,平生所觉,竟不得一施为者。人或予惜,然不知此予分也。况骎骎老境,虽或见用,而亦气衰志隋,不能以有为矣。间于宴息小窗之中,放古人揭箴铭以自儆。左箴曰"安分",右铭曰"息心"。夫箴铭体制必为韵语,庶其可成诵以自儆也。

---

① 《丘濬集》,第 5160 页。
② 《丘濬集》,第 3800 页。
③ 《丘濬集》,第 3798 页。
④ 《丘濬集》,第 3801 页。
⑤ 《丘濬集》,第 3905 页。

知世自明,表明了息心仕途之意,两年后丘濬开始写作《大学衍义补》,着手一生最重要的事业,确实是有所不能,寄志于未来。八年著成,本以为一生功业告成,可以安心归老,未料一年后进尚书,三年后入内阁,人生来了一个大转弯。以衰朽残年入阁,在心灵和身体上对丘濬都是一个讽刺。其《初入阁》诗云:

> 平生性僻耽书籍,正好观时不得观。坐对水天长叹息,眼花撩乱泣汍澜。

丘濬晚期咏怀诗,于自明外别含一种谦卑,于谦卑之中又见一种通明,这种素朴态度在他人的集中确未多见,典型如《内阁晚归口号》《壬子四月有感》:

> 未晓趋朝向晚归,还如胄监坐班时。自知日暮当求退,肯为途遥便递施。有制草时才已涩,得书观处眼生眵。圣恩深重无由报,仰面看天但泪垂。(《内阁晚归口号》)

> 平生安分只随缘,临老登庸出偶然。两脚徐徐行实地,一心坦坦对青天。月因近日光常减,竹到经霜节愈坚。记得唐人好言语,相公但愿汝无权。(《壬子四月有感》)

其他类似的抒写甚多,如《内阁晚归》云"自怜老景无多在,一刻清闲值万金",《感怀》云"惟有菊花能耐久,凌霜傲雪阅秋冬",《辛丑初度》云"两间俯仰期无愧,百事修为贵有终。此去古稀年不远,桑榆晚景好收功",《甲辰初度》云"心上自如无所愧,闲将十指细摩挲",《感事偶书》云"颇觉诗书深有味,却怜岁月苦无多",《乙巳初度》云"尚幸眼明看细字,独怜量浅怯深杯。无情岁月催人老,有待溪山望我回",《辛亥除夕》云"心期应已毕,身事亦垂成。岁去毋庸守,从他天自明",《闲中偶书》云"职居散地偏承宠,文卖明时颇值钱",《壬子九月偶书》云"残冬看历无多日,盛夏披棉不是时",《闲中抒怀壬子冬作》云"残杼不能成丈匹,荒丝徒尔费经纶",《癸丑内阁晚回口号》云"恋土每怀生处乐,乞身惟愿死前还",《冬夜掖门待漏口占》云"宦味也知归去好,人生最苦老来忙",《朝退偶书》云"相逢谩说明朝话,自分甘为此世人",《重阳三首》其一云"明日阴晴殊未定,先时欢会又何伤",《甲寅进秩偶书》云"老我羞为阿世学,昔人曾决背城功",《甲寅初度》云"平生切切怀三戒,此日休休有万宜"。所以有此谦卑自明的抒发,盖前人有此天分者无如丘濬好学,天分、好学如濬者殊少勤著经历,有勤著经历者又鲜能历此高位,必天分、学力、勤著及以平民身份晚历高位四者集于一身,方得养成此等谦卑自省的态度,方得有此特殊素朴的抒发,故惟濬有之。

赠答诗也是丘濬诗歌的组成部分。丘濬赠答诗包含的对象很广泛,亲戚朋友,师生同僚(赠使人),太子宾客,都有诗作;其中赠送同僚的诗作最见性情;劝学教人的诗作颇多说教;还有一类赠送使节的诗歌,对研究明代与朝越等国的外交有一定的参考价值。

丘濬集中还有两首叙事诗《绿珠行》与《桃园行》,模仿诸多,疑为少年习作。

丘濬亦能作词,今集中存作十余篇,然率多口语,殊少涵象,较其诗之丰赡多情远逊,可读者唯《秋思》《江村》数篇。

三、丘濬诗歌的艺术成就

作为文学家,丘濬的诗歌成就大于其文赋成就,盖其为文主教,故理过其辞,为诗主"天趣自然",故辞理兼惬,能发性灵,申文采。丘濬诗歌的艺术成就是多方面的,概括起来,可以从以下几个方面来看。

一是创作丰富。丘濬诗歌数量众多,类型广泛,体裁多样,在明代诗歌中不可忽略。在数量上,丘濬今存诗九百余首,差不多占明代海南诗人存作的近三分之一,史称丘濬诗不下万首,从丘濬颇承南宋的创作习惯和当时诗作散逸情况看(海瑞诗写得很好,名气亦大,今存诗不到30首),这个数字当不会差太远,丘濬于创作上的勤奋在明代诗人中是罕见的。在类型上,举凡题赠酬唱、咏怀说理、咏史咏物、田园山水,乃至叙事诗歌,传统的诗歌类型除边塞诗外,在丘濬诗中基本上都有,并且在说理和咏史等类型上都有自己鲜明的特色;在体裁上,丘濬诗歌亦包含了古近体、五六七杂言、律绝句等各种体裁,还创造性发明了一种禽言诗体。

二是艺术风貌多样。丘濬诗歌的艺术风貌极为多样,概括起来有五气:性灵气、理学气、史家气、通俗气、富贵气,与台阁文人貌似而实不同,将其称为台

阁文人是不妥的。^①

　　所谓性灵气，即是讲求真情，独抒性灵，肆口而发，不事雕砌。丘濬写诗天赋本极高，其诗歌主张又别于其文，并不将诗歌看成简单的明道工具，而独独于诗歌中追求"天趣"，故其诗歌终其一生保持了一种真性情、性灵气，或者有直白处，但殊少委蛇台阁无病呻吟之风，其早期的明心窥道诗如此，晚期的反躬自省诗亦如此。这种性灵贯穿其言理、咏史、咏物、咏怀、题赠，使其哲理诗每每明心，咏史诗多翻新见，咏物诗即物言性，咏怀诗真情抒写，题赠诗发自肺腑，仁和敦厚，多所寄托，笔无虚设。丘濬诗歌中的性灵气与其"遂欲"理念同出一途，是明代人文精神的最初体现。

　　所谓理学气，即是诗歌中自然萌动的一股理性精神和说理意识，以及由此表现出来的某种知性风貌。丘濬诗歌的理学气并非单单表现在哲理诗中，而是在咏史咏物、咏怀题赠等其他类型诗歌中都有体现。丘濬诗歌很早就表现出了非凡的理学气质与理学味道，晚年学力益深，理学意味益加浓郁，但是，因其名望及理学气，而将其归为台阁文人，是不确切的。在丘濬诗歌中，理学还处在一种灵活多变、与物协适的形态，所谓"不是偷闲作时态，要分春意到贫家"（《花径二首》其二）^②，"上林天近春偏早，此地寒多节愈真"（《京城见梅》）^③，"明日阴晴殊未定，先时欢会又何伤"（《重阳三首》其一）^④，翻开丘濬的集子，这样言近旨远、抒发性灵的诗句俯拾皆是，其发自真心，不涉空假，"此身随在东风里，不逐东风上下驰"（《春日即事》）^⑤，非僵化空疏的台阁文人可比拟。

　　所谓史家气，即是丘濬诗歌中透露出来的浓厚史学意识，包括史家的时间尺度、史家的地域意识和史家的独特见解。丘濬诗歌的史家气首先体现在其咏史诗中，其独特的史家见识，上文已讨论甚多，今再举一例证之。如言昭君事，丘濬有《明妃二首》，其二云：

---

① 陈昌云：《丘濬文学成就论》，《海南师范大学学报》2015 年第 5 期，第 81—87 页。
② 《丘濬集》，第 3835 页。
③ 《丘濬集》，第 3925 页。
④ 《丘濬集》，第 3925 页。
⑤ 《丘濬集》，第 3865 页。

堂堂中国仗天威，雷令风行孰敢违。却把峨眉为虏饵，不羞巾帼代戎衣。知心只计恩深浅，论事都忘理是非。岂是汉家生女子，桑弧蓬矢挂宫闱。

明妃事最能见出史学家的见识，老杜作明妃词，重写其怨，王安石作明妃曲，偏写失意，同为史学家的欧阳修作明妃曲，斥国帝无识，言和亲计拙，已渐触内涵，但都未如丘濬这般一针见血，直击问题根本。昭君和亲，有两个问题：一个是将女子视为工具的问题；另一个是维系国家安全和平的问题。丘濬这首诗至少说了两层意思：一层直斥"不羞巾帼代戎衣""桑弧蓬矢挂宫闱"，指出"戎衣"才是国家安全的根本，这是直言国家的军事防略问题，是表层；一层但说"知心只计恩深浅，论事都忘理是非"，一句说了两事，"知心"句说的是昭君与汉帝的关系，讲的是当事人的恩怨，当事人情感牵系颇多，未必尽能以理待之，故曰"只计"，"论事"句说的却是后代评论者，讲的是后代评论者往往因个人恩怨而忘记大事大理。老杜诗且不评，王安石诗重写人生失意，确实忘记了国家大事，欧阳修言和亲计拙，本已触及根本，却说得隐晦，在理性上不能如丘濬这般透彻，这其实已是史学意识上很大的差别，更何况丘濬"知心""论事"句似尚有言外之意，"知心"句叙人文，"论事"句表理性，于国家将女子视为工具一事未必全无意见，无动于衷，这比表层意思要复杂得多。这两层意思，不但见出了丘濬的透辟史学意识，而且见出了一种建立在人文精神基础之上的通情达理。丘濬的史家气还表现在其他类型诗歌和其他方面上，如用典、借时事入诗、时间意识、自省意识等方面。

通俗气，丘濬诗歌在内容上接近日常生活，在语言上追求明白晓畅，风格上散文化、口语化，表现出亲近通俗的气质，这种气质在其词作中表现得尤为明显。其律诗《题故纸》云：

肉食何人与国谋，惭予食肉不知羞。先言果中王嘉祐，后患其如毕仲游。未死死前千可虑，得归归去百无忧。钻研故纸都无用，留与人家覆瓮头。

将严谨典重的律诗写得如风行水上，明白如话；七言古诗《懒诗为莆田许氏作》云：

也不学庄叟逍遥游,也不学庞老团栾坐,任他门外事如天,管甚邻家灯是火。

从语言到题材到风格,都是通俗易懂。其词作《清平乐·老去不禁衣重口占》云:

穿衣又重,穿少又寒冻。叠叠层层难举动,觉得浑身疼痛。　　两肩压得低垂,一身拥作虚肥。除是无官方好,有官须要穿衣。

更是口语化、散文化,接近于通俗文艺。丘濬诗歌的通俗气,一方面得自其自然通达的语言习性,一方面也受到当时文艺通俗化的影响。丘濬本人也是著名的曲学家,曲学的通俗气质应该对其诗歌创作有明显影响。

富贵气,指丘濬诗歌特别是后期诗歌所散发出来的一种雍容自在、不丽自华的富贵气质,尤其体现在其七言歌行及中晚期所作七律组诗中。典型代表有《中秋四夜四首》《和李子构都门春日韵二首》《初读书中秘预修天下志书柬陈宣之四首》《咏史复童志昂诸公和李商隐无题诗韵四首》《四大朝贺四首》《春日田园杂兴四首》《秋兴七首》《春兴四首》《题学士庄四姚景四首》《和杨维新三首》《重阳三首》等等。七律《贵公子》云"十千醉买青楼酒,三五行穿绮陌花。玉勒雕鞍蹄逐电",七律《春日郊行》云"五花细马驮红袖,百结柔丝络翠壶",《新河杂咏二首》其一云"金陵王气千年盛,钟阜晴云五色开",《新河杂咏二首》其二云"父老依稀说六朝,当时霸气已全销……瓜步客帆朝带雨,长干僧艇晚随潮",这些诗句富艳华丽,颇带六朝气息,然与六朝的浮艳并不类同,尤其是情思丰满、意态闲适之处。一方面得自丘濬小康的家世、仕途的平稳、长期的京居,及其"腹有诗书气自华"的天姿;另一方面得自明朝经济的繁荣、都市的繁华。富贵气是丘濬雍容心态的自然流露,其中有一股自然的生命力勃发、一股生命的热情洋溢,这是六朝浮艳气所不具备的。

性灵气、理学气、史家气、通俗气、富贵气,是丘濬诗歌不同的侧面,共同构成了丘濬诗歌多样化的艺术面貌。作为丘濬孜孜以求取得的成就,这种风貌对当时文坛特别是海南文坛造成了长久的影响。海南诗人往往带有浓浓的理学家气质,或者不自觉地追求这一气质,就是受丘濬影响和启发而形成的地域特色。

三是天趣自然的艺术风格。关于丘濬诗歌的艺术风格，叶向高在《丘文庄公集序》中云："而其时又去国初未久，习尚浑朴，文取明白晓畅，不为雕镂剽窃以见奇。间取公他所为诗文读之，率春容恬适，意尽辞止。"①这里侧重的是其风格中"文取明白晓畅"的"自然"一面。除了"自然"之外，丘濬的艺术风格还有另一个侧面，就是尚"天趣"。这里的"天趣"，只是一种广义的说法，大抵丘濬诗歌中的性灵气、理学气、史家气、富贵气，都可归于这种"天趣"。性灵是"天趣"的本质，理学气、史家气、富贵气，都可以说是"天趣"具体而微的表现，没有"性灵"，理学气会变成道学气，史家气会变成书袋气，富贵气会变成浮艳气。创作方面依皈性灵"天趣"，语言方面崇尚晓畅"自然"，形成了丘濬诗歌较为统一的艺术风格。"天趣自然"的艺术风格，是丘濬诗歌最重要的成就之一，也是丘濬作为一个大诗人的主要标志。其风格中的"天趣"部分，对明代中后期文坛当有相当的启发。

四是其重人欲、尊性灵、敬异性、遂众生的人文精神，开启了明代浩浩荡荡的人文思潮的先声。这也是丘濬诗歌最不应该被忽略的成绩之一。从幼年作"儿童到处知迁叟，草木犹堪敬醉翁"、"自是花中一世豪，林逋何逊谩譬譬。占魁调鼎皆余事，更有冰霜节操高"(《题梅诗》)，到成年后吟咏"自古英雄数项王，喑哑叱咤万人亡。只消几句凄凉话，柔尽平生铁石肠"(《题虞美人墓》)、"坐使江东大，能无内助功"(《二乔观书图》)、"苏卿持汉节，百折不死移。谁知向胡妇，犹有动心时"(《题苏武图》)、"当时不遇毛延寿，老死深宫谁得知"(《题明妃图》)、"枉将佳会玷高名，一夜难偿百夜情"(《七夕三首》其一)、"天上佳期果有无，可怜千载被人污。银河一带清如许，不为天孙洗厚诬"(《七夕三首》其三)、"祚终四百已无汉，州历千年尚姓严。终古祠堂钓台侧，水光山色拥高檐"、"常叹刘歆头，不及严陵足。厥角稽首势若崩，况敢横足加帝腹。严先生，何壮哉！钓台岂但高云台。清风辽邈一万古，落日颓波挽不回"②、"追风逐电去如飞，奋迅长鸣不受羁。莫向人前夸骏马，将军偏不喜乌骓"(《画马三首》其二)、"老龙空作势，不救旱山禾"(《画龙》)、"谁知太液波，原是西湖水"(《御

① 叶向高：《丘文庄公集序》，《丘濬集》，第 3677 页。

② 本诗的写作时间，《琼台诗话》作"少年时"，见《丘濬集》，第 5168 页，以今日时间标准推测，当是成年后，未官前，游钓台所作。

沟》)、"物皆安物性,吾亦乐吾生"(《谷日》)、"家家足幽赏,吏散任经过"(《送钱塘杨凯之南京膳部》)、"不是偷闲作时态,要分春意到贫家"(《花径二首》其二)、"当官不用设机关,但得人安我亦安。记取而家应门户,也曾执役县庭间"(《送表甥蔡齐宸知信丰县五首》其四),到晚年的"如此颠狂狂得好,老来更觉老清强"(《题老狂卷》)、"明日阴晴殊未定,先时欢会又何伤"(《重阳三首》其一)、"不用登高狂落帽,正须开口笑传觞"(《重阳三首》其二),丘濬的诗歌展现了对人的欲望的肯定和尊重,展现了对人的个性的肯定和尊重,展现了对黎民百姓的肯定和尊重,展现了对日常生活的喜爱和尊重,这些观念成了明代诗歌的追求目标,对当时的士人理学观念构成了强力的冲击,伴随丘濬地位的日隆,对于明代中叶以后的思想潮流应该也有相当的影响。梁章钜称丘濬相当于欧阳修,有"转移文运之功",良非虚誉。对海南诗坛文坛如此,对明代诗坛文坛亦如此。

最后,丘濬的诗歌和他的学官生涯一起,为后人树立了一种既勤奋治学又经世济用,既尊重传统又勇于开新,既崇尚理性又倡导感性,理智与情感相协适的完整知识分子人格形象,这一人格形象是现代知识分子的标示性形态,标志着传统知识分子向现代知识分子的转型的开始。丘濬以大诗人、大学者和高级官员的身份,在文化领域率先力行这种转型,对明代文人和整个海南文人团体,都起到了一种模范作用,更具有一种深远的昭示意义,到今天仍值得我们知识分子的注意。

丘濬之前,海南亦出现过邢宥等高官,还出现过白玉蟾等大诗人,但都没有完成海南诗歌的觉醒。丘濬之后,海南诗人蜂出,王佐、钟芳、海瑞、王弘诲等一大批杰出诗人文人涌现,享誉全国。可以说,丘濬以一己之力开启了海南诗歌的觉醒浪潮,带动了海南诗歌文化的崛起。在海南诗歌史上,丘濬影响超出群伦,当之无愧为海南第一人。

第三节 王 佐

一、王佐的生平和思想

(一)生平

王佐(1428—1512),字汝学,号桐乡,海南临高县蚕村都(今博厚镇透滩村)人。

宣德三年(1428),王佐出生于一个诗书殷实的家庭。"父承籍伯祖元翼黎官世业,抚有本县东黎之土。永乐四年……蒙太宗皇帝授以本县抚黎县丞职"①,"母姓唐氏,名朝选,琼山县南桥人,前山东兖州府金乡县瑶次女……幼小在籍,往依外祖国子学正汪从周鞠育。少其惊敏,所亲子弟有读书者,母旁听尽能默记,仍了其大义……平生未尝亲砚笔,而历代典故颇皆涉猎。性方严,动遵礼法。适父原恺为继室,生女二,男一"②。佐"性极警敏"③,知书达礼的母亲对王佐影响至深。

王母极有识见,有孟母风,对王佐的教育高度重视,"宣德八年(1433),父因旁累赴宪司对簿,濒行嘱后事……外终"④,王佐少年丧父,王母承担了教养王佐的责任,"但抚不肖孤佐,自幼冲即延师于塾,教以诗书。稍长,闻有明师,虽数百里外,即遣往从。平时归省,或逾期不学,母即忧不食。凡诸束脩皆出母手,纺绩经营之余,平居惟拳拳勉以孝弟忠信礼义廉耻事"⑤,并利用家族关系,"带回琼山外家,受教于丘濬和外叔祖唐舟"⑥。在母亲的督促和名师的引导之下,王佐力学苦读。

王佐有四事近丘濬:少颖、幼孤、母惠、嗜书力学。其自述小传云"性疏散,不事家事。生计甚拙,又不甚聪明,而好耽书,以故多学少成。自知病根,而痴

---

① 《先母行状》,《鸡肋集》,第 237 页。
② 《先母行状》,《鸡肋集》,第 237 页。
③ 樊庶:《王汝学先生传》,《鸡肋集》,第 6 页。
④ 《先母行状》,《鸡肋集》,第 238 页。
⑤ 《先母行状》,《鸡肋集》,第 238 页。
⑥ 刘剑三:《鸡肋集前言》,《鸡肋集》,第 1 页。

癖莫能改也"①,弟子辈唐胄为《王佐集》作序称"公余手不释卷。或行部所至,物无一嗜,独赏书自随,舟车满载……及耄悼艰失明,尤令人咕哗听之"②。长期勤奋的学习为王佐日后的文学事业打下了良好的基础。

明正统十二年(1447),王佐 20 岁,参加乡试,一举中的,"弱冠以礼经魁乡省,与陈石翁同庚俱英妙榜中指为二俊"③。陈石翁,即陈献章,字白沙,广东江门白沙村人,工诗,善草书,后来倡心学,创江门学派,成为明代著名理学家、教育家,岭南配祀孔庙的第一人。王佐比同乡丘濬小 7 岁,比邢宥小 12 岁,中举时 20 岁,仅比丘濬晚 3 年,比邢宥晚 6 年,可谓少年得志,然而此后的道路却未能如邢、丘一般平步青云。邢宥于中举后 7 年中进士,52 岁官至正二品都察院左都御史,达于一生顶点;丘濬于中举 10 年之后得进士,在皇帝眼前做了三十余年学者后,于晚年得以擢升,位至宰相。王佐则"游学京师多年,为祭酒吴节、司页阎禹锡诸巨公所称许,屡擢为元"④"为之延誉于阁老南阳李贤,冀其大用,皆深为器重"⑤"后试南宫五策,条答无疑。本房欲置魁选,为忌者所黜"⑥,在太学一待 19 年,"竟弗克成进士"⑦,眼看年近 40,只好向史部报到,要求铨补,"偶铨选佐郡……低徊广闽、江右高凉、邵武、临江诸郡之间,二十余年一官不徙"⑧,"而卒老于郡佐,三任未转一官"⑨,于弘治五年(1492)宦途无望之际,请职归田。后人以为王佐未尽其才,"卒不得再登一第,仅以郡佐终,为可惜也"⑩。王佐于此亦颇多叹息,然任官皆尽力,"去多遗爱"⑪,颇有政声,晚请乡居,嗜书自乐,犹未能忘怀政治,年八十上《珠崖录》,言海南边事,言辞剀切激烈。终年 85 岁,卒祀于乡贤。

佐一生既久在太学,位又不足以展其能,故转治笔墨,著述颇丰,在海南文

---

① 王佐:《四友传》,《鸡肋集》,第 217 页。
② 唐胄:《原集序》,《鸡肋集》,第 2 页。
③ 唐胄:《原集序》,《鸡肋集》,第 2 页。
④ 唐胄:《原集序》,《鸡肋集》,第 2 页。
⑤ 樊庶:《王汝学先生传》,《鸡肋集》,第 6 页。
⑥ 王国宪:《王桐乡公传》,《鸡肋集》,第 8 页。
⑦ 樊庶:《王汝学先生传》,《鸡肋集》,第 6 页。
⑧ 唐胄:《原集序》,《鸡肋集》,第 3 页。
⑨ 邢祚昌:《原集序》,《鸡肋集》,第 4 页。
⑩ 樊庶:《王汝学先生传》,《鸡肋集》,第 7 页。
⑪ 唐胄:《原集序》,《鸡肋集》,第 3 页。

人中仅次于丘濬。唐胄称其著作有《鸡肋集》《经籍目略》《琼台外纪》《庚申录》《金川玉屑集》《家塾原教》《珠崖录》。今仅存《鸡肋集》及由乡弟子唐胄纳入《正德琼台志》的《琼台外纪》片段。

（二）思想

王佐的思想，大约以六经为本，好学为宗，中仁为用，谨守儒家"修齐治平"之志。比之丘濬，崖略固不及，方之邢宥，又逊其实质，然而平和温润，如明月生斐，自有长处。分而言之，则有政治思想、礼教思想、文学思想之别。

王佐的政治思想，因其重要著作《珠崖录》等已佚，今只能于《鸡肋集》《琼台外纪》中见之。

《鸡肋集》载王佐为政事有五：一是任高州同知期间上韩公边情策，言委安抚、设军堡、开中盐粮、巡行盐法、通盐路、纳言等治边六策，见于《上都督府韩公边情策》[①]；二是任邵武同知期间安抚泰宁盗，见于王国宪撰《王桐乡公传》[②]；三是任邵武同知期间拜祠祈雨；四是任邵武同知期间充乡试考官衡文；五是晚岁居家上《珠崖录》，言不可招抚生黎分府权事，今仅存《进〈珠崖录〉表》与《进〈珠崖录〉奏》记其事[③]。

王佐各项政策皆有政声：其上边情策，"雍奇其才，次第施行，郡遂以安"[④]；其计平泰宁盗，"降其胁从者数十人，贼果散去"[⑤]；其拜祠祷雨，"士民爱戴，有'仁明司马'之颂"；其乡试衡文，"舆人又颂公平正大，以贤能称著"[⑥]。

约而观之，则有开言路、任人事、重边防、调盐粮、修道路、设礼教、平选举等数种思想。然规模尚小，其文又多及物不敷，似尚不足以言其条贯。可注意的是其开言路、重边防的思想，颇有开明大家之气。

王佐的礼教思想，主要反映在其政事和文学中，抽而绎之，有尊礼教、别华夷、重家教、平选举等思想。

王佐的尊礼教思想甚重，其本善《礼经》，以《礼经》中学，主张以礼教化民，

① 《鸡肋集》，第 117 页。
② 王国宪:《王桐乡公传》，《鸡肋集》，第 12 页。
③ 《鸡劝集》，第 111-116 页。
④ 王国宪:《王桐乡公传》，《鸡肋集》，第 11 页。
⑤ 王国宪:《王桐乡公传》，《鸡肋集》，第 12 页。
⑥ 王国宪:《王桐乡公传》，《鸡肋集》，第 12 页。

有拜祠祷雨政事，高度称颂"坦斋天下士也。何则？国初琼俗敦朴，礼文苟简迁就，坦斋以诗礼唱导乡邑，凡其冠婚丧祭，多所取则。今冠礼久废于天下，而独行于琼州，坦斋遗教也。比有两京缙绅先生欲行冠事，三加仪文服制，学者非讲习有素，仓卒不能就事。笾宾辅于国学，两出吴氏门人，当时南北之士莫不景仰吾琼为海外邹鲁，然后知坦斋天下士也"①，其《跋元将诗》其至盛称元君任将知礼，"宜其有天下也"②。

礼以别华夷为大，王佐的别华夷思想较为严重，可能与其家世为抚黎官的背景有关，其父之死，其传颇讳言，亦可能与此相关。王佐生平两大策，皆流露出鲜明的别华夷思想，晚年进《珠崖录》，在《进〈珠崖录〉表》《进〈珠崖录〉奏》中，严分生黎熟黎，痛斥招生黎为官以分州权，并质之历史封土酋而误边事之例，称"伏以嘉禾布苗，岂容稂莠之兼？雅乐在堂，难奏郑卫之曲……天下既是共尊一主，政事岂宜分为两家"③，早年《上边事策》，上设安抚以定化州流寇、设军堡以保障高化边犯两策，皆是针对当地壮瑶等少数民族设防。其诗文亦流露相类思想，集中反映在其对宋史、宋名臣的咏叹中，如《读〈宋史〉》云"外夷岂敢分中夏，一汴何因说二杭"④，《茉莉轩》云"珠崖逐客才过海，南渡君臣已戴天……我怀千古中原恨，几度经行涕泗连"⑤，咏史诗此类尚多⑥，又尚作《平黎记》《湛钺平黎记》《论革土舍峒首》。

尊礼重家塾风教，有《家塾原教》专题探讨教育问题，可惜失传。

王佐还有"平选举"的思想，几次为乡试官，都能公平选举，公正衡文，为一方所敬重，今犹存《衡文论》。

王佐的礼教思想本诸儒家经典，今天视之或者有失，然揆之当日事理，多能实事求是，有不得不为之处，其尚诗书之化，云海南"诗书之化，百年以来，风

---

① 王佐：《赠吴肃正里周年序》，《鸡肋集》，第169页。
② 王佐：《跋元将诗》，《鸡肋集》，第215页。
③ 王佐：《进珠崖录表》，《鸡肋集》，第112页。
④ 《鸡肋集》，第68页。
⑤ 《鸡肋集》，第71页。
⑥ 李景新、高海洋有《王佐对贬谪海南人士的吟咏：兼谈王佐研究的一些问题》，对此集中阐述，见《琼州学院学报》2014年第6期，第34-41页。

俗淳美，超越前代"①，为家乡诗书之化感到极为自豪。这些观念，即今日视之，亦不无借鉴焉。

王佐的文学思想受到韩欧的影响，杂一点理学的意见，主张文以见道，并无新见。

其观点集中见于《文衡说》。罗列而言，则认为：一、文乃天理所发，言行事业中条理可观者；二、天下至文为儒家经典，其次是庄骚诸子；三、辞达而已矣。

王佐的文章宗韩欧，严格践行其观点，自述"平日学问平易，依循经传而不立怪说者，多坐此以不遇"②，学者亦云"盖非特以诗文自鸣，亦庶几因文以见道者"③，所以能浑然自成一家，"师法有年，其内已闳深，而外则无一字相袭也"④，"作为文与诗，得风雅之正轨，是所谓人文并美，宜其为世典型"⑤。

王佐的诗歌则师法颇广，别出风采，与文章有异，其律诗学杜，追求闳深雅健，绝句取法王维、李白、杜牧，清美流畅，古诗则学杜兼元白气，并融入韩柳古文笔法，立意深巧，结构谨严，语言雅间，时有小说家气，学者称"博学多识，精思力践，见道精审，故其诗辞和平温厚，文气正大光明，当比唐宋诸大家"⑥，"作者本六经以为言，文固足传，即参以韵学，亦不失风人温厚之本意，其味醇矣"⑦。比之唐宋诸大家或有过誉，但不失为名家。

二、王佐诗歌的思想内容

王佐今存诗 350 余首，在明海南诗人中仅次于丘濬、钟芳、王弘海。

其古、律、绝诸体均工，按体裁分布，见表 3.1。

---

①　王佐：《东岳行祠会修志序》，《正德琼台志》，第 3 页。
②　王佐：《文衡说》，《鸡肋集》，第 197 页。
③　邢祚昌：《原集序》，《鸡肋集》，第 4 页。
④　唐胄：《原集序》，《鸡肋集》，第 3 页。
⑤　樊庶：《原集序》，《鸡肋集》，第 5 页。
⑥　王国宪：《王桐乡公传》，《鸡肋集》，第 13 页。
⑦　李熙：《重刻王桐乡先生〈鸡肋集〉序》，《鸡肋集》，第 1 页。

表 3.1　王佐诗歌体裁分布

	古乐府	四言诗	禽言诗	五古	七古	五律	七律	七排	五绝	七绝	集句	回文	诗余	骚赋	总计
正文	16	1	9	26	8	11	88	1	33	98	2	4	4	1	302
补遗						3	6			1					10
附：补遗			1			6	18		1	20					46
总	16	1	9	27	8	20	112	1	34	119	2	4	4	1	358

注：根据《鸡肋集》统计制作。

王佐诗歌按其内容，有叙事与抒情之别，其抒情又有咏志感怀、题赠酬答、咏叹自然风物、咏史怀古之别，总体而言，大致可分为叙事、风物、咏怀、咏史、赠答五类。其中以叙事诗与故乡风物诗最有特点。

（一）叙事诗

王佐擅叙事，尤擅虚设情景将本非叙事的题材处理得颇具叙事意味。其集中真正的叙事诗仅《牛报恩斗虎歌》《崖州冯训导孝恭堂》《读〈唐玄宗纪〉》《纪梦》《海边谣》《虞美人草》《食槟榔白》数首，另有三首纪行诗《夜宿武溪止庵》《建阳道中步黄内翰仲昭韵》《光泽道中纪事》，但其他如《荔枝香》《杨白花》《君马黄》《挑灯杖》《邵武杨指挥〈渔樵问对图〉》《简姜文博》《邵武卫宫指挥〈余庆堂卷〉》《秋兴》《菠萝蜜》《天南星》《琼枝菜》《二乔观兵书》《老骥行》等诗歌，皆可作叙事诗看。

（二）海南风物诗及咏物诗

明代海南诗人地域意识高涨，王佐亦预其中。地域意识强烈的首要表现是恋土怀乡，邢宥五十四岁即致仕还乡，乡居十年而终，成为楷模，丘濬晚年高居相位，三上请辞帖，欲追迹邢宥，成为继者，王佐晚年亦致官还乡，乡居至八十五岁而卒，三人都表现出了强烈的怀乡还乡意识，表现出了高度的爱乡热情；地域意识强烈的另一个表现是写有大量地方风物诗。王佐的海南风物诗异常丰富，今存七十余篇。

王佐咏物的诗歌占到其诗歌总数的四分之一以上，其中，大半为海南风物诗。

一类是吟咏海南自然风物的。其中最具特色的为吟咏海南动植物，有近

30篇。吟咏植物的有《食槟榔白》《槟榔》《食槟榔其二》《和李本德槟榔叹》《天南星》《琼枝菜》《荔枝》《鸭脚粟》《椰园写景二首》《和李司训看破椰子》《含笑花二首》《龙眼二首》《知风草》《珍珠麦》《刺桐》《攀枝花》《菠萝蜜》《野茶》《葵花》《益智子》等,涉及海南槟榔、荔枝、椰子、龙眼、天南星、琼枝菜、珍珠麦、菠萝蜜、知风草、攀枝花、刺桐、野茶、含笑花、益智子等,其中海南四大水果槟榔荔龙均有多篇吟及。吟咏动物的则有《秦吉了》《石蟹》《蛱蝶》等。代表作如:

> 硕果何年海外传,香分龙脑落琼筵。中原不识此滋味,空看唐人《异木篇》。(《菠萝蜜》)

> 焰焰烧空出化炉,一春花信最先孚。看花未暇评牛李,且醉东风听鹧鸪。(《攀枝花》)

> 海国居奇货,何当最上珍。丘园逃禄爵,商贾忽金银。白泽通寰宇,红潮到八闽。岐黄宠臣使,别命管交亲。(《食槟榔》其二)

> 东君三月剪猩红,分著枝头片片工。海国乡村随处有,田家门巷一般同。离披风火欲生焰,烂熳晴霞几闹空。地迥幸无车马到,闲看花候毕农功。(《刺桐》)

> 火珠压树红离离,五月炎州荔熟时。买树有时来野老,窥枝终日戒群儿。红尘不媚烟花笑,玄圃深韬玉雪肌。昨向祝融求再熟,点头惟与后年期。(《荔枝二首》其二)

> 九天仙子送琼浆,散入园林万颗黄。清庙周罍云捧得,渑池秦缶化陶将。涵濡璞玉蓝田嫩,美满金茎霄汉香。欲和金丹餐玉屑,茂陵曾有寿生方?(《椰园写景二首》其一)

而吟咏最多的则是自然风光,在35篇以上,为《东路纪行》《海边纪行》《黄龙观海》《黄龙夜宿》《美龙滩和先兄韵》《桐乡八小景》《修竹栏二首》《回风岭》

《小洞天》《石船》《滩村四景》《百仞滩》《临江晚眺》《桐乡夏景》《水桥玩月文昌
八景之一》《青龙鼓浪文昌八景之一》《七星排斗文昌八景之一》《五指水》《飓
风》《和丘公〈五指山〉诗》《咏金鸡岭》《金鸡夜鸣》《大洞天》《落笔洞》等,咏及滩
村、桐乡八景、文昌八景、五指山水、落笔洞、大小洞天、金鸡岭等著名景观。代
表作如:

小小一芳洲,白蘋花自炫。知心采蘋者,安得常相见?(《桐乡八小
景·小蘋洲》)

寒泉下触石,淙淙聒昏晓。野田分上流,昨夜水声小。(《桐乡八小
景·西渚寒滩》)

活活临江水,流丹落晚霞。波光归海曲,日色近毗耶。列坐蹲危石,
御杯瞩锦沙。不勘频北望,万里帝阍赊。(《临江晚眺》)

分洲小水秋蘋白,接渚平田晚稻香。云薄挂枝疏叶落,村前对坐午天
凉。(《滩村四景》其三)

丁相沉吟叹凤缘,卫公精爽亦凄然。古今唯有毛知郡,偏爱崖州小洞
天。(《小洞天》)

棹歌到港鱼初上,人语过门月新低。老景神清无梦寐,几回敧枕听潮
鸡。(《黄龙夜宿》)

坤轴南回地尽头,巨灵见掌镇中州。打开放水澄环海,擘列分山观四
州。一朵金莲擎碧落,五株玉笋泮清秋。明时维岳须神降,还继嵩高咏有
周。(《和丘公〈五指山〉诗》)

槟榔花开满院香,雨余窗下纳微凉。西滩新水涨寒绿,南亩蚤禾标晚
芒。鹦鹉来催新陇麦,杜鹃叫插上旬秧。白头林下无余事,端为年年景物

忙。(《桐乡夏景》)

外家家住海南边,垂老频来岂偶然。几个渔舟依海港,两三灶户傍盐田。潮痕每准星长短,水候仍催月次躔。风景苍苍今似昔,可怜华发半盈颠。(《海边纪行》)

东入云山深复深,千家园圃万家林。商寮路绕槟榔树,庄屋门开刺竹阴。独木断桥春水渡,孤烟荒落夕阳岑。久逢亲故情偏好,黏酒开樽引满斟。(《东路纪行》)

另一类是吟咏历史人文景观或与之相关的诗歌,有近 20 首。如《南溟奇甸歌》《竹溪书院》《崖州裴氏盛德堂》《和友人归姜驿夜宿胡澹庵祠》《澹庵井》《茉莉轩》《桐墩书事》《后寄桐墩》《竹枝词四首赠两墩为乐老之章》《次友人游载酒堂韵》《题东坡祠》《荆王太子墓》《东皋诗社》《周公祠二首》《赵忠简公鼎墓》《曾双溪故居》《梁老桥》《五原桥》《崖州冯训导孝恭堂》等,咏及海南唐宋元以来遗留的历史名胜及胡铨、赵鼎、苏轼等先贤在海南的遗迹。这类诗歌与其咏史诗多有重叠。代表作如:

绿竹映阶除,溪光四座俱。乾坤百年事,风雨半床书。老逐齐讴后,遥迎楚些余。先生今已矣,风韵想歌鱼。(《竹溪书院》)

中兴封事百年无,身倚皇天自不孤。酌罢清泉问秦桧,已无寸土寄头颅。(《澹庵井》)

还有一些特殊的描写民间日用品的诗歌,如《烧酒》《暮春三宠诗》《挑灯杖》等。

王佐的风物诗除家乡风物外,对中原名物见闻亦多有吟咏。此类作品中颇多杰构,如:

红树秋千仞,珠林岭半边。登临香积阁,徙倚夕阳天。世事横双眼,流光照暮年。茫茫云峤外,何处是林泉。(《登高山西塔和刘守韵》)

浩浩大江流,行人古渡头。万年初日丽,六代暮烟愁。吴楚舟航地,唐虞岳牧秋。紫宸仍昨梦,北望绿云浮。(《弘治二年述职泊南京上新河和大里府吴守韵》)

干戈初定息黄云,鹿死中原势已分。汉室未忘三蘖庶,长沙曾罢两将军。谩劳玉玺敷忠厚,有待楼船扫翳氛。今日孤舟台下过,鹧鸪声里又黄昏。(《越台怀古》)

满目山河霸业荒,西风烟草正茫茫。沐猴人去成终古,戏马台前自夕阳。只把仁残分汉楚,何曾百二藉金汤。韩生浪说关中好,秦在关中亦已亡。(《彭城怀古》)

赐履封疆锦绣联,诸姜无土是何年?元功落落老居赵,故国拳拳独有燕。苍呐口濡更黑白,黄金台址未尘烟。鲁连亦似奇男子,只说东游恐未然。(《聊城怀古》)

丈人老眼厌韶华,环堵惟栽晚节花。饥饱自知骚况味,藩篱还有晋烟霞。恍疑三姓王孙宅,莫是柴桑处士家。我亦暮年怀隐逸,卜邻期向海东涯。(《菊庵》)

才出汀州百里余,广南风景一时俱。儿童著屐行花底,老媪摇船傍岸隅。烧后黄花山琐碎,雨中枯草路崎岖。锦鳞不识乡关近,只管吞钩不递书。(《上杭道中》)

汉阳郁金扑鼻香,飘飘一叶泛残阳。大盆贮景随兰桨,小勺分春上羽觞。兴入齐州欣白叟,手持阿堵付黄郎。叮宁鄂渚黄楼胜,信宿还须远送将。(《汉阳二律·沽酒船》)

我识君非马邓亲,朝来门外唤何频。颜家陋巷谁知己,萧寺空门半故

人。党进帐深希问讯,何曾席远绝音尘。几回素店书勤事,岁送青州曲米春。(《汉阳二律·卖菜声》)

买臣富贵徒为尔,王质神仙亦已休。红日半竿村下路,青山几处担头讴。闲为空谷生音响,静与诗翁助唱酬。记得林间初睡起,一声凄寂万山幽。(《西林二景·晓林樵歌》)

向晚适幽兴,行吟下村路。前溪一抹烟,轻罩千行树。(《棠溪八景·下村烟树》)

登高步斜阳,四望心悠哉!莫愁黄昏近,会有明月来。(《棠溪八景·冈背斜阳》)

三三傍沙洲,五五依林檗。相招早还家,今晚多明月。(《棠溪八景·墩边鱼聚》)

何处笛常闻,横冈日欲昏。数声牛背稳,自是一乾坤。(《棠溪八景·横冈牧笛》)

清朝负斤去,薄暮巾车归。行歌古路深,寒烟暝翠微。(《棠溪八景·古路归樵》)

旭日出旸谷,曈曈曙色佳。重门浑未到,先到读书斋。(《东园八景·东旸书舍》)

小构静沉沉,偏宜清俗襟。此中何所似?明月到天心。(《东园八景·澄心亭》)

曲曲抱寒绿,萧萧趁隐身。频年无俗客,有时来故人。(《东园八景·竹径》)

洗马桥东水泊津,野田荒陌草如茵。他时若问田边墓,五岭南来第一人。(《唐必周解元墓》)

十室今无四五家,遗民犹自种桑麻。南侬不管人肥瘠,子夜吴歌到月

斜。(《归舟四咏》其一)

万倾晴波浸月明，江天风露寂无声。今宵计到邳州泊，又是孤舟一驿
程。(《归舟四咏》其二)

花月当年燕子楼，花飞月落几春秋。佳人何处埋黄土，留得荒坟管客
愁。(《归舟四咏》其三)

当年望气识真龙，举袂何频向沛公。陵母独知兴废业，想应地下愧相
逢。(《归舟四咏》其四)

(三)咏史诗

王佐善咏史，今存咏史诗 50 余首。内容相对较集中的有海南贬谪、玄宗
朝兴衰、秦汉易代等几类题材。

一类是海南贬谪题材[①]，涉及作品 17 首，咏叹集中于海南八谪(丁谓、卢多
逊、李德裕、苏轼、李纲、赵鼎、李光、胡铨)，述广功绩，诋贬尤过，尤好折冲宋
史，严分华裔，于南宋四名臣尤为所爱。其作品具体有《海外四逐客四首》《赵
忠简公鼎墓》《澹庵井》《和友人归姜驿夜宿胡澹庵祠》《茉莉轩二首》《读〈宋
史〉》《崖州裴氏盛德堂》《咏史八首之李卫公德裕》《攀枝花》《题东坡祠》《次友
人游载酒堂韵》《含笑花二首》《卢相多逊》等。如下：

公来方始是朝廷，争奈吴儿苦讳兵。当宸戴天宁国是？杜邮兴念岂
人情？忍教丞相过南海，更有何人说北征。自古浮云能蔽日，重昏世及几
时明。(《李忠定公纲》)

身骑箕尾作山河，气壮中原胜概多。立赞建康开左蠹，坐挥羯虏倒前
戈。孤忠唯有皇天在，万口其如国是何？直待崖州沧海涸，英雄遗恨始消
磨。(《赵忠简公鼎》)

大朝廷作小朝廷，人世乾坤已不成。志士拊心思蹈海，渠奸呼党贺登
瀛。共知甘饮三吴水，谁念幽栖五国城？公去如今三百载，海潮犹有不平

---

① 李景新、高海洋《王佐对贬谪海南人士的吟咏：兼谈王佐研究的一些问题》对此类题材有较深
入探讨，见《琼州学院学报》2014 年第 6 期，第 34-41 页。

声。(《胡忠简公铨》)

五十三家祸未消,何人海外得逍遥。皇天后土犹堪倚,明月清风不费邀。但看琼岛一身在,莫怨图书万卷烧。千古牧羊亭下土,好还天道不曾饶。(《李参政光》)

中兴封事百年无,身倚皇天自不孤。酌罢清泉问秦桧,已无寸土寄头颅。(《澹庵井》)

炎荒回首望中原,云海茫茫正断魂。空有寸心悬日月,难将一手转乾坤。北人府库千金费,南国封章万古存。当日戴天称叔侄,可曾都是赵家昆?(《和友人〈归姜驿夜宿胡澹庵祠〉》)

茉莉香中小小轩,历年三百尚依然。珠崖逐客才过海,南渡君臣已戴天。磊落封章轰宇宙,凄凉遗墨化云烟。我怀千古中原恨,几度经行涕泗连。(《茉莉轩》其一)

相逢莫话绍兴年,每为先生一怃然。国是到头成底事,奸非开路逐英贤。忍同刘豫三分国,卖却唐尧一半天。杰阁格天今草莽,乾坤犹罩小茅轩。(《茉莉轩》其二)

南边七叶选重光,世及重昏亦可伤。宫色渐非天水碧,柘袍又看女真黄。外夷岂敢分中夏,一汴何因说二杭。堪恨三朝谋国是,是谁惟有杀忠良。(《读〈宋史〉》)

晋国亡来六百年,云礽今见海南边。风流尚是元和脚,主客谁同南渡贤。落落朱崖余栋宇,盈盈绿野旧风烟。我怀三姓伤千古,欲向杭州问老天。(《崖州裴氏盛德堂》)

孤寒八百望崖州,恩怨分明未是仇。但使君心合君子,不须憎李自憎

牛。(《咏史八首》其八 李卫公)

　　鹊送南声到洛阳,浮云白昼掩阳光。南来文字乱天下,天遣先生阅海乡。过化真成孚草木,人心犹自爱桄榔。无因得载城南酒,仰止惟持一炷香。(《次友人〈游载酒堂〉韵》)

　　先生辙迹到遐荒,象魏新年法渐详。卜世渐看杭易汴,传衣又见吕仍王。本来大块为安宅,不道眉山是故乡。人定胜天千载下,尽输琼岛一炷香。(《题东坡祠》)

　　青天明主不堪欺,磐石元勋岂可移?莫怪老姬穷旅邸,能谈京邑旧因依。(《卢相多逊》)

　　尧草元能指佞臣,逢花休问笑何人。君看青史千年笑,奚止山花笑一春。(《含笑花二首》其一)

　　白白红红竞好春,含香羞涩似含颦。无端却被崖州户,错怪闲花解笑人。(《含笑花二首》其二)

　　一类是玄宗朝兴衰题材,有诗11首:《荔枝香》《读〈唐玄宗纪〉》《荔枝》《李太白醉图》《杜甫游春图》《唐马图四首》《无题》《咏史八首其七》,内容不外乎诫君之用人、臣之尽职,叹兴之荣、衰之伤,述兴衰以为今鉴。

　　一类是秦汉易代题材,有诗8首,大约除《题扇画张子房圯桥进履》《歌风台》等三首颂张良拾履、刘邦怀乡事外,余则斥始皇之焚书、胡亥之自愚、李斯之失佐、赵高之倒逆、项羽之残忍,皆取贬损之意。

　　留侯未遇隆准公,谷城老人时相逢。欣然就执奴隶工,老人授足无腆容。留侯之量何其宏,掀揭乾坤此量充。一朝天授鱼水同,劫制秦项如发蒙。汉家三杰侯唯雄,老人之教收奇功。圯桥往事随飞鸿,我持纨扇摇清风。(《题扇画〈张子房圯桥进履〉》)

满目山河霸业荒,西风烟草正茫茫。沐猴人去成终古,戏马台前自夕阳。只把仁残分汉楚,何曾百二藉金汤。韩生浪说关中好,秦在关中亦已亡。(《彭城怀古》)

人从生处乐,鸟过故乡悲。英雄汉天子,一歌双泪垂。(《歌风台》)

大风声激涕沾襟,勇似韩彭可再寻?帝子既为家国计,猛夫亦有子孙心。(《歌风台》)

不禁奸邪禁古书,至愚应不至秦愚。生前遗臭熏千古,不待沙丘混鲍鱼。(《咏史八首》其二 秦始皇)

地能埋死不埋愚,黔首不愚秦自愚。胡亥一愚愚到死,却将法令周诗书。(《咏史八首》其三 秦二世)

李斯相秦留逐客,要使英雄六国无。岂料灭秦开汉者,只消间左一声呼。(《咏史八首》其四 李斯)

大树参天十亩云,万年直欲荫乾坤。指头小鸟来施粪,粪尽桐枝死到根。(《咏史八首》其五 赵高)

另外,于三国咏及诸葛、周瑜、二乔,抑曹之意明显;于名将咏及周姜尚、燕乐毅、殷傅说及宋抗元钓鱼城众将,托治平之志;于女性咏及虞姬、二乔、赵女、唐贞、烈妇,显受母泽影响,多扬德之作;于文史人物除上述已提及外,还有咏及杜牧、朱熹各二首,严子陵、白玉蟾各一首。此外还有其他一些零散之作如《荆王太子墓》《梁老桥》《五原桥》等。

(四)赠答唱和诗

王佐一生早中举人,漂泊仕海,在太学偃蹇20余年,辗转任广东高州、福建邵武、江西临江同知又20余年,所至皆广结师友,交游酬唱,留下大量的赠答唱和诗歌。其唱和诗作有几个特点:一是不为阿谀之作;二是表现内容丰富;三是艺术上多化用;四是词气和平温厚,一本归于儒学正鹄。主要有劝勉、赞颂、送别祝贺、怀念、怀乡、述怀等内容。①

劝勉之作，如《贞庵》劝表兄唐世用坚定操守，《读〈程氏遗书〉偶书所见用戒子弟》诫子弟务必不要贪酒，《寄表侄唐濂伯必周》鼓励表侄枕戈立志，《访金女潜》勉励金女潜必遇知音，《戏作湖山书舍寄徐思顺》劝友人改掉坏脾气，《大庾邓温自挽诗卷》劝长者通达生死，《和王汝弼〈清明感兴〉韵》劝勉同僚不必伤老，《送王汝弼归宁夏》则劝慰友人不伤别离，皆语言恳切，词旨婉惬。

赞颂之作，如《质庵二首》赞扬南昌养素翁诗"敛华就质实"，《题何叟卷》称颂何叟诗有"太古"意，《答张汝弼诗柬》称颂对方之作"掷地铿铿作金声"，《稼隐》称颂张叔亨"君子味道德""耕稼自良力"，《简姜文博》赞姜文博"如幽谷兰，天姿自奇绝"，《和曾双溪南园唱和谣》赞扬曾双溪"豆蔻丁香牧未知"，《崖州冯咏导孝恭堂》赞冯咏导"君子重菽水"，《东园八景》颂"主人似濂溪，霁月光风底"，《南昌刘氏愚溪》赞愚溪"鸥外消沉智巧机"，《安庆黄氏松隐》赞黄氏"自将吟响节钧天"，《题古中静卷》赞古中静"有笔如椽谁敢题"，《抚郡庠张训导兵火后重修族谱》赞张训导修谱睦族"迁表欧图光奕奕……顿令百世亲亲在"，《周挥使勋成十韵中二韵》赞周挥使"手挽两石弓，射杀千年鹿"及其部下年轻军士"酷似霍嫖姚"，《周挥使勋成三绝》赞将官解甲归田"今日将军劳苦地，几家春雨爱畲田""不为瀛洲六斛尘"，《贺唐举人平侯》赞友人"老手一指挥，渊默而雷厉。一朝茂声光，隐然起西裔"，《竹枝词四首赠两墩为乐老之章四首》赞先辈陈汝谐"信有人间快活仙"，《柬唐榕岗处士尚义二首》赞处士尚义"仙籍行香书具庆，白头林下胜登瀛"，《唐德光墨竹》赞友人画艺"诗画王维应不远"，《邵武杨指挥〈渔樵问对图〉》《邵武卫宫指挥〈余庆堂卷〉》赞宫指挥"少年且英武，带砺山河宁可量"等。

送别祝贺之作，如《送人归宁夏》言"送客黄金台，望望西陲去"，《送唐彦明还乡》言"醉余桑落瓮头春"，《送吴思学还乡》言"故里寒暄君指日"，《武昌送唐善继之长沙卫经历》云"西都相望好弹冠"，《寄新会余、马两进士》言"君依日月方扬彩"，《别沙文远岁贡还乡》言"青眼独怜君未白，素衣应笑我成缁"，《送长沙周司训之任四川》云"人希尼父身为铎，世际羲皇马负图……慰彼诸生仰范

① 胡迎建：《论明代海南名诗人王佐的赠答唱和诗》，《琼州学院学报》2014 年第 6 期，第 27-33 页。

模"，《舟次金陵和丁郎中席间韵》言"君才如倚马""闽海朱幡贵"，皆怜别贺人，得敦厚之风。此类以五七律居多。

怀念之作，如《和林宗敬韵》云："投老是闲仙，桃花别有源。雅宜吟洛社，无复梦梁园。日月孤舟定，乾坤一榻存。故人沧海隔，何日再登门。"《寄林宗敬同府》云："故人别后眼常青，底事诗筒隔岁停。濯洁每思江汉水，纫香时梦茝兰汀。老我高州情绪苦，夜深刁斗不堪听。"《寄陈仲和通府》云："别来秋月芦花渚，吟遍春风杜若汀。""十缸燕酒今存否？安得悲欢醉里听。"《寄谢信丰尹何宗实》云："鬼啸雨兮猩啼烟，行客孤羁心自怜。乡曲故人想慰藉，得留双眼看青天。"《寄雷州戴德光通判》云："底事故人成久别，来年应不寄梅花。""闻寄梅花春信遥，故人应不忘贫交。""可怜身谒征西府，笑说当年殷仲乔。"《和友人杜宗颙〈书怀〉韵》云："无端画角黄尘成，夜夜梅花望岭南。"《过抚州石门驿有怀故人崔文振》回忆："石门重见旧风烟，生死分违过六年。来路已非江口约，西风还是抚州船。苍茫枯木寒鸦外，冷淡梅花夕照边。沽酒当垆不成醉，强哦诗句问青天。"《忆丘深庵老师》云："酒兴诗情惟岁月，水遭山独自乾坤。白头漫忆通家旧，世难无因一过门。"

题赠言怀乡类，如《思乡寄风搏唐德光》："石田茅屋旧家风，遥忆琼州在梦中。藤钵晓茶吹杀末，瓦罂春酒呷筊筒。房蜂醉蜜椰花白，鹧鸪将雏荔子红。情景年来无恨好，可能留待一衰翁？"《别唐必大》诗云："十年游宦未还乡，每遇亲知倍感伤。五夜漏催更苦短，两家情好话偏长。凭君历历询州里，慰我悬悬念渭阳。明发分襟还有待，九霄云路看飞扬。"

题赠抒怀类，借唱和自写胸臆。如《登高山西塔和刘守韵》言："世事横双眼，流光照暮年。茫茫云峤外，何处是林泉。"《弘治二年述职泊南京上新河和大里府吴守韵》言："紫宸仍昨梦，北望绿云浮。"《和广州同府郑天与〈书怀〉韵》云："举目山河堪下泪，此情惟有故人知。"《和南海江金宪〈秋兴〉韵》云："白首年来厌世哗，眼看秋尽独兴嗟。高情何处无莼菜，旧业东篱有菊花。"《和陈汝谐〈感怀〉二首》云："中年如满月，已近渐亏时。""浮云世事改，孤月此心明。"《步提学周金宪望武夷韵》《游武夷山步周金宪韵》两首表达对朱熹的景仰之情，不涉及两人关系。《和友人归姜驿夜宿胡澹庵》《和进士姑苏杜子开宴读书台韵》《次友人游载酒堂》等诗，皆谓咏史，不涉及两人情谊。《建阳道中步黄内翰仲昭韵》云：

> 山路何萦纡，有如羊肠蟠。遮以千折峰，转我深山间。啼鸟在高树，
> 猿声隔层峦。何当共幽寂，石眼泉潺潺。落日色惨澹，仆夫足蹒跚。猛虎
> 近林号，飒飒风生寒。十年苦行役，几当生死关。俯首发深省，暮途良独
> 难。驾言且自慰，坦途在人寰。倏忽失所虞，平地千仞山。顾兹乘除理，
> 而我心自闲。努力在明发，今晨莫长叹。

以诗交友而已。其他如《和李司训看破椰子》咏椰，《和丘公〈五指山〉诗》咏五
指山，《归舟四咏》写景吊古，《寄致仕南阳李文明太守》云"何时得脱樊笼去，约
与逍遥万仞翔"，《麻竹笋谢友兄陈汝谐》云"莫怪频参玉版师，眉山学士旧相
知。可怜一种真禅味，四百年来识者谁"，皆是别述怀抱之作。

（五）《禽言九首》

王佐仿拟丘濬《禽言诗》作《禽言九首》，分别劝归、戒贪、劝妇、劝愚、劝莫
行、劝花时、劝观花宜早，惜五酒，慎行，语多俚俗，且多变化，言辞闪烁，然大抵
言俗世人心，不尽为劝勉。

（六）咏怀诗

咏怀之意，本亦散见于叙事、咏史、咏物、题赠各题材之中，然于诸题材之
外，亦有一种纯粹写怀的作品。王佐咏怀诗，意境阔大，情绪深沉，每思家望
阙，阅世伤怀，常有不尽沧桑之感，且多五七言律，益加声韵沉驰，晚作更是横
放颓唐，老境妍华，上追老杜，下该黄陈，确乎为海南诗人五七言拔萃之作。代
表作有五律《临江晚眺》《登高山西塔》，七律佳作更多，凡《海天长啸图》《高州
官舍书怀》《遣兴》《写怀用慰失水者吴川归舟》《信宜道中》《续伤往吟》《上杭道
中》《永兴寺写怀》《昔梦》《病起》《秋日病起即事》，皆值一读。主要作品如下：

> 尽日帆樯绕乱山，窦江还隔几层湾。当官舟子惟两个，隔水人家只半
> 间。雨暗芦花秋渐沥，霜凋枫叶晚斑斓。高州别驾何情绪，犹有新诗独夜
> 删。（《信宜道中》）

> 百年相愿不为多，半百分离可奈何？肠断刘郎伤往赋，声干庄叟鼓盆
> 歌。蒸藜尚有残灯火，纺织犹存断绮罗。坐对香奁空吊古，落花啼鸟又春

过。(《续伤往吟》)

君张螳臂当车辙,我瞰龙眼摘颔珠。江水东流本天性,若教西转定何如。良臣一代敷尧典,直道千年在史鱼。过客若还知此意,焚香无暇礼金躯。(《永兴寺写怀》)

千载也知无李杜,邯郸梦幻亦何哉?形容尚带三巴瘦,神采初游八极回。星斗在天明似昼,江河行地吼如雷。蹉跎四十年前事,久矣吾衰不再来。(《昔梦》)

病起无聊只看书,书劳添病又何如。生逢圣代无遗物,死恋残编似蠹鱼。老境乾坤输伏枕,暮途行李戒驰车。客身自有还乡日,造化小儿其如予?(《病起》)

失路言思旧使君,远来寻我觅温存。试询阮瑀无消息,浪说余嬖是仲昆。鸿过但留栖雪迹,剑沉宁记刻舟痕。西铭训在曾知否,四海同胞尽可恩。(《写怀用慰失水者》)

万卷书生刘鲁风(金壁故事),闲来无事不从容(程明道)。
香风不动松花老(魏野),宿雨初收草木浓(李涉)。
莫把文章动蛮貊(苏子由),悔将名利役疏慵(薛逢)。
人生到处知何似(东坡),泛剡寒宵兴一逢(千家)。(《怀归》)

徘徊复徘徊,几度孤城暮。不见远人来,望断南桥路。(《漫兴》)

白发偏怜早,乌纱每恨迟。中年如满月,已近渐亏时。(《和陈汝谐感怀二首》其一)
浮云世事改,孤月此心明。咏叹坡公句,凄然百感生。(《和陈汝谐感怀二首》其二)

花满闽天足绮罗，可人情兴是春和。日长公馆清如水，坐倚胡床听鸟歌。(《春兴》)

我欲归耕海上村，便寻归路问吴门。兔园册子今应在，期与邻翁话日暄。(《金陵归兴》)

行李摇摇日向斜，前山烟雨是吾家。马头一点归来喜，开到寒灯几夜花。(《远归》)

温峤作九州伯，孟嘉本是三司人。熏天香臭今何在？惟赏龙山落帽尘。(《九日登高写怀》)

乐羊终是愧巴西，许下惟闻哭习脂。岂是大家无好句，先生何愧古人诗。(《太学解嘲》)

西风飒飒雨纤纤，归思都从社后添。料得主人情意重，年年常为卷珠帘。(《秋燕》)

我生未几时，遽已六十六。去此年四头，便是七十足。从此期百年，得否未可卜。惟于百年内，洞洞而属属。执玉与捧盈，常恐即颠覆。朝露待日晞，念此堪痛哭。胡不永念之，日勤夜秉烛。九十书《抑》箴，卫武有旧躅。顾我何人哉，老懒空食粟。(《书怀》)

劲弓发鸣镝，声作鹅鹕叫。青阳高入云，发发穿杨杪。千夫矜乌号，半空静飞鸟。蓦地成凄凉，千弓弛不张。黄鹄下云表，昂立如人长。初集云边城，下我东西营。爱此天上物，就抱驯不惊。细羽春雪融，入怀暖且轻。便欲上九天，依稀乘云骈。不知此何祥，书待掌梦评。问之何年月，弘治甲寅正。正月日几何，尧阶四叶荚。(《纪梦》)

三、王佐诗歌的艺术成就

王佐以诗歌跻身海南四才子之列，号为"吟绝"，其诗歌在艺术上取得了较大成就，对海南诗坛产生了重要影响，今其故乡临高被誉为"中华诗词之乡"，即其力焉。

王佐在律诗、绝句、古体诗方面，均取得了较大成就。相较而言，律诗的成就大于绝句与古体诗。

（一）律诗

王佐的五七言律诗在艺术上师法杜甫，写得很好，取得的成绩最大，在海南诗人中可以说是首屈一指。其特点是学杜而能自成变化，自抒胸臆，气韵沉雄老辣，格局谨伤森严，可谓善学者。

其五律不多，今存仅 20 首，但有两首登临之作写得极好，一是《临江晚眺》，一是《登高山西塔》。两诗大约都作于晚年，一登山，一临水，取象阔大，境界浑穆，双篇临绝，海南五律诸作难有其匹者。《临江晚眺》云：

> 活活临江水，流丹落晚霞。波光归海曲，日色近毗耶。列坐蹲危石，衔杯瞩锦沙。不堪频北望，万里帝阍赊。

首联写浩浩江水，晚霞流丹，出言极为流丽澹荡。颔联写日色西沉，波光远逝，海曲容光，毗耶摄日，有万物归宗之意，可比于昔人"日月之行，若出其中，星汉灿烂，若出其里""气蒸云梦泽，波撼岳阳楼""吴楚东南坼，乾坤日夜浮"，然于昔人静态描写之外，更多了一层时光消沉的动荡。颈联写人，"列坐蹲危石"句，刻镂混茫，置诸贤于艰危之上，真有摩西运海、罗丹刻石之力。尾联收以北望帝阙，万里阔赊，于境则拓于无垠之望，于理则归于儒家之墟。此等诗歌，融天赋学力于一身，确非易道。《登高山西塔和刘守韵》云：

> 红树秋千仞，珠林岭半边。登临香积阁，徙倚夕阳天。世事横双眼，流光照暮年。茫茫云峤外，何处是林泉。

诗以半边珠林、千仞秋树入题，点染登临景物，接以香积阁夕阳天，书写登临徙倚之事，下联转入世事暮年人物心理描写，篇终合以反射自问，结于混茫。其中中二联叙事描摹，尤为雄大，"徙倚夕阳天"句借东皋子语，然较之更为悲壮，

"世事横双眼"取一横字见其愤慨,"流光照暮年"取一流字见其沉痛。全诗情景浑一,悲慨丛生,实为集中力作。其他五律如《竹溪书院》云"乾坤百年事,风雨半床书",《和林宗敬韵》云"日月孤舟定,乾坤一榻存",皆是好句,然微伤痕迹。《弘治二年述职泊南京上新河和大里府吴守韵》首二联云"浩浩大江流,行人古渡头。万年初日丽,六代暮烟愁",极为流丽,然下篇文气稍紧。《送人归宁夏》云:

> 送客黄金台,望望西陲去。壶倾燕市春,旆卷秦山暮。风月属提携,江山归杖屦。悠哉两郎翁,高歌自回互。

几近完篇,中二句尤其风流,惜末句似乎气力已尽,且通篇词气过直,失蕴藉之味,皆不能如前二篇完整。

王佐七律写得又多又好,今存 117 篇,凡咏怀、咏史、咏物皆有佳作,风格亦学老杜,善于起兴,笔力雄次,篇制谨严。

如其初在高州做同知,于公事之余作《高州官舍书怀》诗云:

> 山郭民居十数家,官僚无事早休衙。绿毫日写筹边策,白帖时催运饷槎。雨过庭添瑶草色,日来窗映佛桑花。此中诗景谁同赏,老我商羊咏圣涯。

诗歌看似无心,却是作者为高州为官生涯作出的总结,暗含了作者一生的得意之作,其首联交代高州城小,官事不多的情形,给人以假象,颔联笔锋一转,写自己"绿毫日写筹边策,白帖时催运饷槎"的忙碌。王佐有治平之能,但一生少有实现,任高州同知期间的《上都督府韩公边情策》是唯一被采用且收到实效的政策,在作者而言是非常自豪的,"日写筹边策"当指此事。颈联转写景物,写得十分轻松,"雨过庭添,日来窗映",显示了紧张工作完成之余的惬意潇洒,写景清美,令人击节,末联言知音稀少,仍是自叹抱负之语,然而多了一层自得与自赏。整首诗意态闲适,赞叹有度,是所谓"诗辞和平温厚,文气正大光明,当比唐宋诸大家"之作。

再如其晚年归田桐乡所作《遣兴》:

> 刺桐花开三月天,鹧鸪声里好闲眠。谁言老圃风烟歇,还看芳春景物

妍。南亩筑塍留旱水，黎山分火种畲田。何须更作瀛洲梦，老此春岩足百年。

三月天里的鹧鸪、刺桐、老圃风烟、芳春妍物，南亩田园里的筑堤引水、黎家山地的烧荒分火，皆被作者引入笔下，安排成一幅景物清华、风俗醇美的田园画面。所谓"何须更作瀛洲梦，老此春岩足百年"，更是作者历经人世宠辱繁华后的见道之感，遥见当年五柳先生的风采。

这两首诗于森严的格律中显示出自然流动的气韵，颇似老杜晚年所作诸律，在律诗中最是难得。

《海天长啸图》亦是抒发此类心情的作品，但气势要更为雄放：

> 览遍林泉兴未穷，水云踪迹任西东。高秋碧海孤蓬月，晴日沧州一笛风。万里乾坤来醉眼，无边光景落诗筒。临渊独啸无人和，时有冯夷舞玉宫。

当然，作者的心境并非全都一片静穆，表达怀才不遇的愤懑之情的七律在集中很多，代表作如《吴川归舟》《秋日病起即事》：

> 西风吹棹溯中流，击楫悲歌倚素秋。沙渚水寒兰若死，潮田霜冷稻粱收。海门渐远波声小，瘴岭相迎树色浮。明日石龙频北望，数家山下是高州。（《吴川归舟》）

> 林下萧疏秋气清，物华人意两难平。空庭霜扫桐千叶，远浦风飘雁一声。老去悲秋偏作恶，病来对酒似无情。渊明已矣灵均远，坐看黄花忆友生。（《秋日病起即事》）

《吴川归舟》当作于任高州同知时期，作者在太学蹉跎近 20 年不得中进士，不得已外请为高州同知，其时已年届不惑，虽亦有为，但抑郁之情随时可见。此诗或是作者从家乡海南返回高州任所途中所作，所谓"西风吹棹，击楫悲歌，沙渚水寒，潮田霜冷，海门渐远，瘴岭相迎"，作者心中压抑可知，但整首诗在艺术上还是纵横开合，写得很有气势，"海门渐远波声小"尤能见出作者心中的块垒大物。《秋日病起即事》当作于晚年归田之后，意象萧飒如上作，但规模气势不减,"空庭霜扫桐千叶,远浦风飘雁一声"写得清空开阔,意象遥深。此外,咏怀诗中还有《信宜道中》《续伤往吟》《上杭道中》《永兴寺写怀》《昔梦》《病起》《写怀用慰失水者》等,也都是善于起兴、笔力雄次、篇制谨严之作。

王佐的七律成就在咏怀诗中体现得最为淋漓尽致,在咏史咏物诗中亦体现得十分明显。

咏史七律代表作为《读〈宋史〉》《崖州裴氏盛德堂》:

> 南边七叶选重光,世及重昏亦可伤。宫色渐非天水碧,柘袍又看女真黄。外夷岂敢分中夏,一汴何因说二杭。堪恨三朝谋国是,是谁惟有杀忠良。(《读〈宋史〉》)

> 晋国亡来六百年,云礽今见海南边。风流尚是元和脚,主客谁同南渡贤。落落朱崖余栋宇,盈盈绿野旧风烟。我怀三姓上千古,欲向杭州问老天。(《崖州裴氏盛德堂》)

境界的开阔,格调的严谨,葆有王佐律诗的一贯特色。除此之外,最大的特点当是对历史的熟练认知,典故的纯熟排比与繁复运用,达到了随心所欲、横竖浪漫的境地,显示了作者杰出的语言与历史的双重才华。这种情形近代唯在陈寅恪身上发生过,而陈亦是集诗人与史家于一身。

以《读〈宋史〉》为例,"南边七叶"言徽宗前太祖、太宗、真、仁、英、神、哲七朝;"重光"是李煜的字,言宋太祖灭南唐事;"世及重昏",钦宗被掳后金人封之为重昏侯,言徽钦亡国事;"天水碧",李煜妃子尚置染碧衣于露水中,得鲜绿好色,后来流行于李煜宫中,而宋太祖赵匡胤为天水人,碧与逼同音;"女真黄",汴宋宫中有女真黄,盖为大金之谶;"一汴何因说二杭"言徽宗逃出汴州、高宗逃至杭州事;"堪恨三朝谋国是,是谁惟有杀忠良",作者在此诗下有自注云"徽杀陈少阳,钦杀李伯华,高杀岳飞父子",所杀三者皆主战派,耿直忠良,史有名声。整首诗歌视野阔大,包孕广泛,句句皆用典,其有一句用典至三四者,然气韵贯通,脉络井然,笔墨雄放而捭阖自如,非有极高学力不易办此。《崖州裴氏盛德堂》亦有这个特点。另,王佐咏史七律的史学见识也是非凡的,两诗末句矛头皆直指当时的最高统治者,为一般诗人所难于敢道。

王佐对秦汉易代、三国交际、盛唐之衰、靖康之变等历史尤为熟悉,于其中家国之恨,兴衰俗变,在咏史七律中多有集中反映。

咏物七律的代表作为《刺桐》《荔枝》:

> 东君三月剪猩红,分著枝头片片工。海国乡村随处有,田家门巷一般同。离披风火欲生焰,烂熳晴霞几闹空。地迥幸无车马到,闲看花候毕农功。(《刺桐》)

> 火珠压树红离离,五月炎州荔熟时。买树有时来野老,窥枝终日戒群儿。红尘不媚烟花笑,玄圃深韬玉雪肌。昨向祝融求再熟,点头惟与后年期。(《荔枝》)

其在艺术上成熟的表现有三:一是全诗洋溢着对故国山川名物所代表的人世生活的喜悦眷念之情;二是常有名句豁人耳目,如《刺桐》首句"东君三月剪猩红,分著枝头片片工"对刺桐花的彩笔描摹,《荔枝》颈联"红尘不媚烟花笑,玄圃深韬玉雪肌"对荔枝的传神描写;三是意境浑厚,结构精严,起承转合莫不随笔自如。

王佐在律诗上倾其才华,风格高华老辣,在艺术上取得了很高的成就。

(二)绝句

王佐今存五绝 34 首、七绝 117 首,其绝句成就不及律诗,然亦能自成一家,颇有好诗。不同于律诗全力学杜,高华老辣,其绝句风格迥异,别有师承。

王佐五绝,力学王维,笔法上全师辋川,以写景为主,尚空灵淡雅,语近情遥,色调上则一转辋川的冷淡清绝,而变为温暖亲切,如玉喜人。代表作如《棠①溪八景》《东园八景》《小蘋洲》《西渚寒滩》《南涧云泉》等。《棠溪八景》写南海友人日常居所,以"幽兴"出之:

> 向晚适幽兴,行吟下村路。前溪一抹烟,轻罩千行树。(其一《下村

---

① 《鸡肋集》作"裳"(海南出版社 2004 年版,第 75 页),诗下注"裳溪八景 南海黄浩然近居景也",查今广州南海有"棠溪"无"裳溪",疑"裳"为"棠"之讹,今据实情改之。

烟树》)

　　登高步斜阳,四望心悠哉! 莫愁黄昏近,会有明月来。(其三《冈背
斜阳》)

　　三三傍沙洲,五五依林樾。相招早还家,今晚多明月。(其六《墩边
鱼聚》)

　　何处笛常闻,横冈日欲昏。数声牛背稳,自是一乾坤。(其七《横冈
牧笛》)

其一写下村烟树,"前溪一抹烟,轻罩千行树"用语淡微,写景轻灵,颇似当年裴
王风味。其三写夕阳西下,斜晖减敛,明月待来,写景轻盈而透着喜悦,却是辋
川所没有的气味。其六引入沙林明月,渔墩人家,更加充满生活气息与人间烟
味。其七写横冈日暮,"数声牛背稳,自是一乾坤",真是至乐如在,天人一体,
浑然乾坤了。四首诗笔法全似辋川,但对生命的渴望、人间生活的赞叹,充满
了生命的欲望,与辋川的绝去人间烟火完全不同。

　　再如《东园八景》写到自己家居的环境与生活:

　　旭日出旸谷,瞳瞳曙色佳。重门浑未到,先到读书斋。(其二《东旸
书舍》)

　　小构静沉沉,偏宜清俗襟。此中何所似? 明月到天心。(其三《澄
心亭》)

　　曲曲抱寒绿,萧萧趁隐身。频年无俗客,有时来故人。(其六《竹径》)

一样的语淡情遥,但色调更加温润。《东旸书舍》言旭日出谷,瞳瞳曙色,色调
明暖,"先到读书斋",明县人文之功;《澄心亭》言"明月到天心",一派正大光
明;《竹径》"频年无俗客"看似清高,"有时来故人"则分明亲切。王佐的五言有
时还会安排一种小小的跳跃,给人一种俏皮的跳脱感。如《小苹洲》与《西渚
寒滩》:

　　小小一芳洲,白蘋花自炫。知心采蘋者,安得常相见?(《小蘋洲》)

　　寒泉下触石,淙淙聒昏晓。野田分上流,昨夜水声小。(《西渚寒滩》)

"白蘋花炫"与"知心采蘋者不常见"之间构成了明显的跳跃,从"淙淙聒昏晓"到"昨夜水声小"也构成了审美上的一次小小提升。

王佐的七绝,师法甚广,似乎从王维到李白到杜牧,优秀的七绝作家王佐都有学习,甚至还能看到老杜的影子。其语言的自然高华似李白,如:

> 万顷晴波浸月明,江天风露寂无声。今宵计到邳州泊,又是孤舟一驿程。(《归舟四咏》其二)

> 分洲小水秋蘋白,接渚平田晚稻香。云薄挂枝疏叶落,村前对坐午天凉。(《滩村四景》其三)

> 花月当年燕子楼,花飞月落几春秋。佳人何处埋黄土,留得荒坟管客愁。(《归舟四咏》其三)

语言的俊朗流丽又似杜牧,如:

> 我欲归耕海上村,便寻归路问吴门。兔园册子今应在,期与邻翁话日曛。(《金陵归兴》)

> 十室今无四五家,遗民犹自种桑麻。南佽不管人肥瘠,子夜吴歌到月斜。(《归舟四咏》其一)

> 当年望气识真龙,举玦何频向沛公。陵母独知兴废业,想应地下愧相逢。(《归舟四咏》其四)

> 白白红红竞好春,含香羞涩似含颦。无端却被崖州户,错怪山花解笑人。(《含笑花》其二)

情感真挚处似王维:

> 滩水桥东小路支,莫栽杨柳赠分离。内园只可栽红豆,每岁相思寄一枝。(《寄内》)

议论的随意与态度的闲适处又如杜甫：

> 天子呼来醉似泥，王孙宠遇世应希。可怜只献清平调，不说当年国步非。（《李太白醉图》）

> 杏花疏雨粉香深，朵朵迎风艳不任。老眼不谙花态度，从教春色付山禽。（《王承德〈四时花鸟图〉》）

> 老懒作魔忧采薪，造化小儿来苦人。范张约冷负鸡黍，笑杀榴花瓮底春。（《病中失约寄张凤彩》）

其好议论、多用典处却似宋诗：

> 甘随苦后知何似，不独余甘橄榄同。版筑岩间商辅相，钓鱼城下汉英雄。（《食余甘》）

> 硕果何年海外传，香分龙脑落琼筵。中原不识此滋味，空看唐人《异木篇》。（《菠萝蜜》）

王佐最好的七绝却是那种融合了各种因素，表达一种自足自得精神的作品，集中以"三听"最为代表：

> 花满闺天足绮罗，可人情兴是春和。日长公馆清如水，坐倚胡床听鸟歌。（《春兴》）

> 棹歌到港鱼初上，人语过门月渐低。老景神清无梦寐，几回敧枕听潮鸡。（《黄龙夜宿》）

> 焰焰烧空出化炉，一春花信最先孚。看花未暇评牛李，且醉东风听鹧鸪。（《攀枝花》）

其用词不是特别高华，议论也不是特别着力，写景也不是特别清澈，情怀也不是特别明朗，但却如张继《枫桥夜泊》一样，兴味深长而耐人寻味。

总体而言，王佐的绝句走的都是肆口而发、明转天然的路子，其风格以自然嘹亮为主，五绝境界更为细腻，七绝则更为开阔一些。独创性并不是特别大，却也能采众家之长，不失为名家。出之过易，一些语句失之平俗，一些诗句流于空疏，也是在所难免的。集中如《太学解嘲》这样的绝句：

> 天顺初，天子大猎，从猎儒臣背腰弓矢。时国子祭酒安城刘先生作诗，句尾有"弓雕"字，其义犹今人称腰金带为"带金"耳。时有嘲之者，尾二字皆倒叶韵，盖近于谑也。殊不知古人作诗，此倒者甚多。按史传：孟孙猎得麑，使秦西巴载归。麑母随焉。西巴弗忍，与之。而山谷和荆公诗云："乐羊终是愧巴西。"又《汉书》，京兆人脂习，与孔融善。及融被害，许下莫敢收其尸。习往抚之，曰："文举舍我死，何用生为？"而王逢原咏孔融诗云"许下惟闻哭习脂"。论诗者犹知其倒，犹终不忍舍，况"弓雕"二字，理犹有可通者也。余在太学，辱指教于先生，故略为论之。

> 乐羊终是愧巴西，许下惟闻哭习脂。岂是大家无好句，先生何愧古人诗。

王佐还为它加了一个长长的序，褒之者以为富有趣味，贬之者却以为有掉书袋之嫌。

（三）古诗乐府

王佐的古诗乐府，构思奇崛，设境雄浑，句法奥健，学杜而兼小说家气，在艺术上取得了相当突出的成绩。其中以叙事诗最有特色，今以叙事诗为例来叙述其艺术上的特点。

王佐的叙事诗并不多，总共20多首，却颇具特点。概括起来，其在艺术上有以下几点值得注意：一是善虚设情景；二是善创造戏剧性；三是善取材设题；四是善敷衍结构；五是语言工稳老辣。

王佐叙事诗最突出的特点是极善虚设情景，虚构情节，无中生有，将本来不是叙事的题材处理成具有浓郁叙事意味的诗歌，这是王佐叙事诗最有魅力、最富创造性的地方。

如《荔枝香》：

> 荔枝香，此是开元旧乐章。开元天子醉太平，梨园法曲频更张。更小

部,缀新行,八千红袖舞霓裳。玉环娇笑倚新妆,自言初度今晨良。将进酒,献君王,君王亿万寿,欢乐且无央。万里南海荔,奔腾来上方。金盘荐御筵,新乐声锵锵。何当名此乐?彼美荔枝香。荔枝香,乐中歌曲断人肠,莫传歌曲到渔阳。

看题目,颇似词调名,很容易写成一首普通咏物或咏史抒情诗,但作者充分利用想象力,巧妙虚构出一系列情节,叙述了《荔枝香》曲名得名的故事:天子醉太平,乐师谱新曲,舞女缀新行,玉环依新妆、进寿酒,南方献荔枝,天子遂以"荔枝香"为名命新曲,把本来抒情的题材处理成了一首叙事意味浓郁的诗歌。此首诗除首句交代、末句点题外,可视为一首完整的叙事诗。

再如《秋兴》:

何处寻秋光?秋在梧桐上。昨宵白露下,一叶飘丹状。今宵风雨声,叶叶堪惆怅。晓起视庭除,丹铺藉霜降。呼童扫秋风,爱惜诗景象。且留秋光在,供我闲酬唱。

叙述秋日早晨扫叶又止的日常小事,虚构了一系列情景:昨宵一叶飘丹、今宵万叶飘零、晓起视庭落叶、命童洒扫庭院、爱秋光而止洒扫,将本是及物写怀的抒情题材写成了一首微型的叙事诗,诗歌很平淡,手法却很老练。

再如《天南星》:

橘过淮为枳,非恋淮南好。南方风土宜,橘性自能保。君看天南星,处处入《本草》。夫何生南海,而能济饥饱。八月风飕飕,闾阎菜色忧。南星就根发,累累满筐收。大者或连梗,如宇如旄头。小者累十百,附大如赘瘤。携来煮大铛,翁媪坐绸缪。熟盛巨瓦钵,剥嚼饱乃休。儿孙分瓦碗,满量各自由。饱睡到天明,何管蝶梦周。主母晨相过,煮茶亦见留。加敬致殷勤,洁脱烜膏油。余留上市卖,今夜赏中秋。城中剥鬼皮,比屋有价酬。外此惟果腹,闾阎以优游。海外此美产,中原知味不?

记叙"能济温饱"的天南星的收、煮、食、待客、市卖过程,巧妙嵌入翁媪、儿孙、作者、主母等角色,把一首植物咏赞诗转化成了一首趣味盎然的叙事诗,诗歌的笔法则令人想起老杜的三吏三别。

这种虚设情景的手法为王佐所常用,尤其在其带有咏物性质的叙事诗中,如《杨白花》借杨花南飞虚构胡太后事,《君马黄》敷衍出两马同才不同命的故事;《挑灯杖》敷衍出挑灯杖始与人为功,终被人抛弃的故事,似寓言,又似一篇微型小说;《邵武杨指挥〈渔樵问对图〉》则虚设渔樵对话,互相质难,最终和解的情节,宛如小品;等等。这类作品极易使人想起韩愈的《毛颖传》。

王佐叙事诗的另一个特点是善于创造戏剧性,让简单的叙事变得张力十足。

创造戏剧性的一个常见方法是使用对照。如上述《荔枝香》,单看前九句,叙述也甚平淡,但末尾平添一句"荔枝香,乐中歌曲断人肠,莫传歌曲到渔阳",将叙事触角忽然伸入更广阔的历史中,场景骤然阔大,意味骤然庄严,令人顿生感喟,深得老杜神韵。这种通过对照展现戏剧性,凸显叙述张力的方法,在作品中颇多存在,如《君马黄》设置两马的对比,《挑灯杖》设置主人前后态度的对比,《邵武杨指挥〈渔樵问对图〉》暗设两种价值观的对比,《琼枝菜》的今昔对比,等等。

创造戏剧性的另一种方式是跳跃叙述,引入异质性情境。如《杨白花》:

> 杨白花,飘荡随风起。随风一去招不止,去落江南几千里。洞房美人春思深,梦绕江南烟景里。此身兀兀只在此,江南江北隔烟水。肠断思君君不知,人生莫苦生别离。咫尺阊阖如天涯,况乃天涯今远而。龙丝席,生网丝,翡翠衾,劳梦思。城东嫩柳春风枝,岂无轻盈与袅娜?有如张绪年少时,不似杨花轻软肌。

在一番抒情意味强烈的象征性叙述之后,忽然接入一句极为异质性的描写"龙丝席,生网丝。翡翠衾,劳梦思",从内容上看这是一个精致的细节描写,与前面叙述的一片神行形成了反差;从句式上看这是两个短促的三言,与前面的七言在语气上也形成了跌宕,这接入的一句通过其异质性使读者为之一醒。其后,作者接入末句"城东嫩柳春风枝,岂无轻盈与袅娜。有如张绪年少时,不似杨花轻软肌",弹开一笔,以城东柳花衬托杨白花,又是一层跳跃。两层跳跃使诗歌显得戏剧性十足。这种情况还有如《夜宿武溪止庵》在前后的纪行中插入的烧丹描写,《崖州冯训导孝恭堂》在叙述末引入的作者感受,《二乔观兵书》于叙述中间插入的议论,《读〈唐玄宗纪〉》使用的夹叙夹议,等。

王佐虚设情景和创造戏剧性的能力使其一部分诗歌带有小说家的笔法和意味。

王佐的叙事诗善于取材,精于设题。

其一部分诗歌取材于古乐府,如《荔枝香》《君马黄》《杨白花》等,其设题本极美,寓意又丰。

另一部分则缘自作者的创造。其设题美者如《挑灯杖》《海边谣》《虞美人草》《食槟榔白》《菠萝蜜》《天南星》《琼枝菜》《老骥行》等,皆以三四字而行,言简而意丰,味长而韵美,深得古乐府取题之法与词调取名神韵;其取材新者如《挑灯杖》《海边谣》《虞美人草》《食槟榔白》《菠萝蜜》《天南星》《琼枝菜》等。《挑灯杖》取日常琐物,借物象意;《虞美人草》取草木传说,敷衍历史;《食槟榔白》《菠萝蜜》《天南星》《琼枝菜》四者皆取材海南地方物产,有誉扬家乡之意;《海边谣》则取材现实,即事名篇,写旧时代妇女贩卖之事。这些题材都是前人少有谈到的。

王佐的叙事诗非常善于结构。其章法结构受杜甫、韩愈影响较大,既有老杜的诗力,又有韩文的笔法。如《崖州冯训导孝恭堂》《天南星》颇学三史三别,《荔枝香》有《丽人行》的影子,《老骥行》与《老将行》《瘦马行》颇类似;《挑灯杖》则似带有《毛颖传》的影响。其叙事诗结构虽然多样,但都像杜诗韩文一样,部伍严整,气势充沛。

如《老骥行》:

> 老骥伏枥官厩里,八尺长身老龙体。昂头向人不肯鸣,似择孙阳作知己。孙阳世间不常有,此骥伏枥年岁久。有时自跑千里足,有时自仰千金首。目如飞电双炯炯,照夜白光秋月冷。拳毛䯄有污血渍,狮子花映灭没影。问之此骥世何罕,渥洼水中天所产。同产分入大宛国,贰师得之来贡汉。武皇重马心如何? 郊庙荐之《天马歌》。夕养天闲饱苜蓿,朝牵辇道随鸣珂。何时此种来海湄,宛如蹴踏长秋时。汉代光宠已寂寞,千年龙种终崛奇。邻厩有骥亦似之,几年伏枥嗟栖迟。偶来相见似相慰,迥立长空相向嘶。一嘶四蹄欲飞起,悲风索索来天倪。

前十二句为一段，写老骥的风神气质，迥出不凡；中十二句写老骥的身份来历，流落人间；末六句借两马相知，写老骥的悲愤失意，壮志犹存。全诗脉络严谨，转折清晰，起伏有致，结构老到。再如其 500 字的长篇现实主义力作《海边谣》：

> 海岸谁家女？修发方覆眉。破舟不得死，傍岸呱呱啼。问之本贫家，早孤兄嫂依。长兄苦衣食，前月去贩藜。次兄欠官钱，卒岁苦监羁。儿独与嫂居，身无完裙衣。朝暮取薪水，儿出嫂蒸藜。东邻有恶少，略人男女儿。虽为新旧妇，亦被略术迷。一为略术迷，随之东以西。迢迢海北路，几人乡井悲。几家母哭子，孤老无依栖。几家夫寻妻，身只而流离。官方有公事，诉云姑去而。衔血苦吁天，天远那得知。此苦长已矣，终天但含凄。儿昨出不虞，略至此海隅。先在十数人，亦皆儿所知。同置密室中，事若有所须。半夜须者来，门外声相呼。上船趁早潮，莫待沙干枯。男女连绳出，贯人如贯鱼。一有喧哗声，落头威其余。连落一二头，谁不惜身躯。人人皆吞声，掩蓬泪如珠。摇摇出中流，天地亦伤感。海洋忽变色，乾坤皆黯惨。舟人葬鱼腹，儿身偶得坎。艰危虽万状，比死苦稍减。太平群女郎，婚嫁不离乡。出嫁事舅姑，归宁拜爷娘。骨肉老相保，其乐且无央。尔曹独遭此，天道何茫茫。亦闻此恶小，前月事仓茫。家聚八九僮，倏忽酢九缸。渊默而雷声，鬼谲送南阳。南阳父母慈，置之仁寿场。双翼插虎胁，放飞吃牛羊。世事千万端，言之可心伤。施恩岂无所？恩虎大不可。道路今以目，丈人休问我。行人闻此言，洒泪湿道左。

诗歌以 500 字的篇幅记述了一名海边女子从被拐卖到逃脱的悲惨遭遇，整个框架借鉴了三史三别的问答体。中间部分为女子陈述，陈述主体内容有三个：一是女子的家世；二是被拐卖到海上的悲惨遭遇；三是遇难得脱的过程。陈述主体中间还插入拐卖家庭的反应、脱险女子的自叹，以及人口贩子的结局等内容。全诗结构安排自然严整，颇见功力。当然，其诗结构也偶有疏脱处。

王佐叙事诗的语言也有自己鲜明的风格，就是沉稳老辣，与杜甫、韩愈较接近。其记述文字质朴干练,多用白描,描写文字则丰赡高华,雄深雅健。沉稳的语言对其结构上的偶尔失顺时有补救。

王佐叙事诗整体上颇学杜韩,雄奇而有诗史笔法,与其文《烈士祠记》《高州太守孔公遗爱碑》《平黎记》《湛钺平黎记》《四友传》《林雄传》《符琼传》《荣瑄传》可互读。

王佐另有一篇长篇歌行《南溟奇甸歌》,叙海南之建革,颂归明之崛起,述自然物华之美,叹人文礼乐之盛,虽终归于颂皇明之绩,然实欲表海南于天下,驭篇夹叙夹议,文字亦诗亦赋,其为奇壮。其言云:

> 南溟奇甸襃封到,天语便代天地造。天地造物犹因材,南北不能齐杏梅。帝造一统涵春台,春台玉烛照九垓。甸服荒服同胚胎,南溟万里微汉台。七叶失宠缓五百,八十年代边维颓。后汉南朝遵祖包荒姑勿推,隋唐一统然犹因循旧染,视以四远待柔徕。宋设科目网人材,五星聚奎应光彩……无何道穷天水归……九十三年迷世界……圣祖奉天焕发丝纶,襃封"南溟奇甸"天上来。比内邦畿甸服,万年民物莫居落土著根荄。南溟为甸天地开,天荒地莽豁恢恢……南溟为甸方恰才,未及十纪而人物增品之盛,遽与隆古相追陪;衣冠礼乐之美,遽与中州相追陪;诗书弦诵之兴,遽与邹鲁相追陪……财成之道,天地不能财,帝造独代天安排,抚育南北同婴孩……以人文言……海南人文为国守死,抗节无愧……以物华言,山海物产,千状万态,难置百喙。姑举长流,以通异派。是故物华所先,则田美两熟而有三熟之加,蚕禁原蚕而有八蚕之倍。珍珠麦利济军师,桄榔面应济饥馁。天南星药品耳,既同薯蓣济饥,而亦与中秋节物;鸭脚粟草部耳,既均谷菽周给,而恒充四季家醅……噫嘻!龙马浮河而羲画成,神龟出洛而禹畴遂,南溟献奇而圣祖皇帝玉音克配……南溟奇甸永抱玉音,穷极宇宙而历万万飞劫灰。[①]

全文颇长,今兹录部分以见其体制。海南诗人作赋不多,今存8篇,7篇为丘濬作。丘濬亦有《南溟奇甸赋》,全用赋体,铺排宏制过于王佐,精当则有不及,如

---

① 此文各本断句多有不同,今据海南先贤诗文丛刊《鸡肋集》本引文,《鸡肋集》,海南出版社2004年版,第105-108页。

叙历史建革之婉转，"宋设科目网人才，五星聚奎应光彩""九十三年迷世界"等内容，则是丘濬所无，而述本朝之文明，"南溟为甸方，恰才未及十纪。而人物增品之盛，遽与隆古相追陪。衣冠礼乐之美，遽与中州相追陪。诗书弦诵之兴，遽与邹鲁相追陪"，文省而义当，过于濬赋，向为后人所称引，是所谓后出转精者也，至其诗文句式相杂，亦是丘濬赋所未有者。

王佐在诗歌艺术上取得了突出成绩，其乐府古诗最特异，律诗最完整，绝句亦能出新，总体而言，其艺术风格可谓之高华清美。其古体偏向于高古一面、律诗在高华方面突出一些，七绝则高华清美兼而有之，五绝小制更倾向于清美。高华清美风格是明前期海南诗歌风格的重要收获。

在海南诗歌史上，王佐与丘濬大约同时，在诗歌上亦能雁随，在许多方面，如在题材的选择上，丘濬对王佐有导示之功，如故乡风物诗、咏史诗、禽言诗等，但在艺术风格上，两人却互不蹈袭，宛然而独立。丘濬诗歌天趣自然，王佐诗歌高华清美，两位大家，一尚自然，一为华美，为海南诗歌留下了两道性质迥异的风景。丘濬诗歌成就很大，但一方面其本身并不特别重视其诗，更重要的是其晚年欲回故乡而不得，终生侨居岛外，故单就对海南诗坛的影响而言，成绩甚或反倒不及小他七岁、晚年乡居海南达 20 年之久的王佐。王佐出名较早，与邢宥、丘濬平辈交，同时代重要的海南诗人陈繗为丘濬入室弟子，亦以师礼交王佐，稍后另一位重要诗人唐胄，亦曾与王佐共事，耳聆其教。海南四杰之中，王佐以"吟绝"而著称，大约也包含着同时代及后代海南文人的这种认同在里面。

第四节　邢宥等其他诗人

（邢宥、李珊、薛远、唐重器、曾僡、裴崇礼）

一、邢宥

邢宥（1416—1481），字克宽，晚号湄丘，明永乐十四年生，海南文昌水北村人,与丘濬、海瑞并为"奇甸三名贤"①。一生历六朝:成祖、仁宗、宣宗、英宗、代宗、宪宗,主要活动于英(正统、天顺)、代(景泰)、宪(成化)三朝。邢宥24岁结识丘濬,成莫逆之交②,26岁中举,32岁与丘濬结伴进京赴考,33岁中英宗朝进士,观政刑部,次年补四川道监察御史。35岁入代宗朝,先后辩诬活20余人、献策讨平广东动乱。36岁督运边粮有功,冬出任福建巡按御史,秉公执断,平冤、辩诬、筑城,皆处置得当。39岁出任辽东巡按御史,因不从主将冒领边功,与上级都御史成隙。41岁告官归省,42岁英宗复辟,43岁归朝,出任河南道巡按御史,削驿递,夺藩土,查石亨。45岁外任浙江台州知府,48岁因事牵连就逮,台民争送,数千人赴京告情,降职为晋江县令。冬抵任不满三月,明年英宗病逝,入宪宗朝,大赦天下,改知苏州。知苏期间,倡廉肃贪查账建永丰仓,铁腕赈灾救济活民40余万人,翻修儒学文正祠、文正书院,倡导礼化,政声上闻。51岁加升浙江布政司左参政,52岁升都察院左都御史,巡抚南畿,总理兵民财富与嘉湖行三府粮储。时琼州府人薛远升户部尚书,丘濬升侍讲学士,三人"同于一月之间,并命超升显位……大驰朝野之声,增重乡邦之气",一时朝野交誉为海外衣冠盛事。任间奖廉黜贪,杜奸抑豪,修粮仓,浚河道,行赈济。53岁奉敕整治两浙盐法。54岁奉敕考察文武官员,先后裁罢官员170余人。55岁奏告退,被诏准,于是急流勇退,致仕返乡,与时在家丁忧的丘濬相往来。66岁卒,丘濬为作墓志铭。邢宥一生治功赫赫,然"性廉介",晚居家乡,谨介益甚,"足迹未尝至城市,一切外物略不关情",号故乡大海边山野为"湄丘",构草亭于其上曰"湄丘草亭"③,自号湄丘道人,读书、写字、吟诗、作画。邢宥能诗能书能画,丘濬言其"性好读书,于诗文虽少作,然作必有意趣,不为无益之语,字画亦遒美有法"④,诗文有《湄丘集》,然多散逸,清道光年间张岳崧已言"黄泰泉《通志》载《湄丘集》十卷,乃迄今仅存什一"⑤,今存于2006年"海南先贤诗文丛刊"本《湄丘集》。《万历广东通志》《正德琼台志》均有传。

---

① 缪甫《邢湄丘先生集序》,张岳崧《邢湄丘先生遗集序》,分见《湄丘集等六种》,第6页,第7页。
② 丘濬:《明故中顺大夫都察院左佥都御史邢公墓志铭》,《丘濬集》,第4500页。
③ 丘濬:《湄丘邢公墓志铭》,《湄丘集等六种》,第44页。
④ 丘濬:《湄丘邢公墓志铭》,《湄丘集等六种》,第45页。
⑤ 张岳崧:《邢湄丘先生遗集后跋》,《湄丘集等六种》,第8页。

《湄丘集》今存诗极少，仅五律 1 首，七律 22 首，五绝 1 首，七绝 6 首，七言歌行 2 首，其中还有"屡入后人妄增之作"①。其中七律《辛丑初度日》《书怀》同载于《丘濬集》，其一恐非其作②。邢宥不以诗歌著称，其诗风格古直，少蕴藉，然亦颇有矫健好句。代表作为晚年乡居吟咏《琼台杂兴》组诗七首。

> 五指山光胜九华，版图曾奏汉王家。窠中人老多遗世，被里官闲早放衙。橄榄香回茶后美，蝤蛑鲙出酒余嘉。薰风座上羲皇客，一曲雍容咏圣涯。（其三）

> 六鳌洲背涌精华，十邑居民数万家。椰子户雄橙橘户，槟榔衙胜柳槐衙。匝花海上琼芝秀，含液枝头锦荔嘉。却被坡翁收拾去，至今龙泣水西涯。（其四）

> 大同民习恂无华，轩冕浮云重世家。巷被空花明吉贝，屋披云构战绵衙。稻田秋敛冬还种，药圃菁芳雨更嘉。一斗桑麻半樽酒，兴如沧海没津涯。（其五）

组诗第一首云"阜康自拟唐贞观，习尚相高晋永嘉"，以下皆是对这一论语的展开，这里所录，其三写琼州吏风，其四写琼州经济，其五写琼州民习，皆是

---

① 张岳崧：《邢湄丘先生遗集后跋》，《湄丘集等六种》，第 8 页。

② 考：《辛丑初度日》亦见于《丘濬集》，第 3908 页，《书怀》亦见于《丘濬集》，第 3919 页，作《壬子四月有感》。《辛丑初度日》为丘濬作可能性更大，其理由有三：1. 辛丑为 1481 年，时邢宥 66 岁，丘濬 61 岁，诗中言"此去古稀年不远"，以年近论，邢宥似更合适，然邢宥本年即去世，"年不远"似非其期待；2. 诗言"百事修为贵有终""桑榆晚景好收功"，显有功业未完，自勉之意，其时邢宥已致仕，而丘濬《世史纲要》方成，始酝酿做《大学衍义补》，以功业论，正是收功之作；3. "身世悠悠方是客"句与邢宥一生刚直强悍，诸事皆自主的性格似不符，而与丘濬书生之叹更吻合。《书怀》云："生平安分只随缘，临老休归得自然。两脚徐徐行实地，一心坦坦对青天。月因近日光常减，竹到经霜节愈坚。记得唐人好言语，相公但愿汝无权。"《丘濬集》题作《壬子四月有感》，壬子为 1492 年，云："平生安分只随缘，临老登庸出偶然。两脚徐徐行实地，一心坦坦对青天。月因近日光常减，竹到经霜节愈坚。记得唐人好言语，相公但愿汝无权。"两诗只第二句不同，第一句句序稍变。疑为丘濬原作，后人改作，理由有多：1. 首句言"平生安分只随缘"，丘濬曾自作座右铭，左箴为"安分"，右箴为"息心"，邢宥一生强悍治事，与"安分"不合；2. 丘濬一生甚投佛缘，言"随缘"发自内心，邢宥一生安排谨当，与"随缘"迥异，且排佛力甚，不易苟同"随缘"；3. "临老登庸出偶然"显系丘濬晚年经历；4. "月因近日"暗含近天子之意；5. "相公但愿汝无权"，说明尚有权在握，更合丘濬晚年心态，而邢宥此时本已无权；6. 诗歌为哲理见道诗，风格通俗，似亦较近于丘濬。

赞美海南民富俗美之作。其三云"橄榄香回茶后美,蝤蛑鲙出酒余嘉",从雍容闲适的史风见出民风的淳朴。其四云"椰子户雄橙橘户,槟榔衙胜柳槐衙。匝花海上琼芝秀,含液枝头锦荔嘉",连写海南四景:椰子、槟榔、琼花、荔枝,见出海南名物出产之丰富,反映出海南经济的繁荣,尤以"椰子户雄橙橘户,槟榔衙胜柳槐衙"句描写最为有力,充满了对故乡名物的一种强烈自豪感。其五云"巷被空花明吉贝,屋披云构战鼯衙",则是海上人家居所的最典型再现。海南明代和平过渡,未遭大规模兵火侵袭,自元至明长期的稳定发展,使海南经济空前繁荣,尤胜于内陆。邢宥、丘濬、王佐皆为广游大陆并于海内外有广泛了解的作家,其对家乡的描写虽不无夸张之处,但大体亦能反映事实。这组诗对于了解海南明代前期"弦诵声繁民物庶,宦游都道小苏杭"[①]的经济情况,有重要的参考意义。

邢宥与海瑞皆刚决果断,是海南作家中最有行动力的两个。邢宥对自己的一生有强烈的主张,明确的安排。大约为官则全力以赴,退守则一遗牵挂。故为官期间作诗不多。较值得注意的是一首思乡诗《思亲》:

> 抱闷休闲宦况微,白头亲在久相违。后生稚子今应长,旧识老翁半已非。山蕨每怀三月美,海鳌常记四时肥。逢人莫话归来日,未语先沾泪满衣。

虽是充满伤感的情绪,但"山蕨每怀三月美,海鳌常记四时肥"句,辞美意美,包含了作者最美的回忆,最能拨动读者的心弦。还有一首辞官归田前表明心迹的作品,写得率直恳切,也颇动人:

> 脱却樊笼得自由,家园万里望琼州。花看晚节添幽兴,人忆同时觅旧游。一枕黑甜山舍午,半樽白波水亭秋。归来已定栖身计,独愧君恩未尽酬。(《休归咏怀二首》其一)

人叹陶渊明诗质直,此诗亦有之。

邢宥的绝句颇一般。其《十岁勉学》云"希贤希圣又希天,治国齐家此一

---

① 《湄丘集等六种》,第28页。

身。德业文章传世久，我今宜勉自童年"①，立意颇高，然文质而辞平。集中几首作品多类此。惟送别丘濬所作《送丘仲深至葫芦口占》及《寄南文世远家》差可一读：

> 与君相送到葫芦，酒在葫芦不用沽。共饮一杯辞别去，君行西出故人无。（《送丘仲深至葫芦口占》）

> 幽居新筑海山头，树拥芳村翠欲流。好景坐看潮落处，钓船渔沪满沙洲。（《寄南文世远家》）

邢宥的五律与五绝，今仅各存诗一首。五律写家乡风景，大约作于年轻时，高古决断，一如其人：

> 一纵登临目，苍茫大宇空。断山浮滟濊，削壁判鸿濛。地撼鱼龙斗，潮争鼓角雄。凭高独舒啸，宛在水晶宫。（《登铜鼓岭》）

邢宥诗歌有些句子句法矫健，显示了作者一定的功底。如上文中"橄榄香回茶后美，蝤蛑鲙出酒余嘉""椰子户雄橙橘户，槟榔衙胜柳槐衙""巷被空花明吉贝，屋披云构战缫衙""山蕨每怀三月美，海鳌常记四时肥"等，还有如"红叶乘风惊落帽，黄花借酒可添筹"（《和友人韵》），"庭外雨晴喧鸟市，檐前日暖散蜂衙"（《琼台杂兴》其六），"儿童总解藏私货，父老无由识县衙"（《琼台杂咏》其七）。亦有些见道的诗句，如"渔翁独起观天色，收拾丝纶趁早归"（《题海天春晓图送海南道副使致政》），"兴来活泼天机永，散步溪边看水流"（《九日有怀》），盖似非出自本源，疑其受丘濬影响。

邢宥在海南文人中并不以诗闻名，丘濬言其"于诗文虽少作，然作必有意趣，不为无益之语"，应为知言。然其治世有赫功，进退立法度，为丘濬、王佐等佩服，粹然为海南士人法式。其文能"浑朴古雅，词旨深醇"②，"博大光明，粹然无疵……吟咏间作，率非苟且涂饰之词。言之有物"③，"诚有德者之言，非有言者之言"。其诗虽有枯燥处，然率皆质直，无作空言，且有朴茂处，读之如观其

---

① 《湄丘集等六种》，第33页。
② 张岳崧：《邢湄丘先生遗集后跋》，《湄丘集等六种》，第8页。
③ 张岳崧：《邢湄丘先生遗集序》，《湄丘集等六种》，第7页。

人,可备为海南一家。

二、李珊

李珊,字廷珍,一字玉树,号古愚,生卒年不详。琼山县官隆图(今属海口市谭文镇至甲子镇一带)人。父李立,兄弟三人,珊为长子。幼聪明好学。景泰四年(1453)中举,成化二年(1466)登罗伦榜进士,授行人司行人(职掌传旨、颁诏、册封等事项)。成化八年(1472),赐从一品官服,奉旨出使占城(今属越南),为史上琼人出使南洋第一人。成化十年(1474)冬还朝复命,受嘉奖,选南京福建道监察御史。巡察畿城,勇于任事,不逞避敛,都下呼为"李阎罗"。时诗人书家张弼赞之曰:"阎罗声望重南都,千里清风酷暑无。到处苍生迎马拜,于今不说老龙图。""鹤城重见李阎罗,鬼哭山摇百姓歌。此去好须调玉烛,几多阴阱望阳和。"①后为都台所忌,升广西提刑按察使司佥事。南京兵部尚书兼右副都御史王恕(介庵)赋诗送行:"大火西流七月天,清风送我金宪船。一生慷慨心无愧,几载勤劳节更坚。肃政还当除积弊,安民莫若问遗贤。知君久负匡时志,事业终须照简编。"②奉敕赴桂提督军务,整顿柳州、庆远等府兵备,肃政除弊,威施南疆,深得壮、瑶各族民众嘉许。当得志之时,不久即毅然引退归田,诗酒自怡。诗文条鬯敏畅,著有《古愚集》。今琼山府城小北门内有其登第坊、进士坊、绣衣坊、昼锦坊。墓葬琼山府城薛村(省国兴中学旁)。其事见于《正德琼台志》卷二十四"绣隐庄"条,明《正德琼台志》卷三十八、清《道光琼州府志》卷三十六有传。

李珊诗歌,《正德琼台志》称"敏畅"③,《滇南诗选　定安古诗》称"条鬯敏捷,志雅音和"。今完整存诗仅见《滇南诗选　定安古诗》所录《绣隐庄》七律二首④:

> 晓促钟声逐俊髦,争如早脱骥腾槽。螭头彩笔三春梦,马首红尘十丈高。懒说畏途重御辔,沉思宦海尚惊涛。浮生了却邯郸枕,风月蓬山满背鳌。

---

① 《正德琼台志》卷二十四《楼阁·绣隐庄》,第493页。
② 《正德琼台志》卷二十四《楼阁·绣隐庄》,第493页。
③ 《正德琼台志》卷三十八,第769页。
④ 陈是集编,郑行顺点校:《滇南诗选　定安古诗》,海南出版社2004年版,第131页。

茅檐烟火数家村,且乐天年付子孙。卧看白云生远岫,任教芳草长闲门。清阴石上寒侵枕,流水台前月满樽。忽喜故人(学士陆简)书信到,高风谓我有谁伦。(本诗又载明《正德琼台志》卷二十四)

题名"隐绣庄",大约作于归田之后。其一反思仕途庆幸归田,其二抒写隐居之乐,虽无丘濬的天趣自然、王佐的高华清美,然而意象丰繁、语调流畅,确实是自有风格的条邑敏畅之作。可惜其诗今传太少。《正德琼台志》卷二十四"绣隐庄"条存有《本庄十咏》残句[①]：

我逃名迹事幽寻,野径穿云深更深。

眼看种稻还收稻,不觉栽花又放花。

清风石枕云窗午,明月金樽水阁秋。

旋筑幽林三亩宅,笑为清世一闲人。

身依天地百年老,心与水云终岁闲。

闲来夜钓波心月,勤去春耕陇上云。

欲知社日观秋燕,若问春光看柳枝。

学《礼》学《诗》严众子,当耕当织问苍头。

亦率皆条畅可读。

三、薛远

薛远(1414—1495),字继远,一字善述,海南琼山前所人。祖工部尚书薛

祥获罪致死,连及父及三叔父皆谪戍海南卫。正统壬戌年(1442)进士,授户部主事,旋升郎中。以迎复功,擢户部右侍郎,再升兵部尚书,后改南京兵部参赞,留务,卒赠太子少保。薛远敏而好学,沉潜有猷,善处烦剧而通变就事,六卿中多推之。其书香传至十六代,家族中茂才异等相继,非常难得。《嘉靖广东通志·琼台府(二种)》及《正德琼台志》有传。

《滇南诗选》据《通志》云薛远"敏而好学,于礼乐、兵刑、天官、历律,无不识其体要。尤熟悉本朝掌故"①,均未及其诗歌。今存诗一首:

> 璞墩西望见桐墩,幽径遥通不闭门。琴古再逢虞岁月,璞存不说楚乾坤。阳乌倒影山辉乱,老凤栖余露叶翻。自有满前闲景象,五弦三玉未须论。

写景清靡,意颇高古,"阳乌倒影山辉乱,老凤栖余露叶翻"句,有六朝气息,想是亦能为诗者。

四、唐重器

唐重器,字瑜,琼山处士,建竹轩而居,与丘濬交好,能诗,今存诗一首,风格闲适深沉。《正德琼台志》卷二十四《楼阁上》记其事略并诗云:

> 竹轩　在城西一里。成化间,处士唐瑜重器于所居东建。瑜自少与丘文庄公善,公常有诗云:"归去下田村,兄弟无几存。寄声唐重器,交谊约重敦。"晚岁日与宾朋觞咏轩间。自诗:锄园种竹已成林,新筑幽居傍绿阴。双展烟霞苔径小,半窗明月草庐深。年来已得闲中趣,老去应无分外心。一调朱弦聊自适,世人能有几知音?②

五、曾僖

曾僖,字光启,号双溪。琼山西厢二水人。天顺间,以贡游太学,有诗名。与王佐、丘濬交好,王佐戏言"其诗多谀词",但仍评其"为人口吃,讷不能言,人

---

①　《滇南诗选　定安古诗》,第95页。
②　《正德琼台志》,第488-489页。

少知者,然颇有诗趣"(《鸡肋集》卷三《和曾双溪〈南园唱和谣〉二首》自注)。唐
胄《正德琼台志》将其列入海南文学人物,卷三十七《人物·文学》有传。其诗
事今所见载仅《鸡肋集》一处、《正德琼台志》三处,然仍能见出他在当时的一定
影响,且颇有趣,亦见出当时诗坛细缕,故俱录如下。

其一出自《鸡肋集》卷三《和曾双溪〈南园唱和谣〉二首》自注:

> 双溪名喜,字光启。为人口吃,讷不能言,人少知者。然颇有诗趣。
> 此盖自伤老无知己,恐终淹淹没世也,欲托故旧当路相知,或能荐者一言,
> 而难于自求,故托寓言以为士女唱和之谣。盖以花老自喻,而以寻芳喻求
> 访人才者。所唱答凡四段八首,皆此意,仅和其中一段二首。观双溪平昔
> 寄丘文庄公一诗结句可见此意,诗云:"东坡返化五百载,此日人中惊见
> 之。人在玉堂天子识,花香琼苑小儿知。海南一佛初出世,天上五星重聚
> 奎。同学故人今老矣,古灵存福莫相追。"[1]

其二出自《正德琼台志》卷三十七《人物·文学》传:

> 《鸡肋集》有《和双溪〈南园唱答谣〉》二绝:"花落香残恐后时,寻春何
> 是苦来迟?春风独有花心苦,盍说当年杜牧知。""杜牧寻春春未迟,可怜
> 偏恋折残枝。春丛亦有含花死,豆蔻丁香牧未知。"而附录《双溪寄丘内翰
> 诗》云:"东坡过化五百载,此日人中惊见之。人在玉堂天子识,名香琼管
> 少儿知。海南一佛初出世,天上五星重聚奎。同学故人今老懒,古灵荐稿
> 莫相追。"乃注于后曰:"光启为人口吃,讷不能言,人少知者。然颇有诗
> 趣。《南园谣》乃自伤老无知己,恐终奄奄没世,欲托当路故旧相荐,此言
> '莫相追',见自重意。先时出此稿示余,见诗尾有写唐人诗二句云:'错把
> 黄金买词赋,相如自是薄情人。'以其诗多谀词,而其求乃其所忌,共发一
> 笑而去之,不复顾也。后数十年,有乡人黄铨赴京,于内翰所见存此诗于
> 册,甚爱之。时内翰已居馆阁,而双溪亦久死。归为余诵之。余伤双溪穷
> 死,欲存其事,追思旧作,不可全得,谨忆二绝录于上,并全录《双溪求荐

---

① 《鸡肋集》,第93页。

诗》一首,以备一时之事云。"①

其三出自《正德琼台志》卷四十二《杂事》记其诗事:

曾双溪偁,入年无子,常卖田买妾,乡人诮之。一日,题其壁曰:"卖田买妾人皆笑,四十无儿我独伤。但看山头无主墓,一杯谁肯酹斜阳?"识者是之。②

其四出自《正德琼台志》卷四十二《杂事》记王直游坊场事条:

王文端公直,洪武末,随父太守公学郡斋。性虽端重而好游赏。民有张思惠者,以染作驯其衙,公喜其朴野,每登临必与之。时郡俗,村落盐蜑小民家女妇,多于月明中聚纺,与男子歌答为戏。凡龙岐、二水,大英、白沙、海田诸处,俱有之,号曰纺场。公为思惠导,亦遍游观,撰有《纺场赋》。后公既显,思惠以解役见公于京邸,甚欢,相与作郡东语地黎之谈,连夜不息。询及场女旧事,两相于邑发叹。后思惠归,述其事,余先祖因小绝寄戏。"纺场新赋胜梅花,织女机边误犯楂。淮海因伊十年梦,铁心宁亦为酸耶?"公得诗,屡咏而匦之。曾双溪于天顺末寄丘深庵诗,"晓簪茉莉过丁塔,晚带槟榔去卖油。于今脚踏銮坡路,回首都门曾记不",亦咏此事。盖其俗虽经革于正统程守莹,然余韵犹存,至成化中始无矣。③

今观其所存四诗,风流轻便,颇杂自谑,虽有诙词,不掩诗人风致。

六、裴崇礼

裴崇礼,"字居敬,崖州人,盛之子。由乡举任贵县训导,改欧宁。积学,诗文有古趣,如《游大小洞天记》等文,皆佳作。常自品曰:'琼南文士虽多,独让王汝学出吾一头,余子不数也。'"④唐胄将其列为海南国朝文学人物,《正德琼台志·人物·文学》有传。其文今存《游大小洞天记》若干,惜乎诗不得见,未知其实。

---

① 《正德琼台志》,第 759 页。
② 《正德琼台志》,第 873 页。
③ 《正德琼台志》,第 869-870 页。
④ 《正德琼台志》,第 759 页。

第四章　弘正诗坛:继创期

成化末期,一批新的海南诗人开始登上历史舞台,这批诗人包括廖纪、夏升、陈繗、韩俊、陈实、唐胄、钟芳、林士元等,这批诗人先后在 1490—1514 年间考中进士,顺利进入仕途,故可名之为进士诗人。这批进士诗人的主要活动时间是在弘治、正德以及嘉靖初期,故可将这一时期的海南诗坛称之为弘正诗坛。

第一节　弘正诗坛的总体格局

弘正诗坛的代表人物是前期的陈繗与后期的钟芳。两人有许多相似之处,也有根本不同。两人都是神童,陈繗曾以神童补弟子员,钟芳年少亦有许多聪颖过人的传说;两人都是进士出身,陈繗于 1493 年登第,钟芳于 1508 年登第;两人都与丘濬有关系,陈繗是丘濬乡居入室弟子,钟芳是丘濬曾孙的丈人;两人也都在各自的领域获得了时人较高的认同,陈繗在诗歌领域因与丘濬等大臣交而被诸大臣誉为"畏友",钟芳在理学领域因与王阳明、罗钦顺、湛若水、王廷相、吕楠等理学家交而被诸理学家视为知音。两人也有根本的不同,陈繗自视为一个诗人,钟芳根本上是一个理学家;陈繗在仕途并未得到充分施展而钟芳可谓得尽其才;陈繗为诗善写景而钟芳为诗擅说理;陈繗的诗歌主攻七律而钟芳的诗歌诸体皆宜;陈繗的古体基本不可读而钟芳的古体颇有特点。从总体上来讲,海南弘正诗坛两大诗人一善写景,一主说理,各有特点,共同撑起了当时的海南诗坛,其中钟芳无论就其作品数量还是就其作品质量看,都是堪称能与丘濬、王佐比肩的大诗人。

弘正诗坛除这两位著名诗人外,还产生了重要诗人唐胄。唐胄诗歌值得注意的是其长期治边经历带来的边塞题材与边塞风气,唐胄的诗歌的另一值得注意之处是其风格上学习白玉蟾而加以变化,能够自成一格。

弘正诗坛其他诗人的存诗都不多,但也各有一些篇章值得一读,如林士元的边塞风七律,夏升对海南黎母山与美食的吟咏,韩俊在罢官后对时局的忧愤之作,陈实诗中的义利之辨,廖纪诗歌的奇气,还有天才短命诗人唐冕的唐韵,它们与钟芳、陈繗、唐胄的诗歌一起,共同形成了海南弘正诗坛的繁荣局面。

海南弘正诗坛在丘濬和王佐之后,再次形成了诗歌的高潮,产生了大诗人钟芳、著名诗人陈繗、重要诗人唐胄以及一批诗人,成了海南诗歌继英宪崛起期后又一重要时期。

第二节　钟　芳

一、钟芳的生平和思想

钟芳,岭海巨儒,明代理学名臣,是海南思想史上上继丘濬,下启海瑞,学术地位仅次于丘濬的人物。钟芳的生平,明正统黄佐有《筼溪钟公墓志铭》[①],记录甚详。《万历广东通志·琼州府》[②]《崖州志》[③]有传,民国王国宪有《钟筼溪先生年谱》[④],皆可参看;钟芳的思想,较早对其评论的有同时代黄佐《墓志铭》与林士元《筼溪文集后序》[⑤],今人周济夫在《钟筼溪集》前言中有仔细讨论[⑥]。

（一）生平

钟芳(1476—1544),字仲实,号筼溪,崖州高山所(今三亚崖城镇高山村)人。少育外亲,因黄姓,显贵后奏复原姓,今存进士科仍名黄芳。自幼颖异,10岁入州学,12岁丧母,22岁丧父,但真知力行,博学不懈。26岁(弘治辛酉,

---

① 叶坚:《岭南巨儒——钟芳》,海南出版社 2013 年版,第 208-211 页。

② 《万历广东通志·琼州府》,第 173-174 页。

③ 张嶲、邢定纶、赵以濂纂修,郭沫若点校:《崖州志》,中国文史出版社 2010 年版,第 373-374 页。

④ 王国宪撰,钟家祥校刊:《钟筼溪先生年谱》,海南书局 1930 年版。

⑤ 钟芳著,周济夫点校:《钟筼溪集》,海南出版社 2006 年版,第 701-702 页。

⑥ 钟芳著,周济夫点校:《钟筼溪集·前言》,第 4-11 页。

1501)中举人第二名,33 岁(正德三年,1508)中进士二甲第二名,选为翰林院庶吉士,授编修。因刘瑾被诛案牵连,贬为宁国府推官,精于史事,能折滞育,他郡亦来求教,政绩大著,会大水,岁祲,议行赈恤,民获奠居,又重视教育,部使者交荐其贤。37 岁(正德七年,1512)升漳州同知,不久就代理知府事。时兵宪欲征漳寇,芳主张相机剿抚,督抚卒从其议。任间打击中官索需扰民,擒捕漳浦豪猾,立乡约敦化向学,民风大变。39 岁(正德九年,1514)升南京户部员外郎,署吏部稽勋司郎中,转考功,甄别官吏优劣,上级刘春、罗顺卿等均听从其意见,实授其职。43 岁(正德十三年,1518)南归祭扫。46 岁(正德十六年,1521)升浙江提学副使,尚名检,敦力学,放浪不羁者文虽工必惩,浙江士风为之一变。48 岁(嘉靖二年,1523)升广西右参政,平定贵县虎患,单车入洛容劝降盗帅罗朝堕等千余人,平定柳州马平之穿山峡叛乱,协助督抚雕剿六青诸峒,招降贺县恩柳等寨,讨田州判酋岑猛,定平乐大藤峡,屡建军功,两次获得皇帝金币嘉奖,其中尤以亲檄客舟数十打通断藤峡阻隔近 70 年的交通,向总制王阳明献分置土官策抚平久征不下的岑猛余匪,最能见其胆识。53 岁(嘉靖七年,1528)升江西右布政史,提调乡试,区画藩禄军需,一省肃然大治。55 岁(嘉靖九年,1530)升南京太常寺卿,得报即南归祭扫,次年三月回京赴任,别祭告礼与正礼,得到皇帝肯定。不久担任国子监祭酒,讲论经义,求诸身心,学子莫不感动。十一月乞休不允。57 岁(嘉靖十一年,1532)升南京兵部右侍郎,与参赞王廷相协参革弊,如苏革马快船制度,诸凡纰蠹,为之顿清。八月再乞休,仍不允。58 岁(嘉靖十二年,1533)改任户部右侍郎,经略太仓,总督边储,漕政大举。中因大同军乱,上疏只杀叛首招降胁从,与当道不合,被闲置,后上用其言竣事,复其原职。59 岁(嘉靖十三年,1534),七月南京太庙火灾,再次乞休,请修省以回天变,语多剀切,遂获准致仕。家居十余年,未尝一至城市,唯以经史自娱,名其居为"对斋",取对越上帝之意,有干以私者,谢绝:吾守志,犹嫠妇,岂以晚而失节耶?于 69 岁(嘉靖二十三年,1544)病逝。

钟芳性简重,寡嗜欲,其为学,知行合一,博极而精。做过文官、武官、法官、财官、学官、礼官,律、历、医、卜、文、史、经义莫不贯通,今其集中尚存有讨论音律、潮汐、养生的论文,史称"岭海巨儒"①。其著作史载有《学易疑义》《春秋集要》《皇极经世图》《续古今纪要》《崖志略》《小学广义》《养生举要》及诗文20卷行世,今多散佚,仅存诗词六百余,文若干篇,俱收录入2006年海南出版社出版周济夫点校的《钟筼溪集》中。

(二)思想

钟芳在海南思想史上上继丘濬,下启海瑞②,为岭海巨儒。在明代思想史上则与王阳明、罗钦顺、湛若水、王廷相、吕楠交往频繁,往复论难,可入明朝理学名臣录③。他生活在明朝中期思想最活跃的时代,一生格物致知,知行合一,做过文官、武官、法官、财官、学官、礼官,研究物理、卜易、音乐、养生,较和理心,恒治文史,于诸学统摄于其"下学而上达"视阈之下,上达则"对越上帝"④,下学则"宗主考亭,而欲合象山,取两长"⑤,其"造诣深而自养醇厚,出处光明"⑥,生平所传看上去虽零散,然仍给人以粹然醇厚、浑然一体之感,为后人留下了宝贵的思想财富。

钟芳的思想体系单一而内涵丰富,简单来讲,"理学名臣"四字庶几可以概括。复杂来讲,则有(1)尊上帝;(2)明卜易,行权变;(3)倡知行合一,讲实学;(4)主考亭,合象山;(5)学术上有唯物、科学倾向;(6)政治上讲顺、应民、仁民、爱物,等几点值得注意。

1. 尊上帝

钟芳所学,取径其大,直宗于天,视野开阔,每与当时诸家论难,皆直击要害,毫无拘束之感,这是钟芳最令人惊讶之处。钟芳的尊天与上帝,有以下几个方面的意思。一是承认上帝的存在,晚燕居建"对斋","取对越上帝之义",认为"瞬息跬步间,而帝与之俱","阴阳之气,无幽弗贯,而主之者神也……明而为礼乐,幽而为鬼神……炯乎吾神,默与帝通",并认同"圣人之一乎天""畏

---

① 《万历广东通志·琼州府》,第174页。《崖州志》,第374页。
② 清吉大文"海前丘后论人才"之评,后王国宪、周济夫论钟芳皆承继此观点。
③ 林士元:《筼溪文集后序》,《钟筼溪集》,第702页。
④ 《钟筼溪集》,第311页。
⑤ 林士元:《筼溪文集后序》,《钟筼溪集》,第702页。
⑥ 林士元:《筼溪文集后序》,《钟筼溪集》,第702页。

天之至""《中庸》,君子事天之书""君子所以与天同德"(《对斋序铭》)①。二是其上帝观在人格神与自然泛神之间摇摆,既言"对越上帝""帝与之俱""默与帝通""有赫其临,彻乎显微"(《对斋序铭》),"谓天盖高,其监孔迩。彼逆而福,或时之忒,彼顺而祸,奚玷于德"(《敬神铭》),"畏天之至"(《对斋序铭》),"或曰:夫子不语神,子言之非欤。曰:圣非不言,不易言也。理幽而易,言之则惑,然不曰敬而远乎?圣人以天自处,而以人教人,盖上达难言耳"(《敬神铭》),似有人格神之意,然又言"与天同德"(《对斋序铭》),"天乎何心,气类自相感也。惟无心而自相感,所以为神""彼昏冈觉,崇信巫祝。圣亦有言,淫祀无福。福善祸淫,鬼神攸司,妙在感应,匪徇我私"(《敬神铭》),"祀者致吾诚而已,徼福妄也"(《读书札记》)②,将天与上帝混讲,言天无心,倡感应之说,又似将天地上帝视为自然。三是从尊上帝顺天道衍生出儒家与理学的体系,其言儒家的理论体系,"瞬息跬步,而帝与之俱。盖阴阳之气,无幽弗贯,而主之者神也。此意吾得之中庸。夫中庸,君子事天之书,道本乎天,事道即事天也……论语言仁,孟子言仁义,大学言至善,皆不出中庸二字,六经之道备于此也",从"事上帝"中推论出具有自己特色的"知行合一""占卜决易""格物渐修"等观点,并将体事上帝作为自己的目标,"意则笃至,顾行有弗逮,内疚实多,因书以自儆。铭曰:炯乎吾神,默与帝通"(《对斋序铭》)。

2.明卜易,行权变

尊上帝,在行动上的一个直接反映就是崇易学,行权变。钟芳认同《易》在事上帝中的功能,撰《学易疑谊》,其序云:"《易》有圣人之道四,曰辞、变、象、占。象以揭体,变以显用,辞以阐微,占以致决,圣人之精蕴在是矣。"③其中,权变致用观念尤为钟芳所重。他在《〈法家要览〉序》中评论"经"与"权"的关系说,"大抵灿然不易者为经,时措从宜者为义,经以道其常,义以尽其变……故经有定格,前而却之,则无以行法;义有徇时,胶而固之,则无以权变"④,并在

---

① 本段以上所引皆见于钟芳《对斋序铭》。本节以下所引钟芳诗文,除非特加说明,皆见于海南出版社 2006 年版《钟筼溪集》,以下不再出注。

② 《钟筼溪集》,第 471 页。

③ 《钟筼溪集》,第 70 页。

④ 《钟筼溪集》,第 45 页。

《道义》篇中指出,"是故学莫大乎知变,知变而后能权,权非计数之谓,言酌时以从道也"①。

这种知权变思想在钟芳的著作中体现得很明显。如钟芳非常推崇《春秋》,撰有《春秋集要》,认为《春秋》既是经,又是圣人权变济时的事业,"圣人之道根于心,见于事业,行之以经,而达之以权。经者垂世之法,权者济时之用。仲尼作《春秋》,寓王法,褒善贬恶,大义昭晰,天下之经也。而或抑或扬,或夺或予,微词奥旨,漫不可测,则权行乎其间……左氏乃以义例求之,其正例载经国之制,疑得夫子之经,其变例明褒贬之法,疑得夫子之权"(《新锓〈左传〉序》)②。对于法家的理论,钟芳也认为是权衡见事之作,"《春秋》推见至隐,先儒谓为制事之权衡,而法家轻重低昂,毫忽不差,则权衡之见于事者。故经有定格,前而却之,则无以行法;义有徇时,胶而固之,则无以权变"(《〈法家要览〉序》)③。在评价历史人物时,钟芳也善于变通,表现出一般理学家往往不具备的灵活性,如他为元朝大儒许衡所作的辩护,"许子仕元,势也……夫事之出于寻常者,人皆得以恒度揣量是非,惟圣人权天下之变,低昂曲折,逸尘而奔,则有非寻常思虑所及者矣……于张弛变化之间,盖有不能尽如愿者,此任事之所以难也"(《许衡辨上》)④。

更为重要的是,钟芳的权变思想更多体现在其经世致用的行动中。钟芳一生做过文官、武官、学官、财官、礼官,圆融贯通而无碍,不能不说得益于其权变思想的影响。

3. 倡知行合一,讲实学

知行问题,是程朱与王阳明都关注的问题,在这个问题上,钟芳有自己的意见,与当时诸家有多番讨论。一般认为,程朱将知行分为二,主讲"知先行后";王阳明反对程朱,提出"知行合一",然而其主导意见却是"知中有行","知即是行",变本加厉地主张以知代行。钟芳在理学总体上附和程朱,但在知行观上却着重表扬其"格物""博学"条,表现出对"知先行后"的明确不认同;钟芳

---

① 《钟筼溪集》,第 262 页。
② 《钟筼溪集》,第 1 页。
③ 《钟筼溪集》,第 45 页。
④ 《钟筼溪集》,第 234—237 页。

在理学总体上反对王阳明,但却极重视王阳明提出的"知行合一",创造性地转化了王阳明的观点,提出"知以利行则不蹶,行以践知则愈明"(《讲学篇赠以中陈子》),"学无小大,以行为本"(《临川吴氏评〈通志〉》),"不患不知,患不能行"(《读书札记》"吴临川"条)①,"圣门之学,以精思力践为要"(《读书札记》)②,其观点实际上是"以行为本"的"知行合一"观。

首先,钟芳不同意知行二分。他在《奉罗整庵第三书》中云,"学者或分知行为两截,恐亦未然"③,又在《复吕泾野》一文中说,"知至至之,旧或作知一边说。鄙意谓知至则理欲之几已明,至之便是决断了"④,表现出了对传统知行二分的不满和批评。

其次,他的知行说虽借自王阳明,但核心落在"忠信"之行上。钟芳在给吕楠的信中说,"前奉拙稿,论知行合一,实借王阳明之说,稍宛转以发,明圣人立教本意……忠信二字彻首彻尾……知与行皆以此二字贯之……以此说知行合一,庶乎可也。而阳明之意不如此,乃曰致吾之良知,以见之于事,则致字已属行,而所谓良知者,人人皆可即其所见而推致之,此其不可晓者"(《与吕考功泾野》)⑤。又说,"生所谓诚只是忠信字,承上诚意而言。程子论格物亦以诚心为本,执事所谓明则诚,乃成德事,细详正与鄙见合"(《复吕泾野》)⑥。

最后,钟芳的"知行合一"强调实践,表现出了强烈的实学倾向。如他指出《大学》的落脚点乃在于"断然行之","自《大学》本旨言之,则意者心之动也,心动而欲有所事,必先度其事之可否,如可为矣,又思条画如何,始终委曲如何。既穷其理,则知之至矣,于是断然行之,而必以诚焉"(《奉罗整庵太宰书》)⑦;又对程子"知先行后"的格致之说持保留态度,云"故芳于程子格致之说,尊其读书、讲明道义、评论人物等确实数条,而于天地所以高深,鬼神所以幽显等语,

---

① 《钟筠溪集》,第 472 页。
② 《钟筠溪集》,第 472 页。
③ 《钟筠溪集》,第 282 页。
④ 《钟筠溪集》,第 289 页。
⑤ 《钟筠溪集》,第 287 页。
⑥ 《钟筠溪集》,第 289 页。
⑦ 《钟筠溪集》,第 279 页。

则姑置之,非敢有所去取,盖亦力有弗逮"(《奉罗整庵太宰书》)①,并对带有实践性质的"格物"表现出高度的赞同,"要其极至,则程子所谓彻上彻下,不能外焉着也,至于一草一木,随处发吾天理流动之机,亦惟吾所养纯熟,有相契者,乃得其趣。若胸次之间渣滓沉痼……亦何益哉?窃意此等程子盖偶及之,不若所谓格物,察之于身尤切者,为确论也……圣贤所论博学多闻多见,未有不切于身者……皆以参决众论之异同,而措诸躬行事为之实,不徒然也"(《奉罗整庵太宰书》)②;同时他还对王阳明"致良知"学说导致人们远离实学可能产生的后果提出了严厉的批评,认为"阳明格致之说,诚为牵强……求之不得,遂傲然以程朱为非,误矣"(《奉罗整庵第三书》)③,"格物与诚意本自相关,何谓其支离而悬绝耶?俗学不达此理,正因认物字之误,而又本无反身实践之功,故其为学泛滥支离而失之杂。阳明厌之,而谓格致之说启之也,遂傲然以程朱为非,是率天下于空虚固陋之归已,岂不误哉"(《奉罗整庵太宰书》)④。

钟芳在理论上提出"以行为本"的"知行合一"观,尤为重要的是,他一生都在注重实践,讲实学、博学、躬行,努力践行自己提出的观点。逝世时,黄佐为其作墓志铭云"又谓存养动静,非端默静坐之谓,知行本自合一,知以利行,行以践知,理无内外,心亦无内外也"⑤,同时期著名海南学子许士元回忆钟芳说的话"今日书籍议论满天下,不患不知,患不能行",说钟芳"操履端介,功业随在而著,凡以行其所学,匪直文而已也"⑥,堪称的评。

4.主考亭,合象山

钟芳对道家和释家都有较强烈的批评,如尝云"俗学之卑鄙,禅学之空虚,皆洞见其用意之私"(《奉罗整庵第二书》)⑦。对于儒家学说的各派,钟芳则取调和态度。宋明以来,儒家心学与理学之争纷然,心学派讥讽理学学问为支

---

① 《钟筼溪集》,第 278 页。
② 《钟筼溪集》,第 278 页。
③ 《钟筼溪集》,第 282 页。
④ 《钟筼溪集》,第 279 页。
⑤ 明黄佐:《通议大夫户部侍郎赠都察院左都御史筼溪钟公墓志铭》,载于叶坚《岭南巨儒——钟芳》,第 208-211 页。
⑥ 林士元:《筼溪文集后序》,《钟筼溪集》,第 702 页。
⑦ 《钟筼溪集》,第 281 页。

离,理学派讽刺心学派求心为空疏,钟芳表现出了主理学合心学的倾向。

钟芳尝评价朱陆,"来教谓愚以存诚为知为未尽,极荷至意,非吾兄之厚,孰肯为此言,是诚足以发其愚也。但鄙见本不如是,吾兄或未暇致察耳。如所谓尊德性,则无一息之间,道问学则为之有时,致知之事也。而说者乃以朱陆分之,则陆氏不知有学问,而朱氏不知有德性耶?问学未足,固为未善,德性不尊,则不得为君子矣。闲中以所得相质,亦足自娱"(《与吕考功泾野》)①。又谓王阳明,"故愚于阳明格致之论,置之不与辨者,正执事所谓堆叠无用,知其决不能易程朱之说,而不必辨也。然因渠所论以沉潜圣门之教……鞭辟近里,似亦不为无助。故于渠知行合一之说,取其意不袭其辞,借其言以发明圣学之准的……格致工夫尽有博而不杂,约而不陋处,似非笔舌可既"(《奉罗整庵第二书》)②。不仅在知行关系上,在心理关系上,钟芳亦表现出了折中的倾向。朱熹将心理二分,王阳明与陆九渊皆主张"心即是理","天下无心外之物",亦无"心外之理",钟芳则说"理无内外,心亦无内外"(《讲学》),评价王阳明"先生之教,警策学者反己之功为多,要自宋儒理学大明之后,此等议论在天下决不可无……说者徒以其贰于程朱少之,而不知存诚涵养,正惟孔氏家法,要其指归固不出程朱范围内也……取其大旨略其异同,循其所可循,而不辨其所以不必辨,盖其过激处于圣教未尝损,而鞭辟近里处于学者则有益也"(《祭王阳明文》),调和诸家的意图甚明。

较早评价钟芳思想体系性质的是黄佐,他在《墓志铭》中提出"论以程朱为宗"③,说得较为笼统。四年后,海南学子许士元则对筼溪钟公有更仔细的辨析,他在《筼溪文集后序》中云:"公固宗主考亭,而欲合象山,取两长乎?"④考察钟芳的思想,还是比较合乎实际的。

5.学术上有唯物、科学倾向

大约尊上帝则必须博学、格物、精思、力行,故在具体实践中自然体现出一

---

① 《钟筼溪集》,第288页。
② 《钟筼溪集》,第281页。
③ 黄佐:《通议大夫户部侍郎赠都察院左都御史筼溪钟公墓志铭》,载于《岭南巨儒——钟芳》,第210页。
④ 《钟筼溪集》,第702页。

种唯物、尊重自然规律的科学倾向。

钟芳对一切似都不迷信,其研究乐律、潮汐、养生、方士丹术、佛禅之道,甚至儒家学术,皆取学问之意,详探其自然之理,揭示其迷信之曲,颇具一种理性与科学的精神。这些集中反映在其集子中论辩书简诸文之中。如他先后有四篇文章与时人详讨乐律的正误,撰写《潮汐》一文仔细辨析潮汐的成因,提出"潮为地之嘘吸"的意见,这些都可以视作比较正规的科学论文。再如他奋力批评儒家君权神授谶纬之术,"汤武革命,顺乎天而应乎人,所谓人者,合天下之心而言之,非一家一国之私者"(《君臣》)①,批驳宋儒陈同甫"天道六十年一变"之事,谓"人臣告君,惟当匡之以义,不当眩之以天数",批驳班固以时顺逆之说为"谬言"(《五纬》)②;大力批评道家炼丹方术的欺人,"《参同契》摄生之一术……大要不过凝神安志……非别有所谓丹也。东汉魏伯阳,会稽上虞人,其著此书,专为发明丹法,而驰骋泛滥,假托诡秘……如庄周寓言,不可执以为据……而方士每神秘其术,多为之辞……白玉蟾有云:'心者,神也,神即火,气即药也。以火炼丹而成丹,即以神御气而成道。'此言指摘明白,丹家机要,神字尽之……吾儒所当知者,不过如此,奚以丹法为哉!草木惟松柏最寿,彼有何术?其余萎老摧折者,谁劳役之而耗其精乎?生则有死,人道之常,修短定数,万物莫能违焉……奇诀秘术……卒无征验,故曰天下岂有仙人,尽妖妄耳。此万世之鉴也"(《参同契》)③,"惟余琰注近正,谓炉鼎药物,火候铅汞等皆寓言……方士不知,乃附会为烧炼之术。及服金丹而死,则又诿曰内丹未成,所以多死。呜呼!内丹虽成,亦无不死之理,加以金丹燥烈,是又促其死也"(《又论参同契》)④,"盖方士谬撰惑人尔。白乐天云:'君不见老子《道德》五千言,不言药,不言仙,不言白日升青天。'今之士大夫或谈且信之,可笑也"(《书〈钟吕修真集〉》)⑤,指出世间若有神仙,是"逆天地之化也"(《读书札记》"戴记曰"条按语)⑥;又对自己信仰的儒家鬼神祭祀别有他见,"祀者致吾诚而已,徼福妄

---

① 《钟筠溪集》,第 194 页。
② 《钟筠溪集》,第 256 页。
③ 《钟筠溪集》,第 212-214 页。
④ 《钟筠溪集》,第 220 页。
⑤ 《钟筠溪集》,第 269 页。
⑥ 《钟筠溪集》,第 453 页。

也,淫祀谄也"(《读书札记》)①。这些都反映了某种科学理性,具有反迷信的性质。

还有钟芳即使是对自己的信仰,凡不能证实者,讲话时都持有一种谨慎态度,如其讲鬼神"天地所以高深,鬼神所以幽显等语,则姑置之,非敢有所去取,盖亦力有弗逮"(《奉罗整庵第一书》)②,讲上帝"意则笃至,顾行有弗逮,内疚实多,因书以自儆。铭曰:炯乎吾神,默与帝息"(《敬斋铭》)。这种近乎科学理性的精神,是钟芳与其他理学家很不一样的地方。

6.政治上力主仁民爱物

钟芳在政治上不脱君权神授、敬天顺民的思想,但其注重在为官实践中仁民,是较为特别之处。他认为,"汤武革命,顺乎天而应乎人,所谓人者,合天下之心而言之,非一家一国之私者"(《君臣》)③。带着这种思想,他反复陈说仁民的重要性,"政以顺民欲恶为要"(《贺节推林君见泉叠膺旌旌劝序》),"以惠泽及物为贵"(《乐会尹曹君遗爱碑》),"非仁民无以申事上之义"(《送童年李崇纲》),"所以责乎君上者,尤拳拳于用民力、重民时"(《〈春秋集要〉序》)。同时,他对于刑法则保持戒心,力主慎刑少刑,"刑以辅政,政所不及,不得已而后刑"(《送节推见泉林侯上最序》),"熟知以无讼为贵哉"(《读书札记》"黄庭坚"条)。在处理少数民族问题上,这一主张尤其明确,"予昔忝参广西政,每憾多杀不能已乱,徒以长乱"(《琼山县平黎记》),"善杀不如善怀"(《复蔡半洲都堂》),"才有一毫上首功、喜多杀之意,即与天地不相似,而神不我佑"(《与程参戎》)。钟芳在广西几年屡与叛乱打交道,单车入洛容劝降盗帅,亲檄客舟数十打通断藤峡,向总制王阳明献分置土官策,都是其践行其慎刑观的案例,后来还因在大同军乱中上怀柔疏而被黜。在实践中践行仁民爱物,这是钟芳比较可贵的地方。

7.文学思想

钟芳的文学思想是其理学思想的自然延伸,非常条贯,于文主张达意一途,于诗主张志与兴致二事。关于文,他说,"古今文体不同,同归于实,理,实

①　《钟筠溪集》,第471页。
②　《钟筠溪集》,第278页。
③　《钟筠溪集》,第194页。

理也,事,实事也,载之以辞则至文"(《读书札记》"古今文体"条),"盖徒知工于文即所以明道,而不知溺于文乃所以害道也"(《〈史义拾遗〉跋》);关于诗,他说,"志也者,诗所本也,诗也者,志所寓也"(《〈王氏家藏集〉序》),"诗贵兴致,不贵组丽。组丽近文,兴致近情。情达乎文,虽文而朴。文掩乎情,徒文而艳"(《书〈西游录〉后》)。钟芳对其诗文思想贯彻得非常彻底,其《筠溪文集》中 19 卷各体文章,都以说理为主,不做过多纠缠,600 余首诗歌,亦皆以说理言志及兴致为宗,其有未致者在"兴致"方面,尝自我评价说"予吟思故涩,于诗未知所评,文虽素业,仅惟达意,不能易新格,逐时尚"(《〈西洲文集〉序》)。今观其诗歌,于理不亏,确实有缺乏兴致的缺点,然其缺乏兴致,盖力有未逮,非不思为也。集中较好的作品,都是兴致方面做得较成功的作品。钟芳的理学思想对其诗歌统制非常厉害,即使是最有兴致的作品,也绝不会出现理致上的松懈,因其理学取径颇高,境界无碍,故读来有浑然一体之感,即黄佐所评"为文雄浑精神,气随理昌"(《筠溪钟公墓志铭》),兴致深者固然可读,兴致乏者亦不至陷于枯寂,皆为有物之言。

二、钟芳诗歌的内容及艺术特点

钟芳尝论文学之用:

> 文学之用微矣。搜遗抉隐,组绘葩丽,琢字句,炫故实者,其华也。质任坦素,黜巧不事,镇重如崇岳,瀿深如巨汇,如车徒数万,董以渠帅,部分整峻,望之神摄而意阻者,其大体也。中和内融,包钜烛微,探贤圣之秘,启天地之藏,渍①盈旁溢,而不可御者,其精实也。上士务实,大体从之。下士务华,实斯病焉。(《读书札记》)②

其中所谓"上士务实",正是钟芳夫子自道。钟芳的诗歌今存 600 余首,虽然内容丰富,体裁多样,但率都是"务实"之作,其风格可名之曰一种"坦素务实"。

钟芳论文之要有四,曰"理也,气骨也,典也,实也"(《读书札记》)③,正可以

---

① 《钟筠溪集》此处多一字,疑为衍,今去之。
② 《钟筠溪集》,第 470 页。
③ 《钟筠溪集》,第 471 页。

借来形容其诗歌的四个特点:

一是实也,集中题材,多为实用,不为虚作;

二是理也,无论何种题材、体裁,率皆说理议论为主,以理带情;

三是典也,即多用典故,特别是以儒经入诗,务求言志;

四是气骨也,表现在诗歌中就是力求兴致。

而四者之中,说理为枢纽,是钟芳诗歌最核心的品质,用典与气骨是说理的自然流露。

钟芳的诗歌特别讲求实用。今存 600 余首诗歌中,次和 120 首,送别 76 首,赠、贺、寿各 16、7、11 首,挽诗 22 首,题画题序题堂诗 26 首,吊、谒、怀、侯驾、上书、寄书、谕俗、上梁诗各 2、6、4、2、1、4、1、1 首,送别词 9 首,这部分诗歌总数达到 308 首,占全部作品的一半,全为人事交接、迎送唱和之作。另有 31 首纪事诗、49 首纪行诗、31 首楼观类半纪行诗,也都是遇事而发,不为虚置之作。这两部分实用型诗歌加在一起,达 419 首,占集中作品的三分之二还多。还剩下不到三分之一的作品,其中包括咏物诗 49 首,其他纯粹咏怀类诗歌不过百余首。观察钟芳的诗歌,一半以上为人事交接之作,另有近五分之一为纪行纪事,其追求事实、讲求实用的目的非常突出。这是钟芳在海南诗人中一个很特别的地方,丘濬和王佐等追求实用都没有达到他这种程度。

钟芳诗歌的最大特点就是尚议论说理。宋诗已尚说理,作为理学名臣,钟芳则在宋人基础上更进一步,达到了无论何种题材、体裁,无诗不说理的地步,理学家的思维意识对其诗歌达到了完全自如的控制。钟芳诗歌的说理,有以下几个特点:

一是无论何种题材,率皆说理;

二是无论何种体裁,均善于说理;

三是所说之理,皆归于儒家正鹄,率无逃溢的例外;

四是说理方式多样,有直接说理,有叙事说理,有借景说理,有以情带理;

五是说理名句极多。

(一)无论何种题材,率皆说理

钟芳诗歌的题材可简单分为人事交接类(300 多首)、纪事纪行类(100 余首)、咏物名胜类(50 余首)、咏怀类(百余首)几种,每一种都十分善于说理。下面作详细分析。

1.人事交接类诗歌与说理

其人事交接类诗歌,有 70 余首为送别诗,善于以儒家的人伦之理来范围交往对象,抒发议论,往往将一种伦理之理写得极为动人。如送别诗代表作《与同年话别》:

> 霜风吹衣凄以清,客子仗节江南行。绕堤衰柳叶皆满,何处幽兰花独明。一身许国泰岳重,万事入眼鸿毛轻。曲江曾共醉春色,况是离歌催旆旌。

其中颈联"一身许国泰岳重,万事入眼鸿毛轻",即以儒家重国轻己的思想来送别朋友,既是对朋友的赞扬,又是对自我的期望。再如送别代表作《送谢经府》:

> 相逢无人知峻才,蛮烟往复迷蒿莱。解鞍暂憩碧油幕,束装又上黄金台。柏老经霜贞性在,林疏见日滞阴开。西风一棹归家便,朋旧高谈惬素怀。

此诗是送别镇守家乡的一位武官回朝述职,其下自注云:"按:谢君为琼幕,才足有为,而地方多事,奔走无暇日。然苦节自厉,不以动念,可谓能守官知分者矣。兹将上觐,虽则贤劳,而朝宗之诚藉是少舒,其亦至乐矣哉!我诗不多,聊以志别。"首联写海南之偏远辛苦,颔联言进京时间之紧迫,颈联夹叙夹议,以所见经霜柏树,见日疏林为喻,一赞扬朋友德行坚贞,一祝贺朋友回朝之喜,议论深刻,物象得体,对仗工整,气韵沉雄,尾联展望前程,收以奏雅。其中的议论不外乎言志与遇,但因为儒学境界的动人与语言艺术的成功,给人以深刻印象。

这类送别名篇还有《丹阳来尹送至吕城惜别》《送林从学少参》:

> 感旧今如昔,那堪会复离。连舟忘坐久,燃烛爱归迟。十载江湖梦,寸心天地知。多君无限意,星月共清游。(《丹阳来尹送至吕城惜别》)

> 东南藩翰控连城,参佐雄材出帝京。冰蘖一生留宦迹,湖山四面足风

情。春风淮水新知己,乔木莆阳旧著名。人去不堪牢系马,晴云流碧道双
旌。(《送林从学少参》)

这两首诗在艺术上更为丰赡一些,其中"燃烛爱归迟""湖山四面足风情"句更
是叙述中夹带议论,议论中复合着写景,于议论之外更有一种晶莹剔透的光
彩,颇得唐人好诗的风韵。钟芳作诗以议论为主,常谓自己"吟涩",并强调诗
歌应有一种"兴致",大约也意识到自己部分诗歌缺乏兴象、趣味的毛病,这两
首送别之作于理味之中自生一种兴致华美,大约就是钟芳为诗所追求的"兴
致"典范之作。

钟芳的人事交接诗,唱和、次韵之作最多,有百余首。此类作品可能是即
兴创作,也可能写于事后,今已多难分辨,从诗歌内容推测,其中顾忌他人的可
能多即兴创作,自言志的可能多是写于事后,但无论哪一种,都极善说理,佳句
频繁,名制迭出。其中堪称代表作的,有议论精美、理味深沉的七律《雪夜闻鸡
和韵》《和梁武选叔永韵》《同年饮中丞恒山宅次符卿泾野韵二首》其一、《长
至前二日赏东麓亭和司马王浚川韵二首》其一、《和刘静修先生自适》。

窗外雪花如月明,隔墙远近闻鸡声。半疑半信五更梦,欲归未归游子
情。事知定分闲愁少,心不藏机客虑平。每及曙光盘膝坐,细从嘘吸验生
生。(《雪夜闻鸡和韵》)

细推物理溯源头,孟浪浮名可自由。春色未阑还共赏,蛾眉今老不须
修。云依芳树元非定,莺啭新声或似求。独掩书斋坐昏暮,不知寒雨涨江
流。(《和梁武选叔永韵》)

玄冬万木卷风沙,瓶菊犹存种种花。一段暗香留夕宴,几分红艳抹秋
霞。最怜晚节老还劲,似入醉乡疏更斜。荒径有怀魂蝶乱,夜深和月到天
涯。(《同年饮中丞恒山宅次符卿泾野韵二首》其一)

山木经霜尽白颠,森森桧柏翠堪怜。物情岂为人呈媚,冰操由来晚更
妍。鹤唳莺声图外景,岚光潭影镜中天。豪吟各负风云气,沽酒何曾论费

钱。(《长至前二日赏东麓亭和司马王浚川韵二首》其一)

门外浮云任往还,荆扉客少昼常关。机忘自觉穷通好,心远偏宜杖屦闲。数曲疏篁成隐所,一天幽思在前山。年来白发都全白,丹鼎何时藉驻颜。(《和刘静修先生自适》)

有议中带情、兴象丰满的七律《五日联句和韵四首》其四、《渡海和韵》。

四子多情冒雨过,主人贪客醉还歌。情恬夜宴销华烛,辞逊寒芒逼太阿。一笑碧山同驻马,十年青琐忆鸣珂。菘葵着土皆成色,未信春光校孰多。(《五日联句和韵四首》其四)

长年叙棹仆夫催,报道祥风习习来。地脉不缘沧海断,蜃楼端为使君开。舟从织女机边过,人自蓬莱鹤背回。万顷玻黎天混漾,固应坡老美奇哉。(《渡海和韵》)

有写景状物,深含理趣,颇似诚斋绝句小制的《曲江赓舟中韵》、《又和漫成四首》其四。

水落初痕石满江,白茅濡露拂麾幢。中扃晓彻天光合,坐爱冷冷百尺泷。(《曲江赓舟中韵》)

汩汩流泉透户斜,葱茏草树隐山家。溪桥独步无人语,闲看凫鹥卧浅沙。(《又和漫成四首》其四)

亦有思虑深远,简约隽永的五律之作《夜坐次从学韵三首》其一。

寸丹不外照,返观只自明。江山如有约,天地合同情。静久真源见,思微俗虑平。寥寥谁会此,斜月下残更。

这些作品往往在儒家的交往范式观照之下产生,并反过来促进了交往主体的进一步范式化。今以《夜坐次从学韵三首》其一为例来说明其说理特点。这是一首次韵诗,看语气应该是对同行部下的一种回应,但写得更像是一首自我激励的诗歌。诗的前三联说理,言儒学为学之法,末联抒情,表己之志。首联言反身自观，颔联言于自观中照见天地自然之理，颈联言于自然之理中得见真源，其中颈联"静久真源见，思微俗虑平"的议论，达到了一种澄明自得的观照境界，堪称名句，在这种境界的观照之下，出之以末句"寥寥谁会此"的抒情言志，并以意味深长的"斜月下残更"景物作结，使整篇诗歌笼罩在一种浓烈的理学趣味之下。这种理学趣味展现了交往双方的情感意志，并有使交往双方的情感范式进一步强化的趋势，其语少而理多，言近而意远，极能使人获得一种智慧上的收获，因而非常能打动人。交往主体在诗歌中达成交往范式的一致，其最高表现是凝结成诗歌名句，上述诗歌中的第一组，每首都有一联名句，如《雪夜闻鸡和韵》的"事知定分闲愁少，心不藏机客虑平"，《和梁武选叔永韵》的"云依芳树元非定，莺啭新声或似求"，《同年饮中丞恒山宅次符卿泾野韵二首》其一的"最怜晚节老还劲，似入醉乡疏更斜"，《长至前二日赏东麓亭和司马王浚川韵二首》其一的"物情岂为人呈媚，冰操由来晚更妍"，《和刘静修先生自适》的"机忘自觉穷通好，心远偏宜杖屦闲"。这些名句的中心旨意，毫无例外都指向了儒家最中心的命题：言志。说理名句的存在，使交往双方在情感和理性上取得最大程度的沟通，获得最高程度的共鸣。因而这类拥有说理名句的诗歌，不仅仅能够作为钟芳次和诗、交往诗的代表，而且能够超越众作，成为钟芳说理诗的最高呈现与代表。

除这类诗歌外，钟芳次和诗歌还有一些不错的作品，也值得一读：

午云添野色，花柳斗春明。游子故留意，东风自不情。天连秦苑杳，潮入蜀江平。北会争盟后，春秋几变更。（《夜坐次从学韵三首》其二）

民力东南竭，宁堪岁荐荒。隐忧惭肉食，虔祷合鹓行。归路风犹劲，瞻天色更苍。土膏方待润，何以答民望。（《辛卯十二月二日神乐观祈雪次李少宰蒲汀韵二首》其一）

洪炉均鼓铸，沧海混华夷。离正春长燠，波平碧映曦。风花嫣瑞霭，鱼鸟恣晴熙。为访蛟人室，明珠或见遗。（《珠崖杂咏次韵七首》其三）

舟泊江隈几夕秋，去年今日正同游。窥篷斜月娟娟静，占水轻鸥两两

浮。自幸蒹葭依玉树,却惭浊水混清流。明朝举棹南风便,扣舷长歌上帝州。(《和侯景德舟中偶成》其二)

清曹元自少拘牵,静掩重扉检故编。夜永短檠销烛泪,日高新火动榆烟。春连四际江山好,人共一轩花鸟便。芹曝何曾裨尺寸,只将丰稔祝尧天。(《和思抑韵三首》其一)

刚肠不受百柔牵,今古兴亡手自编。洗髓元无丹灶术,照书旧有杖藜烟。醉倚南斗皇风阔,坦向东溟腹笥便。万事只堪供一噱,不须搔首问苍天。(《和思抑韵二首》其二)

进止无心任所经,等闲骢马蹴朝行。夷途得险天终昧,痛定思危梦亦惊。几处弦歌虚月色,一春花柳阁风情。投闲欲觅飞升术,捷径惟应问曲生。(《次罗绣衣坠马伤足韵二首》其一)

杳杳孤亭倚翠开,晓凭清霁首重回。江拖素练天边下,云结玄堂海上来。尺鸟径登栖鹏处,半山如见读书台。相逢总是神仙骨,何必琼英入寿杯。(《长至前二日赏东麓亭和司马王浚川韵二首》其二)

汩汩流泉透户斜,葱茏草树隐山家。溪桥独步无人语,闲看凫鹥卧浅沙。(《又和漫成四首》其四)

三年往返两都间,每爱投闲竟得闲。松菊未应荒旧圃,鹓鸾久矣愧仙班。清泉静濯溪边石,碧落孤撑海上山。到处行吟足为乐,漫将诗史自褒删。(《再次李蒲汀韵》)

相对于前面说理精悍、拥有名句的作品而言,这些作品在说理上显得稍为浑和,更讲"兴致"一些。

钟芳的人事交接诗,除上面两大类外,还有挽、赠、贺、寿、题、吊、谒、怀、侯驾、上书、寄书、谕俗、上梁等类型,大都以说理为法、儒家伦理为归,佳作也不少。

如其四首寄书的代表作《寄友》：

> 江汉双鱼断，乾坤一气交。宦成翻作累，行立易生嘲。诗思愁边杳，归魂梦后销。河桥杨柳色，底用斗春饶。

其首联"江汉双鱼断，乾坤一气交"，叙述极阔大，颔联"宦成翻作累，行立易生嘲"的议论则极精警，面对自己的朋友，作者倾吐了一般不轻易流露的人生负面情感，但是，作者并未因此而沉沦，尾联言"河桥杨柳色，底用斗春饶"，以理作结，仍作振起之言，既为自励，亦为励友，显示了理学家坚韧的一面。钟芳对于儒家的修齐志向、怀才不遇，一般都会表扬其中的志向坚定、淡泊自重，而将为官之难、不遇之感作为背景，不作主要表达。本首诗歌中负面思想少见地占据了中心地位，这是较值得注意的现象。

儒家大生死，钟芳集子中今存祭文48篇、挽诗22首，情感真挚，思绪深沉，其中最动人的是为继母、弟弟与儿子以及一位友人邹使君写的挽吊诗。

> 豆荐坤仪正，纶颁帝泽宽。投锤终显寇，丸胆旧师韩。人去梨花冷，堂空燕子闲。韶华不相待，挥涕几时干。（《又挽母》）

> 路迢迢兮孔长。人宵宵兮无方。漠予不见兮摧我肺肠。升彼崇台兮若将俟之。长徂不回兮繄谁止而。悠悠予怀兮庶其来归。日之西隤兮隮彼东隅。木之冬萎兮春萌烨敷。恒征匪忒兮慰兹惨荼。（《过济宁怀允直追忆士元》）

> 自甘丘壑大江隈，阀阅遥从宋季来。先世精忠遗笏在，晚年光宠画堂开。瑶台已化千年鹤，松径常封十亩苔。日暮中庭话儿女，秋风乔木不胜哀。（《挽邹使君》）

钟芳早触生死，12岁丧母，22岁丧父，兄弟姐妹相继早夭，29岁相依为命的弟弟钟英亦在渡海应试时遭遇海南沉船溺亡，51岁至爱的小儿子在中举后四年病逝，故于生死极知艰难。《又挽母》是钟芳悼念继母的诗歌，钟芳先后丧母、丧父，其家全赖继母操持支撑，得使兄弟二人成年、成家、成业，其对继母感激、怀念之情自倍于常人。诗中"人去梨花冷,堂空燕子闲"句,与钟芳诗歌一般的理学趣味迥异,是浸透了情感的伤心之作。当然,钟芳的继母比较长寿,活着亦得到诸般照顾,虽临终未得相见而留有遗憾,但还算寿终正寝,钟芳于其逝世还可以保持相对节制的情感。但对于儿子和弟弟的夭折,就不可能如此坦然了。《过济宁怀允直追忆士元》当写于其子钟允直逝世后不久,完全是一种呼天吁地的情态。钟芳今存《祭弟妇文》《祭允直文》述二人之事,《祭弟妇文》云:"昔在困穷,予父予母,兄弟姐妹,先后沦丧,仅惟一弟,相依以立。甲子之岁,弟应秋试,五月五日,飓风覆溺,死非其命,苦不忍言。然濒危犹索所带之冠,吁天而没,其志可想,其情可伤也。"①据钟芳家族传闻,钟芳尝多次提及其弟背兄从医,将其从鬼门关救回之事,对于这样一位救过自己性命,又相依为命,且临死尚知索正衣冠,伤叹壮志未酬的弟弟,钟芳怎么能不动容呢。《祭允直文》云:"汝秀而慧,汝敕而励,探赜趋正,惟汝之志。我昔宦迹,间关险巇,汝从汝母,提携冒危。就业南圻,渐得所好,归肄三肆,乃益有造。贤书升荐,式阐我光,匪名之荣,实崇曰强。"②对于秀而惠,能光大自己事业的爱子的逝世,钟芳亦是带着巨大的悲痛与遗憾。自己的弟弟和儿子,俱是家族的巨大希望,俱是有才而早夭,所以钟芳在怀念儿子的时候,自然就追忆起自己的弟弟。这篇诗歌全用骚体,悲惨呼号,长歌当哭,在钟芳的文集中,前后都没有这样情感浓烈的诗篇。相对于亲人,对于同人朋友的挽吊情感则舒缓得多,调子也比较平和,态度也更加从容客观。《挽邹使君》首句交代邹使君的生地,次句交代使君的家世,第三句表扬其先祖的德行,第四句写其晚年的成就,第五句写骑鹤归去,第六句写遗踪不在,第七句写儿女的思念,第八句写自己的伤感。整首诗歌用语庄重,语调平缓,写得阔大而不放荡,庄重而不凝滞,既表崇敬,又致哀思,是很能见出儒家以生死为大、以仁爱重生的情怀的。

　　钟芳的题画、序、亭台楼阁的诗歌也暗含着儒家的交往范式,代表作如《如题耕织图》《郊祀寓神乐观斋宿题画》。《如题耕织图》云:

　　　　出耕任膂力,织纴付中闺。尺布与粒米,皆自勤中来。惰耕无赢粮,

---

① 《钟筼溪集》,第349页。
② 《钟筼溪集》,第350页。

惰织无完衣。芃芃南亩禾,望秋实已垂。翘翘东陌桑,取为机上丝。业成急官税,年年付空悲。谁哉任良牧,无刈伤根葵。

这是对一幅普通耕织画的评价,如果只看前半部分,不过是劝人耕织勤劳,也还平平无奇,但诗的后半部分,忽起风波,"业成急官税,年年付空悲。谁哉任良牧,无刈伤根葵",视野从画面转向现实,将国家治理引入到诗歌的关注中,形成了一种有效的士大夫视阈和关怀,在日常生活和儒家理学之间建起了一座桥梁。《郊祀寓神乐观斋宿题画》则是从另一个角度对儒家理学的表达:

茫茫何处觅蓬瀛,云水为家万事轻。春到柳梢青欲遍,一舸横港醉初醒。

郊祀本是殷商重鬼神的遗留,周儒对其采取了"祭神如神在"的态度,钟芳继承了这种相对理性的观点,晚年虽表达了"上帝"信仰,但其"上帝"仍还是属于这个范畴。这首诗歌写于祭祀之后,寓居于"神乐观",祭祀见诚,尚可以理解,"神乐观"这种俗世的神道观,当然会引起钟芳更多的思考。诗歌首句发问,到哪里去找寻道家的仙山,蓬瀛是道家三座仙山之一,显然钟芳并不相信;次句描写画面之景,"云水为家万事轻",表面上写道家求仙访道、四海为家的生活,实际上却是表达儒者修养德行,放情万物,不凝滞于生死的达道之观;末两句写到春青欲遍,一舸初醒,是得道之言,与"等闲识得春风面,万紫千红总是春"表达的意思相近。这首诗歌写得很浑厚,前两句叙述,后两句描写,真正的意见却藏在语言之外,表面上看对于祭祀、道观似无评述,实际上点读之间已暗示了意见,抒发了理学情感,深得诗家言象三昧。

这种将交往归为人伦之理或者自我期望的说理范式,几乎覆盖了钟芳的所有人情交接类诗歌,如送别诗中规劝激励志向,贺诗中肯定功业德行,悼念吊怀诗中纪念言举德行,等等。而所有这些儒家理学的表达,都是借助于内含的议论来完成的。

2.纪事纪行类诗歌与说理

钟芳今存其纪事纪行诗百余篇。作为带有叙事性质的诗歌,本来叙事成分应占更多篇幅,但钟芳的叙事诗亦以说理为皈依,很多都写成了完整的说理诗。

其中纪事诗兹举几例,如其七言古诗代表作《移柏行》:

> 芩甥惠我双盆柏,睡起凭轩爱如玉。海涯何处得此种,椰根椰叶总粗俗。乘春吐苗才尺余,已觉苍然类耆宿。顾兹盆盎无多地,植此大材受局促。风霜历年几何许,枝条不展根拳曲。岁当丁酉斗指辰,丘园久涸逢甘霖。呼僮剖盆留宿土,移向庭阶青可人。宛如开笼放雏鸟,舒翰振迅腾霜爪。又如困鳞脱网罟,洋洋鼓鬣游湖沼。乾坤造物此足窥,遇与不遇惟其时。得时拱把遂畅达,失时合抱成枯荄。我今作歌与僮约,灌培爱护休摧杯。天如假我十数年,见汝昂霄耸丘壑。

诗歌讲述将外甥赠送的盆柏从盆中移向户外栽种一事,采用夹叙夹议的方式。首写盆柏晶莹可爱,次便言椰根椰叶粗俗,写盆柏乘春吐苗,次便言大材受局促,写盆柏移栽后青可人,次便言如开笼放鸟、开网放鱼,最后跳开一笔,借柏树遭遇大发遇与不遇的议论,揭示君子自爱爱物之志。整首诗歌不仅采用的方式是夹叙夹议,最后的依归也在于抒发穷达之理,整首诗歌就是一个象征,与其说是叙事诗,不如说更接近于哲理诗。

五古代表作《按筹》也是纪事言理诗歌的代表作:

> 南浦初移棹,日高才丈许。西风送惊湍,步步麑洲渚。乱流溯水口,艰进屡延伫。亭午一回盼,楼橹尚堪数。舟行田荡间,缘木引前路。吾方叹阿农,因之动恻楚。细诇负笠翁,妙用在阿堵。六月江水落,晚禾正堪布。新抽藉浮膏,所入倍钟釜。予闻重踟蹰,豁然发良窹。阴阳互为根,翻手变苍素。世故贵更练,接迹每多误。叙岸促征骑,萧萧碧山暮。

诗歌写了日常生活中所遇见的一件小事,表达了"世故贵更练"的主题。作者写到自己在舟上碰见一位引渡的农夫,在"晚禾正堪布"的季节来到江上摆渡,他的遭遇引起了作者的同情,但是经过询问一位"负笠翁"才了解到,原来引渡赚的钱要数倍于耕作的收获,他的同情完全是没有必要的。这件事引起了作者的反省、"良窹":什么事情都是相互依存、相互转化的,必须要多历练,多参与实践才能够弄明白事实,主观臆断导致的结果往往是"接迹每多误"。这首诗歌与上首诗歌一样,是一篇典型的叙事型说理诗。诗歌全用白描,叙述简练,语言质朴,传达的思想看似简单,却正是明代中期理学诸家反复讨论的"知行合一"问题,对这一问题,钟芳在诗歌中给出的答案与他的理学观点完全一致,即强调实践的重要性,"学无大小,以行为本"(《临川吴氏评〈通志〉》),"圣门之学,以精思力践为要"(《读书札记》)①,"知以利行,行以践知"(《讲学篇赠以中陈子》)。诗歌表达的主题非常重大,说理的方法却是通过故事暗示,给人以智慧上的愉悦感受。

再如五律《容江遇吴太仆人豪过话》,也是一篇说理色彩很重的很有特色的纪事诗:

> 邂逅逢知己,新凉得雨时。舟轻舷易侧,蓬漏座频移。糗腊行厨味,榕梧在处诗。日晞迟解缆,各语寄相知。

作者如实记载了自己在江上与吴太仆人相遇之事,全诗较奇特之处在于没有一个强有力的中心,似乎每句表达的意思都各有侧重,并不相干。如首句交代"邂逅逢知己",情感上是温和的,而次句写"新凉得雨时",气氛却是较为冷清,三句转写舟上所感,"舟轻舷易侧",却是一种哲理的观察,隐有一种担心,四句"蓬漏座频移",则气氛哀飒,有一种强烈的不安在其中,五句写招待客人,写得非常客观,六句写饮酒作诗,竟见不出一点喜悦,七句写"日晞迟解缆",隐有不舍之意,末句写"各语寄相知",却又不动声色。颔联"舟轻舷易侧,蓬漏座频移"观察的细致,描写的客观,感受的敏锐,说理的深蕴,都是非常杰出的。这首诗的诗题与其理解为"与吴太仆人豪过话",不如理解为"看吴太仆人豪(与他人)过话"更合适,更符合全诗的客观记录的基调。

与纪事诗相比,钟芳的纪行诗好诗要更多一些。大约因为纪行的缘故,"兴致"颇高,说理的成分则相对稍少一些。纪行诗的代表作有七绝《山行》《清远舟中》,五律《晓发胡乐巡司抵旌德》《洪都阻风》,七律《宿归姜驿》《游弘济寺》、《游华封岩二首》其二。其中《山行》《清远舟中》两首七绝,描写清素,用语流丽,几乎不用议论,就像两幅明丽的山水风俗画。

> 屋后青山晚更苍,竹槽通水灌禾梁。材娥不解缠珠翠,遍插荆红当艳妆。(《山行》)

---

① 《钟筼溪集》,第472页。

> 刺桐花发照山红,百丈游丝一叶风。舟子不知歌欸乃,齐声伊亚亦争雄。(《清远舟中》)

《晓发胡乐巡司抵旌德》《洪都阻风》两首五律,则语言严整,风格古奥,给我们展现了一位咏游山水、得观自然、随行自处、与物相谐的儒家古君子形象。其说理的部分顿挫简洁,与古君子形象相乎。

> 晨装越重峭,景色忽纷披。楼处负岩麓,机春当水湄。落霞红入市,秀麦绿盈畲。吏隐琼斯在,玉壶荒是非。(《晓发胡乐巡司抵旌德》)

> 五日江城下,江船壅不流。掩篷自歌啸,吹浪任萧飔。岸渚三分冻,烟岚一色秋。浊醪滋味薄,微饮亦消愁。(《洪都阻风》)

其中"落霞红入市,秀麦绿盈畲"联的秀美,"五日江城下,江船壅不流"联的典重,很引人瞩目。《宿归姜驿》、《游弘济寺》、《游华封岩二首》其二三首七律则是另一副模样,其视野开阔,语言雄浑,格调高迈,境界超脱,写景则"晓吹来时万萼香""静夜风声若倒澜""形胜东南控百蛮",说理则"谁辨东坡载酒堂""咫尺彤云是帝颜""海光山色静相关",风格豪放极似太白,显系受到了太白诗歌较大的影响。

> 野色熹微透壁光,披衣起坐竹窗凉。秋山断处群鸦没,晓吹来时万萼香。海曲孤云横白昼,邮亭清梦足黄粱。儋城四望皆林莽,谁辨东坡载酒堂。(《宿归姜驿》)

> 隔江蒲苇动微寒,江上危樯俯首看。石刹何年收佛骨,葛巾此夕聚儒官。暮秋山色犹含雨,静夜风声若倒澜。欲访群仙问遗诀,鼎中应有小还丹。(《游弘济寺》)

> 游遍天涯见此山,天然奇绝翠微间。嵯崖高下开重榻,形胜东南控百蛮。仙境人寰迥然别,海光山色静相关。未缘幽僻都忘世,咫尺彤云是帝颜。(《游华封岩二首》其二)

除上述这些代表作外,《潞河》、《还崖稿》、《游华封岩二首》其一也是纪行诗中较好的作品。

> 鹑火气初交,萍踪次远郊。旱干舟楫滞,推挽仆夫劳。日暖沙鸥浴,崖高水燕巢。喜看原上麦,葱蔚入烟霄。(《潞河》)

> 地尽东南是故庐,感情风物在乘除。道傍尚忆莱公竹,陇上多增白氏渠。旧日主人今在少,同时僚友别来疏。到家童稚迎相笑,仍是天涯一腐儒。(《还崖稿》)

> 自笑颓龄六十三,揽衣登眺力犹堪。旁穿石磴迂还利,高引藤萝步且谈。千仞鸟飞横碧落,九霄人语隔尘凡。兴酣斜日不知倦,更上岩端看极南。(《游华封岩二首》其一)

3. 咏物类诗歌与说理

钟芳的咏物诗写得极好,可以说是其诗歌中最好的部分,所咏之物包括莲、桂、菊、桃、竹、石、月、棹、春晴、秋气、睿斋、石塔,并蔷薇、翁莲、冬雪、莺声等等,体裁多用绝句,律体、古风间亦用之,最大的特点就是善于借物言理,托物言志,写出一种若即若离的理趣,其中较好的都可以哲理诗视之。代表作为五绝《十八滩》、七绝《咏桂》《莺声》《月》,以及七律《赏莲》《菊花有感》等。

五绝《十八滩》为作者面对滩水发出的一组人生感慨,总计四首,其二、三写得较好:

> 下滩若转丸,上滩若移石。难易系所乘,未论迟与疾。(其二)
> 挐舟溯惊湍,万篙不能上。徐徐风一帆,历历如指掌。(其三)

其二论上下滩形形势不一,不可以简单徐疾比较,即"难易系所乘,未论迟与疾";其三言上下滩两种完全不同状态,启发人做事要顺势而行,不可逆势而为。两首诗同是面对滩水行舟之事,着眼点却不同,最后要表达的哲理也有所区别。诗歌语言质朴,不事雕饰,也不作高深之言,平平道来,却是蕴含着人生无数体验的见道之作。钟芳平生重实学,好《易》,多历物事,研究权变,云"古今文体不同,同归于实,理,实理也,事,实事也,载之以辞则至文"(《读书札

记》),这两首诗无论就题材还是风格而言,正是他最所主张的。咏物五绝写得较好的还有《竹》,其诗云:

> 翠实连千亩,扶疏荫绿苔。秦台骈月管,应有凤凰来。

将竹与秦台箫管联系起来,在诗歌中引入神话,让人浮想联翩。

《咏秋桂二绝》是钟芳咏物七绝的代表作:

> 招摇指酉蝶蜂收,淡白轻红压众柔。一种清芬伴明月,莫言生处是南州。(其一)

> 练服缃裙照翠帷,群夭不敢斗芳菲。却嫌梅菊争颜色,先向秋霜冽处开。(其二)

七绝是钟芳所最用心的体裁之一,自半山、诚斋、两宋诸儒以七绝明物写理、体学践道、取得实绩以来,七绝便成了理学家洗心彻道的最爱,钟芳继承了诸儒传统,于七绝着力甚勤,其七绝理趣浓郁,光彩照人,最能体现其"兴致"主张。今存七绝百余篇以咏物为多又好。这两首咏桂诗一就秋桂的生地发生议论,一就秋桂的时节发生议论,其突出处乃在于,其所发议论都是建立在对桂花的传神描写基础上的,其"淡白轻红压众柔"句,真有素王出宰,宛出众伟之势,其"练服缃裙照翠帷"句,真有湘娥出谷,众彩咸黯之态,先有此绝世之荣,再出之以清芬明月,方能有无论身世之谓,方能见出其不与梅菊争色,先向冽霜开放之可贵。这两首诗,有风有骨,有兴致有理趣,半山、诚斋兼而有之也。

除《咏秋桂二绝》外,钟芳的咏物七绝还有不少巧言哲理的作品。如咏月:

> 娟娟月色丽青冥,光正生时蠹已生。不为年年养蟾魄,玉轮应是十分明。(《月》)

月之明晦,乃自然之理,月缺月圆,多少诗人为之悲喜。诗歌最妙之处乃在于能跳出窠臼,忽发奇想,"不为年年养蟾魄,玉轮应是十分明",粗通其理,似有,细绎其理,却无,此诗大本在写修身见道之难,"蟾魄"之累,亦理学家之一心病,然诗之妙在乎可解与不可解之间,此诗有之也。还有一篇咏莺声的,也写得非常之好:

> 蘼芜香婉昼阴森,带得春娇出上林。睍睆数声庭院静,暖烟深养玉巢

金。(《莺声》)

此诗表面上写的是莺声,寓意却是写理学家的涵养,作者在诗下自注云:"陆象山云:莺营巢用虽羽,贴身处则用白鹇羽以自护,盖自惜其金衣,而用以养之也。"诗歌全用喻体,精神含蕴。诗有小家碧玉,有大家闺秀,此大家闺秀也,所谓粗服乱头,不掩国色者也,所谓腹有诗书气自华者也。在钟芳的诗歌中,多质直而少韵致,多言理而少情态,此诗贵服华态,深衷浅貌,达理而不言理,理致俱胜,可算是钟芳诗歌的别调。其他如《春晴》《瓮莲》《蔷薇》《杨桃花》《棹》《石塔》等,也都是咏物七绝中不可多得的理趣佳制:

　　雪色寒分粉署光,午云稀薄漏微阳。百花无意争春媚,沾着春风各自香。(《春晴》)

　　小就盘涡石一拳,玉筒擎碧静娟然。斜风送雨雾雾急,簸弄明珠颗颗圆。(《瓮莲》)

　　庭院沉沉醉绛霞,酡颜闲倚翠屏斜。开时莫恨春光暮,接续春光是此花。(《蔷薇》)

　　花发缠交碧玉枝,疏风时复露胭脂。莫缘幽僻轻颜色,称绿深藏亦一奇。(《杨桃花》)

　　烟波万丈如无有,双扶重器含枢组。济险功高人不知,有声长作苍龙吼。(《棹》)

　　禅林说法爱圆通,累石层层架碧空。上到浮图最高处,依然身在幻尘中。(《石塔》)

咏物五律的代表作是《秋气》:

　　秋气日棱棱,群葹减却青。哀蛩鸣古壁,斜月上疏棂。柝隐宫声闹,魂惊旅梦醒。推衾当户坐,搔首看繁星。

秋乃肃杀之气,古代秋官主刑,宋欧阳修有《秋声赋》,秋在四季中是万物萧瑟的开始。此篇正是基于这些常识来构思其意,首句开门点题,"棱"字用得极有分寸,春日融融,万物柔软,秋日杀杀,万物僵硬,老子亦言生者柔而死者刚,说秋日棱棱,则秋日有积,非无理也;次句言群葽减青,正是老杜"一点飞花减却春"之同意;三句言哀蛩古壁,四句言斜月疏棂,却是孟郊的因僻之词;五句言柝隐宫声,则宫廷之倾轧可见,六句言魂惊旅梦,则生平之险遇可知,皆世路转末,衰朽肃杀之言;七八句言"推衾当户坐,搔首看繁星",与老杜"万里悲秋常作客"同一心境,末句尤见阔大,繁星闪烁,世事恒变,值此万物萧疏、人生晚景之际,有非长歌当哭而不能已于怀者也。

咏物七律代表作是《赏莲》二首与《菊花有感》。《赏莲》二首云:

> 荷影池光漾碧天,误疑西子浴平川。向人欲语笑声里,出水半欹樽酒前。戏奕枯棋忘胜算,坐依丛竹序生年。频来未厌观游兴,只惜斜晖隔暮烟。(其一)

> 渚蒲汀柳散熏风,六月新莲学吐红。并舞霓裳相伯仲,似怀萍梗自西东。亭开四面青山应,沼别三区碧水通。抚景乘闲须尽醉,莫缘毫末叹亡弓。(其二)

莲花历来为君子所爱,理学前辈周敦儒有《爱莲说》传世。钟芳此二首全用比体,第一首将莲花比为出浴西施,"向人欲语笑声里,出水半欹樽酒前"句写莲花的婀娜之姿,华美之态,极尽动人娇妍之美,戏奕枯棋,坐依丛竹,写观赏者的闲雅胜态,无欲之志,也是笔调轻盈而意味深远,唯其有知音的淡泊雅赏,方显得莲花的出水明秀,亦唯其有莲花的出水明秀,能见出赏者的淡泊雅志;第二首将群莲比为少女,"六月新莲学吐红"写莲花初开的娇柔,"学"字用得极俊俏,"并舞霓裳"言双莲并蒂,"似怀萍梗"言高下欹侧,则莲花众态固美不可收,亭开四面,青山应和,沼别三区,众水中通,则万物相谐相生、自然同应同和之理昭然若析。两首莲花咏写得青春浪漫,而咏菊则写得老辣沉蕴:

> 物理堪推造化心,黄华并蒂见斯今。玄霜淅沥二阳月,紫焰斓斑一叠金。欲共岩梅标汉节,故连昆玉出姜衾。幽斋小座人声静,独嗅寒香自在吟。(《菊花紫色者俗号紫袍,一奇也。折小枝复栽即活,二奇也。腊月有

花,三奇也。二花并蒂,四奇也。偶阅之,有感漫赋一律录,上一笑》)

此诗诗题极长,题中有作者言菊之四奇,诗末有按语交代写作背景,按:"右小婿丘祁家有之,故鄙句内取昆弟之义,希拨冗一和,亦一异事。不拘韵,士友能吟者,和不妨多也。"丘祁,即丘濬之孙也。自菊之为渊明激赏,千载而下未知赏者几何,此诗最要紧处在中二联,"玄霜淅沥二阳月,紫焰斓斑一叠金"写得黄花灿烂、五彩斑斓,从来写菊者未见有如此重彩,然不伤其意,非特如此不能见其雄奇旺烈,非特如此不能见其超出众类,"紫焰"用字尤惊警。"欲共岩梅标汉节,故连昆玉出姜衾"写菊节新生,汉节言菊枝,昆玉言嫩茎,姜衾言老皮,尤其想象奇特,联类丰富,而句式亦奇峭劲奥,与老辣的气韵相侔,末句以自在吟相结,人菊两相得。

另外,在古诗中,也有一些成功的咏物说理之作,如五古《睿斋》与七古《咏雪送胡南津》:

> 暗室窍如线,天光湛一隙。牛渚深巨测,犀燃洞底极。圣凡天壤县,何以蹈轨迹。惟思贵专精,迅若矢赴的。志定神乃凝,圣功此启镳。通幽会万窍,泰宇焕的历。箕畴衍禹绪,旨要故不匮。睿斋揭新铭,斯道亦允迪。歌予忽忘言,相看暮岑碧。(《睿斋》)

> 朔风吹雪沾客衣,雪花落地还成泥。翛然一片下瑶宇,森森万象含春姿。龙蛇入蛰鬼魅伏,玉楼十二光差差。使君对此有深契,清标素节相因依。轺轩随处破湮郁,五岭瘴烟寒不飞。岂云惠泽润九里,弥漫殆遍天之涘。东藩浩漾引沧海,天目巃嵷银河低。凭君一往洒余沥,爽气瑟瑟连郊圻。男儿胸次固磈垒,孰委琼玖甘脂韦。津头举棹发孤啸,相看野色双乌啼。(《咏雪送胡南津》)

两首都是哲理诗,前一首借书斋来言理学修养之专精之道,写得素朴简古;后一首借雪景来写士人修养之奋发践世之道,写得飞动流宕。尤其后一诗,写景飞动壮大,气势沉雄莫挡,结句言"津头举棹发孤啸,相看野色双乌啼",真有披麾横朔、睥睨天下之慨,其风格显系受老杜《瘦马行》等诗影响。

4.咏怀类诗歌与说理

咏怀诗固以抒情言志为宗,阮籍、陶渊明、陈子昂以来皆是如此。但从老杜、韩愈之后,说理开始受到重视,至宋儒达到一个高峰。钟芳继承了宋儒的特点,其咏怀诗中采用了更多更有效的说理成分,甚至有通篇都说理的。前者如《春日》,后者如《漫兴》《偶咏》其二。《春日》云:

> 乌蟾无停机,飘忽孟阳暮。开轩一延伫,百感萦衷愫。野景萃飞鸣,芬葩炫红素。袅袅池边柳,坠絮已无数。物变固以渐,弹指新成故。悠悠复悠悠,意逐溪云度。

诗风极似渊明,"乌蟾无停机,飘忽孟阳暮"的节序遂变,"野景萃飞鸣,芬葩炫红素"的物类纷竞,"物变固以渐,弹指新成故"的议论新警,皆酷肖,除末句"逐"字略有不侔之外,放在渊明的集子中,亦未为易辨。此诗虽只"物变"一句说理,然通篇皆以理趣贯之。另有通篇说理如《漫兴》:

> 训诂纷纷溷古今,六经谁识圣贤心。懒于檐上看桃李,直向根源活处寻。

随性议论,似不经意,却自有一种"源头活水"。《偶咏》其二也是通篇皆论的咏怀典范:

> 颜乐轲忧久隐沦,关闽续后又荆榛。眼中人物有臧否,世上声名半假真。末学每因诗作累,苦心思与德为邻。梦醒刊落繁枝叶,一室愔愔玉自温。

一论颜回之乐、孟轲之忧久弊;二论张载之立、朱熹之继碰壁;三论当代人物有优劣;四论世上之名有假真;五论作诗每辛苦而或损道;六论修德每苦思而不懈。最后两句以枝叶纷落、大梦初醒为寓,言美德修成则一室自温,即德不假立,臧不外求之意。若论繁枝茂叶或有不及,然对仗工稳,议论风生,率性而有根基,亦不失为好诗的一种。

(二)无论何种体裁,均善于说理

以上从诗歌题材的角度,对钟芳诗歌的说理做了一个广泛探讨,见出说理对钟芳诗歌的广泛介入。钟芳诗歌的善于说理,体现在其所有体裁中。今就其不同体裁的诗歌,做一个全面的探讨。钟芳诗歌的体裁分布,大致见表4.1。

表 4.1 钟芳诗歌体裁分布(据海南出版社 2006 年版《钟筼溪集》统计)

类型	骚体	四言	杂言	五古	七古	五律	七律	五排	五绝	七绝	联句	六绝	诗余	上梁诗	总计
正文	7	11	8	81	48	93	181	4	22	112+2	3	1			573
补			1		1								13		15
补	2			3		1				1				1	8
总	9	11	9	84	49	94	181	4	22	115	3	1	13	1	596

注:《崖州志》中载钟芳诗六首:五律一首《珠崖》、七律五首《珠崖杂兴二首》《寓琼台》《万仞泉》《景贤祠祀丘苏二公》。其中除《珠崖杂兴二首》收录于《钟筼溪集》,题作《游华丰岩》外,余四首皆不见收,今补入,则计钟芳诗歌今存恰六百首。

从体裁看,钟芳于七律最用功,七绝次之,其次五律、五古也不偏废,唯有五绝非常之少。大约五绝体制短小,含蕴者能胜,说理则难,理学家用七绝颇有传统,五绝则稀,可能都是这个原因。

钟芳的五绝,今存有一首《写景》写得非常之好:

水落沙嘴出,木凋山色寒。小舟渔父醉,烟雨卧江干。

明秀恬丽,淡远优雅,宛如一幅水墨山水,颇似柳州小制,虽不以说理胜,然确乎是得五绝兴致的佳作。

在诸体中,于说理无间者,则非七绝莫属,七绝在钟芳诗歌诸体中,是最能见出其理学风味,而又最易为人所接受的诗歌类型。除上述已探讨的部分特征外,钟芳的七绝还非常善于表现一种理学家与万物相契相得的明性之乐,如:

冬雨经春日日来,碧湖新水涨楼台。阳和畅后群阴散,百鸟声中万蕚开。(《久雨》)

草树翩翩舞翠濒,鹤随云影度前津。江风水月无常主,惟有闲人是主人。(《漫咏》)

蒙茸青草满方塘,晴岫屏开白鹭双。秫酒正香渔父醉,一蓑和月卧沧

浪。（《漫吟二首》其二）

有时候，这种物乐又是一种独得之乐：

> 叠叠波纹簇晓寒，江天秋落思漫漫。芙蓉不着污泥色，一任游人洗眼看。（《漫兴二首》其一）

> 附岩花萼淡还浓，占断风光夕照中。小艇半横渔父醉，独凭秋色看芙蓉。（《漫兴二首》其二）

> 细酌松醪荐樴浆，无端漂絮逐风狂。天池浩荡春如许，椿槿宁须校短长。（《漫吟二首》其一）

有时候，这种物乐又是亲近民性，亲近日常生活的素朴之乐：

> 牛放平芜绿满郊，小池储水灌新苗。夜归醉共妻孥乐，不与陶朱斗富饶。（《农家》）

钟芳的七绝还有一个特点，就是观察细致，于生活细节极善于精细描绘，日常物什，一经其笔，琐碎顿消，转见精致，这方面的代表作如：

> 澹斋老去眼昏花，诗句仍挥五色葩。何日小轩同漫话，细炊蟹眼试新茶。（《与杨澹斋》）

> 火龙嘘焰逼窗纱，细瀹香蒪当啜茶。倚遍玉楼凉入座，晴空落日看归鸦。（《晚天露坐》）

其"细炊蟹眼试新茶"句，真是精妙极了。人生在世，有粗粗一过，有细细一过，总是一过，味却不同，孔子有"食不厌精，脍不厌细"之乐，颜子有"一箪食，一瓢饮"之乐，老杜有"夜雨剪春韭"之乐，乐天有"红泥小火炉"之乐，并"嫩蕊商量细细开""晴窗细雨细分茶"，非能赏此细乐者，不足语人间大乐也。想见庄子"背负青天，莫之夭阏"，太白"黄河天上，奔流不复"，杜子"饮罢无归，独立苍茫"，范子"浩浩汤汤，横无际涯"，并苏子"月出东山，徘徊斗牛"，鲁迅"朔方之雪，如粉如沙"，佛祖"天上地下，唯我独尊"，耶和华"星辰同唱，神子欢呼"，故是人间壮观，然无知一草一木之细皆为苍茫宇宙者，能得深赏此伟美壮观乎？第二首"细瀹香薷当啜茶"句，亦是精微动人的好句。钟芳的七绝，也有表达宽泛、不拘于理的，如其登第后所写的家书：

> 南极坤垠是故乡，故乡翘望正茫茫。年年秋近归鸿急，一见归鸿一断肠。（《登第后寄家书》）

相对于王佐的七绝以及钟芳自己的律诗而言，钟芳的绝句风格走的是明秀优美的路子，这也是应该注意的。

钟芳的五律风格简重内敛，仍以老杜为宗。各体中的说理佳制，上文已有详细论述。今再举一些此类型的好诗。其五律《漳州威镇亭》《小遣》堪称名制：

> 独跨开元顶，乾坤混一家。连梵钟铍应，列贩市廛斜。潮涨桥通楫，云归堞隐笳。圆山看咫尺，谁为问琵琶。（《漳州威镇亭》）

> 杜老愁无那，中原多鼓鼙。乾坤今泰定，杖屦合愉夷。溪涨凫鹥浴，春归燕雀知。桃花趁时节，新放两三枝。（《小遣》）

漳州威镇亭依圆山，傍琵琶岩，建名于唐初，祭祀道教名医康长史，距钟芳时已近八百年，宋朱熹亦曾在此为官讲学，亦必常常登临此处。面对此江山名胜，同为理学家的钟芳感触颇为复杂，此诗首联言"独跨开元，乾坤混一"，极为阔大，次联言"连梵钟铍，列贩市廛"，又极雄深，"潮涨"与"云归"句，又见其杳渺，"圆山咫尺，谁问琵琶"句，问极于天，则又极苍老。整首诗歌概以写景，但视野的开阔，笔调的雄浑，音韵的深沉，俱入化景，惜乎其中尚无名句，不能如"气蒸云梦"般为人所易晓易道。《小遣》则写得轻松一些，所谓"溪涨凫鹥浴，春归燕雀知。桃花趁时节，新放两三枝"，理学宴如之态，如在目前。《偶咏》是另一首咏怀的佳作：

> 务简庭空掩，尘编自检寻。绮寮通竹气，珉甃转椿阴。岁月惭虚禄，溪山负夙心。秋声动帘幕，撩乱百螀吟。（《偶咏》）

"珉甃转椿阴"固有用语过深之病，"溪山负夙心"却是语意开豁，足以传心的名句,末句"秋声动帘幕"则又入于一片动乱不安。钟芳五律中的这种沉郁内敛,恰可以与同是五律名家的王佐的开阔形成对比。《校士》是一首纪事的五律,在钟芳五律中属于较少有的类型:

> 角艺衰群彦,才饶意自安。气横霜锷劲,词溃雪涛寒。步庞低黄鹄,丛芳混猗兰。小斋灯火夜,风竹奏琅玕。

全诗可与王维的《观猎》互读,两首都是明武之作,王维恰如青年将军,钟芳则是步武老将,钟诗缺乏王诗的青春开朗,王诗亦无钟诗的老气横秋,一曰"草枯鹰眼疾",一曰"步庞低黄鹄",正可以代表两诗各自的风格。而钟诗的"气横霜锷劲,词溃雪涛寒",尤其雄放横绝。钟芳还有两首古质简朴的五律作品,虽不如上两首兴致突出,但也值得一提。

> 前代珠崖郡,于今少窜臣。山横天有障,地尽海无垠。异种三生谷,殊言五等人。淳风传古昔,力作自相亲。(《珠崖》)

> 采薇歌歇后,严濑激清波。帝子自知己,客星将谓何?道轻周衮黼,节系汉山河。回首商岩老,应惭定策讹。(《重过钓台》)

这两首诗均为吟咏地理名胜,语言简质,纯以议论行文,是钟芳五律的一般状态。

钟芳的七律风格沉雄老辣,颇学老杜、太白的字面而浑以自己的理学境界,用字造句尤古崛,不愿依人,时有不易为常人所理解之处。除上述已讨论的诸篇之外,其咏怀诗《复姓拙稿》《寓琼台》《除夕有感》,地理风物诗《珠崖杂兴》《鳌山》《落笔洞》《滕王阁》《西山晚霁》,也都是横放开阔的佳作。

《复姓拙稿》云:

> 生平情事郁丝桐,泣遍春衫杜宇红。草木有原天素定,川流到海性方融。民彝自合遵周典,华阀宁须附郭公。幽憾百年今始雪,揣心何以答重瞳。

关于钟芳复姓事,此诗下有自题注,云:

> 不肖祖籍钟氏,元末从宦,自虔祖崖民也,其隶戎籍,异姓逮也,异姓

显而本宗遂微，殆百年矣。不肖自童卯稽家乘，心如铼焉。正德戊辰叨登第，将上疏未果。丁亥任广西参政，乃援例陈奏，下兵部勘驳，往复重涉险艰，三阅岁，仅有成案。会郡灾，悉毁于火，甚苦之。至是疏已三上，大司马荆山王公阅而叹曰："事固有直而抑者。夫从祖曰仁，正名曰义，理枉曰政，不违乎旧曰法，敦仁，显义，明法，敕政，善之统也。曾是不务而奚侯之？"为具述以闻，上可之，戎籍并释，而祖孙绵绵一脉，于是始畅。我皇上旷荡无涯之恩，将何以报称哉！拜舞之余，喜溢乎词，顿忘鄙拙，恃爱敬呈斤削，倘蒙垂教，敢不什袭以垂世则。①

姓氏在今日，大家固已其疏略，然本诗云"草木有原天素定，川流到海性方融"，其根本不忘，复姓之喜，跃然纸上，盖于情于理都有其所以然者，不能以今日情态去忖度。至于诗歌末句的感激皇帝，与我们今天的忠于党，意见差不多，不必深究。这首诗，对于我们今天忽视传统情感的人，或许有所启示。

《寓琼台》②按诗题、诗意似不像钟芳所作，但《崖州志》既已将其列于钟芳名下，今姑仍之：

> 寒燠深冬始觉均，海天风候异常伦。客缘幽暇频留醉，天为遐荒倍惜春。潮落鱼龙归旧窟，雨余花柳试新痕。长安北望争何许？红日光芒丽五云。

该作或者乃钟芳写于两次省亲寓居家乡之时。诗中"天为遐荒倍惜春"句，满含着对海南物候特色的爱惜之情；"雨余花柳试新痕"句，以一"试"字，尤其写出了海南冬景的娇秀可人；末句结以长安北望，来日可期。整首诗于蛮荒之外开辟温情，展现浓浓的海南士人乡土观念。

《除夕有感》抒发寓居北京过年时的复杂心情：

> 除夕前年已去家，今年除夕在京华。万山积雪断归雁，双柏隔窗栖乱鸦。节序不情看过隙，浮名无蒂漫蒸沙。思乡有梦无缘到，银烛销红斗柄斜。

---

① 《钟筼溪集》，第 648-649 页。
② 此一首《钟筼溪集》中阙，载于《崖州志》，第 470 页。

首联交代寓居的背景,次联写京城冬景,颈联抒发议论人生无依,尾联言思乡。次联借景抒情,景物写得很阔大,积雪断雁,柏窗栖鸦,一"断"字与一"乱"字传达出作者无可奈何的凌乱情绪,然景物写得愈阔大,心绪显得愈不堪。颈联引用典故表达寓居仕宦的心态,"过隙"即白驹过隙,语出《庄子》,言时光飞逝,"蒸沙"即蒸沙成饭,语出《楞严经》,言徒劳无功,在天各一方的节日里看白驹过隙,发现人生的追求皆徒劳无功,这是何等悲哀且无助的心态。末句断以银烛思乡,整首诗表现的情绪是非常低落的。

如果说,咏怀七律的情感是多样化的、不稳定的,那么,风物名胜类七律则在情感上要稳定得多。

钟芳的几首家乡风物诗,充满了对家乡风物的赞颂。如《珠崖杂兴二首》[①]:

> 汗漫波涛限一州,隆冬天气似清秋。岛云尽扫月平槛,羌笛一吹风满楼。山下小园收吉贝,屋边深处叫鹍鵅。青青草木经年秀,刚触愁人早白头。(其一)

> 抱郭名峰面面奇,海水吹水碧参差。千村并育方隅静,四季长春草木知。地尽波涛分造化,俗殊言语杂侏离。钓鳌谁似唐迁客,同赋登高望阙诗。(其二)

其一写崖州地连大海,气候宜人,岛云羌笛,风景优美,尤以第三联写乡土人情,"山下小园收吉贝,屋边深处叫鹍鵅",深得崖州小城水貌民风,把崖城地域风土写得令人向往。其二写得更为开阔,从山海写起,到千村、草木、波涛、方语,最后结以登高望远,缅怀历史。末句"唐迁客"指的是唐宰相李德裕,其贬

---

① 此两首《钟筠溪集》中阙,载于《崖州志》,第469页。

海南崖州,定居水南村,有登高赋望阙诗事,今存《望阙亭》[①],诗云:"独上江亭望帝君,鸟飞犹是半年程;江山只恐人归去,百匝千遭绕郡城。"这两首诗俱以赞叹的笔调描写崖州风土人情,今天仍为崖城人所珍爱。《鳌山》《落笔洞》也是钟芳赞扬家乡的名篇:

> 鹏咮高骞吸晓虹,却怜孤绝自为宗。舆图垂尽地千里,峰势半开波万重。华夏封疆分徼外,斗牛光焰直天中。似嫌川渎涓流细,独向重离阔会同。(《鳌山》)

> 悬崖点点堕球琅,似得春秋一脉长。浓醮风烟观颖脱,暗书今古爱珍藏。阵挥拟涤千军忾,焰吐争摩列宿光。曾是中书头已秃,不将词藻竞低昂。(《落笔洞》)

钟芳乃崖州水南村人,对于崖州名胜鳌山、落笔洞,自是极熟悉,这两首诗最好的地方在于,看似不经意的风物描写,浸透了作者对家乡,深而言之对自我的一种自信与肯定。以《鳌山》而言,所谓"却怜孤绝自为宗",正是钟芳的家乡期许、自我期许,与丘濬言"遥从海外数中原"同理,诗中宏大的叙述、伟岸的物象,皆是作者自尊心态的投射。周济夫认为,海南学术北有丘濬,南有钟芳[②],从诗歌心态分析,钟芳大约有此自许,然钟芳似乎未达到自己的期许,晚年钟芳不欲集子外传于世,云"是惟家藏,贻世守焉耳,无庸传也"[③],未必不与这种心态相关。第二首末句"曾是中书头已秃,不将词藻竞低昂",不意间流露出理

---

①　关于望阙亭地址史有争论,天涯社区孔山人(时间:2012年11月17日)对此有一定讨论,云:"关于望阙亭的史书记载如下:第一,目前发现最早见于《大明一统志》载:'望阙亭在城南一十里,李德裕为司户时建';第二,过了45年,琼山人唐胄编纂《正德琼台志》时将望阙亭移记在'琼山县张吴都颜村',即上图所见之望阙亭址;第三,又过了99年,黄佐在《广东通志》中沿袭唐胄观点记在'琼山县张吴都颜村';第四,《大清一统志》又把望阙亭'记在崖州城南二里';第五,而后《崖州志》几个版本都不承认唐胄的看法,仍坚持'望阙亭在崖城南二里。李德裕贬为崖州司户时建'。由此观之,望阙亭在崖城南部是历代有代表性和权威性的官修文书普通承认和记载的。所谓张吴都颜村的望阙亭是清代所建。据孙惠公和水南村的裴宏州、裴史进、陈运城等人提供的资料,望阙亭在崖城南二里的水南村盛德堂庭院内。亭建于北边,高4米,宽8米。亭的二百米处是宁远河。盛德堂土改时分给裴史仁等人家,六十年代初已基本拆除,现存一小间由裴史进家居住,遗物尚存。"今依其说。
②　周济夫:《钟筼溪集序》,《钟筼溪集》,第12页。
③　钟允谦:《钟筼溪集跋》,《钟筼溪集》,第701页。

学家的重质意识。

对其他地域名胜古迹的吟咏,则态度要复杂得多,心态亦不能全以赞颂为主。如《滕王阁》与《西山晚霁》:

> 日斜高阁一登临,槛外轻岚迭翠岑。萍水渺然忘客主,寒温无定系晴阴。苞桑万邑番君泽,介石千年孺子心。景入琼觞人共醉,江空天阔起豪吟。(《滕王阁》)

> 雨过轻阴满玉堂,西山晚眺思茫茫。日垂残影低平树,山拥寒峰半出墙。野渚归鸟银汉净,好风嘶马玉堤凉。戍楼鼓角黄昏后,列宿遥连帝座光。(《西山晚霁》)

《滕王阁》首联言槛外轻岚,意态轻松;颔联言寒温无定,间入沉重;颈联言苞桑介石,振起自励;末联言江空天阔,焕然豪兴。全篇心态总体上较为振作,但并不稳定,尤其是颔联,若深思之,亦颇有惊心动魄之处。《西山晚霁》则通篇是一种冷冷清清、低沉不快的气氛,虽有"好风"句,亦不足以镇住笼罩全篇的萧瑟。

钟芳还作过几首骚体诗,除上面已引述的外,有一首《又乐府一首》写得深具骚意:

> 日悠悠兮西下,风飕飕兮吹户。挂冠归来兮丘阿,杉松油油兮江之浒。白鸟翩兮依人,东窗寄傲兮爱得我所。吁嗟桑榆无多兮,胡为自苦。

钟芳亦能词,今存词13篇,其中10篇为赠送之作,词豁语质,无甚道者,倒是另外3首,咏怀言情,出语稍微含蓄,可以一读。

> 物华代谢成今古,呼吸间,几昕暮。漠漠帘栊晴又雨。梅坞摧青,柳塘飞素,减却春无数。 佳期却恨繁华误,繁华丛里生猜妒。虚负了曲洲芳杜。策马松丘,九疑何处,云暗衡皋路。(《青玉案·春晚》)

> 水局山屏当户绕,无病白头,行处随缘好。晴云片片呈纤巧,秋光却胜春光好。 乘除分数知多少,摇落群英,独共寒梅老。清商一弄渔歌

香,白鸥洲浅零霜早。(《蝶恋花·秋景》)

高楼昼卷珍珠箔,情漠漠,佳人睡起罗衫薄。一双语燕挟春娇,傍人飞过香泥落。(《梦中吟》)

钟芳诗歌无论何种题材、体裁,都能做到巧妙嵌入说理,表现出说理不倦的特点。

(三)其他说理表现

除上述两个特点外,钟芳诗歌的说理还表现出其他一些特点。如所说之理,皆归于儒家正鹄,率无逃溢的例外。又如其诗歌说理方式多样,有直接说理,有叙事说理,有借景说理,有以情带理,显示了高超的说理艺术。另外,钟芳诗歌善说理的一个突出表现是说理名句极多。作为理学名家,钟芳一生"学以践行",不是"寻章摘句老雕虫"之辈,但由于其学养高、积者厚、见事多而洞察敏,寻常道之而常有洞察事理的名句。五言律句如:

宦成翻作累,行立易生嘲。(《寄友》)

静久真源见,思微俗虑平。(《夜坐次从学韵》)

舟轻舷易侧,蓬漏座频移。(《容江遇吴太仆人豪过话》)

连舟忘坐久,燃烛爱归迟。(《丹阳来尹送至吕城惜别》)

岁月惭虚禄,溪山负夙心。(《偶咏》)

五古句如:

世故贵更练,接迹每多误。《按筠》)

物变固以渐,弹指新成故。(《春日》)

难易系所乘,未论迟与疾。(《十八滩四首》其二)

七言议论更是名句迭出,如:

一身许国泰岳重,万事入眼鸿毛轻。(《与同年话别》)

事知定分闲愁少,心不藏机客虑平。(《雪夜闻鸡和韵》)

云依芳树元非定,莺啭新声或似求。(《和梁武选叔永韵》)

夷途得险天终昧,痛定思危梦亦惊。(《次罗绣衣坠马伤足韵》)

冰蘗一生留宦迹,湖山四面足风情。(《送林从学少参》)

戏奕枯棋忘胜算,坐依丛竹序生年。(《赏莲》)

萍水渺然忘客主,寒温无定系晴阴。(《滕王阁》)

最怜晚节老还劲,似入醉乡疏更斜。(《同年饮中丞恒山宅次符卿泾野韵》)

物情岂为人呈媚,冰操由来晚更妍。(《长至前二日赏东麓亭和司马王浚川韵》)

草木有原天素定,川流到海性方融。(《复姓拙稿》)

机忘自觉穷通好,心远偏宜杖屦闲。(《和刘静修先生自适》)

仙境人寰迥然别,海光山色静相关。(《游华封岩二首》其二)

柏老经霜贞性在,林疏见日滞阴开。(《送谢经府》)

不为年年养蟾魄,玉轮应是十分明。(《月》)

芙蓉不着污泥色,一任游人洗眼看。(《漫兴》)

天池浩荡春如许,椿槿宁须校短长。(《漫吟》)

这些名句凝结了理学家一生的观察和体验,反映了理学家对天、地、人、物的广泛看法,浸透了理学家格致诚正、修齐治平的志向,是理学家人格和生命的集中喷发。说理名句是钟芳诗歌中最精华的存在,是钟芳诗歌富有成就的一个终极表现,也是把钟芳、丘濬和其他海南诗人区别开来的一个标志性存在。

从某个角度来说,说理是钟芳诗歌的存在方式,是作为理学家的钟芳在诗歌中的自然体现。钟芳的诗歌通过说理,获得了一个相对统一的面貌和身份,其风格可谓之"坦素质实"。这种风格,在不同体裁中的表现又略有差异,在五古中,它表现为坦素;在七古中,它表现为高古;在五律中,它表现为沉郁简直;在七律中,它表现为"豪迈老辣";在七绝中,它则表现为明澈自丽。"坦素质实"风格的存在,也是钟芳对海南诗歌的一个重要贡献。

三、钟芳诗歌的艺术地位

作为岭南巨儒,钟芳在海南诗人中亦占据重要地位,是丘濬、王佐之后,海南最重要的诗人,也是整个海南诗歌史上最重要的几位诗人之一。

钟芳好友詹事府黄佐作《钟公墓志铭》对其诗文作过笼统评价:"其文雄浑精深,气随理昌。"[①]后来《崖州志》延续了此一观点[②]。较早对钟芳诗歌作出单独评价的,是钟芳的好友,时任都御史的黄衷,他在《钟筼溪先生家藏集序》中说:"古风近体,高调雅曲,写性灵而导醇气,其思永,其声谐,其原六义,其蹊骚选也,乃若宣幽识遇,悠扬沉郁,唐韵而宋材乎,其诗工矣。"[③]纵观今所见钟诗,

---

① 黄佐:《通议大夫户部侍郎赠都察院左都御史筼溪钟公墓志铭》,载于《岭南巨儒——钟芳》,第210页。
② 《崖州志》,第373页。
③ 黄衷:《钟筼溪先生家藏集序》,《钟筼溪集》,第1页。

这一评价有当有不当。钟芳诗歌多实用，率说理，且以儒学为宗，参以兴致，故坦素质直，沉郁内敛，言其"高调雅曲""导醇气"，大约不错；钟芳古、律多学老杜、太白，绝句多学宋理学诸儒，故曰"悠扬沉郁，唐韵而宋材"，亦为的评；然谓其"原六义"则可，言其"蹊骚选"则不可，虽然钟芳确有几篇骚体存世，且沉痛欲绝，但并不成比例，温柔敦厚在钟芳诗歌中是绝对压倒性的，集中不平则鸣的意见实在少之又少，可以说几乎没有，这可以说是钟芳的缺点，但也是钟芳作为理学家高于一般文人之处。

钟芳的诗歌，在当时以实用为主，故未尝以诗歌鸣世，而其生前又并不满意，集子散布不广，故讨论其对后世的影响，确实有一定困难。但当时就得到海瑞揄扬"况有金函玉匣藏"，至清又有文学名家吉大文为其延誉"三百年间气运开，海前丘后论人才"，而所见者除口传外，无非其《家藏集》而已，而其诗歌占《家藏集》近半，则不能不说其诗歌对当时后世的影响颇大。今就其诗观之，确实是"却怜孤绝自为宗"，有悍然自成一家之势。方之丘濬或逊其阔略，但单论精纯，或者过之。方之王佐，亦各有所长，伯仲间耳。海瑞、吉大文对钟芳的誉扬，其诗均在，今录于下以备参考：

> 白云深处有人居，怅惘高山迹已墟。太守尚传贤子弟，司徒无复旧门间。岭南道学千秋论，海外文章四库书。老去东坡归思少，蜀西田宅近何如。（吉大文《访钟仲实先生故居有感》其一）
>
> 三百年间气运开，海前丘后论人才。生留宦迹驱虎豹，死抱英魂格雨雷。累代科名劳改姓，诸家术数负兼才。典型未远乡先辈，继起谁堪赋湖洄。（吉大文《访钟仲实先生故居有感》其二）①
>
> 既归三尺乐斯堂，况有金函玉匣藏。谁谓盖棺占事定，犹遗赫怒庇重冈。丹忱贯石莹俱古，赤电明心山亦苍。千载智愚都幻化，到来贤哲自洋洋。（海瑞《倭犯钟司徒墓雷震遁去》）

---

① 见《崖州志》卷二十一《艺文志三》，第478页；文字标点笔者作了微调：原文"邱"今改作"丘"，原文《四库》今将书名号去掉，原文第一首诗末用"？"今改作句号。

第三节　陈　繗

一、陈繗的生平及诗歌概况

陈繗，字克绍，海南琼山苍原人，其生卒年不详。父亲陈经，宣德乙卯科（1435）举人，做过灌阳县训导。陈繗童年即颖异，读书过目成诵，11 岁补弟子员。弱冠从丘濬学习，称入室弟子。善为文，乡里赠送、记序、铭颂之文，多出其手，学者翕然宗之。而尤长于诗，兴会所至，发于吟咏，名重当时。30 岁选贡，赴廷试，肄业太学。其时丘濬为国子监祭酒，相得甚欢，同寄私弟。官员宴聚分韵赋诗，陈繗诗先成，靡不激赏。刘健、谢迁、王鏊因其《咏梅》诗击节称叹，呼之为"吾辈畏友"，名动京师。成化丙午（1486）中举，弘治癸丑（1493）中进士。选为庶吉士，同修国史，擢检讨职。曾经同谢、刘诸公一起讲学，造诣益深。丘濬为他作《存笥语序》，说他"政府一席，终非异人任"①，并劝他将《唾余》稿早日行世。陈繗对明代文学有自己的意见，认为"文章经国，在国初则有刘伯温、宋景濂、王子充、方正学，在永、宣则有解大绅、胡光大、杨文贞，在正统则有李文忠、刘文安，皆丽藻艳腴，机杼敏妙，未有明体达用，酌古准今，褎然如丘仲深先生者"②。学士廖道南极力推崇他的观点，认为是知言。50 岁丁艰乞归，家居读礼，建龙山庄别业，教授子弟。服阕赴京，行至羊城病逝。平生所学，未能得到施展，士林惜之。③　著有《唾余集》，今录于 2006 年海南出版社"海南先贤诗文丛刊"《湄丘集等六种》本。

陈繗长于诗，其诗今俱存于《唾余集》，又名《陈检讨集》，存其各体诗歌总271 首。从今存各体诗数量看，陈繗为诗全力主攻七律，写有少部分七绝，其他各体都只是偶尔为之。其各体诗歌数量见表 4.2。

---

① 《唾余集》附录《本传》，《湄丘集等六种》，第 157 页。
② 《唾余集》附录《本传》，《湄丘集等六种》，第 157 页。
③ 关于陈繗的生平，参看陈绍虞：《唾余集序》，载于《湄丘集等六种》，第 56 页；《唾余集》附录《本传》，载于《湄丘集等六种》，第 157 页。

表 4.2　陈繗诗歌体裁分布

体裁类型	五古	七古	五律	七律	五绝	七绝	杂言诗	骚体诗	总计
正文	5	1	11	210	7	35			269
文集补遗							1	1	2

注:《全粤诗》收其诗 210 首。

据《湄丘集等六种·唾余集》统计。

二、陈繗与当时海南诗人的交游

陈繗生平今不其详细,但有一个值得注意的现象,就是他与当时的主要海南诗人有着比较广泛的交流。首先是与丘濬父子相交。陈繗弱冠在家乡时即师从丘濬,成为丘濬的入室弟子,壮年入京城太学,继续追随丘濬,并成为丘濬的忠实拥趸者。陈繗对丘濬文章有着很高的评价,甚至认为丘濬是明代以来的第一人。

作为丘濬的弟子与乡人,陈繗与丘濬一家保持着密切的交往,尤其是与丘濬的长子丘敦(丘一成),更是建立了深厚的友谊。这可从其集中为丘濬哥哥丘源及丘敦所作的五首挽诗看出来:

杏林春色总成非,满地飞花客到稀。医国谩劳怀远志,去家无复忆当归。火残文武时空炭,剂减君臣昼掩扉。寂寞不堪松下问,寒云深锁暮山晖。(《挽丘医官二首》其一)

西风拂面些歌成,魂去难招易怆情。沿径落花怜往迹,满林啼鸟吊诗名。一官乌帽空留影,三尺红罗痛写旌。遂使旧游伤感处,歌传薤露泪沾缨。(《挽丘医官二首》其二)

海岳钟生命世英,浑然才质自天成。文章应使出头避,诗句传看满座惊。回也眼前时立卓,鲤分庭下正趋行。可怜造物无真宰,不与斯人假寿龄。(《哭丘一成三首》其一)

奉侍高堂迹久韬,半岩水石数间茅。润沾晓露苍苔滑,寒锁春云绿树高。映竹谩看鸡啄黍,隔林空听鸡鸣皋。溪桥回首斜阳外,路草凝烟共郁陶。(《哭丘一成三首》其二)

> 翠筠轩外日黄昏,倒屣寻居不见君。清庙暗疑收重器,白云空自锁衡门。诗坛几度吟风月,眉宇连宵入梦魂。孤馆觉来浑寂寞,茫茫心事向谁论。(《哭丘一成三首》其三)

为丘敦所作诗的末句云"茫茫心事向谁论",可见二人关系绝非一般。丘敦亦是善诗之人,《正德琼台志》卷四十存其寄给妻子的《寄诗三绝》[①]:

> 十年夫妇五年离,况是来归未有期。岂乏朱楼不堪倚,天涯芳草正萋萋。(其一)

> 相如若是薄情人,哪堪椒房买赋金? 故剑尚求人岂弃,文君莫动《白头吟》。(其二)

> 谁教尔我别离多,仰彼苍苍可奈何? 浊酒一杯愁未解,唾壶击碎不成歌。(其三)

从诗歌来看,文采斐然,陈繗与之相交至深,有着师谊、乡谊、诗友等多方面关系,也是很自然的事情。

其次是与王佐相交。王佐成名较早,丘濬与王佐是亦师亦友的关系,陈繗作为丘濬的入室弟子,自然得到了很多与王佐交往的机会。陈繗有《送王汝学先生》诗与序叙述二人交游的关系,其诗云:

> 平生山斗仰斯文,讲席曾叨侍夜分。程雪已知深为酢,郐颜岂必厚于薝。蛟螭尚与云龙逐,驽马难追德骥群。快见拜恩荣任处,御炉香暖紫衣芬。

诗前有自序云:"先生以癸卯秋报最,上金台。道次金陵,留别以诗,厚相期待,师生义固尔也。甲辰春旋斾将之任,生罔克报称,不揣谫陋录呈教。"从诗与序看,陈繗既讲"侍夜""程雪",又自称"生",以师礼待王佐,执之甚恭;王佐既占"讲席",又"留别以诗,厚相期待",也是将陈繗作为晚辈弟子,谆谆教诲,不吝赐教的。

另外,陈繗可能也与海南另一位名宿邢宥有一定的交往关系。首先,邢宥是丘濬最好的朋友之一,两人年轻及五十余岁时曾在家乡有过密切的交往,陈

---

① 《正德琼台志》,第 834 页。

麟作为丘濬较早的海南入室弟子,同邢宥在海南见过面的机会是很大的。其次,陈麟与邢宥的长子邢大舍人有过直接的交往,今存陈麟《送邢大舍人二首》:

> 严翁名望重乌台,公子于今始一来。万里风霜追远迹,五湖风景动遗哀。凤雏共识文明瑞,乔梓谁非世用材。归去省亲思报国,拜恩还拟上蓬莱。(其一)
>
> 星光南极见天中,啸傲湖山畅惠风。此日献图无俗客,当年同甲尽名公。气钟乔岳身常健,眼放长空兴不穷。借问先生吟醉后,曾忘昭代有夔龙?(其二)

其中称呼邢大舍人为"公子",显以长辈自居,则陈麟与邢宥可能年龄相差并不大。

此外,陈麟与海南另一位大诗人钟芳的关系尚待考掘。钟芳的女儿钟允芝嫁给丘濬的曾孙丘圻,钟芳曾从南京兵部右侍郎职上简车赶回,亲往送女至丘家,可见丘钟两家关系非同寻常。钟芳考中进士只比陈麟晚15年,只不知钟芳是否有机会见到过陈麟,或受其影响。

总之,陈麟与海南前期的主要大诗人和名家可能都有交往关系,其诗歌所受到的影响可能是多方面的。

三、陈麟七律的写景艺术

陈麟全力写作七律,今存七律160余首,占其诗歌总数近五分之四,举凡咏怀、咏史、咏物、送别、题赠题材,皆能入诗。其诗歌最大的特点是极善于体物写景,在写景艺术方面取得了突出成就。

(一)白描艺术

陈麟七律的写景艺术首先表现在善于使用白描。其最善于运用白描写出一种婉转精致的景物,传达出一种秀美动人意境,代表作如《海天春晓十首》其三、其七、其十:

> 一岛南来地脉长,东风文物晓青苍。绛唇微罩槟榔醉,螺髻斜簪茉莉香。巢鸟乍惊桑土湿,卧龙初起海云忙。梅梢尚有婵娟月,分得余光过短

墙。（其三）

海不扬波风不号，太平光景满江皋。陶公东下清流远，婺母南来碧嶂
高。春酿小糟翻鸭脚，晓寒单袷褪鹅毛。明时更喜多人杰，一破天荒尽白
袍。（其七）

地连沧海海连天，春日朝来得最先。千里山河开曙色，几家渔火起新
烟。槟榔树底无源水，布谷声中小熟田。读罢小窗犹不寐，寒襟顿觉暖如
绵。（其十）

其中"螺髻斜簪茉莉香""春酿小糟翻鸭脚，晓寒单袷褪鹅毛""布谷声中小
熟田"等句，全系白描，真是秀美动人极了。与"春酿小糟翻鸭脚，晓寒单袷褪
鹅毛"相近的精彩白描还有《五月江边待客不至》中的第二联：

净扫苍苔一径荒，卷帘寂寞欲斜阳。新蒲切就椰杯覆，香茗烹余石鼎
凉。渡口云归龙已去，行边烟渺鹤相忘。暮江惆怅空搔首，江水滔滔恨
更长。

其体物的细腻，其写景的委次，都是很独特的。与"布谷声中小熟田"相近
的精彩白描还有《上翁宪副》中的第七句：

谁云琼岛古炎荒，环海于今到处霜。台上有人寒拥绣，郡中无橡暗怀
裳。槎枒怪木经风落，猗狔妖狐莽地藏。自信小岩丹桂好，冬霜时也被
春阳。

另外，有些白描看似不经意，却味永思至，如《燕都偶成》《又书梦》《次大尹
弟晚归南渡韵》《谢李侍御过访及惠书二首其一并序》中的写景叙物：

乐育英才迈汉雍，独怜浮迹抗尘容。惊寒雁阵声初断，入夜鲈鱼味至
浓。吹透邻墙三弄笛，撞开窗户五更钟。晓来又向金台看，满目云山似梦
中。（《燕都偶成》）

死生离别各天涯，梦里又逢不在家。憔悴玉容无傅粉，半偏云髻未簪
花。出门迎我悲还喜，入室愁儿怨复嗟。料得英灵知我苦，顾家宁异旧时
耶。（《又书梦》）

> 南渡行来景渐昏，隔江烟火几家村。捣来流水犹闻碓，推出斜阳半掩门。马认故程行步促，人争归渡唤声喧。此时况有思乡客，极目寒云意独存。（《次大尹弟晚归南渡韵》）

> 满道风霜不世尘，晓来吹上布衣身。谁知凛凛三冬日，自有温温一种春。守冻却惭江上客，不寒仿属岭南人。愿教一夜风霜变，均作阳和煦万民。（《谢李侍御过访及惠书二首并序》其一）

其中的"入夜鲈鱼味至浓""半偏云鬓未簪花""推出斜阳半掩门""自有温温一种春"诸句，俱是叙述疏简，语淡情遥，不可多得的好句。这种体物细腻、叙述精致、婉约动人的白描，在海南其他诗人身上是比较少见的。

陈繗的白描亦可以创造出一些相对阳刚的意境。如其代表作《琼台胜览送江右蒋举人还乡四首》其三：

> 琼海南来欲尽头，壮哉奇绝在兹游。登山极目浑无地，观海回头总末流。梅岭瘴开征路晓，鹅湖云尽故园秋。春风握手丹墀上，射策推君第一筹。

其中"登山极目浑无地，观海回头总末流"句，纯用白描，可与丘濬的"遥从海外数中原"与钟芳的"却怜孤绝自为宗"对读。还有堪称白描代表作的《舟中偶书所见》：

> 一叶孤舟寄此生，江流谁管重和轻。岸头日日躬腰走，水面时时挂杖行。出险惟凭帆转力，无风频听棹歌声。为他惆怅船头看，满眼烟波拨不平。

（二）锻炼词语

陈繗七律的写景艺术还表现在善于锻炼词语，通过词语的精心选择与锤炼描摹出事物的一种精细状态。特别是在量词和动词的使用上，表现出了独特的匠心。其他如形容词、副词的选择，也时见措意。

陈繗非常善于使用量词，往往通过量词的变化展现出精致的令人赏心悦目的特色。如《东皋清隐》：

> 依稀城郭小江洲，深自深来幽自幽。几曲沧浪花外雨，一方明月径边
> 秋。寒云锁断红尘梦，香茗搜空绿醑愁。为问首阳孤竹下，谓谁还得这
> 风流。

诗歌描写了东皋隐居的风流。首联写城郭之外，小小江洲深幽自处；颈联写白
云飞舞，涤荡了人们的红尘名利之心，日日品尝香茗，醉饮绿酒，唯恐其无；尾
联作者发问，哪里还有这样能与伯夷、叔齐媲美风流的人物。全诗景致有序，
物态闲适，情绪自然，意境风流。而将这种意境推向顶峰的，却是颔联"几曲沧
浪花外雨，一方明月径边秋"。这一联最耐人寻味的是对量词的运用："几曲沧
浪"，用一"曲"字，写出了滚滚沧浪在人物眼中的萧疏舒卷；"一方明月"，用一
"方"字，写尽了明月在天的精致婉转与楚楚动人。尤以"方"字，其明光晶莹之
色，其精致可握之态，蹶然而置于目前，使人灿然心动。整首诗歌的清幽意境
在这一"方"字中得到了完全的展示，诚如前人所言，好诗会在一刹那间，将世
界带离混乱。关于这首诗，还有另一个版本。《民国琼山县志》卷十三录有此
首，题作《东皋》，字句略有不同："依稀城郭小江洲，深自深来幽自幽。几曲沧
浪花外雨，一天明月径边秋。寒云锁断红尘梦，野屋深藏碧树浮。为问首阳孤
竹下，谓谁能得此风流。"[①]以"天"易"方"，气色全无，真是以金换铁、买椟还珠
了。再如《计氏耕乐（湖广人）》：

> 湖上园林深更深，烟霞不与世浮沉。山中禾黍有年岁，物外乾坤无古
> 今。春雨一犁莘氏野，蒸风三弄有虞琴。时来伊尹翻肰起，尧舜君民是
> 此心。

本诗叙写了一位计姓朋友耕种园林的事迹，抒发的是"日出而作，日入而息，凿
井而饮，耕田而食，帝力于我何有哉"的太平之叹。首联"烟霞不与世浮沉"以
拟写物，略可一观。颔联与尾联则皆议论，乏善可陈。真正振起全篇的，是第
三联的书写景物民风。"春雨一犁"写在春雨之后耕作如有莘氏，"蒸风三弄"
写民风习乐而起虞琴。其中"春雨"句尤为杰出，只一"犁"字便将山水、季候、

---

① 朱为潮、徐淦修：《民国琼山县志》，海南出版社 2004 年版，第 699 页。

人物、事迹俱笼络于其中,使人概见农耕文明最为人称道的清明之境,诚所谓一字之用而境界全出者。这种使用量词时的名词化,能最大限度地提高诗歌意境的容量,并更深刻地展示出各类事物之间的神秘联系,使人读来既有一种似曾相识之感,又有一种耳目一新之感,常给人带来一种奇特的审美愉悦感受,是量词变化的最常见形式。如下面这几首诗歌中的量词运用,都是这种情况:

> 白鹿堂前径草封,先生从此蹑遗踪。庐山近出文峰下,湖水平归学海中。半榻清风莲叶绿,一坛香雨杏花红。匡南莫道登科少,丹桂行看满月宫。(《与吴先生》)

> 甘苦相随上帝州,那堪又向辟雍游。半床灯火三更梦,万里乡心一种愁。书剑自惭糊口计,家园谁解为身谋。金陵风景虽云好,我亦匆匆不久留。(《别吴朝举》)

> 江东城阙楚江东,几度霜华阅历中。头角已看今日变,衣冠不与旧时同。乌龙潭上三秋月,白鹭洲边一棹风。归去为家来为国,亲恩难掩主恩隆。(《送省祭官还乡》其二)

> 直上楼台赏海天,天光海色浩相连。青山一发悬秋镜,白雪千寻破晓烟。触目胜观留去马,满怀佳兴重归船。故乡亲友遥相见,疑是蓬莱出洞仙。(《琼台胜览送江右蒋举人还乡四首》其二)

其中的"半榻清风莲叶绿,一坛香雨杏花红""半床灯火三更梦,万里乡心一种愁""乌龙潭上三秋月,白鹭洲边一棹风""青山一发悬秋镜,白雪千寻破晓烟"句,都可谓写景状物名句,是诗歌的意境的突出体现者,全诗精华、灵魂所在。而"半榻清风""一坛香雨""半床灯火""万里乡心""三秋月""一棹风""青山一发""白雪千寻"等,则是这些诗句真正动人的地方。

在动词的锻炼上,陈缵的写景也常常让人惊喜。如其《海天春晓十首》其五:

环海生黎半熟黎，一声犬吠一声鸡。雨余红槿先春吐，露里黄茅向晓低。拾翠满溪无鸟迹，蹈青随处有霜蹄。熙熙总向阳春化，来自东南北与西。

这是一组赞美海南风光的佳作。此取其五，言海南环海，黎民山市相居，鸡犬相闻。春雨秋露，红槿黄茅，溪流鸟迹，山谷霜蹄，风光人物，相谐相美。其景物斯美，笔触鳞细，很能体现出其写景的艺术。其中写得最好的，是"雨余红槿先春吐"句，其描写至为清新，"吐"字见出意态，足为全诗诗眼。盖用一"吐"字，则空山新雨，万物舒放，各竞其秀，吐故纳新之意毕显，而红槿竞奋之态，尤在目前。动词的择用，往往关乎一句诗、一首诗歌的精神，用得好的往往一字见意。如《送司训陈秩满之京》中的"扑"字：

久持教铎振琼州，文物熙然总遍游。山插半空黎婺晓，浪翻三汲禹门秋。行当梅雨开离席，香滚荷风扑去舟。万里长堂沧海阔，想应从此上瀛洲。

这是一首送别友人回京述职的诗歌，诗歌的基调是乐观热情，其颔联"山插半空黎婺晓，浪翻三汲禹门秋"已将景物写得极为阔大，而颈联"香滚荷风扑去舟"用一"扑"字，用字极为劲拔，使人于离舟别岸、万荷风披之中见出一种慷慨挽留之态与不舍之情。而这恰是诗歌的主旨所在。这种情况的运用还有如：

一曲离歌万里程，江山满目弟兄情。断云凝树高低色，流水吞潮远近声。马足晓轻庾岭雪，花香春重锦官城。凤池得意应傻我，共沐恩波对圣明。（《赠兄会试》）

三叠阳关几怅然，交情无奈别离牵。桄榔叶暗山城雨，橘柚香分海市烟。合浦明珠清夜泪，横槎流水故乡情。别君况有逢君处，万里青云共一天。（《送李廷玉还横江二首》其二）

十丈芙蕖一镜天，天光水色荡无烟。叶浮新绿来心上，花露微红在眼前。绕岸舞风添水榭，隔波弹雨和湘弦。个中独得濂溪趣，遗爱钟来几许年。（《夏赏荷池》）

《赠兄会试》是送别诗,其"断云凝树高低色,流水吞潮远近声"句,用一"凝"字、一"吞"字,于断云远树不动、流水浪潮徘徊的景物之外,写出一种依依不舍的离别之情;《送李廷玉还横江二首》其二也是送别诗,其"桄榔叶暗山城雨,橘柚香分海市烟"句,用一"暗"字、一"分"字,于山雨树暗、海烟分柚的景物之外,写出了一种万物暗淡、众物别离的伤感情态;《夏赏荷池》是咏物诗,其"叶浮新绿来心上,花露微红在眼前"句,以一"浮"字、一"露"字,于叶生新绿、花绽微红的自然景物之外,使人仿佛见到众物各明其心、各吐其性、各臻其致、各竞其芳于人前的娇好之态。这些句子中的动词的运用,都是于精细的景物摹写之外,还带着摹写境界性灵的功能。

除量词和动词的活用外,其他词类的研炼也时见于其诗中。如《送周至德还家》中的形容词"稳"与"峨",《清明有感》中的名词"眼":

> 富贵真成春梦婆,先生醒眼独如何。鱼窥浅涧谙钩饵,凤上高梧远网罗。万里乾坤孤棹稳,半林风月一冠峨。红尘陌上遥相送,惭愧临风为子歌。(《送周至德还家》)

> 清明无客不思家,我到清明思转加。嫩绿又开新柳眼,娇红不是旧桃花。半生遗恨空流水,三尺孤坟自落霞。欲寄凄凉眼前泪,想应流不到天涯。(《清明有感》)

"稳"字和"峨"字,写出了友人周至德高风正气、巍然自得之态。"嫩绿又开新柳眼",一"眼"字,写出了柳芽新发、娇小柔弱之态,体物极为细腻,用笔极为清新。

(三)善用修辞

陈繗七律的写景艺术还表现在善于运用各种修辞手法,尤其借助于比喻和对仗来写景。因对仗是律诗的内在要求,放在下面单独讨论。

比喻是陈繗修辞手法的一大类。陈繗的比喻运用的一个特点是类型多样,复杂多变。

其中最简单的是暗喻,如:

> 帘卷春风化日长,鼠牙无事到黄堂。月明沧海珠还浦,雨过青山虎渡

江。五袴兴歌与颂遍,两岐吐秀麦花香。我来肩息甘棠下,借得余阴一夕凉。(《上太守二首》其一)

风雪劳劳半世形,喜闻公事了公庭。衣冠晓出披香殿,祖席晴开折柳亭。仕跳往来云外鸟,人生离合水中萍。孝亲拜祖须回首,犹有忠君志未宁。(《送省祭官还乡二首》其一)

其中"月明沧海珠还浦,雨过青山虎渡江"句,将月明沧海比作明珠还浦,雨过青山比作猛虎渡江,前一个比喻为人所用过,倒还平常,后一个比喻纯从气象上着手,将雨落青山的气势比作猛虎,从来没有人这样描写过风雨,所以显得非常警醒。"仕跳往来云外鸟,人生离合水中萍"则是将人物的行为比作鸟兽、花草。

相对于暗喻,陈繗更善于运用借喻来写景摹物。如《送友人赴试》描写友人的志向:

昂昂志气欲凌云,年少人中几似君。正养池鱼资鲤队,争看野鹤在鸡群。清门绍述诗书业,彩笔纵横绣锦文。椿府又沾新雨露,桂花早早继清芬。

"正养池鱼资鲤队,争看野鹤在鸡群"是一个借喻,表达友人在科举道路上正在由池鱼迈向鲤队,不日将中榜,如同野鹤独立鸡群而被人观看。这个借喻用得较为通俗,效果还不是最好的。用得最好的借喻是《见农妇插田歌作》中的描写:

尺布包头学野装,轻移莲步水还香。裙如蛱蝶随风舞,手效蜻蜓点水忙。紧束晓烟青一把,细分春雨绿成行。山歌欲和声难调,恼杀摇鞭马上郎。

全诗描写农妇插秧的情境,首联写农妇的俏皮头装与轻盈步态,次联写农妇插田的躯体动作与手上动作的娴熟,颈联细致描写农妇插秧动作,尾联写插秧时的相互唱和,歌谣婉转,衬以作者的为难之态。全诗情态闲适而略带诙谐,描写景致细腻,而尤其以颈联的借喻,将"秧苗"比作"晓烟",见其青绿和嫩之状,将田水比作"春雨",见其温柔润泽之态,"紧束晓烟,细分春雨",真是将青山绿水、烟禾媛女尽纳入笔下,而"青一把,绿成行",更是景致清秀婉媚。这一联的借喻,是陈繗诗歌中写景最好的句子。

除了借喻外,陈繗能自如地运用博喻、曲喻等来描摹景物:

> 因陈柳絮湿还飞,脱却鹅毛乱点泥。只见乌鸦天外过,不知白鹭涧边栖。谩增水气成冰骨,怕映阳光损玉肌。恨杀绵花飞满地,不堪收拾着寒衣。(《晓天见雪二首》其一)

前四句都是侧面描写,后四句一连运用到了几个比喻,而且运用到了较为复杂的曲喻。第五句言冰骨,第六句言玉肌,第七、八句言棉絮花,一连串的比喻从硬度、颜色、状态等不同角度对雪花进行了精细描绘,而且三个都是曲喻。第一个言雪花有骨,故可增水气而成;第二个言雪花玉肌娇嫩,故害怕阳光照损;第三个言雪花飘若棉花,可惜不能制作寒衣。其中尤其以第二个曲喻用得最为精致清新,雪花似乎变成了一位妙龄女郎,而其肌肤娇嫩,不胜阳光之态,读之可爱。

陈繗的比喻还有一种特殊形式,就是通感。如其说理诗代表作《舟中偶书所见》:

> 一叶孤舟寄此生,江流谁管重和轻。岸头日日躬腰走,水面时时挂杖行。出险惟凭帆转力,无风频听棹歌声。为他惆怅船头看,满眼烟波拨不平。

"满眼烟波拨不平"句借景抒理,烟波乃可望而不可感之物,作者用"拨不平"形容烟波,将其写成可感之物,这即是通感。诗歌借助通感,写出了人生多难,无法一一消除的无奈之感。

对仗是陈繗修辞运用的另一大类型。陈繗诗歌善于通过对仗来描绘景物,创造意境。

有宏大的意境,如:

> 大地春回大海中,韶华不与异乡同。林椰叶老无穷碧,海漆花娇别样红。钟鼓响低千瘴月,客船牵动五更风。平明继步琼台看,描画丹青四面

通。(《海天春晓十首》其二)

喜完公事出神京,也沐天边雨露荣。万里乾坤双眼阔,五湖风月一身
·
轻。葡萄莫惜他乡醉,瓜葛还牵故国情。归去北窗且高卧,柴门长掩白云
·
横。(《送解户部还乡》)

关山迢递此心孚,烟景谁争任五湖。忧乐眼前尊酒共,别离江上片帆
·
孤。鸿因避雪穿云去,鹗为横秋向日呼。此后桑榆收未晚,不须惆怅失京
·
闉。(《读家兄近作,谨次原韵》)

远携书剑上京华,万里江天一望赊。帆影爽开沧海月,马蹄香衬禁城
·
花。宦情总付题桥笔,离思宁牵倚玉葭。廊庙早应成伟器,好摅忠力佐皇
·
家。(《送友人上京》)

奇奇怪怪复岩岩,中有玲珑古佛龛。树木却生无地上,烟霞应绝大江
·
南。辋川图里王维笔,赤壁江头苏子帆。安得二公同扫石,举杯终日坐晴
·
岚。(《舟次英德观音石山有作》)

其中的“钟鼓响低千嶂月,客船牵动五更风”“万里乾坤双眼阔,五湖风月一身
轻”“鸿因避雪穿云去,鹗为横秋向日呼”“帆影爽开沧海月,马蹄香衬禁城花”
“树木却生无地上,烟霞应绝大江南”皆是写景宏大的对句。

此外,也有清美意境的,如:

直入梅蹊小洞天,玉容惊起晓寒烟。饶他雪白宁居次,占得春魁却在
·
前。满地暗香浮蜡屐,临风古调弄徽弦。兴来尚忆林和靖,情思飘飘似昔
·
年。(《冬步梅蹊》)

萍水相逢便眼青,又看离别出都城。北来圣主恩新沐,南去先生道已
·
行。红落吴江枫叶冷,碧连秦树桂花清。悬知桃李花开处,一道春风直至
·
琼。(《送廷宾先生分教琼台》)

　　岩下谁知别有天,个中俯仰趣无边。风轻云淡日长午,鸟语花香春自妍。耕凿每悬伊尹笠,赓歌时抚伯牙弦。悠悠此乐传身世,古往今来几许年。(《飞来寺二首》其二)

　　寸地传来累世荣,浑然真趣自天成。鸟啼春槛琴轩静,鱼跃秋波钓艇横。日永落花闲里过,雨余芳草梦中生。何时樽酒池亭上,吟草看花叙旧盟。(《题成趣园池亭》)

其中的"满地暗香浮蜡屐,临风古调弄徽弦""红落吴江枫叶冷,碧连秦树桂花清""风轻云淡日长午,鸟语花香春自妍""日永落花闲里过,雨余芳草梦中生",都是写景清美秀丽的对句。

　　另外,陈繗的对句还有一种以说理为主而写得较好的,这里也录其代表作于下,以作参考。

　　姑苏何子饶,与余交游于两京,春秋二见矣。顷者浩然有还乡之志,盖既非滔滔之流,而亦不为役役之拘,其识趣有匪夷所思者也。余弗及如所图,而不能且愧,姑作此送之,庶后日之期会,或于斯乎足征。

　　秋风昨夜透青衿,吟动还乡一片心。宦迹眼前云漠漠,客情江上月沉沉。荣华未必忙中得,安乐原于静处寻。萍水会君君会我,临歧惭愧一讴吟。(《送友人还姑苏》)

　　勉旃求友辅仁人,静里沈潜细认仁。花在好时犹未实,景从淡处始为真。风宾月友浑忘我,物与民胞尽属身。尧步舜趋师不让,藩篱撤尽大家春。(《次蔡梅轩会后偶成》其二)

　　云开远见海中山,万里归程一水难。雨脚渐随车辙至,风声遥递棹歌喧。甘棠树老还当茇,桃李花开正满门。多少儿童骑竹马,拦街争迓旧郎君。(《和梁大尹吴川道中望琼山》)

　　欲将晚节守藩篱,妆点秋光好却迟。紫艳耻为倾国色,清香宁属傲霜

枝。满头自许归时插,荒径还留去后思。正是风霜摇落处,娇然独笑且随时。(《和知州问菊二首》其二)

四、陈繗诗歌的其他体裁

(一)五律

陈繗今存五律 11 首,其虽于五律不甚用力,但就今所存看,功力不在七律之下,不知因何作品稀少。其五律较好的作品总体上来讲风格豪爽,细致看来则有两种不同倾向。

一类是一味豪爽,径入飘逸类,如《晚归》《月夜乘舟》:

> 云外横归鸟,松梢挂落晖。一身轻似掷,双足疾如飞。客舍初明火,人家半掩扉。儿童笑相问,底事此时归。(《晚归》)

> 云净江还净,风清月更清。芦花两岸阔,莲叶一舟轻。天影随波动,帆光带月行。流连闲兴尽,回棹已三更。(《月夜乘舟》)

这类作品风格极似太白,其中"一身轻似掷,双足疾如飞""芦花两岸阔,莲叶一舟轻"句,或奔迅,或飘逸,可谓得太白神韵。

另一类是豪爽中间入细腻的体物,其体物入微常令人惊叹,与作者自己七律中体现出来的独特体物气质非常相似,如《送彭孔明膺荐入京》《游山水》:

> 携手上离亭,江山总是情。雨余花色重,风细柳烟轻。出匣双龙奋,横空一鹤鸣。独怜今日酒,犹自为君倾。(《送彭孔明膺荐入京》)

> 山色连云断,霞光照水飞。浪奔船势疾,波阔橹声微。水鸟翔还集,江花密更稀。五湖烟景好,范蠡亦忘归。(《游山水》)

"雨余花色重,风细柳烟轻"写雨后花色鲜沉之色,微风细柳轻氤之态;"波阔橹声微"写江阔浪静中行船之境;"江花密更稀"写江水批拂淋漓之态,都是体物入神、极尽精微的句子,于全诗豪爽之外另有一种境界,而这种细腻的体物则是太白所没有的。

（二）七绝

陈璘今存七绝 35 首,较五律稍微用力,然不如七律远甚。大抵皆肆口而发,语言平易,内容或叙事摹景,或说理言志,不脱绘事、说理、言志几类。

绘事类如:

> 峻石巉岩骨貌粗,蓬蓬荒草鬓模糊。我来未必曾相识,见说依稀似小姑。(《舟次大庙》)

> 织女机边喜色饶,三光耿耿焕良宵。银河渡有乘槎处,未许牵牛过此桥。(《阑月》)

> 滩石高低水不平,水流滩急总无情。舟人到此浑无赖,抱着篙儿叫几声。(《观上滩舟中有感》)

> 小小扁舟浅浅溪,一钩香饵一蓑衣。得鱼沽酒陶然醉,回首芦花江月低。(《渔者》)

说理类如:

> 两样机关一局棋,弊车羸马尚驱驰。倘来得进些儿步,转负回赢也未知。(《棋》)

> 建江江上古今流,只见烟波不见秋。此日过江看到底,始知活水有源头。(《渡建江偶成》)

言志类如:

> 披青着翠翠毛衣,文彩天然信绝奇。勿谓此身飞不去,托身已在万年枝。(《题画翡翠二首》其一)

> 文彩翻翻翠欲浮,脱毛还可百金求。带花飞上乌云髻,别样精神肯出头。(《题画翡翠二首》其二)

顶上芙蓉不用栽，羽衣曾向雪中来。平生不会多言语，一叫千门万户开。（《题白雉》）

但即使是上述这些集子中稍好的作品，也时因语言过于平直，甚至俚俗，而陷于直白、缺乏蕴藉之病。

其七绝写得最好的是绘事类作品《新月》与言志类作品《相府咏梅》：

疑是嫦娥罢晚妆，懒将鸾镜照昏黄。等闲投入青罗袋，露出弦边一指光。（《新月》）

东风昨夜到天涯，玉种移来宰相家。不是此心坚似铁，雪霜枝上敢开花？（《相府咏梅》）

《新月》语言亦有俚俗之处，但因想象奇特，比喻尖新而别开奇趣，给人以耳目一新之感。《相府咏梅》是陈繗的成名之作，其下有作者自序云："时群公宴集丘师邸中，皆翰苑名流，予以一明经滥厕席末。刘希贤公健指梅起韵，谢公迁、王公熬次之。二公，丘师门士也。予既不辞鄙俚，蒙群公击节奖赏，至称为吾辈畏友，翼蚤各投片刺，枉车骑。泊予在木天，而群公亦相继登枢轴，一见如旧。自惟予此作，初持以免酒，不谓遂当一赏，成缔合，而先辈之虚怀雅量，亦寥寥千载也，姑附之以志感云。"诗中语言铿锵，态度坚决，而"不是此心坚似铁，雪霜枝上敢开花"的言志，确实给人以铁骨铮铮之感，无怪乎获得"吾辈畏友"的称赞。

（三）五绝及其他类

陈繗今存五绝 7 首，语言过于贫俗，稍蕴藉可读者如：

婆娑一古干，乐共此君友。任彼风与霜，岁寒心不朽。（《松竹》）

心兮本空虚，节为斜阳曲。勿谓枝叶低，还堪凤凰宿。（《风竹》）

移出含章殿，犹妆寿阳额。岂无调羹味，山蜀良可惜。（《梅》）

陈繗还存有五古 5 首，七古 2 首，然率皆语言贫直，略无余意可读。

第四节 唐胄等其他诗人

（唐胄、林士元、夏升、韩俊、陈实、廖纪、唐冕、

唐继祖、丘敦、杨碧、周奇健、王朝隆）

海南明代弘正诗坛，除钟芳、陈繗外，其他诗人存诗均不多，成绩一般（见表4.3）。

表 4.3 海南弘正诗坛存诗统计（钟芳、陈繗之外）

姓名	五古	七古	五绝	七绝	五律	七律	排律	其他	总计存诗
唐胄	4	6	2	5	14	11			42
林士元	7				3	4			14
夏升				1		1			2
韩俊						4			4
陈实						2			2
廖纪					2	2			4
唐冕			1	1		1			3
唐继祖						1			1
丘敦				3					3
杨碧	1			3		4			8
周奇健									0
王朝隆									0

一、唐胄

唐胄(1471—1539)，字平侯，号西洲，琼山东厢人。祖为州学训，父做过国子监学生。生敏颖，性耿介，遍读书，治礼学，"生平以范文正自期"[①]。28岁（弘治十一年）中举人，32岁（弘治十五年）中进士。授户部山西主事。值丁外

---

① 王弘海：《西洲唐公神道碑》，载于《湄丘集等六种》，第224页。

艰；服阕，又值刘瑾擅权，谢病不出；又以母老乞养，前后家居近 20 年。嘉靖即位(1522 年)，召为户部河南主事，时已 52 岁，上疏谏论多事，时论赞之。53 岁协助会试，所得多名士。升员外郎。不久又升广西提学金事。56 岁升云南按察使副使，治军平定土酋叛乱、盗患，抚平地方武装争斗。57 岁，改任本省提学副使，不屑奉迎而上疏致仕，不允。升云南右参政，户部右布政使。62 岁，升广西左布政使，在任上缉盗，招抚匪叛，节约军支，上疏止宗室补禄，不随王府庆贺，不行王府叩拜礼，节制客兵暴行，敢作敢为。63 岁升都察院右副都御史，提督南赣汀漳。筑城、置道，仅半年改任山东巡抚。再乞致仕，未许。任间计划疏通三郡水灾，核荒田，未完成即调任，升南京户部右侍郎。66 岁春改北京户部右侍郎，秋转户部左侍郎。极力谏止皇帝征讨安南，又谏止皇帝祀生父明堂配上帝，因下诏狱，削籍归。后遇赦，不久病逝在家。《本传》上说，"胄耿介，孝友好学，多著述。立朝有执持，为岭南人士之魁，为文有理致源委，不尚浮靡。笃嗜白玉蟾诗文，为之精选，名《琼海摘稿》。所著有《琼台志》、《江闽湖岭都台志》、《西湖存稿》行于世"[①]，王弘海撰《神道碑铭》还提及唐胄撰有《广西通志》若干卷，云其"为文章根本六经，不务绮丽"[②]。其事迹，主要见于嘉靖黄表衷赞像、《嘉靖王弘海神道碑文》、《明史》本传。其著作，今存《正德琼台志》《传芳集》。《传芳集》存唐胄疏 3 篇、序 4 篇、记 2 篇、论 5 篇、碑文 1 篇，计文 15 篇，各体诗歌 42 首。今存《传芳集》，实为唐胄及其二子唐穆、唐秩三人的合集，俱收录于 2006 年版"海南先贤诗文丛刊"本《湄丘集等六种》之中。

　　唐胄诗歌有两个地方最值得注意：一是其边塞风；二是其学白玉蟾而加以变化的风格。

　　唐胄诗歌最值得注意的现象是其歌行古诗中的边塞风气，这大约与他在广西、云南等西南边陲长期治军与赫赫武功有关。其中有直接言边塞事迹的，如《题战功图送刘太参归会川》：

　　　　云头闪闪蚩尤拖，西南昏障海岳那。天阁羽檄惊四野，虎头猿臂分携戈。漫天氛祲一时扫，丹书好事图争摩。云旗铁骑纷不尽，元戎盖拥英番

---

① 《传芳集》附录《本传》，载于《湄丘集等六种》，第 219 页。
② 《传芳集》附录《本传》，载于《湄丘集等六种》，第 224 页。

番。首函凤四清油渍，面缚铨哲轻鞍驮。甲兵滇池一濯洗，胭脂万顷翻苍波。街前咸叹汉骠骑，幕南清尽归来初。天生豪杰安山河，愿毕笑返青山阿，如斗金印那用他。游从赤松谅不死，千年铜狄时摩挲，云台麟阁今若何。且听世世滇讴歌，壶山归去年已多。于戏！壶山所得良已多。

"虎头猿臂分携戈"的慷慨激昂，"街前咸叹汉骠骑，幕南清尽归来初，天生豪杰安山河"的奇拗节奏，诗歌从意境和声音上都尚摹盛唐，直追高岑。再如言边关将领事迹的《题守关忠节卷》：

御史不贵铁为冠，所贵七窍心孔丹。闭关手持三寸铁，誓死不纳披忠肝。精诚感激动天听，六龙倏忽旋回銮。舍生臣节不足异，回天力大惊天颜。追思十六年来事，转危原未易为安。几事破犁谁小挟，失身何惜天几翻。披肝泣血非无士，百川既决难回澜。东都再见申屠蟠，皇朝屹屹居庸关。

其下自注云："正德丁丑，武宗欲微行宣大，巡居庸关，御史张钦三疏谏止。及驾至昌平，命千户闫（音盐，姓也）岳宣守关官，钦闭不纳，奉敕印持刃誓死。岳回报，遂旋銮。"诗歌赞扬守边将领，其气骨苍劲，风格浑朴，有一股凛然不可侵犯之势。还有一些涉及边塞，在风格上带有浓郁边塞气的，如《送范金宪西巡洱海》《题同年戴宪长苍山赋别卷》：

秋霜艳菊春肥芝，我将归歌江海湄。寒梅引风吹岁暮，今君别吾将何之。相望万里得一见，闲愁洗向天之涯。所见英雄大抵合，盛名清世谁能虚。清风几夜生榻外，残编十载嗟灯余。水天瘴海环岳渎，太微张翼朝辰枢。溺饥天不生禹稷，苍生百万皆虫鱼。眉。精华四海功梦卜，迸空泣血还谁欤。况今昌期值五百，瞳已重目彩生尼。骊驹明朝驾何处，碧鸡节使临清漪。生平所学欣何用，安敢糟粕轻轲厄。踢翻太华作垒曲，离杯倒尽昆明池。有怀万斛那能吐，百壶未尽黄金伊。济川天边既有楫，洗耳山畔亦无溪。紫芝眉宇见在眼，那知地下纷卧疑。（《送范金宪西巡洱海》）

滇东一望无烟烽，鲁溪镇节歌儿童。一廉如水澈底洌，百炼似铁空炉红。闻道点苍西特起，灵飘秀枝耸海宇。策马不惮骋十里，云蒸石骨千窍奇。雪积朱炎万野洗，坚不磷兮白不淄。地为河岳人之理，天涯相伴真尔汝。朝摘山巅天上星，暮濯山麓海之洱。景高足称两止止，凌虚气岸实相倚。忽来山势高岹岹，凭高亦任云荡胸。八荒四海来双瞳，烟消云散清太空。作文赠者谁宗工？文气清劲山争雄。石纹耿耿雪荧荧，读之海内惊高风。天书忽报来九重，滇泯忧驾离匆匆。食祝不用图翁容，日日见山如见翁。(《题同年戴宪长苍山赋别卷》)

这些诗歌描写边塞壮丽风光，刻画边疆奇迈人物，充满豪迈的气势和建功立业的渴望，风格苍茫浑朴，气势飞沓流动，不用说在明代诗坛罕见，就是在唐以后的整个宋元时代，也是不常见的。但是对于唐胄而言，这些诗歌却不过是其边疆治军经历的自然记录与反映。唐胄自 54 五岁升广西提学佥事起，56 岁任云南按察使副使，治军平定土酋叛乱、盗患，抚平地方武装争斗；62 岁升广西左布政使，在任上缉盗，招抚匪叛，节约军支，上疏止宗室补禄，不随王府庆贺，不行王府叩拜礼，节制客兵暴行，敢作敢为；到 63 岁升都察院右副都御史，提督南赣汀漳，前后在西南边陲云南任职达近 10 年之久。唐胄在边陲最重要的工作就是治军和边，击匪维稳，因而养成一种慷慨言武的边塞习气再自然不过了。对于这种边塞言武心理，唐胄在《普溆》一诗中曾深入揭示。

　　去年过西洴，今年来普溆。青山几万里，应笑人能通。人生苦飘泊，何异云从风。霆霄满中庭，倏然西以东。回看辇毂英，白首何从容。岂不自念惜，皇恩谁终穷。风云碛上恶，沙石关塞重。奋激何家为，髀肉嗟重生。剑未血郅支，老骥终槽腾。平生报主志，岂在金印封。苍生何时宁，白发日夜生。勉旃复勉旃，无愧桑与蓬。

其中"风云碛上恶，沙石关塞重"的恶劣自然环境，"奋激何家为""老骥终槽腾"的治边慷慨意志，构成了一幅苍凉悲壮的明代边疆守边治边图画。唐胄的边塞风在海南诗歌乃至明代诗歌中都是非常值得注意的现象。

唐胄的另一个值得注意的地方是其对白玉蟾非常推崇，其风格受白玉蟾影响，偏向豪放一路，但没有白玉蟾的飘逸流畅，而多了一些质朴生新，总体上可名之为生新豪放。这主要体现在其律诗与绝句中。

五律中也有写得相对流畅的,如《晏长清、张仲宝、陈伯孚来访》其二、《次方伯东桥诗》其二:

> 已知话不尽,相见且心宽。世路风烟阔,尊前面目难。缘应无俗结,梦尚未吹残。明月黄花节,东西各据鞍。(《晏长清、张仲宝、陈伯孚来访》其二)

> 啼鸟惊春去,柴车特地来。固知逢不易,未尽兴空回。海内思安石,阶前舞老莱。自从诗有约,夜夜菊花开。(《次方伯东桥诗》其二)

其中,"世路风烟阔""明月黄花节""夜夜菊花开"都是清新自然的好句子。

而大多数则写得偏质直,如:

> 早发赵家围,问舟彭蠡涯。每怀辄数日,一别不多时。乍起无条语,初沾未醨卮。烟波风色远,鱼鸟看人痴。(《逢绍之侄》)

> 鹏鸟何年去,南溟尚此墟。海腴新拓发,劫远旧灰嘘。水润性从下,坤容德本虚。不须山上泽,已悟画前诗。(《鸦小岗》)

其过分雕琢处,还常常因炼字而显出一种生硬风气,如:

> 心安随处隐,何必鹿门深。马瘦囊诗骨,榕清生客阴。曾携巢谷杖,不见披裘金。惟有东皋卷,灵魂不了寻。(《哭黄处士东皋惟坚》)

其第四句"榕清生客阴"与末句"灵魂不了寻"都比较生硬费解。

其七律则相对豪放一些。其中也有较流畅的,如:

> 静里风情觉道真,天空海阔尽宜人。云闲不厌交庭影,风懒无心扫径尘。万里宦游鸿爪印,两年旧识燕归前。鹿车未遂梅花路,慰得高邻载酒频。(《闲中漫兴二首》其二)

> 太平触处麦连歧,吹篪东风又此期。深喜轮台丹诏早,不妨渭水钓竿迟。漏梅泄柳窥天意,问舍求田敢自遗。把镜朝来还独笑,一春花鸟瘦添诗。(《新春咏》)

"两年旧识燕归前""一春花鸟瘦添诗"都是想象奇特、兴致盎然的好句。

但更多则因过分锻炼字词而显得较为生新。如：

> 曲靖欢看候火红，疏帘孤馆自生风。己呼厨急开清圣，可奈天留忆戴公。万里越燕初夜永，几时江海更秋空。想应鲍叔心如月，处处远随照短蓬。（《忆朱南冈少参》）

> 海味江荠漫策勋，污邪霜冷晚收云。酥螯破玉津先溢，膏腹开金酒自醺。韭瓮久能酸措大，糕盘空自饱将军。从今甘附平南癖，郡柄何妨与判分。（《谢陈秉钧送腌蟹诗》）

> 万艇渔灯半晦明，稀微海角晓云轻。山连北固青迎眼，水激中冷白拂旌。尽望潮涛烟鸟影，终宵风雨荮蓬声。茫茫天堑分南北，不尽行人今古情。（《瓜州阻风》）

其中，固然有"想应鲍叔心如月""污邪霜冷晚收云""终宵风雨荮蓬声"等流畅的好句，但也确实有"万里越燕初夜永，几时江海更秋空""韭瓮久能酸措大""水激中冷白拂旌"等似通非通的句子。再如《和少参陈龙山、金宪张白山游冰井寺诗》：

> 冰井消尘尽日清，山林灯火映星明。乾坤痼我三生梦，烟月添人一种情。杯付江湖思旧侣，诗愁鱼鸟结新盟。白山节钺龙山印，管到风花次第生。

末句"管到风花次第生"要表达什么意思是很难说的。

唐胄的七绝更质朴奇特一些，其中较流畅可读的是《包茅山》《果化州》：

> 三脊不供谁缩酒，六千地总付秦黔。青茅常共荆州在，罪与齐桓数到今。（《包茅山》）

> 花引醒眸鸟叫愁，荒夷岁晚亦寄游。黄茅紫磴疑无路，一抹烟开果化州。（《果化州》）

唐胄的诗歌在用词造句上颇费功力,其诗歌多有一些清新可读的句子,如"兀坐方呼酒,诗筒忽到门"(《次方伯东桥诗》其一),"淡云清晓塞,细草绿春洲"(《余自南赣赴抚山东、陈都宪原习来代、以年谊之厚、操舟送至储潭、席间赋诗见赠、步韵酬之》),"鸟俯落云迟"(《关索岭》),"碧鸡金马看人淡,白鹤瑶琴伴意长"(《闲中漫兴二首》其一),"画舫万笼燕与魏,青林千顷鹿和狮"(《衢州石塘橘》)等,但可惜多乏完篇。

唐胄还有一篇反映海南万州贡藤制度的叙事长诗《藤作》,诗歌描写贡藤女的悲惨生活,反省贡朝制度的弊病,控诉贡藤制度的不合理,希望引起朝廷的注意,在文献上既具有相当价值,又复摹写细腻,叙述婉转,悲愤之情与同情之心溢于言表,于艺术上亦具有相当特点。兹将其诗与序俱录如下[①]:

藤 作

《隋书》"昌化县"注"藤山",唐振州贡藤盘未闻为害。万州藤作名天下,始于近代。官役劳及妇人,连年不得休息。正德初有王氏女,尤妙手工,官派多且细,过限父累被责,女伤怨,遂雉经。

剑门藤丝如发细,纤巧争先出新意。万安土瘠民多贫,家家藉业为生计。纤纤闰指称绝奇,牡丹荏染凤交嬉。官工家派多精致,细迟过限参遭答。十八嫁裙无一幅,朝朝暮暮劳官役。岂知生业反为魇,遂甘自尽家难息。满城感泣增悲恸,祸州尤物何时穷。英灵胡不上诉帝,条蔓枯尽山为童。九州厥贡古来有,筐荐随方那敢后。交州荔枝建州茶,惊尘溅血民始咎。珠崖地在大海中,汉因玳瑁始开通。未几祸起广幅布,东都复县伏波功。永平滥觞儋耳贡,后启缤纷非土任。瑁宫珠殿尤苦刘,紫贝毹皮聊缓宋。惟我祖宗怜远土,两朝优诏特矜楚。阻。后至先皇弘治初,大禁贡献民熙和。公使逾法许具闻,气焰权奸犹敛科。民赖优游三十载,肇此厉阶谁复再。振儋金香罢唐例,南宁银姜无宋外。妻号儿哭无朝夕,催吏那知更下石。公贿私贡恐已迟,谁体圣心存海迹。君不见女苦吉贝男苦蓥,停车请免崔相公。前朝旧事数百载,至今青

史扬清风。福星监司贤太守，民欸至是公知否？

二、林士元

　　林士元，字舜卿，海南琼山人，生卒年不详。其生平据《本传》载："正德庚午(1510)乡荐，甲戌(1514)进士。授行人，册封唐藩。馈金六十镒，却不受。王深器之。乙酉(1525)擢南京户科给事中，劾光禄少卿史俊怙势杀人，都御史汪铉考察不公，并劾罢内外不职者数十人，仕路一清。先后陈时务数十疏，皆极剀切。壬辰(1532)擢湖广副使，备兵衡永。江华流民，与士户争田，构兵连年，祸延诸郡。士元单骑往谕，争遂息。吏部郎中邓尚义之弟挟制守令，侵牟里党，按以法。转广西参政，分守苍梧。戊戌(1538)征大藤峡，士元督饷纪功。有贵势子弟希报功次，绝不假借。捷奏，擢浙江按察使，未赴。以忧归，遂不起。祀桂林名宦。晚年家居，时或戴笠躬耕，乡人贤之。所著有《学思子》、《中庸孟子衍义》、《读经录》、《读经附录》、《孔子世家颜子列传论》、《北泉论草》及《文集》十卷。祀乡贤。"[1]能诗文，其诗文多散佚。今归其名下有文4篇，诗14首，俱收录于2006年海南出版社出版"海南先贤诗文丛刊"本《北泉草堂遗稿等七种》中。

　　今存诗中，挽吊诗9首，为《贞节莫孺人三首》、《哭周岳父追忆前事》二首、《过丈人墓有感而作》一首、《挽冬官周务斋先生》三首，不足多道。另有一首为送别五古《送周清溪先生福州司训》，特点亦不鲜明。值得注意的是剩下来的四首七律，其中归入其名下的三首边塞题材《闻警和顾以新三首》尤值得注意。

　　四首七律俱为雄放豪迈类。其一《晚斋谒张永南翰读归复简此》是送别诗，诗云：

　　　宿雨不潦羲伯驭，晚凉堪曳玉堂裾。朱帘静度燕山色，碧构清涵太史书。倾盖几回瞻相业，虚襟终日对文儒。临风漫省瑶华造，欲报琼英愧不如。

其开篇"晚凉堪曳玉堂裾"句写得光彩四溢，"倾盖几回瞻相业"句写得气势充沛。整首诗冲和清旷,华而不艳,豪放而有蕴藉之味。另《闻警和顾以新三首》①则是边塞诗,视野更阔大,情绪更激烈,反映的现实更广阔:

> 辽海风波偃将旗,狂奴操刃弄潢池。游鱼釜热应难久,缚虎笼深恨不支。营垒十年空节钺,羽书千遍乞王师。请缨有志长沾臆,去节终军喜尔为。(其一)
>
> 百年辽左号精兵,负险谁知气益横。一鼓日中飞炮火,三军帐下拔霓旌。不闻西贼忧韩老,犹自长沙哭贾生。近事大同姑勿论,往年甘肃悔行成。(其二)
>
> 六月王师晓出征,将军李广旧知名。燕然今去承推毂,天讨由来是应兵。万里若能褫逆胆,此生真不愧虚行。乘时勒石非难事,急为长杨一请缨。(其三)

本诗的背景比较复杂,几个节点值得注意。题"顾以新"应是"顾与新"之误,即顾可久,与新是其字,号洞阳,无锡人,正德九年(1514)与林士元同唐皋榜进士,并同授行人,尝谏武宗南巡,嘉靖初拜官户部员外郎,"仪大礼"忤世宗旨,两遭廷杖,出守呆州,兵备琼州,后以广东兵备副使放归,其生平最可重者,不肯依附苟合,好学工书法,召《洞阳诗集》,无锡祀有专祠。诗中典事较多,"近事大同"当指嘉靖三年(1524)八月大同军乱,"往年甘肃"指明嘉靖元年(1522)甘肃兵乱,"辽海风波"当指成化十六年(1480)辽东兵变,由此推测,题中"闻警",诗中"狂奴操刀弄潢池""六月王师晓出征""燕然今去承推毂"当指北方鞑靼部扰边,京师戒严,具体何事待考,"将军李广"亦未知何人,考六月大用兵近三年者,有嘉靖六年(1527)王阳明以兵部尚书出讨田州叛蛮,嘉靖十四年总兵鲁纲御大同吉囊进犯,嘉靖十六、十七年寇犯宣府,然作者既言大同兵乱(1524)为近事,写作年代当在不久,故这几次用兵时间似皆非。诗歌第一首回顾当年辽东兵变,说到当下的边境告急,"营垒十年空节钺,羽书千遍乞王师"表明边境紧急,"游鱼釜热应难久,缚虎笼深恨不支"则是自我鼓励,"请缨有志长沾臆"似指顾与新曾请缨参战,作者为此感到骄傲;第二首反省辽东告急,将

---

① 本诗《滇南诗选》归入海瑞名下,经多人辨疑,系误窜入,今系于林士元名下(详细辨析参见本书"海瑞"章节)。见录于《北泉草堂遗稿》末尾,《北泉草堂遗稿等七种》第4页有说明。

领们却刚愎自用,“负险谁知气益横”隐有讥讽,似有所指,“长沙哭贾生”似亦暗指朝事,末联提出自己的担忧“近事大同姑勿论,往年甘肃悔行成”,盼参与者们相互协作,爱惜兵力,前事当引以为戒;第三首言六月出兵,将领知名,天子推毂,士兵告奋,此去必能平定边患,建立大功,故作者为顾与新“急为长杨一请缨”。考此诗写作时间,当在1524年之后不久;写作地点,当在京城,故有闻警,天子大军出征推毂之说;作者对顾与新直呼其名,且极赞赏又为之请缨,则必是亲近之人,且有相当言论权力,考察当时海瑞年龄与权力皆不符,绝无此可能是海瑞,当时海南人中有此关系者,非做过行人、为王所欣赏、并担任南京给事中、拥有言论大权的林士元莫属。诗人对朝廷掌故知之甚详,对时事了如指掌,同时在诗歌中表现出了一种高涨的爱国热情和清醒的军事头脑,这与后来林士元在湖广备兵衡永,在广西平乱征大藤峡[①]的表现是一致的。诗歌意气纵横、气调雄浑,语无虚设,确实是言边塞时事的上乘之作。

这三首边塞七律与唐胄的几首边塞七古一起,构成了海南诗歌中一道独特的边塞风景。

三、夏升

夏升(? —1519),字景熙,号东庵,琼山海南卫人。“聪明特达,绩学敦品。少失怙,母孙氏教养成立。登弘治庚戌(1490)进士,观政兵部。乞假归省亲,往谒陈白沙先生于江门,获闻身心性命之学。白沙赋诗赠之。供职兵部,勤于吏事,升武库职方郎中,擢尚宝司少卿,继转留都,寻补鸿胪寺卿。丁母忧归,谕祭葬母。雅怀高洁。请致仕,加太常寺卿,以宠其行。卒赐谕祭葬。”[②]明《正德琼台志》卷三十八有传。其诗多散佚,今仅见两首,都是赞扬家乡风物的,写

---

① 戊戌征大藤峡,士元为督饷,事见《明史》,云:“汝成因言于经,谓首恶既诛,宜乘势进兵讨贼。乃以副总兵张经、都指挥高乾分将左右二军,万达及副使梁廷振监之,副使萧畹纪功,参政林士元及汝成督饷……嘉靖十八年二月,两军齐发:左军三万五千人,分六道,攻紫荆、石门、梅岭、木昴、藤冲、大坑等巢;右军万六千人,分四道,攻碧滩,罗渌上、中、下洞等巢。南北夹击,贼大窘,遂拥众奔林峒而东。王良辅邀击之,中断,复西奔。诸军合击,大破之,斩首千二百级,追至罗运山,又斩百余级。平南县有小田、罗应、古陶、古思诸瑶亦据险勿靖。万达等移兵剿之,招降贼党二百余人,江南胡姓诸瑶归顺者亦千余人,藤峡复平。”《明史》卷三百十七《广西土司》,第8223页。

② 《滇南诗选　定安古诗》,第129页。

得较为成功。

其一赞扬黎母山,诗云:

> 擘破鸿蒙碍太空,乾坤何处问高峰。年来见说沧溟阔,不放他山一脉通。(《黎母山》)

黎母山是琼中著名的自然景观,又传为黎族祖先的居住之地。诗歌极写黎母山的险峻高大,充满了夸张的笔法。首句破空而来,一夸张其擘破鸿蒙,一夸张其阻碍太空;第二句属于过渡,夸张乾坤之中唯其为高;第三、四句想象极为奇特,将山脉巧妙拟人化,极力写其充塞天地、断绝地脉的气势。这首诗赞美了家乡风物的伟美,充满了对故乡风物的自豪感,能够见出作者非凡的想象力和过人的胆魄,其中还隐隐有一种与中原山脉比高的气势,反映了明代以来海南文人独特的文化心理,与丘濬的《五指山诗》、钟芳的《鳌山诗》可以对读。

其二赞扬海南的热带物产:

> 品题亦落小苏杭,谁道吾乡是瘴乡。望渺椰浆津渴口,啖余荔子破荤肠。联金荐果芭蕉熟,撒玉烹茶茉莉香。惆怅何因能缩地,九重稽首献君王。(《家食戏笔》)

"小苏杭"是明人对海南经济繁荣、风物华美的美誉,陈繗《赠梁听松琼台胜览还乡序》亦有相似记载:"时议琼者,语其形胜,则曰小蓬莱;论其物货,则曰小苏杭;评其文艺,则曰海滨邹鲁。"[①]诗歌中二联连续描写了海南的四大物产:椰子、荔枝、芭蕉金果、茉莉花茶,其中"啖余荔子破荤肠"句尤其写得畅快淋漓,令人向往。

四、韩俊

韩俊,字克彰,海南文昌人,生卒年不详。性宽厚而裁制,学明敏而精勤。成化丙午科(1486)举人,弘治九年(1496)进士。授刑部主事。迁刑部员外郎,以忤太监刘瑾,罢归。瑾诛,起复祠部员外郎,累迁刑部郎中,河南副使。为官

---

① 《湄丘集等六种》,第68页。

廉能称天下第一,卒于官,囊无余资,地方赙金始能归葬。[①] 其诗率散佚,《滇南诗选》存选《送菊》《除夕写怀》二首,今补入《林氏女》《五月五日伯声侄精诚祷雨有应志喜》二首,计四首,均为七律,雄俊可读。《林氏女》载于《正德琼台志》卷四十,《五月五日伯声侄精诚祷雨有应志喜》载于清乾隆《博罗县志》卷一三。

明武宗初,刘瑾专权,虐黜百官,贪刑索贿,韩俊亦在罢黜之列,他对时局有深广的忧患,作《除夕写怀》：

> 岁月无情可奈何,残灯孤馆客愁多。百年犬马心空壮,万里风云鬓已皤。苍狗天边已变态,涓流山下欲成河。凭谁领会鸱夷意,小艇江湖浩浩歌。

诗中言"苍狗天边已变态,涓流山下欲成河",写眼前物,言世上事,皆用寓意,读来惊心动魄,又言"凭谁领会鸱夷意",自比伍子胥,将明武宗比作亡国的夫差,其对时局的担忧、忧愤的深广可知。

像其他儒家正直的士大夫一样,韩俊亦秉承了孔子的"君子固穷"遗训,在时局混乱时并不自弃而随波逐流,其题咏物诗《送菊》自言志：

> 艳当秋候已惊迟,况是重阳又过期。恋节人心应自到,有花何日不相宜。香分静阁微风度,影上华筵夜月移。试问三春娇逼眼,到今曾见傲霜枝?

诗中虽然自叹"艳已惊迟,重阳又过",有志不获骋而时光空度,但仍能振起,看到世事积极的一面,即所谓"有花何日不相宜",又对未来仍保持乐观的认识,认为邪不压正,"试问三春娇逼眼,到今曾见傲霜枝"。诗歌颈联的写景"香分静阁微风度,影上华筵夜月移",呈现出了一幅庄严华妙的微风夜月图,在严酷的环境中,仍表现出了令人动容的从容心态和健康心理。

儒家的仁民精神也在其诗歌中有明显体现,其纪事诗《五月五日伯声侄精诚祷雨有应志喜》云：

> 繁露精神拟广川,火龙应祷起重渊。风雷忽送三更雨,庭院如鸣百道泉。云汉只今无旱魃,莆田从此有丰年。高堂坐爱凉如洗,满酌蒲觞赋

---

① 《滇南诗选　定安古诗》,第132页。

飒然。

写祷雨得雨,百物得润,丰收可期,末联"高堂坐爱凉如洗,满酌蒲觞赋飒然"尤其写得刚健风流,悠然而与人心会。

韩俊诗歌亦受时代思潮影响,有局限性。如其《林氏女》,歌颂女子守节。这类思想在明代海南诗人身上率都存在,丘濬、钟芳、陈繗、陈实、唐舟都有这种诗歌出现,不能苛责。

五、陈实

陈实,字秀卿,琼山顿林人,生卒年不详。童年厚重,弱不好弄,十七游庠,明孝宗弘治十五年(1502)进士①。刘瑾专权,告疾归,家居不入城市。遭父丧,服阕不起,瑾矫诏除名。瑾诛,起为南京江西道监察御史。时内臣赵兰以内旨采珠于合浦,扰民黩货,劾罢之。寻以母忧去。服阕,改北御史,除广西道。嘉靖初出为常州知府。遇岁大祲,发羡余银数千两籴谷赈之,全活无算,请告休归。病士习之浮靡,倡正学以救之。建杨龟山书院,讲明程学,名曰"道南",示学者重养心,尤莫先于辨义利。后按抚交荐,卒于官。清雍正《广东通志》卷四六有传。著有《虚庵集》,今佚。

今存诗两首,《滇南诗选》录《南桥》一诗(原载明《正德琼台志》卷十二),《全粤诗》自明《正德琼台志》卷四十"孝义·吴义姑"条附诗补入《吴义姑诗》一首,两首皆与"义利"主题相关。

《南桥》云:

> 郊外冲衢控道周,虹桥南跨水东流。成功自昔谁鞭石,利济何人此作舟。徒倚闻鹃疑在洛,谬悠投屦笑封留。人非物是今如此,华表风高鹤到不。②

作者围绕南桥尤在、人物俱逝发表感慨,诗歌的思考集中于"成功自昔谁鞭石,

---

① 陈实中进士年份考证:《正德琼台志》第 771 页、《雍正广东通志·琼州府》(海南出版社 2006 版)第 247 页皆记为弘治壬戌进士(康海榜);独《滇南诗选 定安古诗》第 175 页记为弘治戊午进士,疑后者为误,据《正德琼台志》记载推断,后者当为陈实中举时间。

② 本诗采自《滇南诗选 定安古诗》,第 175 页,文字标点与《正德琼台志》第 286 页载略有不同,《正德琼台志》卷十二云"南桥,旧名虹桥"。

利济何人此作舟"。诗句铿锵有力,通过反问,表达了对建功济世的崇敬,也流露出人生易逝之感触。

另一首《吴义姑诗》,则是表彰守义的作品:

> 谩把微言质大初,人间谁更散于樗? 义姑自昔闻全鲁,过客于今见式闾。古井不波空照影,地炉留火助耽书。乾坤欲了《西铭》意,特为深恩制缟衣。①

义姑事世传颇多,吴义姑有两则,一则见于《姚信集》:"故郁林太守陆绩女子郁生,少履贞特之行,幼立匪石之节,年始十三,适同郡张白。侍庙三月,妇礼未卒,白遭罹家祸,迁死异郡。郁生抗声昭节,义形于色,冠盖交横,誓而不许,奉白姊妹崄巇之中,蹈履水火,志怀霜雪,义心固于金石,体信贯于神明,送终以礼,邦士慕则。"②一则见于《正德琼台志》载"孝义·吴义姑"条记录:"吴义姑,琼山民吴俊妹也。俊子诚,早孤,贫。姑年二十四,自李寡妇,抚鞠如子,教以业儒,至鬻裙珥充供送之费,虽亲父母有不能者。诚果成业,领正德已卯乡荐。姑之卒,诚笃恩过毁,服丧三年。乡里两义之。"③其事古人甚尊敬之,今则多异议,此诗借张载《西铭》评述吴义姑事,固是一时风气如此。

六、廖纪

廖纪(1455—1532),《明史》卷二百二《列传第九十》有传④。字时陈,号龙湾,民间称作廖天官,本万宁市礼纪镇三星村一带(原属陵水县)人,出生于河北大运河畔,民间流传其母未婚先孕之事,亦可能因此事,海南诸地方志多对其事迹失载。26岁中举,36岁(弘治三年)中进士,授考功主事。45岁(正德四年)升文选郎中,以不畏强权称。50岁(正德九年)升工部右侍郎,提督易州山厂,羡金无所私。迁吏部左、右侍郎,南京吏部尚书。嘉靖元年68岁,调南京兵部尚书,参赞机务。嘉靖三年70岁,推荐为吏部尚书。嘉靖五年72岁,监

---

① 《正德琼台志》,第837页。
② 陈寿撰,裴松之注:《三国志》,中华书局1959年版,第1329页。
③ 《正德琼台志》,第837页。
④ 《明史》,第5323-5324页。

修《献皇帝实录》成,受封太子太保(从一品)。73 岁,封"三孤"之少保。归休,78 岁卒,赠"三公"之太保。廖纪是明代著名政治家、儒学家,官至吏部尚书,封少保兼太子太保,是明代得到最高地位和最高荣誉的文臣之一,是海南历史上两个进入权力中枢的一品重臣之一。廖纪墓 1960 年被挖掘,出土玉带上的玉佩数为二十六枚,为明代出土玉带玉佩数量之最,考古学家称其墓葬规模为明代官员墓特例。廖纪为政尚中庸之道,廉介,尚人才,曾因力荐王阳明及杨慎而为时人赞之曰"借问萧何谁可代"(张璁《送廖冢宰》),对嘉靖年间的政治稳定有一定影响。今人胡吉勋博士在其专著《"大礼议"与明廷人事变局》中认为"廖纪致仕前,在皇帝和百官之间调停维持,保持了朝廷较为正常的运作。他致仕后,朝廷在人事上便进入了纷更之局面"①,对其政治生涯评价甚高。廖纪为人端亮古朴,淡以世味,恒以儒学为宗,孳孳著述老而不倦,其著作有《〈大学〉管窥》《〈中庸〉管窥》《性学原》《心学原》《献皇帝实录》及奏疏、诗文等多种,前二者得入《四库存目》,同时大儒钟芳读其《四书管窥》后作《复龙湾廖冢宰书》,评价其"超识卓见,足备一家言,乃知林泉优游,自有乐趣,如大学诚意数段皆极有味,未审程朱复生当如何说"②。今人曹乐文编有《廖纪研究文集》,海南出版社 2010 年出版,资料甚详。

廖纪能诗,其诗多散佚。今仅集得四首,有奇气。最佳者为咏物七律《橘》:

> 从来佳树生南国,先数闽江次粤东。结实珠垂丹徼外,开花雪喷瘴烟中。未成生计千头绿,漫说怀归两袖红。最忆黄橘三百颗,洞庭一夕起秋风。(载于康熙《陵水县志·艺文志》)

自屈原咏《橘颂》,橘树便成了外华内实、独立不迁品格的象征。廖纪此首,最妙者乃不执着于此,而是精心描绘橘树的华实之态,"开花雪喷瘴烟中"句想象奇特,尤其写出了橘花如雪开放的风神,可比岑参的名句"千树万树梨花开",不过反其意而用之。颈联的"未成生计千头绿,漫说怀归两袖红"叙述婉转,颇有奇气。末联转写黄柑,以屈子洞庭秋风汗漫系之,于经意不经意间抒写怀

---

① 胡吉勋:《"大礼议"与明廷人事变局》,社会科学文献出版社 2007 年版。
② 《钟筼溪集》,第 291 页。

抱。全首风声俊迈,时出奇趣,如风行水上,波纹自毂。

其 75 岁寿宴上的口占《看图题诗》,以典名志,语杂诙谐,也是趣味盎然:

> 邵子作画非等闲,劝君湘江钓屈原。吾师吕端不糊涂,贾谊廷陈治安篇。唐有周君弹仙客,佞者始畏名臣贤。何在宦海上钓竿?江州陶潜望归田。(《廖纪看图题诗》,见载于《阜城县地方名志》附录"吏部尚书廖纪")

据按语载,嘉靖八年正月廿八日,廖纪 75 岁寿,大臣都来祝贺,张璁想试探廖纪是否想再出山,便拿出宋理学家邵雍的《渔夫问答图》,请廖纪题诗,画中一樵夫劈柴,一渔夫钓鱼,一官员远观对答,廖纪看完即明其意,口占此诗作答。诗歌连用屈原、吕端、贾谊、玄宗朝监察御史周子谅、陶渊明事,用屈原事表明自己忠君,用吕端事表明自己曾拥立天子,用贾谊事表明自己曾为国分忧,用周子谅事表明自己坚定立场不会妥协,最后用陶渊明事劝朋友不必试探,自己不会出山,诗歌含蓄而语调舒缓,表现了一位儒家知识分子的博学多识与才情睿智。

廖纪另两篇存诗为五律咏怀《读书法云寺》:

> 何处寻幽胜,闲过惠远家。到门云护砌,挥麈雨生花。寺后峰阴合,阶前树影斜。钟声休报晓,吾欲演三车。(其一)
>
> 不须赋远游,此地即丹丘。古刹尘嚣隔,精蓝景色幽。逃禅偏自适,耽寂雅相投。案有遗编在,开轩豁两眸。(其二)

抒写自己于法云寺读书学禅的经历,表现了儒家知识分子开阔的胸怀和意趣。"吾欲演三车"句出自儒家学者之口,尤其意境深远。

七、唐冕

唐冕,海南天才的短命诗人,字元瞻,琼山人,胄兄,游郡学治举业,旁通诗词,年二十而卒。唐胄将其列入海南文学人物,明《正德琼台志》卷三十七有传,《嘉靖广东通志初稿·琼州府》延之,所记较连贯,云:

> 唐冕　字元瞻,琼山人。年少游郡学,治举业。能旁通诗辞,句多警

拔,有野水春草之作,时争传诵。一日,族兄善继见其几置唐诗数册,让曰:"何不治举业,而攻此?"因掣得《过华清宫》《漂母墓》二首,责之和。冕援笔立就。善继惊曰:"真唐音也!"年仅二十而卒。所和《过华清宫》诗云:"塞风吹雨杂鸣鸢,日影西沉树色寒。歌舞不来春又尽,飞花无语过阑①干。"《漂母墓》云:"千金酬一饭,古墓动高秋。树色山村外,江声日夜流。楚碑春露泣,荆水暮鸦愁。芳草王孙路,年年牧竖游。"②

《正德琼台志》卷二十七《古迹·唐颐庵舟墓》载其七律《拜扫唐颐庵舟墓》:

> 远携尊俎拜清明,策马穿云步古亭。百尺松楸先代冢,几碑苔藓大夫铭。绮罗晴日山花秀,弦管春风野鸟声。笑问汉家千世事,五陵无树草青青。③

其诗和瑜幽婉,圆美异常,风格近晚唐许浑,极富风韵。虽尚不离风花盛衰之叹,但风格已极成熟。可惜天不假年,未尽其才,今日存诗亦仅及以上三首,并其时所争传诵的"野水春草"之作,已尽不见矣。

八、唐继祖

唐继祖,字善继,唐冕族兄,海南最著名女诗人冯银之夫,王佐《冯氏墓志》旁叙其事,《正德琼台志》卷三十六《人物·孝友》有传④,其生平已在本著第一章第二节叙述。唐继祖能诗,才不及冯银,今存《璞墩诗》一首,载于《正德琼台志》卷二十四《楼阁上·璞墩》。

> 簣土峨然峭插天,烟笼虹气郁山巅。价轻肯作楚人泣,韵雅终调大舜弦。风座已惊飞屑润,云枝还看采苞鲜。他年瑚琏郊堂后,万国南熏颂太平。⑤

---

① 《正德琼台志》记为"阑",《嘉靖广东通志初稿·琼州府》记为"兰",疑后者为误,今据《正德琼台志》改之。

② 《嘉靖广东通志·琼州府(二种)》,第89页。

③ 《正德琼台志》,第585页。

④ 《正德琼台志》,第750页。

⑤ 《正德琼台志》卷二十四《楼阁上·璞墩》,第494页。

诗歌风格阔略,有丈夫气,然不免粗豪。

九、丘敦

丘敦,丘濬之子,以父荫补太学士,入京不得归,八年而卒。《正德琼台志》卷三十七《人物·儒林》有传。今存其在京写给原配韩氏的三首绝句,凄恻深情,可以一读。

> 十年夫妻五年离,况是来归未有期。岂乏朱楼不堪倚,天涯芳草正萋萋。
>
> 相如若是薄情人,那得椒房买赋金。故剑尚求人岂弃,文君莫动《白头吟》。
>
> 谁教尔我别离多,仰彼苍苍可奈何。浊酒一杯愁未解,唾壶击碎不成歌。(《寄妻韩氏诗三首》)[①]

十、杨碧

杨碧,约与唐胄同时人,以文学才能入《正德琼台志》卷三十七《人物·文学》,传称:"右所人。自少工诗,清响飘逸。旁通真草篆隶。"[②]《正德琼台志》引存其家乡风物诗八首,其中四首节令诗,四首咏物诗。

四首节令诗,其一首记府城元宵节:

> 满城罗绮扬香风,闹看星球火树红。为爱村庄拙儿女,只知纺绩月明中。[③]

明代烟花灯火之盛,举世无双,连后来的利玛窦都为之惊叹,称南京城一晚燃放的烟花能赶上整个欧洲一年的用量。海南府城虽不能与南京相比,但元宵节从十一日至十八日燃花放灯,亦是热闹非凡。本诗的巧妙之处是将府城的热闹与乡村的宁谧进行对比,让人感受到两种生活的不同之美。另有两首记重阳节登高吟咏的七律:

---

① 《正德琼台志》卷四十《烈女·守节·韩氏》,第834页。
② 《正德琼台志》卷三十七《人物·文学》,第759页。
③ 《正德琼台志》卷七《风俗·节序》,第142页。

今古闲情貉一丘，节经登眺仰吟头。诗豪得酒成敲钵，令肃无花把当筹。短发潇疏侵老景，乱山寒瘦动悲秋。风流此日西洲句，留取乾坤纪胜游。(《重阳登高》)①

携壶笑上小三山，九日风光眼界间。宰相声名天地老，野儒襟韵水云闲。翠铺曲径苔封绿，锦缀重岩菊点班。落日树头飞鸟尽，两肩担月醉吟还。(《重阳蹑小三山啸咏》)②

一感伤，一闲适，然皆醇厚浑融，兴味隽永，写出一般儒家的温厚胸怀。另有一首记颂除夕的诗歌，亦是如此：

地炉煨柏细生香，自把诗陈奠一觞。过隙光阴蛇赴壑，浮云世事燕翻梁。儿嬉爆竹连声响，人对灯花共话长。拍拍好怀明日是，江山点景信谁忙？(《除夕诗》)③

所谓"自把诗陈奠一觞"，据《正德琼台志》本诗上文记载："除夕，午后祀先，谓之岁分。乡落又谓辞岁。子妇儿女辈盛陈酒馔，为父母围炉。至夜，各燃火于门外。即中州粝盆，今俗名烧生盆。焚辟瘟丹，放纸炮爆竹。"此处杨碧借酒行诗奠，文人行止，别有一番风味。

杨碧还有四首分记海南特产的诗歌。一记蛱蝶花：

狂杀春光恋物华，园林红紫尽为家。可堪不醒酣香梦，也自东风化作花。(《蛱蝶》)④

蛱蝶，据《正德琼台志》介绍："附物而生，有黄、红、紫三种，状如蛱蝶。叶捣糟，可避蝇。"其花颜色红紫，生命力顽强。诗歌以拟人的手法，描写了蛱蝶花爱怜春光，遍生家园，因怜生而成花的特点，透露出作者的厚生之情。一记玉簪花：

---

① 《正德琼台志》卷七《风俗·节序》，第145页。诗名系笔者据原文拟加，以下所引杨碧诗皆同。
② 《正德琼台志》卷七《风俗·节序》，第145页。
③ 《正德琼台志》卷七《风俗·节序》，第145页。
④ 《正德琼台志》卷八《土产上·花之属·蛱蝶》，第166页。

> 瑶池触罢酒倾银，醉跨青鸾舞袖频。失却玉簪云髻鬈，东风吹把上花
> 神。(《玉簪》)①

《正德琼台志》上载玉簪，"叶类慈菇而圆大，花小如文书而清香"，极可人。此诗全用想象，构建了一个优美的神话，将玉簪花描写成谪仙醉酒，簪化为花，令人神思飞动。一记家乡的椰子：

> 仙家海树酿来成，风味休夸有曲生。玉盏天浆真自妙，金茎秋露谩空清。一中敢复称为圣，五斗何劳说解酲？触我悠思茂陵渴，竹根软饱对山倾。(《椰子》)②

一记海边特有的晒蚬：

> 长江俯清溪，粤乡多介族。车螯与蛤蜊，引类为尔属。负甲小逾钱，沙泥聊自足。南熏舞老稚，携筥日相逐。野情超鲜腥，荡析适盈掬。笔以苏蒜盐，吻合香贮腹。不樵堕涧松，登瓦事庭曝。未铤一锅间，破齿风味独。披襟坐茆茨，拉侪注醹醁。昔卷龟壳如，何须举山肉？倾海仍独醒，恨靡荐金屋。渴来烧月铛，余馨漱寒玉。(《和唐胄晒蚬》)③

总的来讲，杨碧的几首写物诗描写清旷细腻，虽为写实而多出奇想，有浪漫主义的特点，节令诗则多性情温厚而略带豪放，在艺术上取得了一定的成绩。唐胄将其载入文学传，是有一定道理的。

十一、周奇健、王朝隆

周奇健，"琼山人。诗文少作，作必精简有奇趣。后令靖江归，纵酒自任，所至提壶以随，有晋人风致"。唐胄将其列入海南文学人物，《正德琼台志》中《人物·文学》有传。其诗今不传。

王朝隆，"字国昌，琼山烈楼人，忱之侄，向武判官。诗文如冯海，虽无家

---

① 《正德琼台志》卷八《土产上·花之属·玉簪》，第167页。
② 《正德琼台志》卷八《土产上·果之属·椰子》，第172页。
③ 《正德琼台志》卷九《土产下·饮馔属·晒蚬》，第212页。

数,然信口充赡,其博学多闻不亚张忭。王桐乡避庚申之乱,多籍讲论以为慰"①。王佐《寄国昌诗》云"海国人中翰墨孤,国昌风韵正何如"②,对其甚推重。唐胄将其列入海南文学人物,《正德琼台志》卷三十七《人物·文学》有传。惜其诗今无传。

---

① 《正德琼台志》,第 760 页。
② 《正德琼台志》,第 760 页。

第五章　嘉靖诗坛:变革期

嘉靖年间,郑廷鹄、海瑞、张子翼、钟允谦、唐穆、唐秩等诗人登上海南诗坛。这一时期诗歌作品数量不多(见表5.1)。其中存诗最多者为张子翼,不过190首;其次为郑廷鹄,68首;海瑞、唐穆、唐秩皆不过二三十首,钟允谦仅存诗5首,黄显更是只存诗1首。其总体成就明显不如前两期。

但受心学影响,这一时期的创作风格却呈现出百花齐放的局面:郑廷鹄宗唐,深受李商隐影响,诗歌风格风流蕴藉,晶莹华美,读之令人愉悦;海瑞放施心学,诗歌风格一如其人,清刚率时杂奇气,读之令人感奋;张子翼慕陶渊明,行事写作都以陶渊明为鉴,诗歌风格闲逸冲淡,紧接前辈陈繗的写景衣钵;钟允谦廉静自持,诗歌承继其父及丘濬性灵的一面,风格独抒性灵,哲味隽永;唐穆、唐秩兄弟亦风格迥异,唐穆清虚自然,唐秩则浓烈好奇。不同的诗歌风貌构成了海南嘉靖诗坛的独特繁荣局面。海南嘉靖诗人在成就上亦颇难分高下。大约郑廷鹄、海瑞、张子翼可三分而立。郑廷鹄诗更为圆熟一些;海瑞诗虽少,感发力最大;张子翼诗歌则最多,在写景上有突出成绩。余下的钟允谦、唐穆、唐秩则分为一档。钟允谦诗只几首,但如王之涣,风格挺立而艺术成就较高;唐穆、唐秩诗稍多一点,亦各有特长。

表 5.1　海南嘉靖诗坛存诗统计

诗人	五古	七古	五绝	七绝	五律	七律	排律	其他	总计存诗
郑廷鹄		2	2	6	20	34		4	68
海瑞	3	1		2	1	13			20
张子翼	4	4	10	32	31	103	6		190
钟允谦	2			1		2			5

续表

诗人	五古	七古	五绝	七绝	五律	七律	排律	其他	总计存诗
唐穆	2	1		3	6	11			23
唐秩	2	5			6	17			30
黄显					1				1

第一节　嘉靖诗坛的乡邦风气与心学思潮

这一时期海南诗坛较值得注意的现象有三：一是文二代及诗坛乡邦风气；二是心学对此期文学明显的影响；三是与大陆文学思潮千丝万缕的联系。

海南诗坛乡邦风气源自丘濬、邢宥、王佐时期，到嘉靖年间，这一风气有扩大的趋势。首先是文二代的出现。此期诗人中，钟允谦是钟芳的长子，唐穆、唐秩分别是唐胄的长子与次子，张子翼的父亲也是无功名而喜吟咏，号"白眉清隐"。父代的吟咏风气传给子代，相互交往的习惯亦同时传给子代，是这一时期较突出的现象。其次，此期诗人除钟允谦外，都是琼山人，钟芳晚年定居琼山，则钟允谦亦当定居琼山，这也使得海南诗人间的交流特别发达。郑廷鹄与丘濬曾孙丘郊、丘祁同窗，结下了良好的友谊，增订丘濬著作《琼台会稿》，使这部著作在海南持续产生影响；郑廷鹄拜在海瑞祖父海贞范门下学习，又娶海瑞姑姑为妻，后成为海瑞的启蒙老师；海瑞固是异类，但他与丘濬的曾孙丘郊交好，同游乐耕亭，并赋有诗文，上书前托王弘诲理后事，系狱期间得王弘诲冒死照顾，晚年罢官乡居 14 年，热心公益，亦时有吟咏，对乡邦风气当有大的影响；张子翼与海瑞出官前为莫逆之交，又与后起的王弘诲结为儿女亲家，三人之间酬唱频繁；钟允谦的姐妹钟兰芝嫁给丘濬的曾孙丘圻，则与丘郊、丘祁自必相交频繁，与郑廷鹄应该也有交往；唐秩的诗中今存有《访西埜兄乐耕亭竹下看弈即事》题注：西埜名郊，丘文庄公曾孙，可见兄弟俩与丘家兄弟交往也很频繁。密切的交往，使海南诗坛乡邦风气大扬，其对于诗歌创作的影响，是很难估量的。

海南嘉靖诗坛第二个要注意的现象就是心学的影响。本期诗人大都出生在王阳明晚期，活动时间主要在王阳明去世之后，而与另一位思想家李贽大约同时,心学在当时正以不可阻挡的势头蔓延学界,对海南诗坛影响尤大。本期诗人大都个性突出,各有主张,迥不依人:海瑞的特立独行,自不待言;张子翼以 42 岁壮年辞官,效法陶渊明,也是放行无忌,自我作古之意;郑廷鹄上《便宜四事》,修《白鹿洞志》,增订丘濬著作《琼台会稿》,高瞻远瞩,都是文化上的大手笔;唐穆、唐秩兄弟也取径大异,一师儒,一法道,师儒却偏淡远,法道却反峻急,皆是师心自造之辈;钟允谦清和淡远,既与乃父异,亦不与时人同。总之,心学在这一批文二代、嘉靖诗人身上,烙下了很深的印记,对他们的诗歌创作,亦产生了千丝万缕的影响,本期诗坛风格百花齐放,大约即源自心学所惠。

海南嘉靖诗坛第三个值得探讨的现象是大陆文学思潮对本土诗坛的影响。大陆本期文坛,受心学影响,各个领域开始松动,值得注意的现象颇多。首先是小说领域的得风气之先,出现了师心独造的标志性作品《西游记》。其次,戏曲领域出现了集大成者李渔,同时诗文领域也开始松动,思潮翻涌,出现了打着复古招牌的后七子和打着反复古招牌的唐宋派。关于小说戏曲这里暂不讨论,从诗文领域看,则轰轰烈烈的心学思潮已开始波及创作,虽然后七子打着复古招牌,李攀龙甚至提出"文自西京,诗自天宝而下,俱无足观",但王世贞的创作,尤其是谢榛的诗论,已各私其己,面目各异,再加上王慎中、唐顺之、茅坤、归有光的宗唐宋、反复古,这一时期的整体局面虽然还没有结出像下一个时期公安派、汤显祖那样的硕果,但已颇具规模,实际上已开始呈现出了百花齐放的局面。大陆文坛这种多向的竞变,对海南诗人不无影响。张子翼师法陶渊明而带大历气,郑廷鹄宗唐而学李商隐,海瑞颇分太白气,钟允谦有杨万里的影子,唐穆在中盛唐之间,唐秩则如李贺好奇。虽然想要将海南嘉靖诗坛与大陆诗坛的迁变一一对应,寻找其源头是一件非常困难的事,或者是根本不可能完成的任务,但从总体上看,二者都受心学影响,体现了同一进程,则是基本上可以下结论的。

第二节　郑廷鹄

郑廷鹄为近人了解,大约多缘于三事:一是他增订丘濬著作《琼台会稿》,为今人了解海南第一大学者的全貌做出了贡献;二是他是海瑞的姑父、启蒙老师,对海瑞的成长有很大影响;三是 2006 年其墓被盗,2008 年其故居面临政府拆迁,二事皆为时潮所热议。其实郑廷鹄本人贵为明朝探花,科举起点比丘濬、海瑞还要高,政绩、文才在当时也颇为了得,在当日海南是一个很有影响的人物,《万历琼州府志》《康熙琼州府志》《明史》皆有传。

郑廷鹄(1506—1563),字元侍,海南琼山人。少警敏,15 岁拜在海瑞祖父海贞范门下学习,与丘濬曾孙丘郊、丘祁同窗,海贞范奇之,妻以女。23 岁嘉靖戊子(1528)中举①,嘉靖十七年(1538),33 岁会试高中探花。授工部主事,主政水部,调仪制郎,不久改任吏科给事中,晋工科左给事。嘉靖庚戌(1550)45 岁,大计吏,疏皆手出,以公正称,徐中行撰传。是年主持会试。擢江西督学副使,廉公有威,裁抑侥幸。不久迁江西参政。以母老乞归,筑室石湖,著书自娱。57 岁卒。

考察郑廷鹄一生,有几件事迹值得注意。一是任工科左给事期间,遇京师地震,上《便宜四事》,提出加强京城后门武备、设贵州总督控制三藩、延长京师草场职务年限、设参藩专管苏松财赋等四项举措,四事皆关涉国家全局大计。二是主持会试为国家遴选了一批人才,史载一时出门下者,皆海内名士,张文毅服其有人伦之鉴。三是督学江西期间,修《白鹿洞志》,增置书院田,今尚存文《新置都昌洞田记》《郑提学廷鹄示主洞教谕崔柏帖》。四是增订丘濬著作《琼台会稿》,补入诸体文 202 篇、诗 264 首。五是晚年筑室石湖,著书自娱,屡被举荐而不出,著有《霍脍集》《易礼春秋说》《琼志稿》《兰省披垣集》《武学经传》《学台》《石湖集》等多种著作,可惜多失传,今存《石湖遗稿》,收录于海南出版社 2006 年版"海南先贤诗文丛刊本"《湄丘集等六种》中。

郑廷鹄今存诗歌 60 余首,以近体五七言律为主,间亦有绝句及歌行体。虽然编有丘濬的诗文集,深受丘濬影响,但他的诗歌风格却与丘濬不一样。海南两大源流中,他是近王佐、陈繗一派而远丘濬、钟芳一派的,表现出来明显的唐人气质。其诗珠圆玉润,风流蕴藉,意象晶莹华美,意境浑融神行,用字造句似乎深受李商隐七律影响,但无西昆体的无病呻吟之病。

---

① 　《本传》题为阮《通志》载。见《湄丘集等六种》,第 266 页。

风流蕴藉的代表作如五律《宿承恩寺》《春日偕周一阳携酒过福寺访黄暾江春元二首选一》《赠家兴金济朝还家》、七律《妙高台》《佛手崖小憩见一滴泉》《海门秋月》。

何处梁王寺，丰碑勒帝章。烟花浮翠幄，月影上华堂。物外何须竞，尘中只自忙。老僧参不透，犹尔念《金刚》。（《宿承恩寺》）

载酒寻芳境，闻钟入梵筵。松门禅影落，花境铎声传。席上悬空偈，窗中漫草玄。果非贪佛性，还为惜华年。（《春日偕周一阳携酒过福寺访黄暾江春元二首选一》）

云落青山暮，溪声送夕扉。月光回客梦，柳色映征衣。酒醉何时别，诗成作眹归。漫歌留彩鹢，明日未应飞。（《赠家兴金济朝还家》）

岩树崚嶒起石台，临流飞槛向人开。青萝垂蔓云间出，彩鹢抟风江上回。醉后黄昏瞻斗色，梦回清夜识珠胎。呼僧细问东坡事，漫道浮生有去来。（《妙高台》）

幽洞涵虚郁紫清，碧岩如手覆仙蘦。空中香树浮珠阁，象外烟花拥玉屏。倦鸟未忘常梵语，寒泉那识下方情。西风古木岚光暮，何处人间有磬声。（《佛手崖小憩见一滴泉》）

秋屿潮生月正悬，天高海阔夜娟娟。龙沙万里蟾光动，珠浦三更蚌影圆。风卷浪花惊宿鹤，水鸣霜叶触啼鹃。真游那得乘槎梦，直泛银河学阆仙。（《海门秋月》）

其中"烟花浮翠幄，月影上华堂""松门禅影落，花境铎声传""柳色映征衣……漫歌留彩鹢""醉后黄昏瞻斗色，梦回清夜识珠胎""空中香树浮珠阁，象外烟花拥玉屏""龙沙万里蟾光动，珠浦三更蚌影圆"等句，意象丰满，设色鲜丽，想象奇特，最得玉溪生神韵。

相对而言,这类风格中的七律显得借鉴玉溪生更多且更华美一些,五律则带有作者印记更多。一个突出的特点就是,郑廷鹄特别善于利用佛道意象与场景,从中开拓出属于自己的独特人文感受与意境,这一感受与意境往往比原来的意境要丰富生动得多。如上述《宿承恩寺》,诗歌写到梁王寺的丰碑、帝章、老僧、金刚,本来是一幅颇为凝重的画面,然而,颔联加入一句雍华异常的景物描写"烟花浮翠幄,月影上华堂",全诗枯寂无趣的气氛顿时一扫而空,转而代之的是生命的律动、万物的蓬勃和美。再如上述《春日偕周一阳携酒过福寺访黄曒江春元二首选一》也是如此,全诗写到禅院、梵响、空偈、草玄,气氛相当低沉,但颔联"松门禅影落,花境铎声传"如仙子降临,忽然给我们展现了一幅华美生动的生命场景。"花境铎声"四字,用词的华美、意境的丰繁、境界的美妙异常,竟有妙不可言之感。这一感受在他的其他体裁中亦有体现,如七绝《游慈感寺戏答》:

> 来路不须长老问,小车休着野猿惊。好听法鼓毗卢阁,三月春雷卜姓名。

作者写到慈感寺僧问姓名事,将寺僧作为背景,一言来路不须问,一言野猿不须惊,一言法鼓亦可听,一言姓名付春雷。整首诗歌借助佛家意象场景,表达的却是无执无着、无拘无束,物我随意、来去天然的独特生命感受。这一感受的丰富生动与佛家的空寂枯灭方向上根本不同。

自然历史的丰富生动的审美,充溢着郑廷鹄的诗歌。但在其五律和七律中,风格又有所区别。五律更优美可人一些,而七律更华美阔大一些。

如其五律,其中也有描写阔大的,如《散步》:

> 散步长安邸,萧然景物殊。海云千里白,燕月一身孤。尺素迷秋雁,南枝引夜乌。乡园何处是,终日费支吾。

诗歌颔联"海云千里白,燕月一身孤"尤其开阔浩美。

但这种阔大在五律中毕竟只是少数,更多是如《栽莲》这样描写细腻、精美婉转之作:

> 濯藕换新池,深根永不移。赤心清可鉴,绿叶宛相宜。细雨新蘋动,

微风弱蔓知。朱华常在念,擎盖是何时。

这首诗在意境上颇受陈子昂感遇诗影响,但在描写的细腻上则胜之。"深根永不移"句固已坚洁,"赤心清可鉴,绿叶宛相宜"句坚洁中更见可爱,"细雨新苹动,微风弱蔓知"句可爱中复带怜惜,最后以"朱华常在念,擎盖是何时"的期待作结。整首诗歌描写的是弱小可爱的生命,而其语言也是可爱婉转的,境界也是可爱婉转的。这种可爱婉转风格的诗歌还有不少。

> 我爱宜男草,纫香久自珍。树之南海曲,恋此北堂春。白璧初含雨,青裳迥出尘。托根良不浅,长对合欢人。(《种宜男》)

> 玉龙出盘谷,翘首对新城。水带环桥绿,风铃触石鸣。回翔本无意,屈曲尚多情。鸟迹留仙谶,谁人识姓名。(《苍屹山》)

> 云度青山雨,霏霏送弱丝。逐风轻柳絮,舞槛湿花枝。海燕春巢早,城乌夜宿迟。客愁不自整,相对草离离。(《微雨》)

> 石洞蔼晴晖,高台碧翠微。松萝常向榻,花藓细沾衣。不厌谈经久,深惭访旧稀。长歌动林麓,山鸟傍人飞。(《白鹿洞》)

其中的"水带环桥绿,风铃触石鸣""逐风轻柳絮,舞槛湿花枝""松萝常向榻,花藓细沾衣",都是秀美异常的句子。

而七律的情况恰好相反,华美开阔的风格如《西庄六景》等成了主流。

> 满树红霞点绛衣,山门处处袭余晖。董仙堂下烟初散,司马祠前雨正霏。啼鸟远从旗市转,疏钟偏逐药船归。北邻喜见南枝早,共引牙盘酌翠微。(《西庄六景·红杏芳林》)

> 露下危樯曙色开,吴歌遥傍橹声来。疏钟淡月孤舟晓,远水幽篁独鸟催。人语渡头喧羽楫,龙吟风外助霞杯。济川未问商岩事,且趁风清过曲隈。(《西庄六景·篁溪晓渡》)

这组诗歌是为吴兴西庄六景所写的,诗下小序云:庄在吴兴东南境上,后临杏坞,前拥风山。篁溪引其东,钟溪环其右,亦山水之胜也。内有亭曰白云之亭,径曰花径之径。四时风景,可玩可歌,为赋。所选两首诗歌物象丰美,境象热闹,语调舒缓而心境开阔,"疏钟偏逐药船归""吴歌遥傍橹声来"句更是深得骚人韵致,总体上来讲是非常丰赡华美的。这类华美偶傥的七律在集中还颇多,如:

层岩细雨岚光散,空洞微风草木幽。沧海浪痕生紫藓,青山蜃气结朱楼。千年陵谷何多改,此日登临且共酬。黄鹤不知芳树晚,双双犹傍旧矶头。(《三海岩 题注:在灵山六峰门外》)

汉柳秦沟潞水春,长安依旧小郎新。风云漫属僧龢壁,蹊径空回季路津。陌上标旗斜度雨,里中车马暗生尘。羁怀未问刘蕡事,且向中原寄此身。(《壬辰下第寄所知姚思孟》)

春晴昨日赴花期,妒雨狂风负所私。白塔祠前云影敛,黄金台上鸟声悲。客愁不散西山雪,乡梦虚钻北海龟。壮志凭君坚似石,十年献赋未应迟。(《壬辰自慰呈李年兄双翠》)

石楔萦回落木阴,朝朝云拥旧祠林。金莲朱橘千年事,绮阁丹楹万古心。载酒谁知春梦杳,登堂徒见野花深。眉山琼海今还在,烟外秋风鸟自吟。(《谒景贤祠》)

独坐方亭海月孤,东风楼上报更壶。香销人定凉初至,露下天高暑若无。何处落梅吹绿水,几回高枕就青奴。岭峤五月空惆怅,半夜鸡声起壮图。(《乘凉至夜分闻笛声》)

金龙初试墨池新,冻雨浓云细可论。笔底风雷浑未散,尊前珠玉岂应贫。呼嵩道士增声价,濡毫仙郎识性真。遥想赤虬蟠结地,悬知不负草玄人。(《李东泉明府得予圭墨,以诗来谢,因以联答和韵》)

另外,还有一些阔大华美而近于豪放的作品,如《朝天岩》《五指山》《凫山候潮》《三月六日云雨大作和蔡隐者韵》《拨闷》等作。

携酒中峰不厌高,腾空直与白云翱。诸天脚下皆萝薜,四海眶中一羽毛。谷静岩虚心转寂,鸟啼人醉兴偏豪。蓬莱可到今能到,鼍鼓西风起六鳌。(《朝天岩》)[1]

五峰峻削拱炎州,探日批风迥未休。石磴共看黄鹤度,松门直与白云浮。长安北望空秦观,吴会东来越楚丘。捧日自当登绝顶,君平休道犯牵牛。(《五指山》)

落日孤峰短角催,西风江上暮云开。三秋月色千寻浪,半夜潮声万壑雷。彩鹢忽惊琼岛梦,金螯遥送雪山杯。鸡鸣津吏初柑候,细向船头问去来。(《凫山候潮》)

三月雷声撼太空,海云送雨入墙东。黄芽畦上惊鸡黍,白缕离边覆宛童。冒水诗邮如有意,冲泥门巷可能通。君公若为三农喜,何惜春心两颊红。(《三月六日云雨大作,和蔡隐者韵》)

不须半滴云安酒,一日一吟工部诗。才自沾唇动颜色,何妨破量尽酴醿。风来人醉楼堪倚,日落云横盖亦欹。大笑也应忘俗虑,夜来何以谢良医。(《拨闷》)

这类诗歌相对而言直抒胸臆成分较多,而风流蕴藉似乎有所减少。

郑廷鹄绝句不多,风格看得不是特别明显,稍可读者如:

弥年荆棘丛,芟除始成路。若自识道心,请从此桥度。(《题问道桥碑阴》)

---

① 《湄丘集等六种》,第258页。

怪尔高飞出蔚林,云霄终日惜佳音。只今廖落秋风里,谁识当年万里心。(《省中见鹤二首》其一)

月下翩翩舞且歌,省中尽日细婆娑。羽毛自信不相染,纵有风尘奈若何。(《省中见鹤二首》其二)

三尺纤盈已自妍,垂丝风外系流年。祇愁修干亭亭日,听得莺声不忍眠。(《栽柳园亭》)

郑廷鹄还存有一篇风流豪迈的七古《中流自在图歌为谭次川年兄题》,风格介于李白与杜甫之间。

秋水弥烟谷,川光入画图。远山横黛色,林树正扶苏。是谁槃礴丹青手,驱云掣电龙蛇走。青冥浩荡不可穷,万顷玻璃当户牖。绝壁崩崖雨后新,惊涛日日伴游人。人间草舍依村树,水上云深隔比邻。江头牙樯如榈密,奔波愈下无回日。谁知中有扣舷者,缓楫安流心自逸。慷慨中流发浩歌,天地万物如渠何。冯夷击鼓鼍为导,灵胥水面空婆娑。君不见,湘山大风不得渡,刑徒三千亦何怒。又不见滟滪堆前争喧豗,矢尽剑折夫何为。乃知画师有深意,颓波涨里藏其智。一棹孤舟尺素中,洗尽人间名与利。名与利,如轻苹[①],风波逐逐徒伤神。所以高明仗忠信,济川有术通玄津。速不足喜,迟何足嗔。彼岸登时同是到,稳作中流自在人。

这首诗歌五七言杂糅,气势充沛而描写景次,既有"万顷玻璃当户牖"的奇崛,又有"谁知中有扣舷者,缓楫安流心自逸"的飘逸,既有"慷慨中流发浩歌"的激昂,又有"一棹孤舟尺素中"的安静,风格大半近于太白,而杂有杜甫的绵密,是不可多得的佳作。

总体而言,郑廷鹄诗歌题材不广,以写景抒怀为主,在语言艺术上师法李商隐,追求意象的晶莹丰美,尤以七律最为神象,但没有李商隐的伤感,而代之以逸兴横飞,其中阔大飞动的部分则稍摆脱腴润调子,而进入豪放一格;五律

---

① 《湄丘集等六种》作"蘋",今改为"苹"。《湄丘集等六种》,第254页。

的师法则有变化，体物相对更细腻，境界也更狭窄，带有更多作者自身的印记。在海南诗歌两大风格派系中，郑廷鹄属于宗唐一系，与王佐、陈缟一起，形成了海南诗歌的一个重要系列，但其诗较少，方之王佐，失其雄肆，比之陈缟，又无其精纯，就其总体成就而言，不及王陈两家。

第三节　海　瑞

海瑞不以诗出名，今存诗亦少，仅二十余首，然其诗一如其人，清刚率性，时杂奇气，读之令人感奋。殆其人性本坚贞，又放施心学，诋斥乡愿，故看得真，行得确，一言一行皆能揭发天真，诗虽不多，感发力却大，不得不列为海南一家。

一、海瑞生平

海瑞生前即有"当朝伟人"[①]之誉，其生平资料众多。较重要有几类：一是其传记，有明何乔远《海忠介公传》、王弘诲《海忠介公传》、李贽《太子少保海忠介公传》、黄秉石《海忠介公传》、梁云龙《海忠介公行状》，清张廷玉《明史列传》，民国王国宪《海忠介公年谱》，今人何文生、朱逸辉《海忠介公传略》等；二是数量众多的碑祭挽赞诗文；三是时人的笔记传闻；四是包括《四库全书备忘集提要》在内的众多诗文集序跋文；五是海瑞自己的诗文。朱逸辉、劳定贵、张昌礼校注的《海忠介公全集》（1998）、"海南先贤诗文丛刊本"《海瑞集》（2003）对此收录其全，可资参考。

海瑞（1514—1587），字汝贤，一字国开，自号刚峰，回族，海南琼山人。洪武十六年，其高祖海答儿从军海南，始居琼。海瑞家为海南望族，他的曾祖、祖父均做过县令，从伯父甚至做到过四川道监察御史。他的父亲是一个禀生，传天性惊敏，读书能明大义，不治生产而安贫乐道。海瑞生于正德八年癸酉十二月廿七日。4 岁丧父，太夫人口授《孝经》《大学》《中庸》等书，并托严师教育。9岁（1522，壬午，嘉靖元年）嘉靖登位。14 岁（1527，丁亥，嘉靖六年）就砥砺品

---

① 　顾允成等：《三进士申救疏》，见《海忠介公全集》，第 866 页。

性,立志圣贤,率心而行。28 岁(1540,庚子,嘉靖十九年)在郡学因学识超迈,为同学所师,尊为道学先生。32 岁(1544,甲辰,嘉靖二十三年)与丘濬的曾孙郊游其恺。37 岁(1549,己酉,嘉靖二十八年)参加乡试,中举人。38 岁(1550,庚戌,嘉靖二十九年)上《平黎疏》倡开十字道以化黎。41 岁(1553,癸丑,嘉靖三十二年)进士不第,放弃再考,闰三月接受任命到福建南平县做教谕。教谕期间,始放行及事,尊师教而不跪上司,立教约而严礼纪,黜假罢谀而倡孟陆养士气,诸事皆以乡愿为大敌,数忤上司,亦我行我素,不以为意。46 岁(1558,戊午,嘉靖三十七年),五月升任浙江淳安知县。任间整顿吏治节省开支,清丈民田推行一条鞭法,修筑城防以保民安,听断疑狱而顺致公平,皆力行之,至于缉捕总督胡宗宪公子,书请严嵩党鄢懋卿改道,不过秉公执法之一二例,虽得罪上司而未尝自顾,为民所传颂。51 岁(1563,癸亥,嘉靖四十二年)任满,为鄢党嫉而罢升,年初平调兴国县令。52 岁(1564,甲子,嘉靖四十三年)授户部云南司主事,抵京。53 岁(1565,乙丑,嘉靖四十四年)有感于国是日下,上《直言天下事疏》,严厉批评皇帝,被下狱。54 岁(1566,丙寅,嘉靖四十五年)明世宗卒,十二月十五日诏复原官,不久改兵部库武司主事。55 岁(1567,丁卯,隆庆元年)升尚宝司司丞,四月升大理寺右丞;十一月,改南京通政司右通政使。56 岁(1568,戊辰,隆庆二年),海瑞因通政司为闲职,上《自陈不职疏》,七月妻妾相继亡故。57 岁(1569,己巳,隆庆三年),一月调通政司右通政使提督誊黄,六月升右佥都御史,总督粮储巡抚应天十府,作《督抚条例》,执法清严,吏治为之一振,百姓传颂,官吏忌惮。58 岁(1570,庚午,隆庆四年),正月上疏请开吴淞江,二月告竣,成万世功,继开常熟白茆河,三月底完工,创三吴所未有。又清查侵夺民田,抑制豪强,触怒贵宦。为给事中戴凤强弹劾庇护奸民,鱼肉缙绅。遂上疏告病致仕。59 岁(1571,辛未,隆庆五年)罢官归乡。61 岁(1573,癸酉,万历元年)神宗上任,欲起用海瑞,然此时张居正主政,海瑞此年上书吕调阳言张居正公子事,与抵牾,遂不再出仕。家居十年,未尝一日不关心海南政事。72 岁(1584,甲申,万历十二年)张居正已卒二年,复海瑞原职。73 岁(1585,乙酉,万历十三年),正月诏为南京都察院右都御史,五月抵京,即上疏勉励皇帝励精图治,张榜禁革请送旧习,立吏法其严,锐意进取如当初,然得罪不少官吏。74 岁(1586,丙戌,万历十四年),为御史房寰构罪弹劾,三进士亦抗言弹劾房寰,天下称快。有病，六上乞归疏，不许。75 岁（1587，丁亥，万历十五年）冬十月，疾发，卒于任上。身后仅存葛帏敝籝，俸银十余两，旧袍数件。卒谥忠介，赠太子少保。

海瑞思想单纯，主放心之学，对孟子、陆九渊、王阳明非常欣赏，对朱熹则多批评，但都不盲从，尝言"伯夷之敢于非圣""孟子论性，区区然执一性善之说……理气不相离而离之……则孟子之过"（《孟子道性善》）[1]，"朱子……平生精力尽于训诂……圣真以此破碎，道一由此支离，又不能不为后人之误，功过并之"（《朱陆》）[2]，"阳明鹘突其说则有之"（《朱陆》）[3]。其主要思想有四：一是讲圣贤之学，即求放心、真心之学，与当时思潮同；二是严自律，与当时思潮异；三是秉大丈夫人格，浩然正气，刚强奔放，无气馁之病；四是反乡愿，刚强果决，无俗学之态。后两点与当时思潮大异。今观其所作为、所言语，皆发自本心，自律、律人、刚正、反乡愿，在整个传统社会中，确乎是难得一见的人物。

二、海瑞 23 首诗系年初判

（一）为官前（1553 年之前，41 岁之前）：《乐耕堂》

源头活水溢平川，桃色花香总自然。海上疑成真世界，人间谁信不神仙。棋惊宿鸟摇深竹，歌过行云入九天。良会莫教轻住别，每逢流水惜芳年。

此诗判定为 1544—1553 年间，即乐耕堂建起（1544 年）后到南平任事前（1553 年），海瑞乡居游乐耕堂所作，但不能确定是否与《乐耕亭记》同时而作，具体年份待考。

理由有三：一是时间上吻合；二是地点吻合；三是风格上吻合。从时间上看，海瑞《乐耕亭记》云"嘉靖甲辰之岁于瞻玉堂遗址之西墨客村，构乐耕亭于上，将以统率仆佃之耕"，今人周济夫《海瑞诗误入林士元集考》云"《乐耕堂》。

---

[1] 《海忠介公全集》，第 740-741 页。
[2] 《海忠介公全集》，第 711 页。
[3] 《海忠介公全集》，第 711 页。

别本此诗题下原注云'为丘郊作'。丘郊为丘濬曾孙,与海瑞交游甚密,二人以道义相砥砺。丘郊作乐耕亭,读书其中,海瑞作《乐耕亭记》,述与丘郊交往过程并揭示其作亭用意甚详,此诗当亦同时所作也"①,除末句外,所说甚是,嘉靖甲辰即1544年,时海瑞32岁,此诗必在1544年后。从地点上看,此诗是与丘郊交游乐耕亭作,其时必在乡居。又此诗风格平和浪漫,语态闲适,应为海瑞前期作品。综而观之,定为中举前后乡居作品。

但考订为与《乐耕亭记》"同时所作",恐未必然。首先,《乐耕亭记》未述及有诗之事,首及者,当为王国宪作《年谱》,其后有注云"参用《乐耕亭记》",则实为猜测粗定,后人用其《年谱》而实以此年有诗,并无说服力。其次,《乐耕亭记》论事甚峻,末云:"若夫流连光景,假此亭为游聚之地,瞻玉堂有述,亦殃也,乌乎孝!"此诗流连光景与文章之主张异,"棋惊""歌遏"二句尤与《记》意异,故不太可能出自同时。

(二)南平教谕时期(1553—1558年,41~46岁):《送诸生小试遇雨》

电掣雷鸣酣野战,水吟龙啸郁云兴。山南月暗全无路,岸北沙明仅有灯。海内英豪今并起,江中波浪此凭陵。商霖散满焦枯发,野色新添万里青。

此诗确定为1555年(乙卯,43岁,嘉靖三十四年)秋,海瑞送考生乡试途中作。

首先,据今人周济夫《海瑞诗误入林士元集考》意见"《送诸生小试遇雨》。此诗我的想法,是海瑞任南平教谕时送县学学生赴考所作,诗中表现的忧国忧民情怀与希望诸生有所作为的思想,与海瑞的为人一致。林士元则未任过教职"②,又此诗心态纵横浪漫,颇有矫厉之气,风格上亦当为前期作品,故首先定为任南平教谕期间作。其次,海瑞嘉靖癸丑年春官不第,遂就南平教谕职,职间历甲寅、乙卯、丙辰、丁巳四年,于下一年戊午年春擢升淳安县知县,五月初到任,按明代乡试(小试)规定,乡试每三年一次,无特殊情况,一般为子、卯、午、酉年八月左右举行,查海瑞任职期间科举并无特殊情况,故南平

---

① 周济夫:《琼台小札》,中国文联出版社2003年版,第156页。
② 《琼台小札》,第156页。

送考年份只可能是乙卯年,即 1555 年,嘉靖三十四年,是年为乡试年,时海瑞 43 岁。

(三)淳安兴国知县时期(1558—1564 年,46～52 岁):《赠萧珏》

会向石莲觅静机,云根法社自希夷。铿然不尽春风咏,一曲高山遇子期。

此诗清乾隆《兴国县志》卷二十三、同治《兴国县志》卷四十二均载,推测当时应有据证明其作于兴国任知县期间。

(四)京官时期(1564—1569 年,52～57 岁):《春日阻风部中限韵》

白昼日黄天欲浮,燕城三月似高秋。涛生宫掖沙惊树,花覆苑墙春隐楼。朝马不嘶金勒断,塞鸿无路到关愁。却思丰沛有遗恨,猛士凋残蔓草稠。

此诗推断为 1565 年春(乙丑,嘉靖四十四年)或 1567 年春,海瑞做京官时所作,尤以 1567 年春最有可能。

首先,诗中有"燕城",诗题称"部中",当作于京官时。海瑞一生入京只有两个时间:一是青年时会试,然其时尚未为官;一是从 1564 年十月从兴国知县任上擢升,到 1567 年十一月改南京通政司右通政使赴南京任职,计在京三年,本诗当作于此时。朱逸辉注海瑞诗认为,"此诗系海瑞任京官时和同僚们限韵写诗为娱之作"[①],亦将此诗系于此一时期。其次,按此一期间海瑞行历,其 1564 年末抵京,授户部云南司主事;1565 年十月上《直言天下第一事疏》,下狱;1566 年嘉靖帝崩,十二月赦复原职,寻改兵部武库司主事;1567 年擢尚宝司司辰,四月升大理寺右丞,七月转左丞。诗中言"燕城三月",1565 年 3 月海瑞任户部云南司主事,1566 年 3 月海瑞在狱中,1567 年 3 月海瑞任兵部武库司主事或尚宝司司辰,则 1565 年与 1567 年俱有可作此诗的可能。1567 年海瑞方任职兵部武库司,或刚刚卸任兵部武库司,诗中言"朝马塞鸿,猛士凋残",非常符合他在兵部任职的身份;而 1567 年春,海瑞对皇帝国家失望至极,正酝酿上书,部中分韵时作此诗,在情绪和氛围上也讲得过去。

---

① 《海忠介公全集》,第 755 页。

（五）应天巡抚时期(1569—1571 年,57～59 岁):《白下即事》《谒先师顾洞阳公祠》《玄鹤篇》《赠竹园隐者》

> 建康城垒旧邦畿,不断青山万国梯。楼橹逼天寒月静,帆樯带雨暮云低。北门宰相堪称钥,函谷将军罢请泥。江上再来还走马,秋香千里逐归蹄。(《白下即事》)

此诗暂定为 1569 年(隆庆三年)秋作。

此诗有三个问题:一是"即事"系指何事;二是"千里逐归蹄"如何理解;三是"江上再来"的态度。"即事"具体何事今已不确,似可理解为巡抚之意;"千里逐归蹄"当指往复奔波;"江上再来"句则豪气云生。考 1570 年秋,海瑞已遭弹劾,身体又不适(见《乞归养疏》),已萌生致仕之意,与全诗豪迈气势不合。而 1569 年秋海瑞则刚做巡抚,正欲大有作为,是岁秋当已筹划开浚水利(十二月委上海县、吴淞知府调研,次年正月初三上开白茆河疏,则主要调查工作已于上年完成),此诗可能系巡视归途中有感所作,名为即事,实记巡查水利之事。又此时身体与精神状态应该不错,而开吴淞江、白茆河海瑞皆亲督往来江上,视事极勤奋,事毕极度疲劳,甚至有昏厥的现象,是岁秋身体上亦不太可能"千里逐归蹄"了。

> 两朝崇祀庙谟新,抗疏名传骨鲠臣。志矢回天曾叩马,功同浴日再批鳞。三生不改冰霜操,万死常留社稷身。世德尚余清白在,承家还见有麒麟。(《谒先师顾洞阳公祠》)

此诗选自《康熙无锡县志》,定于 1568 年或 1569 年作。

顾以新,名可久,字与新("以"乃"与"之别字),号洞阳,明正德九年(1514)进士,顾可久于嘉靖十四年(1535)来琼任兵备道时,海瑞虚岁已 22 岁,虽尚未考中秀才,但立志读书,欲学为圣贤,可能以童生身份参加过顾可久召集的考试,故谒祠时称顾为先师。海瑞于 1568 年 6 月接任巡抚,1569 年底离任,开通吴淞江白茆河之前曾做过广泛调研,是诗当作于开浚或调研之时。

> 西台岁云徂,独立抚孤松。仰盼丹阙逈,情眷玄鹤恫。玄鹤如诉言,感之恻余衷。冥鸿遵北渚,振鹭集西雍。飞扬各乘运,翩翩厉高空。洁身岂离群,澹素亦无庸。留踪破苔丝,露顶悬硃红。永唳奋清夜,朗月何虚

融。照此哀怨深，耿耿殊未穷。亨嘉多凤遘，屯溺鲜英雄。形以落魄怀，长鸣向苍穹。愿祈圆景光，恒与今日同。月不知天上，鹤不老樊中。（《玄鹤篇》）

此诗当作于 1569 年受戴凤翔弹劾后。

考诗中有"西台"句，西台指御史台，明罢御史台，置都察院，故西台即指都察院所在。海瑞一生两为都察院御史，分别是罢官前的 1569—1570 年，以及罢官后的 1585—1586 年。诗中言"照此哀怨深"，气氛哀飒，则似乎受到重大不公，考其前后两次均受到弹劾，均可谓不公，但文中又反复提到"仰盼丹阙迥""月不知天上，鹤不老樊中"，则似有所期待。而考后一次任都御史，前后受到御史梅鹍祚及房寰弹劾，在受弹劾后海瑞似无太多置辩即乞归致仕，并写信对弟子梁云龙说："七十有四，非做官时节，况天下事，只如此而已，不去何为？"[①]其心态已是非常平和。而前一次任都御史被戴凤翔纠察，与妻妾皆死有关，上疏辩解，苦不堪言，其心态极不平和，盼裁夺之期望颇大，这一心境正与本诗心境相同。故本诗当系于 1569 年被戴凤翔弹劾后所作。

寂寂江村路，何烦命驾过。羊求忘地速，松竹到门多。野外常无酒，田间别有歌。洗杯深酌处，落日在沧波。（《赠竹园隐者》）

此诗当作于 1569—1571 年，或 1584—1585 年，海瑞南京为官期间。从语气看，似以后一时期最为合适。具体年份待考。

周济夫考证："《赠竹园隐者》。袁枚《随园诗话补遗》卷七第五三则云：'海刚峰严厉孤介，而诗却清和。尝见鹫峰寺壁上有《赠竹园隐者》云：'寂寂江村路……'末书海瑞二字，笔力苍秀。'此为海瑞作无疑。"[②]周说甚是。鹫峰寺今坐落于南京白鹭洲公园东北角，建于明代天顺五年（1461），为纪念唐朝名僧鹫峰而命名。

---

① 梁云龙：《海忠介公行状》，《北泉草堂遗稿等七种·梁中丞集》，第 47 页。
② 《琼台小札》，第 156 页。

（六）罢官乡居时期(1571—1584 年,59～72 岁):《塘上行》《游蜂叹》《七夕立秋值雨》《倭犯钟司徒墓雷震遁去》《晚霁行》《游滴水岩》《午日卓明堂议修筑北冲河口》《挽陈司训应辰》

> 青青河边柳,菀菀陌上桑。临风似相向,道阻意以长。流莺飞上杨,归雉回东墙。翩翩曳文裾,水中双鸳鸯。此为胶与漆,彼独参与商。乾坤浩无垠,大化何茫茫! 鸢飞与鱼跃,各以适其常。鸿鹄沧溟栖,以俟风云将。(《塘上行》)

此诗当作于告官离别南京之际,或者在归乡途中,即 1570 年春。

作者告官归老显然已成事实,故有"彼独参与商""鸿鹄沧溟栖"之慨;但似乎尚未归家,因诗歌第四句云"道阻意以长",意为柳桑俱有挽留之意;诗中言"青青河边柳,菀菀陌上桑""流莺飞上杨""水中双鸳鸯"亦是春天景色。作者言"大化何茫茫",见感慨之深,言"鸿鹄沧溟栖,以俟风云将"则志气未衰。综合全诗看,以告别南京于归乡途中所作最为合适。

> 日出蜂乱飞,花落春初歇。夜来风雨多,枝头子初结。徘徊青山隅,群芳宁可掇。欲向泥中求,犹恐蒙不洁。物态无终穷,天道有生灭。功成身乃退,何事中肠热。(《游蜂叹》)

此诗当作于辞官后居家不久,最可能在 1570 年春末。

诗歌中言"功成身乃退",则已是罢官之后,又言"徘徊青山隅",则已回到家乡。又诗中言"欲向泥中求,犹恐蒙不洁""功成身乃退,何事中肠热",徘徊抑郁、愤愤不平之气尚盛,故可定为回琼后不久。考海瑞归籍,在庚午四月[1],即 1570 年春末,正合本诗所述海南天气。

> 尊前细雨飞南山,坐看牛女河之间。越岁佳期应自合,一望萧瑟总虚还。萤垂碧草疏帘静,燕入深红画栋间。漫指白云浮故国,忽因清梦落朝班。(《七夕立秋值雨》)

此诗定为隆庆五年七夕所作,即 1571 年 7 月 28 日,是年立秋与七夕相

---

[1] 梁云龙:《海忠介公行状》,《北泉草堂遗稿等七种》第 44 页。

重，海瑞 59 岁，为罢官乡居第一年。

首先，本诗气氛萧瑟，特别是"一望萧瑟总虚还"句，充满失望与伤感，显系海瑞晚期作品；又"漫指白云浮故国，忽因清梦落朝班"句，显示其时海瑞当已离开朝廷；由此两点则可确定本诗是海瑞罢官期间的作品。其次，海瑞罢官期，从 1571 年返乡到 1583 年 5 月返京，共十二年，其间只有隆庆五年，七夕与立秋同日，与诗题《七夕立秋值雨》吻合，此年系海瑞返乡头年，时为公历 1571 年 7 月 28 日，则此诗当作于这一年。最后，从诗歌内容与基调看，诗歌借牛女之事，暗示自己与君王的"离合"，"一望萧瑟总虚还"句充满失望与伤感，与刚返乡时的情感态度相吻合，而"漫指白云浮故国，忽因清梦落朝班"则表现出刻骨铭心的故国之思，正是刚罢官时心理态度的正常反应。

> 既归三尺乐斯堂，况有金函玉匣藏。谁谓盖棺占定事，犹遗赫怒庇重冈。丹忱贯石莹俱古，赤电明心山亦苍。千载智愚都幻化，到来贤哲自洋洋。（《倭犯钟司徒墓雷震遁去》）

此诗系于 1572 年，即海瑞罢官居家第二年作，时海瑞 60 岁。

王国宪年谱记载："公六十岁。其时海贼庄西复、许万仔等率倭寇渡海，劫掠安定、临高各县，势甚猖獗。公上启殷石汀两广军门云：'琼二十年来，至今屡有海寇之患……惟别留念地方，幸甚。'按：此时贼氛四起，攻劫定安，涉建江，掠北通、苍源诸村落，人家十室九迁，贼遂发棺索金，以数百计。复搜显宦山陵，思发钟司徒坟，初碎碑兽，将及石墓，忽雷电交作，震天动地，群贼心悸胆落，罗拜而去。公赋诗纪事。可见当时盗贼横行，无所忌惮。公上书殷军门，直言不讳，为民请命，地方遭残若此，官军不能平寇，言之不胜激愤。"[1]考今存《张事轩摘稿》有《钟筼溪山坟雷雨记》，记其事其详，文中题时间为"壬申春"[2]，即隆庆六年，1572 年；另，《万历琼州府志》亦载是事，题"六年春正月"[3]。时海瑞刚好罢官在家，遇其事，故有是诗。

> 山头日欲黄，江上树初碧。去人何忽忽，而不畏于役。鸟鸣入春林，

---

① 王国宪：《海忠介公年谱》，李锦全、陈宪猷点校：《海瑞集》，海南出版社 2003 年版，第 832-833 页。
② 《湄丘集等六种》，第 289 页。
③ 《万历琼州府志》，第 402 页。

鸡栖掩屯栅。风波大如许,且止无远适。我有十丈琴,与君永今夕。(《晚霁行》)

此诗系乡居 1571—1584 年间某年春作,具体年份待考。

此诗题《晚霁行》,则非赠人之作。考诗中气氛,似是作者自己与自己的对话。"去人何忽忽,而不畏于役"讲的是他人的行止,"风波大如许,且止无远适"说的则是自己的选择,显然此时已在乡居。"我有十丈琴,与君永今夕"乃是自勉之言。诗歌当作于离开朝廷之后,不再担任官职之时。

露磴盘纡郁万岑,碧山飞映翠华临。鳌飞玉栋浮云烂,鹊隐琼岩对雪深。石顶有泉时滴滴,洞门无日昼阴阴。簿书多暇偏乘兴,潦倒尊中月满簪。(《游归上之滴水岩》)

此诗判为 1571—1584 年间,海瑞罢官乡居,游玩琼山县石山都滴水岩时所作,具体年份待考。

朱逸辉注释此诗云:"此诗系海瑞罢官归里,游琼山县石山都滴水岩时所作。据《正德琼台志》载——滴水岩在石山铺(即今琼山市石山镇)西南一里许,递莲洞中,入石门行数十步,经窦委由相通,大小凡五洞,其深邃。中有石凳如榻,可容数十人,上有一门透露天日。傍有黑洞无火不能入。俗传入三十余里,曾有人避难至尽处。"[1]考王说其是。又观察此诗,虽兴致颇高,然"烂""深""鹊隐"等字隐有象意,而末句"多暇""潦倒"句意尤显赫,"多暇"即闲居意,"潦倒"明遭不遇,审海瑞乡居,有早晚两个时期,早期志气旺盛,断不可能言"多暇""潦倒",此诗当系于晚年罢官后的作品。

五指参天五岳呈,四州导水四山倾。地脉不缘沧海断,中原垂尽睹全琼。特起昆仑浮浩瀁,居然福地拟蓬瀛。鸿荒世远不可辨,唐虞声教朔南并。郡县开疆始秦汉,舆图一统归皇明。玉旨一从襄甸服,珠崖千古表神京。海滨弦诵追邹鲁,天上夔龙翊治平。乡里衣冠今不乏,登高望远几含情。爰稽往牒纪图谶,大魁五解须汇征。数过时考今则可,后有作者谁先鸣。北冲河口尚未塞,女娲补炼须经营。裁成辅相固有道,望景观卜希前

---

① 《海忠介公集》,第 753 页。

旌。弱龄荏苒今衰晚,去来吾党欣逢迎。维时天中际佳节,嘤嘤求反罗群英。蒲筋彩缕纷竞劝,玄谈四座俱高声。就席探韵陈风雅,稽首神天为主盟。卓明堂前一杯酒,上帝胖羞一墙羹。肝胆镂铭谐楚越,市义好德垂休名。从此山灵增气色,风云际会符嘉祯。五百名世应时出,三千礼乐对纵横。政善民安歌道泰,风调雨顺号时清。雍熙世拟华胥国,蛮荒时筑受降城。逸史赓歌摘苏句,载称奇绝冠平生。(《午日卓明堂议修筑北冲河口》)

此诗定为罢官乡居期间,县官请海瑞端午日到卓明堂参加修筑北冲河口讨论所作。

周济夫《海瑞诗误入林士元集考》考证云:"《午日卓明堂议修筑北冲河口》。海公所到之处,广兴水利。任应天十府巡抚时,塞吴淞江口,开白茆河,皆卓见成效。退职乡居期间,曾率百姓开官隆田沟,灌田甚广,百姓赖之,后人专门修庙立碑以为纪念。此诗写聚众议修北冲河口(北冲河当即南渡江),立意在'政善民安''风调雨顺',与海公一贯行事相合,以归海公作为是。"①朱逸辉注释亦作此解释。从二公言。

> 破屋凄凉问故人,空遗正气两间存。西风吹落棉花絮,后死何人付史论。(《挽陈司训应辰》)

此诗判定为海瑞罢官家居期间为陈应辰所作挽诗,陈应辰卒年待考。

周济夫《海瑞的佚诗》考证云:"陈应辰,《万历琼州府志》、《道光琼州府志》、《宣统琼山县志》皆有传,道光志附于其父陈常传后,万历、宣统二志则单独立传,宣统志还引录此诗,指明乃'海忠介作诗挽之'。据传记称,陈应辰乃琼山人,字思齐,长于诗文,嘉靖四十年(1561)贡于乡,先后任古田、临川司训,后因要转代藩教职,他即拂袖而归。家居十一年,室如悬磬而安然处之,曾题柱曰:'书本看来多少益,菜根咬得有余香',完全是安贫乐道的态度。他与海瑞约略同时而稍早,死后海瑞作诗悼念是完全有可能的,诗中说他'破屋凄凉',同他晚年的情况也相合。有人注海瑞此诗,却把陈司训误作陈大章,而把

---

① 《琼台小札》,第 156-157 页。

'应辰'二字解释作'因时'。诗题作'挽陈司训应辰',司训为官职,应辰为人名,古人称谓习惯如此,而陈大章则为另外一人,不知注者何以会搞错?"①周说甚是,"有人"指的是朱逸辉的误注。陈应辰卒年不详,但《万历琼州府志》载其活到75岁②,其中举时间为1561年,比海瑞晚12年,但海瑞中举较迟,为37岁,两下较平,据此推测,其逝世当亦在海瑞晚年。海瑞56岁后只在南京做官和在家闲居,从南京不远千里写挽诗,似乎不是很可能,以居家期间写作比较合适。

(七)南吏部及都御史时期(1585—1587年,73~75岁):《病中立秋》

　　三伏初收展病扉,夜深风露湿霏微。碧梧已应金空落,流火新随斗柄飞。燕倦客思违绿野,莲知老至退红衣。玉箫万里堪肠断,何处沧洲映紫薇。(《病中立秋》)

此诗当作于1586年,受房寰弹劾并谣言之后。

理由有二:其一,本诗言"燕倦客思违绿野"等,显然是在朝为官时期。其二,诗中言"莲知老至退红衣",有息心之意;言"违绿野"并言"何处沧洲映紫薇",隐有无法退隐之意。考海瑞息心而无法退隐,只能是在第二次为官的1585年。按:海瑞59岁罢官实不得已,一是受到弹劾,二是母亲已81岁,三是自己开吴淞江白茆河用事过度而弄垮了身体,急需休养。三事并发,实在是因缘而退,并非真的息心,观其回家仍勤于乡事、乡居所作诗歌率多狐疑、72岁受召即勉力北行三事,即可知其用世之心仍盛。其真正息心当在第二次为官时。1585年正月海瑞受诏官复原职,即取道回南京,5月到南京仍锐意视事,希冀有所作为,但很快受到房寰的弹劾,并且这次阻力极大,有人散布谣言说他要行酷法治吏,虽然弹劾事很快平复,谣言却难停。以海瑞反乡愿的性格,他本不在乎谣言,但此时海瑞的身体似乎又不行了,海瑞写信对其门生梁云龙说"七十有四非作官时节,况天下事只如此而已,不去何为"③,息心之意非常明显,并在短期内六上辞官疏,大约在内外夹击之下,海瑞意识到自己真的老了,

---

①　《琼台小札》,第159-160页。

②　《万历琼州府志》,第728页。

③　梁云龙:《海忠介公行状》,《海瑞集》,海南出版社2003年版,第812页。

天下事已无法改变了,所以他这次是真的做了决断。但是这次,皇帝却非常固执,偏不给他退休的机会。海瑞知道自己退不了,大约做了殉职的准备,这时的心境可想而知,史传其"有疾,不服药",恐怕是已感身心俱疲,确实无法挽救,才做出的举动。

（八）写作时间待考的作品

> 苔碧山深草堂洁,王子情怀野兴悠。丛竹雨余抽玉笋,万松涛涌接清秋。放歌剧饮不尽意,落日出林还泛舟。山童载酒更呼酌,天畔雷鸣翻白鸥。（《秋日王龙津观物园》）

> 吕梁之险亦奇观,峭壁惊涛走万滩。楚缆吴樯天上度,朔云燕树镜中看。日黄山阁湖光皱,雪白江村草色寒。隔岸秋千喧不歇,桃花开遍曲阑干。（《吕梁洪》）

> 露冷天阶银烛清,绛榴飞影斗间横。繁花媚已酬嘉节,多病愁兼剧世情。十里层台齐月上,三城悲角绕云生。与君未是清狂客,莫漫金尊尽夜倾。（《陈子达院中赏榴限韵》）

> 东风上河津,万里无流澌。游子倦行役,逝将去天涯。执手出芳甸,言别更□□。白云度南山,绿草含西晖。不有感物意,眷言怀母慈。寿域日以启,游子日已迤。母颜欢北堂,客星烂珠履。有鸟巢高林,将母违素心。翙翙空文翎,哀鸣无好音。美兹反哺乌,孝养酬中湛。（《陆子还晋陵□母》）

> 峡中奇胜拟蓬莱,想是当年欲建台。天恐此方穷土木,故令神物特飞来。（《题峡山飞来寺》）

> 宝镜鸾分四十年,魂飞孤冢锁云烟。冰霜节操共姜苦,铁石肝肠令女坚。万古纲常天地久,一生贞白鬼神怜。朝廷有意敦流俗,早晚褒书下九

天。(《贞节周母莫孺人》)①

(九)其他

1.同入林士元海瑞集而初判为林士元的诗歌:《闻警和顾以新三首》《樵溪行送》《晚霁谒张水南翰读归复简此》计五首

周济夫曾作短文考证海瑞诗真伪,缘起于收入《海瑞集》的 27 首作品,有21 首又见于林士元《北泉草堂遗稿》。周先生经过一番考证,倾向于应为海瑞之作,其中《赠竹园隐者》等六首,他认为可确考,其他却不能一一考定。麦穗认为《樵溪行》《晚霁谒张水南翰读归复简此》《闻警和顾以新三首》五首不是海瑞所作②,而周认为其证据不足,不可断然判断。但周也有疑惑,认为《海瑞集》中的作品并不能确定全部为海瑞之作,原因是海瑞著作在明清两代多次编刻,但直到光绪三十一年(1905)曾对颜、王国栋重编时,才收入海瑞的诗歌,陈是集所编的明代海南诗歌总集《溟南诗选》原也没有收录海瑞作品,民国时代王国宪重印此书时才补入海瑞诗作。1962 年中华书局出版《海瑞集》时又有所增补,所依据的是流传墨本及方志族谱之类的资料,很难说是可靠的。

今将二人争论附录如下。

麦穗《读海瑞诗存疑》云:

> 海瑞文集有自编及后人重编刊本甚多,我曾见过几种版本,均不收诗作,可见先人编刊海瑞著作持慎重与严肃态度。海瑞诗搜集出版始见于明末文昌陈是集编选的《溟南诗选》,海南书局民国二十年(1931)有重印本,收入海瑞诗十九题二十一首。是编者"广搜郡乘家塾残编,删而选之"的。说明在明末民间已有流传的钞本。足证周济夫同志考证海瑞诗误入林士元《北泉草堂遗稿》是正确的;他同时指出:"所据皆为流传墨迹及方志族谱之类,很难保证没有误收者。"此说颇有启发。今重读海瑞诗确有存疑之作,试列举三首,求教于方家,有妄发议论之处,请批评。

---

① 周济夫《海瑞诗误入林士元集考》云:"《贞节周母莫孺人》乃七律。林士元集中另有题为《贞节莫孺人》五律三首,象这类应酬性的挽诗,重复作的可能性不大,七律恐亦非林士元所作。"见《琼台小札》,第 157 页。本文认同周的观点,将此诗定为海瑞所作。
② 麦穗:《读海瑞诗存疑》,《海南史志》1993 年第 3 期。

《樵溪行送郑一鹏给谏》一首，有的版本"给谏"作"给内"，据《溟南诗选》在此诗题下注："名廷鹄"，已误将"大鹏"当"天鹅"，致使今人作注误从其说。据方志家谱及其门人徐中行撰《篁溪先生传》，郑廷鹄，字符侍，号篁溪。并无字号称"一鹏"的。甚致释作"悼念"诗，更无据。郑廷鹄虽任过"给谏"，即给事中，后官至江西布政司右参政。死后应以最终居官职务称之，此乃常识。

郑一鹏何许人也？凡读过《明史》者，便知此公于嘉靖初在谏垣名气不小，卷二百六有其列传。郑一鹏，字九万，号抑斋。莆田人。正德十六年（1521）进士，改庶吉士。嘉靖初官户科左给事中，转吏科。性伉直，遇事敢言，后以李福达案劾武定侯郭勋，坐妄奏罪，拷掠除名，家居二十六年，卒年五十九。著有《抑斋集》。

此诗写一鹏被除名后。带着受伤害的心身回莆田老家时，他的挚友诗人沿着樵溪而行，送他一程又一程，离别的心情十分沉重。正如"万山云来意不极。一樽酒尽情无穷。君亦不能语，吾亦不能从"。本来"丈夫所志在经国"，无奈"鸾皇岂可终栖棘"。此去"骞腾万里翮"，超然自在。因事涉昏君权臣，词多含蓄。据复治李福达之狱乃嘉靖六年（1527）秋，同时罢谪革除廷臣四十六人。时海瑞公正在"十有五而志于学"之年。从其人其事而考。证此诗非公所作。此其一。

《晚霁谒张水南翰读归复简此》一诗，先从张水南说起。水南即张衮之号，字补之，江阴人，正德十六年（1521）进士，与郑一鹏同杨惟聪榜，并同选庶吉士，改御史，官至南京光禄寺卿。张衮在谏垣，颇多建白。嘉靖中已家居，著有《张水南集》。

诗题"翰读"即庶吉士（明代以新科进士中擅长文学及书法者，选为庶吉士，入翰林院读书。三年期满考试，按等第留院授编修、检讨；不留院则授给事中，御史，或出任州、县官）张衮通过考试不留院。自嘉靖三年（1524）授御史后，不再返翰林院任职。此乃诗人在晚上雨晴时拜访尚在翰林院充任庶吉士的张衮，归来后重写此诗。从时间及人的关系分析，也与海瑞公无关。此其二。

《闻警和顾以新三首》，此诗也值得商榷。题"以新"应是"与新"之误，即顾可久,与新其字也,号洞阳,无锡人。正德九年(1514)进士,与琼山林士元同唐皋榜,并同授行人。尝谏武宗南巡;嘉靖初拜官户部员外郎,"仪大礼"忤世宗旨,两遭廷杖。出守呆州,兵备琼州。后以广东兵备副使放归。其生平最可重者,不肯依附苟合。好学工书法,召《洞阳诗集》,无锡祀有专祠。

"闻警"指北方鞑靼部扰边,京师戒严。近事如指嘉靖三年(1524)大同军乱;追溯早在成化十六年(1480)辽东兵变,皆有血的教训。或说是否顾可久在琼时,海瑞有可能执子弟礼,故后来出任应天十府巡抚,到无锡《谒先师顾洞阳公祠》可证。查顾可久是嘉靖十四年(1535)莅任的(见钟芳《大明平黎碑记》),海瑞当时尚未入庠读书,作为晚辈、学子。不会直呼尊者名字与其唱和。而且"闻警"之事,诗人似近在京师,反应才如此敏感。诗中引用很多典故,皆有所指:并慷慨请缨,参加王师出征,立功报国,海瑞似无此机遇,故有质疑。此其三。

以上诗三题五首。既非公所作,作者究竟何人?限于条件,一时难于考证。或说从人的关系看,林士元较近似,有何据?不能推测,从率肯定。此外,《溟南诗选》尚有《挽陈司训应辰》一首。中华书局出版《海瑞集》诗类据光绪本也不收。可能曾对颜、王国栋当年重编《海忠介公备忘集》时有意删去。《琼山县志》陈应辰传引用此诗(有误注应辰为陈查章者),难道也非公作或别的原因,不得而知。有望专家学者对海瑞诗进行研究,包括对墨迹的鉴定。如将他人之作或赝伪之品误入《海瑞集》,这对海瑞公是很不尊重的。[①]

周济夫《海瑞的佚诗》云:

中华书局本《海瑞集》共收诗二十五题二十七首,其中有二十一首诗与海南丛书本《海忠介集》、《溟南诗选》所录相同,但这二十一首诗又同时见于海南明代明贤林士元的《北泉草堂遗稿》中,为此我在一九九二年曾作《海瑞诗误入林士元集考》一文,对其中部分诗作作了初步考证,认为其

---

① 麦穗:《读海瑞诗存疑》,《海南史志》1993年第3期。

著作权还是应该归于海瑞。作为对此文的回应，麦穗先生也作《读海瑞诗存疑》一文（刊于一九九三年第三期《海南史志》），认为《樵溪行送郑一鹏给谏》《晚霁谒张水南翰读归复简此》和《闻警和顾以新三首》等篇不应是海瑞之作。但我认为麦穗先生举出的论据，虽然各有其道理，但仅据此还难遽断其非，还有作进一步考证的必要。即以《闻警和顾以新三首》为例。这位顾以新名可久，字与新（"以"乃"与"之别字），号洞阳，海瑞另一首诗《谒先师顾洞阳公祠》也写到他。顾可久于嘉靖十四年（1535）来琼任兵备道时，海瑞虚岁已二十二岁（海瑞生正德八年十二月，公历已入 1514 年），虽尚未考中秀才（即所谓入庠），但作为励志读书，欲学为圣贤的童生，应有机会参加顾可久召集的考试，他后来谒祠时称顾为先师即为证明。既如此，顾有《闻警》诗，海瑞为之和作未尝不可。或者海瑞出仕后有类似经历因而追和，也并非全无可能。所以是否从海瑞集中删除这些诗，还应持慎重的态度。①

考麦周所争论，周持谨慎态度固可表，但事实仍以麦说为是，即《闻警和顾以新三首》《樵溪行送》《晚霁谒张水南翰读归复简此》五诗确不应再列于海瑞名下。

2.《海珠寺》

周济夫《海瑞的佚诗》一文云："海瑞有一首佚诗，见于陈永正先生主编之《岭南文学史》，该书第二十九页云：'明代海瑞有一首《海珠寺》诗，写的则是海珠石的景色。'其诗全文如下：'南海骊龙不爱珠，水心擎出夜明孤。云流上下天浮动，月浸空蒙地有无。两岸交花摇彩槛，千艘横渚散飞凫。即看佛宝连金界，全胜仙人弄玉壶。'海珠寺原名慈度寺，旧址乃珠江中一石岛，寺为南汉时所建，宋代李昂英读书其上，出仕后捐资重建，改名海珠慈度寺，明清以来是广州游览胜地之一。传说此石乃胡商走失巨珠，潜入江底而化成，夜有祥光，故而称为海珠石。此诗即把神话传说同江上景色结合来写，字句间漾溢着奇异的色彩，不失为一首比较成功的作品。但历来的海瑞文集都不收此作，包括中华书局一九六二年出版的《海瑞集》。此集以明刻本《海刚峰集》为基础，参考

---

① 《琼台小札》，第 158-159 页。

明清两代其他刻本进行校补,所收海瑞著作篇目是堪称完备的。"①《海珠寺》系何人所作,待考。

周济夫《海瑞诗误入林士元集考证》一文云:"《春日阻风部中限韵》,《晚霁谒张水南翰读归复简此》。二诗中各有句云:'燕城三月似高秋','朱帘静度燕山色',应是在北京之作。海瑞在北京任过户部主事等职,而林士元却没有在北京任职的经历,显然不是林之作。"②其说并不确,林士元任过行人一职,并担任南京户部给事中,未必不来往两京。

3.《春日同许给谏诸文学登明昌塔绝顶》

《春日同许给谏诸文学登明昌塔绝顶》《谒先师顾洞阳公祠》《病中立秋》《白下即事》四首诗歌,朱逸辉本《海忠介公全集》题注"以上四首据墨迹补"。其中《春日同许给谏诸文学登明昌塔绝顶》题注云:此诗亦作为王弘海之作,收入《太子少保王忠铭先生文集天池草重编》卷二五,题作"癸卯春日同林宪副许给谏杨邑簿郑冯谢三文学登明昌塔绝顶"。则此一首诗显然非海瑞作。

三、海瑞诗的艺术风格

海瑞诗歌虽不多,却已具备一种大家所当有的思想规模及成熟风格。

首先,其诗歌思想开阔,儒释道兼而取之,而皆集于儒学放心之境,有融冶众家、荟萃一炉之势。代表作如《赠萧珏》:

> 会向石莲觅静机,云根法社自希夷。铿然不尽春风咏,一曲高山遇子期。

余咏梅、李景新对这首诗涉及的思想传统有详细解释:"第一句意象涉及到佛教。佛教崇奉白莲。我国东晋时代的慧远法师在庐山东林寺同慧永、慧持、刘遗民等一百余人结社,精修念佛三昧,共期往生西方极乐净土,慧远挖池植白莲,因此该僧团称为白莲社,这是净土宗的重要一支。第二句涉及道教。希夷即宋初著名道教学者、隐士陈抟老祖,他继承汉代以来的象数学传统,把黄老清净无为思想、道教修炼方术和儒家修养相融合,对宋代理学的形成有很

---

① 《琼台小札》,第 158 页。
② 《琼台小札》,第 158 页。

大影响,是传统神秘文化中富有传奇色彩的一代宗师。第三句涉及儒家中的隐逸一派。据《论语》载,孔子曾让其弟子各言其志,至曾皙,鼓瑟希,铿尔,舍瑟而作,对曰:'莫春者,春服既成,冠者五六人,童子六七人,浴乎沂,风乎舞雩,咏而归。'曾皙所描绘的图景,表现的是一种在和平之世悠闲而居的生活理想,孔子表示赞许。这首诗所赠肖珏(按:当为"萧"之误)为何人,无可考,但从诗的意象看,一定是一位兼通儒、释、道而疏于世事的高人。作品的最后一句表明海瑞把这个人看作了知己,实际上暗示了海瑞对这种高人及其生活的赞许。"①曾点之意是否就是"隐逸",可以讨论,但将三家熔于一炉而无碍,确实是作者的高明之处。揆之海瑞的思想,孟子放心之学是其一生根本,王阳明的致良知、自开心源则受到海瑞极力推崇。本诗表现出了一种极开阔的视野,即不以门户为见,凡于心相契者皆可引为己用,佛家固求寂灭,然白莲之傍即有生机,希夷固是飘然世外,但云根之游则别可鉴放心一途,至于曾点之意,明为礼乐之源,所谓"先进于礼乐者",亦可谓求之于心而自由行者。

　　海瑞一生于放心别有体会,其自律源于放心,其不屈己志源于放心,其反乡愿不妥协源于放心,其大丈夫之行止亦源于放心,孟子所谓"虽千万人,吾往矣",在海瑞这里是真的实行了。大约心学发展到明代,忽然蓬勃而行于天下,其哲学上的代表是王阳明,其行止上的代表则不得不推海瑞。但是,海瑞的荟萃众家,虽然走得很远,却仍服膺孔子儒学,其学说中有批评孟子、程朱及阳明之处,于孔子却无异词,盖孔子博大精深,可以涵养出百家。本诗最有价值之处大约亦在这里。"觅静机",虽言静而仍会于天机,则实不为静,天人合一在其中;"自希夷",自可理解为源自希夷,但亦可理解为"自为希夷",则本天性,假他说,自求放心之途亦在其中;至于"铿然不尽",则更是儒家乐物之义。诗歌所暗示的境界仍然可以说是儒学乐物求理的放心境界。

　　海瑞的诗歌中有非常强调自律、修身、建功的作品,如《贞节周母莫孺人》言纲常,《挽陈司训应辰》言名节,《陆子还晋陵省母》言重孝,《倭犯钟司徒墓雷震遁去》言泽被后世,《七夕立秋值雨》《谒先师顾洞阳公祠》言精忠报国,《春日

---

　　①　余咏梅、李景新:《诗歌、书法:助成海瑞人格的立体塑造》,《海南大学学报(人文社科版)》2014年第3期,第19-24页。

阻风部中限韵》言对边事的担忧,《午日卓明堂议修筑北冲河口》言热心乡益,《塘上行》《白下即事》言功业之期;也有求立心、放心、尽意的作品,如《晚霁行》《病中立秋》《游蜂叹》的隐逸放志,《秋日访王龙津观物园》《题竹园隐者》《乐耕亭》的自然意趣。后一类作品情感复杂,往往被误认为有隐逸思想,但如果理解明代儒学的发展,仔细分辨,是不难看出其儒家思想渊源的。如其最好的作品之一《病中立秋》,语调含微,情思深致,既有强烈的生命意识,如"夜深风露漾霏微"的蓬勃生机,"流火新随斗指飞"的活跃生命力,又有浓烈的息心色彩,如"莲知老至退红衣"的安分知退,"何处沧洲映紫薇"的回归向往,两种完全不同的情感在同一篇诗歌中出现,却不让人感到矛盾,这是因为这两种情感俱能聚焦于"放心"这一点上,在"放心"这一点上是内在统一的缘故。年轻气盛的时候,自然雷厉风行,有为而作,年老力衰的时候,已无法改变天下事,求诸心亦坦然接受,是皆可谓放心。诗歌中的"莲知老至退红衣"句尤其优美异常,丝毫不给人以消沉哀飒之感,相反给人带来一种乐物知命、安分守己、从心而事的自由与愉悦感,生命意识与律动跳跃其中,令人感动。

其次,海瑞诗歌风格成熟,大抵早期飘逸,中期渐显沉雄,晚期更带悲怆,但率都刚健清雄,无浮艳虚脱之弊。

海瑞悟性奇高,幼有奇志,恒不以科举考试为意,其早期诗歌亦体现出这一点,飘逸潇洒,一任自然,有魏晋风度。其代表作如《乐耕堂》,全诗语调轻松,意象婉惬,流水桃花,海境神山,鸟语人歌杂于其中,末句收以儒家乐物惜时之理,意兴的丰赡与境界的自然,令人悠然神会。同类诗歌还有如上文已提到的《赠萧珏》,此诗尚不能系年,但据风格推测,应该也是早期作品。

随着阅历的增加,海瑞诗歌的风格则渐加矫厉。嬗变期的作品,则飘逸、沉雄兼而有之,如《送诸生小试遇雨》。此诗描写暴风雨,"电掣雷鸣""水吟龙啸",仍然是一片激情浪漫,但"海内英豪""江中波浪""野色新添万里青",已渐显严厉之意。其中"野色"句,尤其清新豪迈,见出作者历世的雄锐。《秋日王龙津观物园》《吕梁洪》是两首尚无法系年的作品,气势格局均与此首相类,大约也是过渡期的作品。一言"王子情怀野兴悠",一言"桃花开遍曲阑干",这是诗歌的平淡处;一言"万松涛涌接清秋",一言"楚缆吴樯天上度,朔云燕树镜中看",这是诗歌的雄深处;一言"放歌剧饮不尽意",一言"日黄山阁湖光皱,雪白江村草色寒"，这是诗歌的奇崛处。诗歌写得很浑融，层次很丰富，但仍能清晰地分辨出其中的浪漫与入世情绪。

而到了入京为官之后，诗歌中的浪漫情调就基本上消失了，代之而起的是一种沉雄了。代表作如《春日阻风部中限韵》由"燕城三月似高秋"，感慨边塞"猛士雕残蔓草稠"；《白下即事》由建康"不断青山万国梯"写到国事"北门宰相堪称钥"；《谒先师顾洞阳公祠》由"抗疏名传骨鲠臣"感叹"三生不改冰霜操"，诗歌语言仍然刚健清和，气势仍然非凡，但无论就情绪的深度还是内容的广度，都与早期的浪漫气质有了很大区别。

而经历了弹劾和罢官之后，诗歌更是在沉雄的基础上加进了悲怆。如《玄鹤篇》言"永唳奋清夜，朗月何虚融"，《赠竹园隐者》言"洗杯深酌处，落日在沧波"，《病中立秋》言"碧梧已应金空落，流火新随斗指飞"，《塘上行》言"乾坤浩无垠，大化何茫茫"，《游蜂叹》言"日出蜂乱飞，花落春初歇"，《七夕立秋值雨》言"越岁佳期应自合，一望萧瑟总虚还"，《晚霁行》言"我有十丈琴，舆君永今夕"，《游滴水岩》言"潦倒尊中月满簪"，《挽陈司训应辰》言"西风吹落棉花絮"，这些诗句都是徘徊自省、叩问命运、充满悲怆情感的诗句，虽然远离了早期诗歌的飘逸风度，脱去了中期诗歌的平稳均衡，但其情感的力度与深度却是大大加强了。

从早期的飘逸，到中期的沉雄，到晚期的悲怆，海瑞诗虽不多，风格的延续变化却很明显，并保持了整体风格的内在一致性。

最后，海瑞诗歌还常常含有一种野性的冲动，一股奇崛之气。

最典型的是《秋日王龙津观物园》。这首诗歌描写于王龙津家看竹松一事。首联言"草堂洁，野兴悠"，看不出有何特色。第三句言"修竹抽笋"，亦描写平平。第四句却突然迸发，"万松涛涌接清秋"，写出了万里松涛、浩荡青空、飒飒清秋、阵阵风鸣，宛如平地一声雷，给人以极大的震慑，然而这雷声却并非转瞬即逝，而是奔涌翻腾，连绵不绝，一个"涌"字，写出了其无穷无尽之势。第五句接以"放歌剧饮不尽意"，直有惊心动魄之力，按海瑞倡放心之说，一生所作却常有放心不能尽之之处，如此句，一般人言，言之不足故嗟叹之，嗟叹之不足故歌咏之，有歌咏而不能尽之者乎？有放歌尤不能尽之者乎？清醒的时候容易痛苦，不如饮酒忘忧，有饮酒而不能尽之者乎？有痛饮尤不能尽者乎？而海瑞这里偏言放歌、剧饮,俱不能尽其意,所见不过松涛,所闻不过风声,而感万物,发浩叹,所为者何! 真不知其何所能至于此。观海瑞一生行为,亦常出人意表远甚,盖其所见者必超人远甚,所感者必超人远甚,大约常"心事浩茫连广宇,于无声处听惊雷"故,故能想一般人所不敢想,为一般人所不敢为。是迨非放心能够说明。第六句接以"落日出林还泛舟",语气稍缓。第七句却紧追一步"山童载酒更呼酌",又起波澜,而末句忽言之以景"天畔雷鸣翻白鸥",完全不着边际,完全没有预料,而其景物亦是兀兀不平,虎虎生气,悚然而发,不可牢笼。

海瑞诗歌中的这股奇崛之气,与其一生的奇崛行为,半出其反乡愿的思想,半出其杰出常人的天性。像这类反庸常的奇崛诗句,在他的诗歌中普遍存在,形式亦多种多样。有以写景出之者,如"野色新添万里青"(《送诸生小试遇雨》)、"洗杯深酌处,落日在沧波"(《赠竹园隐者》)、"流火新随斗指飞"(《病中立秋》)、"鳌飞玉栋浮云烂"(《游滴水岩》)、"西风吹落棉花絮"(《挽陈司训应辰》)、"日黄山阁湖光皱"(《吕梁洪》)。有以写物出之者,如"我有十丈琴,舆君永今夕"(《晚霁行》)、"永唳奋清夜,朗月何虚融"(《玄鹤篇》)。有以因事见之者,如"猛士雕残蔓草稠"(《春日阻风部中限韵》)、"北门宰相堪称钥,函谷将军罢请泥"(《白下即事》)。有直抒胸臆者,如"乾坤浩无垠,大化何茫茫"(《塘上行》)、"越岁佳期应自合,一望萧瑟总虚还"(《七夕立秋值雨》)、"繁花媚已酬嘉节,多病愁兼剧世情"(《陈子达院中赏榴限韵》)。还有借助奇特的字面出之者,如"铿然不尽春风咏,一曲高山遇子期"(《赠萧珏》)中的"铿"字,"东风上河津,万里无流澌"(《陆子还晋陵口母》)中的"澌"字。

奇气或者在其他海南诗人身上亦有,例如丘濬早期的诗歌,但如此奇崛之气,却是海南其他诗人身上所不具备的。除了心学的文化影响之外,海瑞诗歌乃至其人身上的这股奇崛之气,大约就要归功于其天赋所本了。

海瑞的诗歌思想浑一,风格清雄,常带奇崛之气,具有大家的规模和成熟风格,与其为人事功出于同一"心学"渊源。其诗虽少,然感发力强,又有内在的统一性,在海南诗人中不得不列为一家。余咏梅、李景新评价海瑞诗歌说:"海瑞诗歌与其散文品格具有非常大的区别。海瑞论诗没有系统的思想,有时注重温柔敦厚的人品对于诗歌的影响,但在心学盛行的时代,他又强调'诗者心之声'(《青山挽诗序》),诗'不多言而内见蕴藉,外著风流'(《注唐诗鼓吹序》),又举严沧浪论诗语'诗有别才,非关书也;诗有别趣,非关理也'表达他的观点(《注唐诗鼓吹序》),这使海瑞在诗歌创作方面能够真实地流露生活中的心情,舒缓其在政治事功方面的压力。故其诗却多为写景抒情,尤以表达闲逸情怀的作品最为显眼。风格清雅和美,注重意境,注重语言,少经国之事业,而多情调与美感。能得袁枚之评,说明诗歌确实体现了海瑞人格的另一面。"①其中指出心学对海瑞诗歌的影响,确为的评。但是海瑞诗歌的杰出之处,却不单表现在闲逸情怀方面,言其"少经国之事业",未看到传统文人修平的内在统一性,似亦非中的之语。

第四节　张子翼等其他诗人

(张子翼、钟允谦、唐穆、唐秩、黄显)

一、张子翼

张子翼(1526—1587),字汝临,号事轩,海南琼山官隆三图嘉湖(今琼山区三门坡莲塘镇)人,海南入琼始祖张有文公第十三世裔孙。父张大受,自号养愚,无功名,喜咏吟,人称"白眉清隐"。张子翼深受父亲影响,喜吟诗作赋。18岁(嘉靖癸卯,1543),参加童子试,三试名列前茅,因能即兴赋诗,被誉为"张奇童"。21岁(嘉靖丙午,1546),赴广东乡试,第九名中举,考卷《曹彬平江南表》被评为"据事敷词,有典有则",四六骈文则"无有出凡右者",表现出用典与用对的特长。其后寓京应考,随馆授徒,学生亦有中进士者,独他屡试不第,不得已回乡修读。闭门谢客,仅与举人李存虚、海瑞等来往,与海瑞为莫逆之交。35岁,因家贫父老,出任武昌县教谕,其间定制度,修史志,拔人才,职满被评为"楚中广文第一"。36岁,参加河南乡试评卷,所选拔第一名李邦佐后来高中进士,官至南京都御史,与户部尚书王弘海交好,尝托王弘海回乡时代为致安,亦

---

①　李景新、余咏梅:《诗歌、书法助成海瑞人格的立体塑造》,《海南大学学报(人文社科版)》2014年第3期,第19-24页。

深受王弘诲推重,后来二人结为姻亲。38 岁,升广西陆川知县,修筑城楼、敕理监狱、编纂县志、迁建学宫,陆川文化为之一改,弟子登第者多人,陈文彬以乡试第六名中举,后来作《事轩公行状》,留下有关张子翼的宝贵资料。在陆川治理期间深受百姓爱戴,却因地方造反受牵连,又不奉结上司,42 岁,以"忤时"调任吉王府"审理正",实明升暗降,遂"解组赋归",吟啸林间,不再出仕。

张子翼以壮年致仕,"飘然解绶,不乐曳裾",甘于淡泊,乡居唯以吟咏山水为乐,并与海瑞、王弘诲书简往来,施慈救济、捐祠敦礼,时时有之,其才虽未及全展,然其德高望清,深受乡人推重。著有《张事轩摘稿》。海瑞为《张事轩摘稿》写序,言"初教武昌,再令陆川,善政累累。解组后诗歌自适,余每过之,有五柳先生风。试问今日居官,而能曰清曰慎曰勤者谁乎? 曰:惟事轩。居家而能德足范俗,操灭明之守者谁乎? 曰:惟事轩"。总的来看,张事轩是一个陶渊明式的人物。其生平事迹,见载于陈文彬《事轩公行状》、王弘诲《张事轩摘稿序》、《康熙琼山县志·人物志·封赠》、《民国琼山县志·人物志·列传》、今人张正义《张事轩传略》。所著《张事轩摘稿》,收录入海南出版社 2003 年版"海南先贤诗文丛刊"本《湄丘集等六种》之中。

其诗歌今存一百九十余篇,以七律为主,俱收于今本《张事轩摘稿》中。今人有《张事轩摘稿笺注》①。关于其诗歌的风格特点,王弘诲《张事轩摘稿序》云:"其诗,自登仕以前,则宗文庄(即丘濬),豪迈跌宕……是经世之谟也;自归田以后,则祖海琼(即白玉蟾),澹雅优游……是出世之轨也。盖其居平浩然自得,兀然无营……其气昌,故其词雄;其思深,故其旨远;其识趣峻洁,故其音节清亮而和平。其所匠意取材者,大都在贞元、大历之间……"②概括起来,表达了三个方面的意见,一是认为他的诗歌前期豪迈入世,学丘濬,后期淡雅出世,学白玉蟾;二是认为他的诗歌总体上浩然自得,而声音和平;三是认为其诗歌有贞元、大历风气,具体应该是指多写景状物题材,境界恬淡静远、闲雅自重等。这三个方面大约道出了张事轩诗歌的主要特点。

首先,张事轩是一位陶渊明式的人物,无论行状、品性,还是诗歌,都酷似

---

① 张正义:《张事轩摘稿笺注》,中华出版社 2014 年版。
② 《湄丘集等六种》,第 274 页。

陶渊明。他喜欢菊花：

> 花情最与逸相宜，十月霜风挟雨披。时序惊心频北顾，老夫即事向东篱。落英细数看云久，尊酒同倾对客迟。处处年年拚着汝，东西南北任吾之。(《代家父赏菊》)

以莲自介：

> 衡门尽日抱清虚，日午犹翻种树书。从此盆荷开夏日，侬怀惟有葛天如。(《林介石送磁莲盆喜赋二首》其一)

> 石鼎何年勒篆文，烟花大半落苔痕。草堂一人谁为主，诗句何妨改谢墩。(《林介石送磁莲盆喜赋二首》其二)

心系桃花源：

> 西桃手植会冬华，春色凌霜到海涯。山入武陵谁鼓棹，云开若水看蒸霞。三千细数东方实，五斗今饶处士家。忽见成蹊怜着汝，顿令青鸟下枝斜。(《冬日桃华》)

> 山中岁熟酒盈尊，戏彩堂前庆有孙。燕入帘栊香满屋，雀喧江浒客填门。东瀛细数桃重结，南海今推蔗倒飧。伏枕林塘惟药饵，渔舟未访武陵源。(《贺沈竹峰寿诞》)

> 荏苒薰风丽日迟，寻真直到武陵溪。客来畦畽春花笑，人傍松根山鸟啼。陇笛一声江月小，矶纶数尺晓云低。三秋绿水今犹健，谢屐陶巾信杖藜。(《谒柏山途述》)

以 42 岁"飘然解绶，不乐曳裾"退隐：

> 草堂四壁绕图书，杖倚松风曳短裾。解组赋归生事足，老怀惟有葛天如。(《华堂天晓歌为年丈居泉诞子作》其七)

退隐之后，更是深隐自适：

> 燕语青春深，花飞白日静。村春细雨来，别业开三径。(《雨中寓多寻

山庄》其二）

耽怀山水：

　　松风聊住杖，秋雨细论诗。日转榔阴午，云留客坐迟。荣枯惊塞马，岁月看游丝。绿水供垂钓，谁联江上词？（《栖山刘工部送巳上人韵，次之》）

　　松风拄杖访蓬瀛，傍有青青结草楹。水绕灯花山馆静，江含秋色岛云清。每从盘谷耽幽隐，更向匡庐续令名。林下观鱼春睡足，频听午夜有书声。（《登竹峰员墩书馆》）

　　蠹窥几上璧鱼篇，晚结山中绮季缘。香引榔阴风细细，清留花圃月圆圆。每于过客频倾盖，肯向邻家负酒钱。子授一经君事足，三竿正好醉翁眠。（《书从子正之便面》）

　　露冕寻芳晓出封，淡桃细柳露华秾。人逢岁首春偏富，鸟啭枝头花正浓。便遣佩刀来买犊，尽令编甲去归农。旬宣近喜民风胜，饱暖讴歌处处逢。（《迎春即事》）

醉吟诗词：

　　雀噪人初至，披襟夜向阑。价原燕市重，杯惭粤中宽。秋圃窥黄菊，春衣纫紫兰。江淹辞日富，彩笔梦中看。（《赠李贞宇》）

　　帝里新承画锦回，天章灿烂五花开。山中煮石非新侣，海上倾尊有旧醅。云水栖迟频得句，药栏检点细添栽。与君共约三秋月，醉把诸唐为品裁。（《贺沈参军貤封荣归》）

　　老去诗篇次第裁，兴来鱼鸟莫相猜。谷盘徐有松花落，径远惟宜隐者来。叩角有时歌白石，看花随意踏苍苔。莫将转盼论陈迹，百岁相看能几回。（《次张业白见访二首》其二）

竹径榔阴忆夜分，主翁扫榻细论文。独怜碧水今黄土，只有寒山对夕曛。沧海常连三伏雨，晴风不改四时云。古今聚散寻常事，瞬息黄粱独慨君。（《初秋经莫东山旧宅》）

各方面行事均像极陶渊明，可谓之海南陶渊明。其诗歌亦直接透露出以渊明为皈依：

何须绝岛问蓬瀛，水碧山青护草楹。夜月半将松影度，春风细卷钓纶轻。渊明松菊惟高枕，范蠡渔舟只避名。黄鸟年来旧相识，绿阴时送隔溪声。（《次张业白韵二首》其一）

渊明秋日赋归来，书剑萧萧度粤台。半亩林塘三径在，五湖烟雨一尊开。梧山云尽棠阴远，桂水天空雁影催。戏彩有衣熊未梦，祝君拟泛庆儿杯。（《石圃荣归》）

处处体现出陶渊明的澹雅优游追求与隐逸风格，所谓"浩然自得，兀然无营""音节清亮而和平"就是指这一类诗歌的风格。

其次，张事轩的诗歌亦如陶渊明，有它的两面，除表达闲情逸致的闲逸诗歌外，也有一些表达孤独与不得志情怀的诗歌，证明他也并非一个全然忘却世事的人。如五绝：

枫叶藏蛋雨，春江作画图。谷回诸径浅，天远数峰孤。（《雨中寓多寻山庄》其六）

七绝这样的情感更浓郁一些：

酒能养病怀偏拙，老爱看书目易昏。世事相违成寂寞，不堪惆怅倚柴门。（《感怀四首》其一）

书抛满篚从儿懒，径隐通衢任客疏。渐老看花成底事，暮云天远独愁予。（《感怀四首》其二）

五律则表达得比较含蓄：

开帘诸老会，载魄一弯初。寂寂流云外，纤纤密荫余。共怜人莫逆，

休问夜何如。暂阻南头辔,幽怀尚未舒。(《与沈迎川、石圃、王肖阳会竹峰府,时新月初霁,即事》)

枫叶藏梅雨,新红缀绿柯。乡心看汝在,旅食恨吾多。开国传枸酱,荒台指树陀。楚猿兼粤鸟,类唤奈如何。(《郁林四月见荔》)

七律中亦不乏这样的篇什:

久知门外雀堪罗,讵意贤郎亦厌过。雪里山阴非访戴,饭中钜鹿肯忘颇。卧听檐雨频移枕,望断江云倦抚柯。梦寐山斋怀往事,愿将乌石比塘坡。(《和喻可寄黄有才不遇韵》)

晚来愁绪向谁开,句对花阴只漫裁。云淡江天沉双鲤,霜连秋宇点荒苔。村城有雨门常掩,山馆无人月自来。何日携游还秉烛,百年尽醉掌中杯。(《寄邢用鸣》)

这类诗歌或直接抒臆,或借景抒怀,多发坎坷之叹,不能完全忘怀于现实,显非王弘诲笔下学白玉蟾之作,是否属于王弘诲笔下的早期诗歌,是否师法过前辈丘濬,可以讨论,但其中确有一些情怀感伤、心戚哀飒的诗歌,颇近于王弘诲所谓的大历、贞元风味,尤其是几首七绝,酷似大历诗歌。这大约是隐逸诗人的通则,即不能做到如陶渊明一般透彻,所发的感叹不免流露出入世的杂念与怨悱。

再次,张事轩的诗歌在艺术上突出的特点是写景、用典与用对。张事轩今存诗歌,主要有酬唱应答、写怀纪行两类,无论哪一种,基本上以写景与用典为主要内容,在写景与用典中,善于运用对仗。在写景方面,张事轩与其前辈诗人陈嶙非常相似。

其五绝、七绝、五律均以写景为主。五绝代表作为《雨中寓多寻山庄》:

连封多沃土,跨海尽渔家。挂月椰椰影,映山桐刺花。(其四)
天籁凉生竹,山鸠鸣向人。偶逢社日鼓,识破陇头春。(其八)

第一首较为平淡,"挂月椰椰影,映山桐刺花"句运用对仗,写出了海南的典型景物；第二首艺术上稍微突出，"偶逢社日鼓，识破陇头春"句用语秀雅，写出了社鼓惊春之外的文化感受。这两首诗可以见出张事轩五绝的一般优点和缺点。

七绝写得最好的是《渔》、《自良山中》、《华堂天晓歌为年丈居泉诞子作》其三三首：

> 苍茫惯宿江湖雨，汗漫长浮天地槎。夜夜丝纶收巨口，前滩呼酒送生涯。（《渔》）

> 沿涧穿溪一径长，拂云晴树郁苍苍。绝幽疑是天台境，隔水蝉声送午凉。（《自良山中》）

> 座上岭云归石峒，尊前渔火照江薍。主翁抱子浑无事，点破江山数局棋。（《华堂天晓歌为年丈居泉诞子作》其三）

《渔》一诗纯纪行，"夜夜丝纶收巨口，前滩呼酒送生涯"写物爽朗，是张事轩诗歌中少见的豪爽峻利的作品。《自良山中》风格更含蓄一些，言"涧穿溪径，拂云晴树"，是张事轩写景一贯的闲雅调子，末句"隔水蝉声送午凉"句运用通感，尤其写出了一种难以言传的清幽静凉。《华堂天晓歌为年丈居泉诞子作》其三则是一幅绝妙的山水父子图，山水虽清美却无心，人物似无心却清美。"点破江山数局棋"似写事，似议论，妙在若有若无之间。全诗以写景为重却以议论胜，这里倒似乎可以见出一些丘濬早期诗歌抒写性灵的影响。

张事轩的五律仍以写景为主。有写景流畅，境界开阔的：

> 暂停东楚缆，更溯北流江。草色迷孤屿，清光接大邦。石壕无横吏，村落少惊尨。夹岸汀花发，遥遥送去艭。（《遗表叔冯石塘县尉二首》其二）

> 积雨迷山谷，秋田半草莱。冈连村牧下，鸟拂冻云来。时序悲黄叶，花阴长绿苔。怀人江浦上，松下欲徘徊。（《龙窝雨途即事，寄迎川肖阳五首》其一）

两诗颔联俱是对仗工稳、写景阔大、意境鲜明的好句。这类诗歌大约接近于王弘海所说的"宗文庄,豪迈跌宕"风格。这类风格的五律还有如:

> 万里暝烟静,行人思不禁。钓船犹傍竹,山鸟未辞林。月照风生袖,星悬露湿襟。凤凰台上咏,休作忆山吟。(《晓行》序:丙午夏,翼与季父子宾、兄吉甫抵城黎村。暮矣,老者揖而馆之,曰:"余有好梦兆。"歌至夜分。此老亦解诗,相赠"有缘暂宿凤凰台"之句,因各赋《晓行即事》。后果以捷秋应兆云。)①

> 迅雷倾澍雨,溪吼涨惊涛。水鸟浮天阔,游鳞倚浪高。顺流歌棹易,截苇溯舟劳。无限观澜意,浮云与逝滔。(《江涨》)

也有写景浑穆,境界婉雅的:

> 冥色冲寒雨,凉风度浅沙。村樵归晚棹,江浦噪昏鸦。牧笛声初渺,桥驴思转赊。亲知今并辔,谈笑抱霜华。(《与甘文峰、程质斋之建江即事》)

> 酒树天涯种,经秋拥荜门。松筠推玉液,风雨妒孤根。垂老肝肠折,先人手泽存。东园山月吐,犹忆挂梢痕。(《枯椰》)

这类诗歌写景以浑雅胜,颇难以句摘。

相对于五律,张事轩的七律更善于写景。有全诗全部写景,几乎不涉典故的七律,这类诗歌读起来更流畅,在艺术上似乎更胜一筹。如其集中几乎是最有意境的几首诗歌:

> 古寺周旋思更悠,十年怀抱此登游。山寻绝巘云盘阁,僧入参禅月满楼。石磴列屏环且秀,小桥通径曲还幽。却惭无念瞿昙子,一衲传灯何所求。(《九峰寺》)

> 星桥元夜转新晴,节序人间万炬明。满座催花荆树合,半尊迟月斗云

---

① 《湄丘集等六种》,第315页。

横。病怀不觉三分减,酒令须教万斛倾。已报金吾弛夜禁,流连直待晓钟
声。(《元宵会饮昆季草堂》)

岧峣行尽蚬冈头,李郭同登泛渚舟。会有乡书频寄雁,原无机事不惊
鸥。水归沧海潮偏急,岸隔渔歌思转幽。月小山高真赤壁,烟波杜若采芳
洲。(《至蚬冈》)

人间何处有蓬瀛,水色山光护短楹。晚结草庐无俗事,细穿萤火有书
声。一经遗子千金重,斗酒迎宾半榻清。春暖舞雩童冠集,松阴徐听早莺
鸣。(《员墩书馆赠邢公》)

第一首诗的诗眼在"僧入参禅月满楼"句,诗中有这一句,仿佛天风海雨,仿佛
明光照彻,后面无论什么景物,都被这种情绪覆盖,显得不那么重要似的,整首
诗全被笼罩、被振起,真是境界全出之句。第二首的精华在"节序人间万炬
明",亦如第一首,也是提纲挈领,照耀全篇的描写,使后面的所有描写也都带
上了万炬明的光辉。第三首写景稍微分散,"水归沧海潮偏急"句确乎是独到
的观察,体物精微的典范。前面三首都是境界阔大的,末一首则冲淡平和,"细
穿萤火有书声"写出了一种人物谐和、幽微婉妙的境界,是体物细腻的典范。

冲淡平和是张事轩写景七律的一个主要追求,这类诗歌往往颔联或颈联
写得很好。如:

抱病山斋坐夕曛,前林归鸟暂催群。霜天薄暮堆红叶,霞气冲寒散绮
文。花径暝收藏谷雨,笛声吹断隔溪云。六壬笑问占星者,何事归骖屡误
君?(《候仰坡不至偶成》)

高阁临江俯玉寰,春宵乘兴此跻攀。窗分曙色玲珑里,山带晴云杳霭
间。雨净绿杨穿别坞,舟移红蓼下前湾。主翁栢酒寻仙侣,时有鸾笙入佩
环。(《登王文铭高明楼四景》其一)

窗绮绿荷凉午夏,几遥青竹护前楹。双双鹭宿晴林翠,叠叠峰回晚树

青。腔转笛声儿隔陇,水随花泛客交觥。江摇白藻分鱼跃,野遍黄云晓种粳。(《程易轩八景回文》)

石城石磴何崔嵬,宦辙凌风费卷帏。峻嶒临江开径小,孤村带垒聚民稀。苍茫渔船含秋雨,窈渺禽声入翠微。谁叱王阳经九折,错分忠与孝相违。(《窦家道中》)

看竹何须问主人,东风和煦草堂春。如屏天远诸峰出,傍户声幽一鸟驯。池向山头分月晓,石于花圃绣苔匀。眼前佳景宜行乐,看竹何曾问主人。(《印唐宅效首尾吟》)

径转田隈小竹篱,老翁七十自扶藜。烟笼古柏迷村火,云拥前山失酒旗。马历崎岖缘事棘,饭甘藜藿为民疲。藤江仆仆重经地,松岭轻阴粤鸟啼。(《藤县中即事》)

曾向山亭手自栽,盘根傍石半生苔。初惊翠干凌霄直,忽讶疏英破雪开。倚槛独怜春信早,巡檐迟觉暗香来。老来种树无他计,胜赏尊前日几回。(《盆梅忽抽长,故寻许始华,喜而赋之》)

但这种微妙的写物,很容易滑入到琐碎的境地,最难得的是景物冲和而又体物细腻。

张事轩的诗歌往往能够通过一些细腻的句子振起全篇,最典型的是下面两首:

春晴十月转江梅,蓬矢初惊诞日开。降岳英声钟海岱,充闾喜气动楼台。歌传瓜瓞环珠履,庆溢萱堂泛紫杯。正拟古人何所似,眉山秀出小坡来。(《贺陈少云诞子》)

雁薄西风拂晓霜,故人车马自丈乡。山中带雨遥催箬,竹径呼童笑倒裳。念旧独惊风木苦,摊诗不觉水云长。东篱漏得春消息,冉冉韶光是小

阳。(《雨中迎川见访》)

两诗的末句"眉山秀出小坡来""冉冉韶光是小阳"真是振起全篇的神来之笔。有时候,这种句子被安排在诗歌的中间,虽不如上面一种情况显赫,但也能起到振起诗意、引起读者注意的作用。如:

> 池上新亭独倚栏,自临钓石俯云湍。赏心谁是高阳侣,阅险频催杜甫鞍。蒙雨细侵花径滑,停云浓带旧山寒。凉风摧折阶前笋,惊作故人车马看。(《邀甘程二丈人》)

> 元春雷雨动扶摇,对雨知君逸思飘。种玉阶前隐昼永,争梨膝下看孙娇。塘陂命辔多防滑,江浒倾尊不费邀。病骨年来惟伏枕,可能穷巷一回轺。(《寄竹峰》)

"蒙雨细侵花径滑""争梨膝下看孙娇"是其中非常细腻警人的句子。

相比于五律,张事轩的七律在写景之外更多用典。

有全首皆用典故或化用的,如《送王时中归隐侍养》、《登王文铭高明楼四景》其四:

> 招隐长辞世上名,临流归去濯长缨。春帏语燕人初暖,秋圃栽蔬月正明。自古瞻云多揽辔,只今抗表续陈情。燕台老我空悬梦,郑谷迟君晚结盟。(《送王时中归隐侍养》)

> 海上琼楼碧透纱,当炉扫叶细烹茶。秦陶不数荆王被,党妓无论太尉家。最喜冲寒无俗客,更欣索笑有梅花。山人自是山阴侣,访戴乘流兴未涯。(《登王文铭高明楼四景》其四)

《送王时中归隐侍养》诗送行朋友辞官归养父母,除额联外,其他每句皆有典故:首句用"招隐"典,"招隐"源自淮南小山《招隐士》赋,原意是盼望隐士回归社会,后人却从中提炼出"招人归隐"的新主题。次句"濯长缨"语出汉李陵《与苏武》诗之二"临河濯长缨,念子怅悠悠",表达的是朋友惜别之情;又《楚辞》载《渔父歌》有"沧浪之水清兮,可以濯吾缨"句,表达隐居之意。第五句"揽辔"典出《后汉书·范滂传》"滂登车揽辔,慨然有澄清天下之志",言出仕之志。第六句"抗表续陈情"典出西晋李密写《陈情表》奏请辞官养母。第七句"燕台"典出燕昭王筑黄金台以招纳天下贤士。第八句"郑谷"典出《汉书·王贡两龚鲍传序》载郑子真隐居谷口,后以"郑谷"泛指隐居地。这些典故皆紧扣友人辞官归隐的行径,既表现了友人的高风亮节,又表现了自己的依依惜别之情。《登王文铭高明楼四景》其四则是一首写景诗,诗歌写高明楼冬天的景色,化用典故很多:"琼楼"出自苏轼《水调歌头·丙辰中秋》"我欲乘风归去,又恐琼楼玉宇,高处不胜寒";"荆王"化用宋玉、楚襄王神女典;"党妓"暗用《世说新语》纪瞻出妓事;"冲寒"语出杜甫《冬至》诗"岸容待腊将舒柳,山意冲寒欲放梅",解释为冒着寒冷;"索笑"语出陆游《梅花》诗"不愁索笑无多子,惟恨相思太瘦生";"山阴访戴"典出刘义庆《世说新语·任诞》篇:"王子猷居山阴,夜大雪,眠觉,开室命酌酒。四望皎然,因起彷徨,咏左思《招隐诗》,忽忆戴安道。时戴在剡,即便夜乘小船就之。经宿方至,造门不前而返。人问其故,王曰:'吾本乘兴而行,兴尽而返,何必见戴。'"丰富的人文气息充满了整首诗歌。当然,用典或化用过多,容易给人堆砌、隔膜之感,张事轩的诗歌有很多不免有这种毛病,这两首是张事轩用典较多的七律中处理得较成功的。

一般的七律则是用典与写景交融:

> 林下何人觅旧交,高轩带雨历荒郊。半尊迟月开花径,午夜悬灯赋草茅。浮白且连徐孺榻,谈玄未解子云嘲。人生聚首浑难事,索句何缘竹外敲。(《夏日沈石圃、云静野、邢文台、陈仰坡、夜宴石圃分韵二首》其一)

> 柴门日日倚云开,风落霜榕点径苔。山带寒烟含雨过,畦连秋水挟鸥来。谈玄正讶杨雄阁,觅句须怜子建才。花下久悬高士榻,遥听车马到蒿莱。(《迎栢山》)

> 十载飘零滞远游,此生天地一虚舟。春随歌扇人留榻,舞尽花妖客上楼。抚景从容登海峤,怀乡汗漫认并州。行边莫折章台柳,自古闺人咏白头。(《吴梨园请书便面,诗以付之》)

诗歌中"半尊迟月开花径，午夜悬灯赋草茅""山带寒烟含雨过，畦连秋水挟鸥来""春随歌扇人留榻，舞尽花妖客上楼"均是写景状物很漂亮的句子，而诗歌中穿插的典故如"徐孺榻""子云玄""子建才""海峤""并州""章台柳""咏白头"等，则丰富了诗歌的意境，深化了诗歌的主题，有效提升了诗歌的品质，使诗歌呈现出含蓄儒雅的面貌。

除近体诗外，张事轩也有个别排律、古诗与词作，质量一般。其中较可读的是一些写景诗句。如五言排律《明远楼宴文学李半沙、博士王雪溪用"楼"字韵》中：

> 坐宴独当午，舒怀共上楼。万山收伏暑，一叶报初秋。海宇晴烟阔，乾坤翠黛浮。村春藜径小，江畛麦云稠。井灶千家晓，闉阇百雉收。东岩藏宿雨，北固隔龙湫。瀑布飞千尺，芙蓉插九州。剑峰摩碣石，沧海揖之罘。花下琴耽鹿，林间吹傍牛。帘栊风色定，燕雀羽毛修。楚客能歌铗，秦生本姓侯。看云移白昼，舒啸付沧州。句向凭栏得，杯为知己酬。赏心多款曲，信美竟淹留。炎笑庾公月，江湖范老忧。踟蹰共回首，伤思仲宣俦。

其写景阔大的句子如"海宇晴烟阔，乾坤翠黛浮"，写景细腻的句子如"村春藜径小，江畛麦云稠"，稍可一读。其词作《鱼不食词四首送柏山》其一：

> 鱼不食，倚江矶。天头云树晚依微，五湖烟艇雨霏霏。七月八月鲈鱼肥，六物不具知者谁。君不见，玄真子，斜风江上一蓑衣，春来春去不知归。

写景清畅，境界冲和，但亦无其特别之处。

总的来看，张事轩在行事、性格和诗歌追求上神似陶渊明，可谓之海南陶渊明；其诗歌在写景方面有一定的造诣，是继陈缙之后另一个以七律为主要工具，全力追求写景艺术的海南诗人。在海南诗歌史上，其诗歌应该占有一席之地。

二、钟允谦

钟允谦，生卒年不详，字汝益，崖州所（今海南三亚）人，岭南巨儒钟芳的长子。为人品学端正，廉静自持，让父荫于从子，乡人敬重他的义德。嘉靖己丑年(1529)中进士，任浙江宁海知县。"稽飞税，均丁粮，复塘坝以滋灌溉。以经术饬吏治，莅事严而有法。建社学，置社田，留心教化。"[①]升任刑部主事，出任福州知府，有惠政；转任莱州知府，卒于官。虽无其父亲功业显赫，亦有德业于一方。钟允谦亦能为诗，今存其诗五首：五古两首，七律两首，七绝一首，俱载于陈是集编《滇南诗选》。其中较可读者为两首七律和一首绝句：

> 风神元在妍媸外，妙处还归一点灵。试问希夷今在否，耳边惟熟柳山名。(《送柳金山》)

> 垂杨绿处见残梅，桃李纷纷照眼来。驿路风尘虚岁月，春山花鸟负尊罍。道情孰与溪云定，世事应如塞马回。揽辔郊原多胜概，不妨吟咏一徘徊。(《瑞州道中还临》)

> 昔年从宦此维舟，回首重来廿六秋。童稚光阴浑梦寐，壮强功业愧弓裘。山川不改千春色，世事真如拍浪沤。悟到超然应自得，小舟端坐看江流。(《过谢家埠》)

三首诗均是见道之作，风格冲和淡雅，虽无其父亲的浑厚，亦是充溢着性灵的佳作。其中"耳边惟熟柳山名""道情孰与溪云定""小舟端坐看江流"句，出语自然而韵致摇曳，可以想见作者的性情风度。从其诗看，钟允谦所作当不止于此，惜乎今已见不到他的其他作品。

三、唐穆、唐秩

唐穆、唐秩，两人俱是海南名宦唐胄之子，两人的经历、人生态度、性情不一样，其诗歌亦表现出很不一样的倾向，可以对比起来看。

两人的经历很不一样。唐穆，字养吾，胄长子，嘉靖十七年(1538)进士，官至礼部员外郎；著有《余学录》，传附康熙《琼山县志》卷七《唐胄传》。唐秩，字

[①] 《滇南诗选　定安古诗》，第172页。

存吾，号水竹，胄次子，为诸生时，异人授以道书，尤精符箓，明世宗招方士，至京，授官博士，召入紫霄宫，号为"仙师"，隆庆初归，卒于淮安；著有《海天孤鹤集》；清康熙《琼山县志》卷九有传。从经历上看，两人一学儒，一学道，本来应该一"养吾"而进取，一"存吾"而退守，但由于一由进士做官，一由诸生破格诏录，遭遇大迥，导致两人的人生态度来了一个大反转。

唐穆总体上从儒学，对禅道学问却颇尊敬，人生态度反倒平和冲淡。其《题陈南阳乐园》云"剧怜蓬岛宜仙侣，未信金门有散人"，表明并不全信仙释；七律《送彭密渊谈仙，适弟存吾以诗约彭赴罗浮、武夷，予不能赴，赋此》则言"黄金丹诀原非幻，白首禅缘亦自疑。天地几人能不朽，灵丸一点本相随"，对仙释表现出了自己的理解。大约由于在父亲去世的那一年考中进士，或者自觉得能够考中进士，唐穆对人生的态度相对平和，进退相当自然，对儒释道表现出了进退自如的掌控。

唐秩则在为诸生时，异人授以道书，但学问根基似乎并不牢，尝作《壮游叹》自言："眼界不开心胸寒，脚迹不广眼界窄。自古贤圣与仙佛，生来何曾恋家宅。天地生我本奇特，近年人事日萧瑟。奇志汩没头低垂，自恨自坏将谁责……当时先君爱教我，名山携我登览星高摘。可怜年少无知识，江山妙处未曾得。归来胸中还驰忆，有时讲论求精辟。如今正欲出游观，堂前老母半垂白。胜境于人多逆格，寥寥斗室孤吟客。"诗中对自己颇有不满。虽有异人相助，唐秩对道学似乎也没有太大的信心，尝作《自拟挽辞》云"闻道悔已迟，枉生非我欲。奇志负初心，介性那堪俗。父没行无成，未能善式谷。自知逆天命，九祖陷鬼局。抱此不测罪，虽生名更辱"，颇违道学自然之理；又作《赠友人远游吴楚歌》混同道释，"我尝欲入五云中，身骑丹凤乘黄龙，上天下地景无穷。西天谒佛祖，东海拜仙公。脱离尘世览长空，约随去问先天翁。谁知此身无仙骨，居焉仍在一亩宫"；又有《走笔题友人笑游海宇卷》连道学一并嗤笑，"笑大道，空难掬。笑人情，多反复。笑云易散笑风狂，笑山巉岩笑水曲。笑花开落无定形，笑天西北有不足。笑地东南洼陷多，笑海翻波高过屋"；又尝作《新婚别》言己命之苦，"人情浓交始，况两俱少年。席同七尺躯，卺合百年缘。尊嫜景临暮，双双坐堂前。看我两人拜，一笑开春筵。一生无契阔，誓如金石坚。岂知命途舛，兵火三更颠。见我颜色好，黑索苦相牵。一步一下锤，迫我度山巅。丈夫不忍舍,弃死走山缠。又怕刀枪凶,远号尽一言。此情难话了,瞑瞑东方天。满目太平世,干戈何惨然。人生情难制,矧乃并头莲。本是天生合,今为人事迁。此身虽去去,心内苦遭遭。若得数年好,此念亦少捐。不惜为君死,痴图后会还。半璧初生月,何夜重团圆"。其道学一直未售,见物态度十分激烈,全无道家的圆融通达的品格与遗物去行的潇洒。

唐穆的平和与唐秩的激烈大约半缘遭遇,半缘天性。这反映到两人诗歌中,表现出了截然不同的倾向。唐穆今存诗 24 首,其中律诗 18 首,绝句 3 首,古风 3 首。唐秩今存诗歌 30 首,其中律诗 23 首,古风 7 首。两人的诗歌均载入民国二十四年海南书局印"海南丛书"第三辑《传芳集》(唐胄、唐穆、唐秩父子三人诗文合集)中,明陈是集《滇南诗选》(民国二十四年海南书局印行)有其选诗。今二者均有 2006 年"海南先贤诗文丛刊"本。

唐穆的五律舒缓平和:

日暮惊传雁,更兰未帐牙。榻前千种思,灯里数团花。迅去南川马,轻追白水沙。情知难作别,迟落晚天霞。(《初二夕报南川远行,终夜思之,追送至白沙,又恋恋至暮》)

职清终是贵,路近即为家。雁报千金易,云瞻一路赊。座开新幕客,锦烂故园花。长昼闲蓬枕,春风自放衙。(《赠王指峰司教定安》)

唐秩的五律语短气促:

对客鸣琴罢,孤灯照寂寥。眼穷千里月,肠断一声萧。镜里人应瘦,秋边客更焦。未除烦恼障,何处不魂销。(《客夜》)

鸡栖斜日暮,犬吠噪鸦忙。酒醉诗魔壮,琴疏指甲长。春情凭梦了,野思为尘荒。独坐青苔软,无风花自香。(《晚坐》)

天气重阳老,柴门菊未花。漏床多苦雨,村夜不闻笳。窗眼风来急,山头月落斜。秋悲无奈处,又得数声鸦。(《秋夜偶书》)

唐穆的景物雍容淡雅,尚中庸之态;唐秩的景物则多哀飒尖新,有尚奇的趋势。

> 水浸玻璃界,环生异样花。点穿青菱荫,游拔绿萍遮。细毂堆新锦,晴天散晓霞。可怜颜色好,不得大生涯。(《观盆中金鱼》唐秩)

> 龙懒谁鞭得,端妍肯借津。讼风文自巧,投魋话非真。火稻熟翻白,山花瘦更犟。银河无限水,一滴不分人。(《伤旱》唐秩)

唐穆的七律,语多劝勉:

> 百岁才惊三日别,寸心却似千里违。吾怀不尽灯前酒,君意犹加雨后衣。欲托雁鱼书尺素,还疑形影到柴扉。人生最惜销魂事,几度相思梦里依。(《自吴季明饮归有感》)

> 兴来相赏景何如,渺渺青天数一珠。日肶初看偏隙白,月低还眺半湖虚。轻圆留点穿来好,有孔含光照远无。何日得公高世见,相逢惊讶各胡卢。(《舟中探珠子赠陈独庵》)

> 已伴光风五十春,兴来此日复清芬。剧怜蓬岛宜仙侣,未信金门有散人。笑对花间还坐晚,醉忘瓮口更开新。南阳胜景看无尽,留取琅玕赠好因。(《题陈南阳乐园》)

> 文翰曾经品玉宸,彩毫摇映泮池春。杏坛化雨赏心远,水暖江清寄兴频。官近故乡风习熟,堂登大雅广陶甄。诸生谩笑阮囊涩,游咏偏多得句新。(《赠王指峰教谕》)

其最好的七律往往能为见道之说,能达见道之境:

> 丈夫到处是豪游,万卷生涯此担头。道大浑忘天地老,心闲那解利名休。岩封去去黎侯胜,桃李森森狄圉收。一枕诗成君正别,锦囊端副友生求。(《和阎聚奎子游学万军》)

仗剑遥同萍水游,那堪江柳又分舟。知音人去丝桐冷,倚玉筵开丛桂
留。白首行藏缘我定,青天肝胆许谁酬。相思独望三秋月,犹忆春光共上
楼。(《甲辰仲秋同内斋至姑苏江口,因东旸年兄抉台擢守之报,遂别去
台,约明春访予于金台,然内斋于东旸舅甥至懿也,予于内斋乃白首知已,
也思其别,忆其来,情自无已,诗以将之》)

唐秩的七律,语多自伤自怜:

昨夜江中雨洗车,梦回宫禁忆东华。化生盆里曾留种,乞巧楼前未散
花。乌鹊已成天上路,江山还隔海边家。无情离别心何许,要借当年奉使
槎。(《客中七夕》)

竹底围棋看亦清,到人败处也心惊。蝶随香影忽飞入,鸟爱浓阴时宿
鸣。饮酒举杯应怯病,倚栏无话不胜情。生来幸会丰年乐,一片黄云接郡
城。(《访西埜兄乐耕亭,竹下看弈即事》)

即使是写景清嘉,也会陷入整首诗歌的伤感叹息之中,如:

西郊有路透东郊,尘病情牵万里遥。啼鸟不愁秋出院,好风常带水过
桥。此时酒醉醒还梦,何处山堪渔更樵。夜半月明帘外坐,不知花影为谁
娇。(《答双溪兄简,即步原韵》)

不似虞庭锦样斑,也传五德在人间。阶前吸食苔千点,窗外啼晨月一
湾。清色何曾沾雨露,短翰那得逐云山。尘笼未脱浑如尔,却笑雍陶起放
鹇。(《咏窗前白鸡》)

"好风常带水过桥""窗外啼晨月一湾"都是景色清澹,令人一振,但可惜整首诗
歌意境不明,似乎要脱尘而去,然终究还是不情愿地回到了地面。

唐秩的七律,写得最好的恰是表达怀才不遇之情的,而意象上颇为尚奇,
似乎有李贺的影子。

月轮半壁向西斜,瞖眼空中几样花。灯影无风偏自动,独吟有恨为谁
嗟。碧山春老开红杏,孤鹤田荒饿白鸦。秋竹乱敲喧荡甚,敢传声到老仙

槎。（《答碧山陈翁夜谈口号》）

尘里浮生度岁华，谈禅半日见无涯。惟凭静坐思三教，每遇高僧话一家。定慧不闻反舌鸟，色空聊种佛桑花。雅知宋代东坡老，午夜晴天吐彩霞。（《怀坡堂与僧半壁话，步牛洲翁韵》）

野花青青半顷畴，蝶蜂何故傍人游。元都净尽千年恨，老圃清香一味秋。嫩叶安排青玉案，新茎抽出白芽筹。咬根惟愿汝知味，百事如今愧未酬。（《和行甫侄咏菜》）

这些诗歌中熔铸了很深的遗憾和个人经历，见出一个对道学并非完全皈依，带有很浓厚的儒家入世志向的道家学者的面目。诗歌中浓浓的斋醮气息，与作者的身份相关。

唐穆还存有七绝三首，意不甚高，但亦属平和之体，尚可一读。

眼开白日空今古，手把轻云任指挥。寥落生涯壶口外，浑忘天地是双扉。（《补题曹叔冈铁拐仙图》）

天涯那得此离言，寄到羊城九曲轩。我有深情随逝水，愿从南海送涓涓。（《答螺冈寄韵》）

金石为心铁作肝，备尝艰苦不辞难。相随沦殁孙和子，独抱松贞耐岁寒。（《赞文邑韩机训妻朱氏守节诗》）

唐秩另存几首五、七言古体，多流露出直白之病，似学白玉蟾而力有未逮，如《直钓吟》：

年来随人钓溪侧，终日不得个鲂鲫。特向渔翁问其然，笑煞群儿还未识。人钓曲，我钓直。曲钓遇鱼便可得，直钓空饵送鱼食。及见玉川吟，古愚真我逼。我今亦欲打钓曲，只恐伤鱼口血出。（《直钓吟》）

总的来看，唐穆、唐秩兄弟俱会作诗，唐穆的感受淡远一些，诗歌率皆平和敦厚;唐秩的诗歌有更多身世之叹,熔铸了更多不幸遭遇。成绩上两人也大约相当,唐穆比唐秩稍清淡可赏,但在情感的浓烈和语言的出奇方面却不如唐秩;唐秩的尚奇是此期海南诗歌更值得注意的现象。

四、黄显

黄显,生卒年不详,字仁叔,琼山东岸人。嘉靖辛丑年(1541)进士,授刑部主事。治狱多所平反,曾议定中贵人吕洪贪赃之罪,为总兵沈希仪被误判平反,不为当权者所屈服。出守抚州时,罢筑千金陂以缓解百姓之困,补足欠款数万而不盘剥部下,部下老百姓立生祠奉祀他。后来升迁湖广副使节,遇上严嵩当权,遂辞官退休。《万历琼州府志》有传。黄显诗今只存诗一首五律《读水程》,由陈是集录入其《溟南诗选》卷二中。诗云:

> 太庙应禅峡,终朝近梵宫。往来均履顺,动静各悬空。舟楫资人力,波涛擅帝功。夜梦莫须有,天机将无同。

全诗都在说理,语言干涩,缺乏鲜明的形象。

第六章 万历诗坛:再创期

万历年间,以王弘诲为中心,许子伟、梁云龙、梁必强、林震等为羽翼的一批诗人逐渐占据海南诗坛的中心舞台。他们延续了上一代诗坛的师心风气,以各自的天赋与学历、不同的风貌,造成了海南诗坛的新的繁荣。这一时期虽然连接明末,但仍然产生了王弘诲这样有影响力的诗人,其成就较之嘉靖诗坛,甚或过之,故可名之为海南明代诗歌的再创时期。

第一节 万历诗坛的心学趣味与交游新风

心学在明代中叶即开始影响大陆文坛,至万历年间,心学在文坛终于结出了硕果,大陆出现了以公安派及竟陵派为首的性灵诗文,形成了影响至近代的文学革新思潮。相对于大陆文坛,海南诗坛的心学风气得风气之先,早在丘濬诗中就有初步体现,嘉靖诗坛则深受心学影响,出现了海瑞、郑廷鹄、张子翼等不同风格的诗人,形成了百花齐放的局面,至万历诗坛,心学的思潮仍然强劲,出现了以王弘诲为中心,许子伟、梁云龙、梁必强、林震等为羽翼的一批诗人,这些诗人基本上都是在心学的思潮中长大的,其诗歌从各个不同的层面反映着心学的影响。

王弘诲是本期诗歌最多,成就最大的诗人。王弘诲曾任国子监祭酒,官至礼部尚书,执中华文化之牛耳,其文化视野相当开阔,深受佛学、道学甚至基督教的影响,但表现出了以儒家心学融合诸学的态度,其诗歌援引佛道意象甚至意境入诗,表现的却是一种清旷豪放的儒家心态,其赠答唱和诗与风景纪行诗也很多,诗风皆近东坡,豪放清旷而不受拘束。

海南万历诗坛其他几位诗人的存诗均不多,大多在十首左右,但从他们的诗歌风格看,都比较成熟,可以推测他们每个人均应该有相当数量的诗歌作品。

许子伟进士及第,历任兵部、户部、礼部谏官,并于壮年告官归隐,从事家乡教育事业,"文章则宗丘深庵,理学则师陈白沙、杨复所,气质则效海刚峰",①其诗歌深受白沙学派影响,表现出了一种体道得道的悠然自得。

梁云龙与梁必强皆光明磊落、少有大志之人,早年结盟力学,同师从于海南名师郑廷鹄,然而两人性情截然不同。梁云龙慷慨激昂,梁必强旷达清放。梁云龙晚中进士,跻身军伍,一生戎马倥偬,从兵部武库司主事直做到兵部左侍郎,屡为国家边疆建功立业,最后卒于任上,为国尽瘁,今存七首诗皆边塞绝句,放言边事,苍凉豪迈颇似王昌龄与李益;梁必强则早中进士,为官一方,享有清誉,亦早早致仕,飘身山水之间,其诗歌十余首则清奇飘逸,出入李白、苏轼、陶渊明、陆天随之间,然有一股他人难以达到的温厚和气。

林震与梁必强同年中进士,官至四川按察副使。其事迹今不甚详,但史载其与王尚书弘诲、许给谏子伟为道义交,常与论学,并曾受王弘诲邀请至尚友书院讲慎独之学,其诗歌中还有与梁云龙的唱和之作,则他也应该是海南文人的一员,其诗深受心学影响,表现出决断峭拔、奇崛不凡的风格。

本期海南诗坛的乡邦之风与上期相比有过之而无不及。诗人之间的交往表现出了新的特点。一是皆重海瑞,或多或少与海瑞交,并深受其伟岸人格的影响。典型如王弘诲、许子伟、梁云龙。海瑞入狱,王弘诲曾冒死探视,给予无微不至的照顾,海瑞亦曾告诫王弘诲做官要清达自守,王弘诲本性温厚,但受海瑞影响,为官力谏尽职,不辱所托;许子伟14岁丧父,16岁拜罢官在家的海瑞为师,海瑞逝世后为其扶柩归葬,并守墓三年,其先后任兵部、户部、礼部谏官,皆直言敢谏,以忠直得名于世,最后亦因敢谏权贵忤旨被贬官,信守了自己在《挽海忠介公》诗中所云"对公衾影欲无惭"的承诺;梁云龙京试屡不第,然为人洒脱,深受海瑞顾重,中进士后得海瑞贺信,谆谆教导其当为一贤大夫而不要贪慕富贵,梁云龙在海瑞逝世后为海瑞列传,表彰海瑞伟大的一生,并终生铭记海瑞教导,其后半生投身边武,屡建功业,最终卒于任上,没有辜负海瑞的

---

① 《北泉草堂遗稿等七种》,第84页。

期望。可以说，万历年间的海南诗人，没有不深受海瑞人格影响的。此期海南诗人交往的另一个特点是主动性极强，多有相当的交往场所。如许子伟在京建"琼州会馆"，实际上给海南诗人提供了一个非常可靠的交往空间；王弘诲休假回乡期间建"尚友书院"，延请林震等去讲座，许子伟为书院撰写《尚友书院记》；许子伟捐金创"德义书院"，建明昌塔，设儋耳义学，开敦仁书院，掌教文昌书院。这些教育基地的开辟实际上为诗人之间的交往提供了良好的场所。再如梁必强与梁云龙少年时歃盟为学，并同拜郑廷鹄为师，许子伟拜海瑞为师，亦是一种很深入的交往方式。

总之，本期海南诗人普遍受到海瑞鼓舞，尊师，尚友，崇尚心学自决，在为人和为诗方面表现出了并行不悖的特点。海南万历诗坛虽没有出现像大陆文坛一样的性灵派别，但其总体上仍深受心学影响，表现出了成熟的风格和各自不同的面貌。

第二节　王弘诲

一、王弘诲生平和思想

（一）生平

王弘诲（1542—1615），字绍传，号忠铭，琼州定安县龙梅乡人。5 岁入塾读书，9 岁就童子试，13 岁入县学，17 岁在县学受到岭南诸道学政督导李逊的赏识，以为"南溟奇甸，后文庄百余年，而有子哉"，与其子同行同学。20 岁（嘉靖四十年），以第一名中举；赴会试，遇父病而返，父卒，服丧至 23 岁；除丧礼毕娶周氏。24 岁（嘉靖四十四年），中进士，选庶吉士；25 岁，受上疏前的海瑞托后事，后海瑞以疏杖刑入狱，冒死探护；26 岁（隆庆元年），护外舅丧请告回乡。29 岁，四月丁未，授翰林检讨；五月充《世宗实录》纂修；母去世，回乡服丧至 32 岁。35 岁（万历四年），上《拟改海南兵备道为提学道疏》；《世宗实录》成，晋翰林编修；36 岁，任会试房考，《拟改海南兵备道为提学道疏》批行礼部。38 岁，为国子司业；41 岁，晋升南京右春坊右谕德；42 岁，登南京国子监祭酒。43 岁，二月进南京吏部右侍郎，十二月改北京礼部右侍郎，充《会典》副总裁，兼经筵讲官;44 岁,转礼部左侍郎,《会典》成,加太子宾客,充日讲三品,满考,掌詹士府教习庶吉士;45 岁,充翰林院侍读学士,任考试官;46 岁,海瑞卒,作《海忠介公传》;47 岁,十月为史部左侍郎。48 岁,正月主持会试,取焦竑等 350 人;六月升南京礼部尚书,著《文字谈苑》付梓。49 岁,上《请建储公疏》请立太子,上《礼部题禁风俗奢靡事宜疏》请禁奢靡,作《清海碑》志征黎事;50 岁,兴修礼部碑,上《请建储公第二疏》《慎重诏令疏》《请召对像教疏》,南礼部主事汪应蛟、汤显祖作文立石表方孝孺墓,应作《方正学先生祠堂庙》,是年上疏告休;51 岁,上《乞霁威俯宥疏》请宽大臣,上《请朝讲公疏》请恢复朝讲,九月考满,请假回乡,途中作吴越之游,留下游记《吴记》《越记》及大量山水诗作(《宿卧佛寺》《彭蠡湖》《积金峰》《雨中望焦山》《张公洞》《苏堤怀古》《游净寺编参五百应真像》《晓起由灵隐登北高峰绝顶》《游明昌寺》《舟行杂咏》《恒山》《焦山》《燕矶观音阁》《游茅山》《文昌祠》《岳武穆祠》《黄龙潭》《梅花帐》《惠山泉》《天池》《藏经阁》《放鹤亭》《石佛寺》《望湖亭》《天游峰》《仙长峰》《水帘洞》《游南华》《逍遥洞》);秋,途经韶州,与传教士利玛窦相交。52 岁,居乡,建尚友书院。54 岁,十一月起复旧任;55 岁,引利玛窦往南京;56 岁,主持会试,上《议征剿黎寇并图善后事宜疏》;57 岁,引利玛窦入京,遇日朝战争,引见皇帝未遂;58 岁,请利玛窦观看祭孔,十月致仕。74 岁(1615),万历四十三年五月,卒于家。

著有《尚友堂稿》《南溟奇甸》《吴越游记》《来鹤轩集》《居乡约言》《天池草》等书,多散佚,今仅见《天池草》及附于其中的《吴越游记》。《天池草》屡经重修,今存康熙本、吴典家藏本、民国二十四年"海南丛书"本以及王力平点校 2003 年"海南先贤诗文丛刊"本《天池草》,末者以康熙本为底本,参以海本,附汇若干遗文、资料而成。王弘诲在《明史》无传,其事迹散见于各种资料,王力平《海隅名臣——晚明王弘诲研究》书末附有作者所撰王弘诲年谱,可参看。

二、思想

王弘诲处于晚明思想活跃时期。一方面,距儒家思想的大创造时代虽已有一段时间,大思想家王阳明、湛若水、王艮在他出生的前后已相继去世,但心学的传播却方兴未艾,其深度与广度正以难以置信的速度扩张,并冲击着佛学界和道学界。另一方面,以利玛窦为首的西方传教士相继进入中国,带来了完全异质的西方宗教与科学文化。这一时期,各种文化思潮开始交流融汇,其至出现了激烈的交锋与碰撞,典型事件如李贽的弃儒入释、利玛窦与雪浪大师论辩等,尤以利玛窦援儒排释,吸引徐光启等人"驱佛补儒",最为引人注意,使中国思想界出现了前所未有的变局。

王弘诲正是伴随着这种情况入掌国子监祭酒、礼部尚书,执中华文化界之牛耳,以第一人的身份伴随、观察、适应、推动其至协调引领这股思想潮流。

毋庸置疑,造成这 1000 年未有的变局的各方,儒学、佛家、道学、基督教以及科学思想,其复杂性远远超出只各掌握其中三种资源的王弘诲与利玛窦的理解范围。考察这一过程,中国的儒释道思想刚刚借助心学完成了一次大融合,成为事变的一方,基督教则已借助亚里士多德等学说形成了相对规模的古典科学观,并在应对新科学的过程中积累新经验,成为事变的另一方,而事变的开始则是由利玛窦一方以援儒抗佛政策牢牢把握主动权,王弘诲及其所代表的中国思想界一开始处于被动应付,应对参与的局面,事变的演变固然由利玛窦主导,但后来均超出了双方的理解范围。

然而,作为儒学精英,王弘诲在这一事件中表现出了儒家杰出知识分子的宽阔胸怀。首先,作为礼部尚书,最高文化机关长官,王弘诲对诸学采取的是兼收并蓄的学习态度,他敏锐意识到利玛窦新思想中的新知识与新科学成分,对其采取了开放吸纳的态度,数次意图将其介绍给皇帝,同时对本土佛家和道家也表现出了并取不悖的做法,对佛家多参与探讨其佛理,对道家则主要取其全生性命之学;其次,在交往过程中,王弘诲始终保持了儒家知识分子的独立身份、宽容态度与持平观点,并对自己的世界观保持了高度的自信。考察王弘诲的思想行为,虽然他并非当时思想界最富创造性的人物,但他仍能代表一般中国知识分子的状况,由他确实能够看到当时思想领域融合交通的复杂局面,能够看到背后隐藏的危机重重的现状及难以预测的未来。

(一)王弘诲与基督教及西学

王弘诲通过引荐传教士利玛窦到南京和北京,为早期西学东渐做出了重要贡献,已有利玛窦本人及其他西方学者做了详尽记载。由于某种原因,今存《天池草》中已看不见任何王弘诲与基督教接触的痕迹。双方接触的事迹,主要记载在《利玛窦中国札记》^①中。

从札记可以肯定，王弘诲对于基督教传教士，基本上是以学者相交，王弘诲对上帝的态度与孔子相近，存而不问，采取了沉默态度，他主要感兴趣的除道德探讨外，还有附着在西方神父身上的新的知识、观念与体系，包括其伦理、数学、天文、物理、地理学等。

据《利玛窦中国札记》记载：

> 利玛窦听说我们所认识的王某在他从北京去南方海南岛他的故乡的旅途当中，曾访问过在韶州的传教团并同神父们非常熟悉。他还听说此人已被皇帝重新召回南京，主管第一部，叫做吏部（Li pu）的……他曾答应当他回到朝廷时，他将让神父们和他一起修改中国历法中关于星座的某些错误，以及解决一些其他数学上的难题……他特别喜欢他曾在韶州见过的玻璃三棱镜，他认为这是一块具有巨大价值的宝石……他很高兴不仅要他们陪他一起去南京，而且还一起去北京，他将到那里去一个月以庆贺皇帝的诞辰……他认为这会是向皇帝献礼的好机会，这些礼品都是他先前从未见过的……象在过去其他的场合那样。有这样一位特殊的大官同行，要比护照更保险，实际上他们做这次旅行会使南昌的居住点更为安全，并加强了整个传教团的地位……在去南京的航程当中，他们和尚书更加熟悉了，并以适当的赠礼赢得了他的孩子和仆人们的情谊……一座钟送给了王尚书，他学会了开动和在必要时进行调整……王尚书由于未能在南京实现他的计划而感到失望，但又不愿在接受大礼后食言，就决定带着神父们同他一起去北京。一旦到了那里，他认为可以通过与他关系友好的宫廷太监把礼品献给皇帝……尚书非常高兴地观看了这幅世界地图，使他感到惊讶的是他能看到在这样一个小小的表面上雕刻出广阔的世界，包括那么多新国家的名称和它们的习俗一览。他愿意非常仔细地反复观看它，力求记住这个世界的新概念……在他送给尚书的礼品中，有一幅这个地图的摹本是作为他自己的原作赠送的。中国最早的石刻方法

---

① 利玛窦、金尼阁著，何高济、王遵仲、李申译：《利玛窦中国札记》，中华书局1983年版。以下引文皆出此版。

和后来的制版方法曾在本书第一卷加以说明。当尚书看到他所得到的地图与他认为是利玛窦神父所摹的这一幅极为相似时,便把利玛窦叫来说"你看我们也有世界地图。这是我从南京总督那里得来的一幅,同我从你那里得来的那幅完全一样"。利玛窦一眼就显然看出,他是在看自己的作品。他说他第一次是在肇庆刊印这幅地图,把复本送给了他的朋友,它就流传到了这里。他的主人听到这些非常高兴,因为这使他对礼品更为满意……和中国之间的海湾。由于日本已进犯朝鲜,天津卫特别任命了一位总督,在他的指挥下许多舰队正准备去援助朝鲜人。整个河上布满了战舰,满载军队,但神父们所乘坐的马船却挤在这些船中间安然通过,未遇阻拦……不久之后,教士们到达北京;他们到尚书府去,他们是受到他的保护的。尚书由一条陆路而来,省了大量的时间和精力。他让他们住在他府中舒适的住房中,因为他喜欢他们作伴,希望他们靠近他,他并且立即向他所熟识的皇宫太监转上他们的申请。这个太监也答应尽力促成这件如此重要的事,并要求看看神父们和他们给皇帝带来的礼品……他告诉他们,由于各种原因他不能代表外国人向皇帝进言,特别是在这个非常时期,战争就在墙外进行着,朝鲜的战争谣传日益增多,许多人死于战争,日本正准备侵犯中国。他还向他们肯定说,中国人对外国人不加分辨,认为他们全都相同,或者几乎相同,所以可能把神父们当作日本人。由于同样的原因和友人的劝告,尚书也开始认识到,使自己卷入外国人的事是很危险的,而且对自己的努力感到绝望,所以想把神父们送回南京去。对神父们来说,计划尚未表明完全无望,为了避免使这么大的劳动和开销被浪费掉,他们在尚书走后又在北京停留了一个月,租了一所房子居住。按照规定,限期一到,尚书必须离开。所有因故到朝廷来向皇帝庆贺的官员,都必须在一个月之内离开北京城,回到自己各个的岗位任职……尚书作为神父们的保护人,听说他的同僚们对利玛窦神父的深情厚谊,开始表现出更大的勇气和决心。曾有些官员在对待这件事的态度上错误地影响了别人的,现在也都一致予以赞助。他们知道他们的尚书需要为神父们取得一个永久的地盘,因此表示尊重他,他们也都赞助此事……于是利玛窦神父就租了一座不大惹人注目但还宽敞的住房……利玛窦神父和他的朋友吏部尚书十分担心留在临清过冬的神父们会落入这些凶徒的魔掌。在王尚书看来,宦官们不可能放过神父们的宝贵行囊的,但是利玛窦神父却掩饰起自己的担心并安慰他说,上帝会证明他是怎样小心翼翼要保护自己的事业的。经过几个月的冬季和旅程,神父们到来了。他们一路通行无阻,甚至于不知道有危险存在,尚书得知以后,大为惊奇。他认为这完全称得上是一个奇迹。因此,他对神意和信仰的兴趣更浓厚了;因而从那时起,他总是很喜欢别人向他进一步讲解它。但是,使他认识信仰的真理是一回事,使他接受它的神圣义务那就意味着抛弃姬妾内宠的羁绊,则又是另外一回事了……我们的朋友王尚书正回他的故乡。皇帝准许他辞官回乡,是因为一些同他竞争的大臣们妨碍了他晋升到他认为自己所应有的荣誉地位。临行时,他向他在北京的朋友们发了信,推荐神父们到首都去工作。[①]

从整个记载看,利玛窦避谈了王弘诲对上帝的态度,只在最后委婉宣称"从那时起,他总是很喜欢别人向他进一步讲解它。但是,使他认识信仰的真理是一回事,使他接受它的神圣义务那就意味着抛弃姬妾内宠的羁绊,则又是另外一回事了",将王弘诲不入教仅仅解释为无法抛弃妻妾生活,恐怕是隔膜之言或者故意的讳词。从这些讳词可以看出,王弘诲对基督教教义虽然表现出了极大兴趣,却并没有皈依的意思,这种态度如此明显,以至于他的神父朋友都意识到不可能使他接受新教义。同时,从记载还可以看出王弘诲对利玛窦主要感兴趣的点,一是历法、二是数学、三是科学仪器三棱镜、四是地理学仪器地图。公正地讲,这些几乎都是属于新知识、新科学的范畴。也就是说,真正打动王弘诲的是附着在基督教神父身上的新科学。

其实,如果翻看利玛窦对中国人的记载,会发现早期中国士人对基督教的基本态度大致是非常朴素的:

由于各种原因,他吸引了许多来访者。他列举了六条原因:观看外国人及其携来的稀奇物品的好奇心,研究把汞转化为银的秘诀,学习数学及

---

① 《利玛窦中国札记》,第 315-383 页。

视觉记忆的愿望,最后才是对灵魂得救的关怀,但受这最后一种动机所驱使的人要比其他的人少得多。①

虽然利玛窦利用科学为手段来传播信仰显然取得了暂时的效果,但中国人还是能够觉察出二者的区别。王弘诲既保持着儒家学者持正的态度和对新事物的敏锐求知意识,又保持了儒家知识分子的独立身份,这在当时来讲是十分合适的。

关于利玛窦利用"原始儒家"和"科学"传教的策略,利玛窦本人和研究者都有相当直接的说明:

> 中国人中间所流传的各教派都是混乱不堪的,只有起源于自然法则和儒教的君主们所径直公认的那一教派除外。正是这一教派人们称之为儒士,因为正如古人所描述的那样,人们发现这一派人很少有什么是人们有理由应该加以驳斥的。一个严肃而绝口不谈自己认为没有很好理解的东西的人是很少有可能犯错误的。因此,我们的神父们就要把这一派的权威引为己用,只讲自孔夫子之后所应该增补的东西,因为他生活在救世主耶稣基督降临之前的五百多年。②

> 把儒士派的大多数吸引到我们的观点方面来具有很大的好处,他们拥护孔夫子,所以可以对孔夫子著作中所遗留下的这种或那种不肯定的东西作出有利于我们的解释。这样一来,我们的人就可以博得儒士们的极大好感,而他们是不崇拜偶像的。③

> 在有关中国文人的著作对我们信仰一事的帮助问题上,我想以第八点来结束这一讨论。教皇陛下可能会理解,这个帝国共有三大教派;其中最古老的一个就是儒教,他们今天治理着中国,正如他们一贯地那样;另外两个则是偶像崇拜者,尽管在他们之间也有区别,但他们始终是儒教攻

---

① 《利玛窦中国札记》,第 698 页。
② 《利玛窦中国札记》,第 698 页。笔者按:着重点为笔者所加,下同。
③ 《利玛窦中国札记》,第 663-664 页。

击的对象。即使儒生们不谈超自然,但他们在道德方面却和我们几乎完全一致。因而,在我所著的书中,我就以称赞他们而开始并利用他们来攻击别人,而不直接去加以批驳,虽则解释了他们和我们信仰不一致的观点。我就以这种方式获得了他们的信任,以至于不仅文人们不再是我的敌人,而且还成了我的朋友……如果我们要向这三个教派作斗争的话,那就还有更多的事情要做。然而,我不放弃攻击当时儒生中的某些新观点,他们并不想追随古人。这样,他们中间有许多人就成了基督徒;他们宣誓并领了圣餐,在他们的才智所允许的范围内努力传播我们神圣的信仰。①

而早期中国最杰出的西学学者也深被这一态度所感染,如皈依天主教的徐光启:

在问到基督教法的主要内容是什么的时候,徐光启博士就非常确切地用了四个字来概括:"驱佛补儒。"也就是说"它驱除〔佛教的〕偶像并补足儒生的教法"。②

作为礼部尚书的王弘诲,能够保持清醒而积极的态度,既欢迎外来文化的进入,又对外来文化有选择性地接纳,这在当时确乎是非常难得的。

(二)王弘诲与佛教

作为学者和礼部官员,王弘诲亦对佛教保持了极大的兴趣。在做官时,他就出于浓厚的学术兴趣,以及礼官的实际要求,与当代名僧保持了一定的交游;卸官之后,则更是广游庙宇、多交名僧,甚至亲身参与到佛事化缘活动之中,显示了对佛学与佛教的一定程度的认同其至依归。

今本《天池草》中有 6 篇文章、44 首诗歌涉及佛事、与僧人交游。6 篇文章分别是:《书建塔缘募后》《赠如聪上人叙并诗》《书南华寺募化讲经引》《募建琼郡开化寺疏》《无量寿佛栴檀瑞像疏》《龙门塔建藏经库祝文》。这些文章广泛记载了王弘诲的佛庙游历、佛法探讨与礼佛事功,是研究王弘诲佛学思想的第一手资料。这些资料显示,王弘诲游历过大量的寺庙塔庵,如净业寺、燕矶观

---

① 《利玛窦中国札记》,第 665-686 页。
② 《利玛窦中国札记》,第 663 页。

音阁、华岩洞、五云寺、天竺寺、天界寺、南安东山寺、庐山黄龙寺、明昌塔、明昌寺、龙门塔、海珠寺、玲珑岩、天宁寺、九华山、开元塔、水晶庵、石佛寺、南华寺、卧佛寺、净寺、灵隐寺,尤以返乡吴越之旅最为集中;与当时诸多名僧有直接交往且进行佛法探讨,如雪浪大师、憨山上人、如聪上人、明镜上人、仁山上人、桥松上人、慈风上人等人,其中雪浪、憨山等人堪称大师;亲身参加了为数不少的佛事活动,如文昌雁塔募建、琼郡开化寺募建、为如聪上人斋僧五千、为南华寺募化吸引经师等。

王弘诲 70 岁自制生棺名曰"归息庵",并写下《予自七十始制生棺题曰归息庵而系以辞》一诗以寄意:"宇宙此蘧芦,循环自终始。梦觉总非真,瞬息通今古。"其中表现了佛道思想的共同影响。

(三)王弘诲与道家

王弘诲对于道家主要取其退隐、养生、达生几条,特别是在晚年退隐之后,道家的全生益寿成了其主要目标。

王弘诲 50 多岁时便多次上疏退隐,其《三疏辞官未允漫述四首》云:

> 五湖投劾早,三疏拜恩迟。迂拙人皆笑,行藏我自疑。观生游可远,涉世静堪怡。若问图南翼,惟应海燕知。
>
> 北阙无媒者,南音只自操。鸿冥吾意足,狙喜众情劳。薄俗穷时见,微名醉里逃。济川成底事,鹭渚系渔舠。
>
> 世纲辞朱绂,田家爱素风。隐应容傲吏,仕不废明农。经术慵何补,文章老未工。南枝怜越鸟,飞绝海天空。
>
> 混迹依田父,全生学道流。行深幽客待,村远故人留。民拟无怀氏,身如不系舟。小溪桃尽发,还似武陵游。

此时,息心图南、微醉逃名与"全生学道"的意图尚各占比例。

其 60 岁生日所作《辛丑七月八日贱生六十自述二首》:

> 银鱼久向碧山焚,蕉鹿沉吟未易分。弧矢四方曾有志,鼎钟六秩尚无闻。行藏谩拟从詹卜,懒拙惟应守召园。每忆向来河鼓夕,几回却巧谢天孙。

似共双星别有因,隔宵乌鹊尚欢填。悬孤紫气依南极,恋阙丹心向北辰。绛县纪年增甲子,黄庭课日守庚申。迟回退食江湖远,樗散空惭祝大椿。

其中言"詹卜""黄庭课日""樗散"表明他已较多接触道家修炼功夫,而集中注意"全生学道"之法。

随着退隐日久及年龄的增长,大约延年益寿的"全生"修炼越来越受到重视,最集中反映其崇行道家养生修炼功夫的是《证道歌叩王炼师》一诗:

我闻自昔天仙吕葛马,八八年过学道者。仆也行年正及时,参询敢在群真下。五陵八百有襟期,悠悠何者是吾师。凭君示我刀圭秘,玄关一窍寻端倪。端倪本自混元气,厥初妙有分万汇。只因至实隐形山,宇宙茫茫鲜知味。自分玄白走天涯,不知此道落谁家。只履南来琼岛外,遥望天池寻紫霞。紫霞丹阙蕊珠宫,真人浮游守规中。婴儿姹女参商隔,知音邂逅扳追从。昔遇明师传口诀,只教凝神入气穴。不知炼己待何时,性命双修全真一。真一关头路匪遥,绛宫琼楼接鹊桥。夹脊双关昆仑顶,天应星分地应潮。浮沉颠倒龙虎蟠,摄情归性过泥丸。取坎填离丹鼎热,洞房牛女恣交欢。霎时玄牝酿醍醐,恍忽相逢结黍珠。知君凤注长生籍,帝教龙女送玄都。玄都寻取生身源,黄芽白雪纷漫漫。五采三花明火候,归根窍复命关。归根复命安神宅,温养沐浴分时刻。自然造化合天机,出入循环妙莫测。鹤眠龟息自绵绵,援宅飞升上八埏。圆陀陀分光烁烁,方知我命不由天。

文中涉及道家静修、驭气、炼丹、进药等诸般法门。从效果上看,似乎在静修、驭气方面王弘诲很有体会。至晚年,王弘诲对道家的修丹炼气都无怀疑,并将其与庄子的思想融合在一起,其六言绝句《隐居七首》可以说是晚年思想状况的写真:

九万北溟羽翮,八千南楚春秋。寸舌常扪在否,微躯此外何求。

出世金仙大意,还丹玉诀真诠。樗栎幸逃大匠,支离自保天年。

梦境翻为觉境,酡颜自保衰颜。大隐聊同小隐,闭关顿悟开关。

休休知足忍辱,呐呐怪事书空。答客堪同曼倩,解嘲漫拟扬雄。

荣名沧海浮沤,光阴白驹过客。何须畏人骄人,惟有自适其适。

得丧此生喻马,姓名与世呼牛。栩栩庄生蝴蝶,悠悠飘瓦虚舟。

刘伶用酒止酒,渊明作诗戒诗。到处有乡称醉,逢人问叟名痴。

王弘诲一生,大约取了一种进则忠君治事、勤勉尽职,退则忘怀得失、怡保天年的态度,故进而为儒,退而从佛道,并一度对基督教的科学及道德产生了浓厚兴趣。较为可惜的是,王弘诲对于儒学,既不能像他的前辈丘濬一样博大,又不能像钟芳一样修养精纯,对于心学也缺乏他的同代人海瑞的那种锐意进取,同时对道家的求仙炼丹较多迷信,对西学中的科学精神也缺乏进一步认识,于诸家学派但取其自适,而少批判。作为礼部尚书,这是我们可以期待他达到的。但是,考虑到整个中西文化发展的不对称性,也无法对王弘诲做更多的要求了。

二、王弘诲诗歌的思想内容

王弘诲诗歌题材比较广泛,较值得注意的有以下几类。一类是与佛教相关的题材,包括佛庙游记及与僧人交游的诗歌,计有近50首。一类是具有浓厚道家气息的诗歌,亦有近30首。还有一类较特殊的是在吴越之游过程中写作的纪游诗。王弘诲还有大量的赠答唱和诗,以及一些咏史诗和闺情诗。

王弘诲诗歌中与佛事相关的题材有近50篇。如《夏日同陈仁甫陈公望游净业寺六首》《别陆成叔山人二首》《初至京憩桥松上人兰若》《燕矶观音阁》《游观音阁》《赠聪上人二首》《华岩洞》《自天竺度岭至五云寺询莲池上座不遇》《天竺寺参观音大士像》《憩天界寺之万松庵》《游南安东山寺》《庐山黄龙寺》《癸卯春日同林宪副许给谏杨邑簿郑冯谢三文学登明昌塔绝顶》《春日吴薛陈黄林潘张诸孝廉邀登明昌塔》《登明昌塔》《游明昌寺》《送慈风上人还金陵因讯其师雪浪上座》《登龙门塔分得龙门高深四韵》《同黎岱屿年丈海珠寺眺望》《玲珑岩绝顶三首》《夏日同樊寓公柯袁郑三孝廉游天宁寺登怀坡堂诸古迹》《憨山上人渡海邀余说法》《游九华》《开元塔》《藏经阁》《夜饮水晶庵》《石佛寺》《游南华寺》《游南华》《题大鉴像》《宿卧佛寺》《游净寺遍参五百应真像》《晓起由灵隐登北高峰绝顶》《懒融祖师堂二首》《九日同林宪副许给谏登明昌塔拜高皇帝玉音》《予自七十始制生棺题曰归息庵而系以辞》等。这些诗歌主要有三类,一类是游记,一类是与人赠答,一类是自况。

王弘诲的诗歌中还有一类是抒发道家道学情怀的,大约有近 30 篇。如《三疏辞官未允漫述四首》《元日同郑春寰明府游仙岩》《仙岩》《峡山寺》《罗浮山》《辛丑七月八日贱生六十自述二首》《嬴惠庵十景诗为邓元宇将军赋 其十 石室仙踪》《游烂柯山》《孔剑锋种种幻术而尤精推数学能道人心上事历历不爽若有鬼神通之书此问之二首》《武夷歌》《证道歌叩王炼师》《隐居七首》《孤山吊林和靖墓》《止止庵拜白真人》等。

王弘诲也作过一些咏史怀古诗,如《歌风台》《谯国洗夫人庙诗》《岭南三名相》《咏史示儿》《苏堤怀古》《昭陵挽章》《建州城怀古》《曲江拜张文献祠》《寇公祠》《岳武穆祠》《吊少傅丘文庄公墓》《吊宫保海忠介公墓》等。王弘诲还有一些闺情诗,如《秋夜长》《采莲曲》《长门秋怨》《玉簪花》《无题》等。

王弘诲寄情山水名胜,留下了相当可观的山水诗和楼观诗。特别是吴越之游,所到之处都有诗歌吟咏。

除此之外,王弘诲诗歌最多题材的还是传统的赠答唱和类,这类诗歌或赠别,或颂庆,或唱和,思想上无特别之处,艺术上则时有亮点。

三、王弘诲诗歌的艺术成就

王弘诲的诗歌以七律为最多,占到五分之二,其次是五律、七绝,各占到近六分之一,其他五绝、六言以及古体诗所作都不多(见表 5.2)。从艺术上看,其五律七律写得最好,七绝次之,其他类中也偶有一些好的作品。

表 5.2 王弘诲存诗体裁分布

类型	五绝	七绝	五律	七律	五古	七古	七排	六言	联句	回文	集句	总计
数量	18	62	72	184	41	27	5	15	2	3	12	441

王弘诲的诗歌有以下一些突出的特点。

第一个突出的特点是诗歌中浓厚的禅释意味,包括佛教意象的运用与佛禅意境创造两个方面。王弘诲最好的诗歌往往将禅佛观念或意象引入诗歌,造成一种言近意远,难以言传的微妙境界。

这类诗歌主要是五律、七律。

五律写得最好，《燕矶观音阁》、《夏日同陈仁甫陈公望游净业寺六首》其三和其四、《赠聪亡人二首》其一等堪称代表作，也是集中写得最好的诗歌：

　　绀宇悬岸出，云林傍水开。鼋鼍持法供，龙象护经台。梵语潮音接，禅灯岸火回。迷律堪一望，彼岸几人来。（《燕矶观音阁》）

　　古寺藏幽境，高城驻晚凉。林深烟欲暝，荷净水含香。野意随鸥泛，芳心逐燕忙。愤然薄尘网，欲此借僧床。（《夏日同陈仁甫、陈公望游净业寺六首》其三）

　　野色连城堞，香风暗芝荷。蝉声依树近，鸟语隔花多。钟定分僧饭，芦深隐钓蓑。追欢吾意足，宁美习池过。（《夏日同陈仁甫、陈公望游净业寺六首》其四）

　　定中观自性，趺坐已多年。为了斋僧愿，来寻结众缘。心空涵水月，境寂见人天。若问西来意，忘言得妙诠。（《赠聪上人二首》其一）

《燕矶观音阁》描写南京长江边燕子矶上观音阁所见，首联交代观音阁的地理位置，"绀宇悬岸出"句写燕子矶的险要，"云林傍水开"写观音阁的美观。颔联描写观音阁的典制，"鼋鼍持法供"言四大天王护卫，"龙象护经台"言龙象持法，皆是衬托观音的法力。颈联描写晨昏之际观音阁的佛事活动，梵语接着潮音，禅灯夹杂岸火，"梵语"句写佛事活动与自然环境的融合，"禅灯"句写佛事活动与外界人事的勾连，两句意象简练而境界清深，写出了佛家的一种活泼庄重气息。尾联配以一个疑问句"迷律堪一望，彼岸几人来"，更是将庄严的景象引向了更深入的思考。全诗语言质朴而意境深邃，显示了作者较深的佛学体验，很耐人寻味。其他几首诗歌也都是在写景清靡之中引入佛教意象或意境，将景物与禅意很好地融合在一起，塑造出复杂的境界。如《夏日同陈仁甫陈公望游净业寺六首》其三言"古寺藏幽境"接着就是"荷净水含香"，"野意随鸥泛"接着"欲此借僧床"，《夏日同陈仁甫陈公望游净业寺六首》其四在一连串的清美景物后接以"钟定分僧饭"的安静，《赠聪上人二首》其一于"定中观自性"后言"心空涵水月",又于"境寂见人天"后言"若问西来意,忘言得妙诠"。其中"荷净水含香""钟定分僧饭"句都是景理双蕴的好句。

七律中融入禅佛意象的好诗也不少:

> 何来三竺倚山椒,妙相庄严绝世嚣。禅鸟拟窥丹鹫出,昙花偏傍白猿娇。摩珠峰顶晴看日,梵语江门隐听潮。六凿尘根俱洗尽,可容香钵解金貂。(《天竺寺参观音大士像》)

> 锦屏历尽礼云窝,闻道黄龙月夜过。五百应真窥海藏,三千秘密听弥陀。乌依龙树传经寂,僧照寒潭悟法多。欲向东林仍载酒,空斋宁许病维摩。(《庐山黄龙寺》)

> 老夫归兴满青山,竹里逢僧心事闲。沧海路寻杯底渡,白门家在定中还。传经几译西来意,杖锡谁从北渡关。若会浪师劳寄语,镜湖烟水待开颜。(《送慈风上人还金陵因讯其师雪浪上座》)

> 古寺楼台几废兴,入门双树叩山僧。空斋载酒随缘到,飞阁观潮问路登。心叩如来传法密,迹寻坡老旧游曾。风流河朔怜同调,清话能消过雨蒸。(《夏日同樊寓公柯袁郑三孝廉游天宁寺,登怀坡堂诸古迹》)

> 蹑蹬穿萝度岭危,逢人不识使君谁。门开野寺青枫晚,泉隐天池绿藓滋。客过上方传法密,僧归古洞出山迟。漫游无事多题壁,寂历苍苔有断碑。(《天池》)

在这些诗歌中,写景与佛意完美融合。"昙花偏傍白猿娇"的生新,"摩珠峰顶晴看日"的清旷,"梵语江门隐听潮"的深沉,"白门家在定中还"的矜定,"镜湖烟水待开颜"的轻快,"心叩如来传法密"的绵丽,"门开野寺青枫晚"的玄奥,"僧归古洞出山迟"的含蕴,这些句子浸透了佛禅的空明与悟性,已远不是单纯的写景或说理了。这几首诗歌在艺术上也达到了很高的水准,尤值得注意的是《天池》一诗,全诗借助佛家意象来抒写自己退隐山林、自隐自适的心情,其中的"天池"可谓是王弘诲于家国之外另筑的一方理想世界。王弘诲将自己的著作题为《天池草》，是带有双重含义的。

第二个突出的特点是其诗歌的苏轼风。康熙二十三年姜培甫撰《明太子少保南京礼部尚书忠铭王先生天池草序》云"琼海有忠铭王先生，为一代文章山斗……即景留题，出风入雅，卓尔不群，人方之苏轼，洵非虚语"①，较早指出了这个特点。

这种"苏轼风"有两个方面的含义，一方面是指王弘诲的作诗方式颇同苏轼，"触境题咏，则有登高作赋，遗物能名之才"②（杨天授《重刻大宗伯王忠铭先生文集序》），随物赋形，行制自由。这特别体现在他的古体诗作及排律中，如《岱宗吟》《武夷歌》《登文笔峰》《石钟山》《题群龙图》《观虎行》《石丸诗》《题御医陈小山墨梅》及讽刺张居正的排律《火树篇》《春雪篇》等，都是视野开阔、语言流畅、顺乎自然的作品。但这些作品在语言上大都不够精练，或缺乏苏轼那种心旷神怡、振起全篇的天分，故并不算集中最好的作品。

"苏轼风"的另一方面含义是指王弘诲集中一部分诗歌风格清旷豪放，带有浓厚的苏诗风格。这后面一种"苏轼风"恐怕是更为重要的。由于这部分诗歌在艺术上取得较高成绩，故较早受到人们的关注。

豪放的五律作品如：

> 一纵登临目，苍茫太宇空。断山浮潋滟，削壁判鸿蒙。地撼蛟龙斗，潮争鼓角雄。凭高独舒啸，宛存水晶宫。（《铜鼓岭观海寄贺明府》其二）

> 斜阳经谷口，幽僻远人群。一水羊肠绕，千山鸟道分。林深时欲雨，地湿每蒸云。剑气冲南斗，应成五色文。（《南斗山行》）

> 芳郊望不极，暇日正销忧。并是天边侣，而能物外游。远山含树断，一水抱城浮。日暮思乡处，浮云隔海陬。（《同陈仁甫郊行》）

豪放的七律作品更多。代表作如咏史类七律《歌风台》《吊宫保海忠介公

---

① 王弘诲著，王力平点校：《天池草》，海南出版社2004年版，第632-633页。
② 《天池草》，第631页。

墓》《读海忠介公平黎草因为转上当道》：

> 晓发长亭沛上过，霸图新感汉山河。谋臣已逐藏弓尽，猛士徒劳击筑歌。戏马台空秋草合，斩蛇泽在暮烟多。只今夏镇沙堤上，无限春风送夕波。(《歌风台》)

> 霜英不与众芳同，立懦廉顽振古风。一代乾坤扶正气，九天日月照孤忠。寒云暗淡沧溟外，古庙凄凉暮霭中。肃穆冠裳齐望拜，生刍一束意无穷。(《吊宫保海忠介公墓》)

> 九死批鳞历险艰，一生砥柱障回澜。孤忠耿耿云霄上，正气堂堂宇宙间。南海青天名尚在，中台冰月望犹寒。茂林当日求遗草，黎议谁从策治安？(《读海忠介公平黎草因为转上当道》)

写景类七律《雪阁奇观》、《游杨历岩二首》其二、《五指参天峰和丘文庄公韵二首》：

> 阴风吹雪满杉山，清赏凭高出玉寰。寒倚半空飞阁外，光遥百尺画阑间。剡溪欲访饶清兴，梁苑分题判醉颜。独美山公多郢曲，调高能使和人艰。(《雪阁奇观》)

> 石洞云房裛四垂，群峰环拱路逶迤。侧身岩壑盘蜗近，骋目乾坤过鸟知。隐约楼台浮海市，霏微泉树泻天池。兴来不尽磨崖纪，高阁凭虚纵所思。(《游杨历岩二首》其二)

> 地尽南溟气复连，五峰如指势擎天。浴光应捧咸池日，染翠疑探太乙烟。瑶岛露分仙掌湛，宝轮花傍佛支悬。寰中诸岳纷罗立，谁向鸿濛握化原？(《五指参天峰和丘文庄公韵》其一)

> 一柱波心五岳连，高标削翠界南天。谁将赤手耕沧海，直上丹宵拾紫烟。钓弋晓穿云锦出，神符宵握斗枢悬。最怜建水挥文笔，卓立乾坤判道

原。(《五指参天峰和丘文庄公韵》其二)

赠答类七律也有写得豪迈不羁的,如《题韩医士苏台画像韩乃太史敬堂之兄》《送王见斋年文赴华亭谕》:

> 博带褒衣振古风,翩翩意气自江东。清修迥出风尘外,大隐偏耽城市中。名在任教闻女子,书传何必对仓公。亦知太史称难弟,调燮谁当国手同。(《题韩医士苏台画像韩乃太史敬堂之兄》)

> 燕市悲歌又送君,清秋鸿雁感离群。酒钱尚愧苏司业,坐客空怜郑广文。三泖夜谈斋对月,九峰晴望馆为云。相思一寄华亭鹤,天路鸣声取次闻。(《送王见斋年丈赴华亭谕》)

豪放的古体诗代表作是《岱宗吟》与《武夷歌》,这两首诗歌极力模仿李白《蜀道难》,用字造句都酷似,豪放上自亦宗之。

另外还有一类与豪放相近,但更倾向于飘逸清旷类型的诗歌。如五律《三疏辞官未允漫述》其三与其四、《初秋长安感怀》:

> 世纲辞朱绂,田家爱素风。隐应容傲吏,仕不废明农。经术慵何补,文章老未工。南枝怜越鸟,飞绝海天空。(《三疏辞官未允漫述》其三)

> 混迹依田父,全生学道流。行深幽客待,村远故人留。民拟无怀氏,身如不系舟。小溪桃尽发,还似武陵游。(《三疏辞官未允漫述》其四)

> 客馆新秋至,空庭一叶飘。晚蝉鸣树近,归雁倚空遥。乱后乡书断,愁来浊酒销。故人多意气,秉烛对深宵。(《初秋长安感怀》)

七律中的佳作多属于这一风格。如送别类七律佳作:

> 紫气氤氲满旧关,扁舟湖海戴恩还。倾都祖帐东门外,抗疏声名北斗间。别业好寻裴绿野,前身应是白香山。即看紫盖峰头水,犹似蹯溪旧钓湾。(《赠大司寇王麟泉致政还温陵》)

　　粉署含香大雅才,宪邦新命汉廷推。人如水部初停草,地是扬州好咏梅。淮海风声传露布,邦沟月色映霜台。春农处处销金甲,将相勋名取次裁。(《送水部周明宇兵备淮扬》)

　　投老东归访钓游,梅花春色梦罗浮。丝纶乍远池头凤,机事浑忘海上鸥。避世金门怜意气,和歌玉署想风流。江湖亦自干星象,珍重当年泽畔裘。(《送直阁黎瑶石致政南还》其一)

　　适志归来张翰舟,剡溪相访道何由?行藏且自亲猿鹤,得失从人唤马牛。怪事可能书咄咄,安居何处记休休。赐环明主应留意,莫赋《离骚》易感愁。(《送大司成樟溪戴公归四明》)

　　杨柳春风别思牵,天涯去住两茫然。故交屈指凋零尽,往事惊心感慨偏。客路风尘烦爱护,片时尊酒暂流连。木兰坡上扁舟稳,莫忘他年济巨川。(《赠陈宗伯致政归莆阳二首》其二)

既有"别业好寻裴绿野,前身应是白香山"的风流,"人如水部初停草,地是扬州好咏梅"的潇洒,又有"丝纶乍远池头凤,机事浑忘海上鸥"的淡泊,"行藏且自亲猿鹤,得失从人唤马牛"的不羁,清空飘逸非常接近苏轼。

游记写景类七律佳作更是清旷超脱,如:

　　十里湖光四望中,晴波如练碧浮空。已无石砮留神迹,犹有残碑纪旧宫。远浦夕阳归钓艇,清秋芦岸落征鸿。凄凉不尽前朝事,一叶吴江送晚风。(《望湖亭怀古》)

　　青山郭外倚云偏,驻节南来度岭年。十里关门连楚粤,千家楼阁枕江烟。珠林香气岩前合,玉涧泉声树杪悬。欢赏桥边归路晚,寻舟疑到武陵还。(《游南安东山寺》)

　　河山十二杳无涯,法界玄超望转赊。景入壶中探日月,坐来衣上满烟

霞。缑山直拟随仙驭,牛渚真看犯客槎。婚嫁何年异禽尚,胜游五岳尽为
家。(《登岱》其三)

空门结约对菩提,出郭言旋日已西。酒醒尚怜花似醉,歌停时听鸟分
啼。江山处处共吟藻,风月悠悠属品题。借问当年点也意,白云回首惠休
栖。(《崇明归咏》)

身名幸自谢樊笼,招隐时来傍桂丛。鸟语渐能忘物外,鹿游应已惯山
中。开帘东岭看初月,敧枕南窗听晚风。争席不须嫌野老,垂纶堪自拟渔
翁。(《再到山庄漫兴》)

其"远浦夕阳归钓艇,清秋芦岸落征鸿""十里关门连楚粤,千家楼阁枕江烟"
"景入壶中探日月,坐来衣上满烟霞""木兰坡上扁舟稳"句,视野开阔,写景清
嘉,真可谓江山胜迹,美不胜收。

另外,题赠类七律于清旷之外,更多了一层沧桑变化:

江郭杯堪避暑留,虚堂春引石龙幽。轩开面面云烟合,亭敞时时花树
浮。湖海乡心关白社,天涯归兴寄沧洲。廿年姓字看题壁,荏苒流光忆旧
游。(《题恩州环翠堂》)

秋风怀古旧城边,一望川原思渺然。绿野堂烟空宿燕,天津桥废不闻
鹃。尚书故里寒云外,乔木人家夕照前。沧海独余东逝水,葱茏佳气自年
年。(《游陵水旧城经廖尚书故里留题贻其家子姓诸文学》)

总体上来讲,王弘诲最好的诗歌大都豪放清旷,豪放清旷的苏轼风是王弘
诲诗歌艺术成熟的标志,也是其最重要的成就。

当然,豪放清旷并非王弘诲诗歌唯一的风格,王弘诲的一些诗歌于清旷之
外,还有一种独特的绵密与古质,这特别反映在一些五律中。绵密如:

旋宿依沙际,帆樯两岸阴。村春涵树乱,市酿傍花斟。风定猿声密,
波澄鸟语沉。客怀聊自慰,清夜听歌音。(《晚泊廖村》)

驻马山前路,江村事事幽。野花开橘柚,林鸟叫辀辀。地迥偏宜寂,时和早报秋。田家熟鸡黍,劝我数能留。(《避乱山居即事》)

风尘容吏隐,懒散意何如。洞里寻花径,岩间借草庐。堤平朝度马,波定晚窥鱼。咫尺城边路,宁今芒屦疏。(《夏日同陈仁甫陈公望游净业寺六首》其六)

秋夜谁家妇,寒砧隔院声。含风时断续,带月共凄清。乱杵疑无力,传衣独有情。单于闻出塞,何日暂休兵。(《闻砧》)

古质如:

何处春来好,城南尺五天。棋枰围竹坐,几榻拂云眠。摘果朱相弹,分林绿自穿。花间劳指引,须仗主人前。(《春日承郭陈袁王四翁丈邀饮龙津飞云园林八首》其二)

逸兴看中圣,高谈接上贤。莺声娇出谷,鹤舞媚窥筵。馔出庖人细,欢逢知己偏。相忘宾主意,临别几回旋。(《春日承郭陈袁王四翁丈邀饮龙津飞云园林八首》其四)

野旷林争出,春深景倍和。草嘶山简马,波浴右军鹅。鹭渚翻荷盖,莺枝掷柳梭。风光不相负,泉石且婆娑。(《春日承郭陈袁王四翁丈邀饮龙津飞云园林八首》其六)

远道戒行役,清宵发故城。挂帆残月色,高枕隐鸡声。恋阙心偏切,怀人意屡更。劳歌待明发,惆怅几含情。(《晓发故城》)

这些诗歌在风格上更倾向于优美一类。

王弘诲的诗歌还有一个比较突出的特点,就是绝句类组诗很多。五绝组诗如《秋日过陈仁甫太史宅时雨中庭前花卉艳香过人因取唐诗药径深红苏山窗满翠微为韵就席成五言绝十首》《惠山泉三首》,六绝组诗如《隐居七首》《海田道中四首》，七绝组诗如《阳江环翠堂中留题四首》《闻雁四首》《送袁上舍旧岭南四首》《燕京上元歌二首》《嬴惠庵十景诗为邓元宇将军赋》《长门秋怨三首》《泰山杂咏三首》《王昭君辞三首》。

这些组诗多全凭禀赋，一气呵成，风格清华流丽，固然反映了王弘诲的才气惊人，但也流露出流畅有余、含蕴不足的缺点。如《秋日过陈仁甫太史宅，时雨中，庭前花卉艳香过人，因取唐诗"药径深红藓，山窗满翠微"为韵，就席成五言绝句十首》，只第一首较有味道：

> 静夜花容暗，空阶雨力微。故人多意气，秉烛故相依。

其他的明显诗意散淡。《桂树四首》只一首有味道：

> 高干丛丛起，修枝袅袅垂。个中清隐意，不令小山知。（其二）

《嬴惠庵十景诗为邓元宇将军赋》则只第十首差可一读：

> 石门幽鸟语关关，仙子游踪不可攀。总为伤情无尽处，年年合浦叶飞还。（《石室仙踪》）

即使这可读的一篇似乎也有些隔的毛病。其他如《惠山泉三首》，可读者为其二和其三：

> 处处品泉流，争名不相下。岂无幽涧中，清恐人知者。（其二）

> 人云中冷泉，味在此山中。不知天一初，谁与定铢两。（其三）

《送袁上舍归岭南四首》可读者则为其一和其二：

> 远道离离芳草铺，万家春色满皇都。谁将明月移归棹，一片乡心落五湖。（其一）

> 野色苍茫入望微，春风到处送征衣。王孙不似花无赖，新向金台得价归。（其二）

《燕京上元歌二首》可读者也只其一：

> 宝马香车意气骄，春城游冶斗妖娆。星衢月市行应遍，一刻千金是此

宵。（其一）

《五老观梅图为温陵林和之题二首》也只第一首较好：

> 暗香疏影占春华，名擅西湖处士家。不及竹林觇五老，压尽人间万
> 树花。

其六言绝句的代表作是《隐居七首》与《海田道中四首》，仔细分析，也不无这方
面的毛病。

> 远树依微极浦，清溪宛转长堤。杏花村里寻醉，桃洞人家欲迷。
> 烟笼近浦沙白，雨急长溪水浑。一夜江头潮满，钓船撑到柴门。
> 绿树孤村几点，平田沙屿一方。歧路宁知车马，生涯半是舟航。
> 秋风燕子人家，细雨渔翁钓搓。日暮王孙何处，凄凄芳草天涯。（《海
> 田道中四首》）

《隐居七首》自如运用老庄一派的典故，确实反映了王弘海较深的道家修养，但
从诗歌的角度看，却直白如话，毫无蕴藉可言，诗意相当清淡。《海田道中四
首》在艺术上处理稍好，第二首"钓船撑到柴门"与第三首"生涯半是舟航"语意
跳脱，较有新意，但总的来看，意象较为分散，其中的抒情要么流于俗套，要么
有生凑的嫌疑。这种情形也发生在其他组诗身上，如七绝组诗代表《阳江环翠
堂中留题四首》《闻雁四首》：

> 新筑高斋傍翠林，开帘静对碧云岑。图书四壁春无价，一寄金门吏
> 隐心。
> 闲开图画即丹丘，望里云山总卧游。玄草尚疑杨子阁，月明何似庾
> 公楼。
> 兀坐幽窗俗虑无，炎天过雨鹤声孤。开帘云水罴峰度，徙倚闲情问
> 钓徒。
> 庭前松竹翠交加，隐几悠然草白麻。九转未能论出世，只凭虚室寄烟
> 霞。（《阳江环翠堂中留题四首》）

> 萧瑟燕山一叶秋，征鸿声断暮云流。不知今夜长门月，多少班姬梦

里愁。

青海联翩几夜呼,萧萧雨雪暗伊吾。闻声忽动经年忆,况复怀人一
字无。

寒烟暮雨度湘潭,嘹唳西风听不堪。寄语虞罗休竞巧,为传边信到
江南。

结阵寒云夕照斜,白蘋红蓼对江花。多才似欲怜庄叟,作意长鸣度远
沙。(《闻雁四首》)

这两组诗歌语言华丽,意象丰赡,颇有韵致,已属于绝句中的佳制,但如仔细推
敲,其诗意俱在隔与不隔之间,情感亦露于真假之际,大约作者一题多制,情感
既已散淡,其精练处又未暇顾,味薄凑博处亦在所难免。倒是他的一些单篇绝
句,情感集中而意象精练,在这方面似更耐读一些。

尊闻此海湛流霞,宝敕楼前学士家。载酒尚疑天禄阁,传玄空自愧侯
芭。(《饮丘文庄公宝敕楼》)

补炼东南事有无,中天倚柱白云孤。端衣未下元章拜,纳履先占圮上
符。(《寄题木谷岭奇石》)

榴火丛中削玉团,一林红锦万人看。年年桃李争春色,谁似君家小状
元。(《林章叔送状元红荔枝赋谢》)

沧江万顷护朱栏,龙虎千年紫气盘。壑暝香烟藏窈窕,月明笙鹤下高
寒。(《燕子矶》)

王弘诲的诗歌还有一个突出的特点就是整体态度平淡节制,语意激烈的
几乎很少。较为例外的是几首古体诗和排律。尤值得注意的是其讽喻排律
《火树篇》与七言古诗《春雪歌》:

玉树银花傍晚妍,春光谁假祝融边。燎原欲种应无地,幻质能开别有
天。红学石榴全带焰,绿偷杨柳半浮烟。燦煌烛影金莲混,熠耀萤光翠篆
翩。遂有鱼珠承月吐,真看燐灼乱奎躔。影侵上苑灯花畔,声闹昭阳羯鼓

前。千种鳌山增气色，一林炎井似熬煎。丹书宛转拟衔雀，振木分明似耀蝉。落英点水俱销铄，钻燧微茫递化迁。公子流丸非挟弹，佳人拾翠不成钿。繁华炙手虽可热，零落灰心岂再燃。不分荣枯随把握，生憎炎冷窃机权。可怜佳夕当三五，浪费游人几百年。总为洛阳春有价，花开花落自年年。（《火树篇》）

苍灵敛手让玄冥，蛰龙始奋玉龙争。技穷邹衍吹燕律，气骄滕六纷纵横。四野同云天一色，曦轮晻霭春无力。瑟瑟初看霰集晴，霏霏旋觉寒威逼。漫天灿烂屑琼瑰，筛地轻盈糁粉灰。咿喔误鸡传唱早，仓皇吠犬越山道。杨花漂泊揽闲愁，流苏零落惊春回。春老仙人姑射来，细拈六出半阳开。净土累将增岳渎，和羹糁就拟盐梅。鸳鸯暗消冰溜仄，翠楼湿透鲛绡蚀。冷蕊休劳蜂蝶猜，幻葩终避芳菲匿。不堪心赏滞繁华，肠断莺声殿暮鸦。何处银杯贪逐马，何人缟带浪随车。九衢车马矜欢悦，紫貂坐拥金罍热。只羡风前雪作花，宁嗟日后花如雪。雪花花雪自年年，春来春去漾流泉。君不见，天边日出檐边雨，变幻冰山自古怜。（《春雪歌》）①

关于这两首诗歌的讽刺意味，王弘诲门人、广西监察御史区大伦作《赠太子少保南京礼部尚书忠铭王先生传》称："时江陵当国专恣，私其子鼎甲，不奔父丧。公作《火树篇》《春雪歌》讥焉，歌云：'九衢车马矜欢悦，紫貂坐拥金罍热。只羡风前雪作花，宁嗟日后花如雪。从来花雪自年年，漫将春雪斗花妍。君不见，天边日出檐边雨，变幻冰山自古怜。'江陵闻而衔之。会赵、吴两翰林疏论江陵构祸，公为救解。江陵愈怒，思以螫之。京省主考、讲筵诸华选，皆不与。故事，官词林十年，例得坊局。公在馆十四年，始转司业。十八年，江陵败，乃晋春坊谕德。"②考两诗，"遂有鱼珠承月吐，真看燐灼乱奎躔。影侵上苑灯花畔，声闹昭阳羯鼓前"句，语含讥意，"落英点水俱销铄，钻燧微茫递化迁。公子

---

①　海南出版社 2004 版《天池草》录此诗两处有误：一处原作"细拈六出关半阳开"，其中"关"当为衍文；一处原作"九衢车马矜劝悦"，据区大伦《赠太子少保南京礼部尚书忠铭王先生传》录文，"劝"当为"欢"之误。今二者俱改之。

②　《天池草》，第 625-626 页。

流丸非挟弹,佳人拾翠不成钿"句,非权势者所喜,"繁华炙手虽可热,零落灰心岂再燃。不分荣枯随把握,生憎炎冷窃机权"句,讽刺意味很明显,"四野同云天一色,曦轮晻霭春无力。瑟瑟初看霰集晞,霏霏旋觉寒威逼"句,写权势遮天,"唧喔误鸡传唱早,仓皇吠犬越山道。杨花飘泊搅闲愁,流苏零落惊春老"句,寓傀儡横行、贤人纷避,"冷蕊休劳蜂蝶猜,幻葩终避芳菲匿。不堪心赏滞繁华,肠断莺声殿暮鸦"句,写作者的忧心忡忡,"九衢车马矜欢悦,紫貂坐拥金罍热。只羡风前雪作花,宁嗟日后花如雪"句,暗示恶势力不会长久,确实是讥讽意味明显的两首诗歌。再考察王弘诲一生的行径,其后期为官屡上疏争谏,并效古人死谏之义借乞休上谏,是相当正直的一个人,虽然他也写过贺张居正儿子中第的文章《贺张相公》,贺张居正寿诞的文章《贺张相公寿诞》,还为张居正之父张文明写过神道碑《诰封特进光禄大夫左柱国兼太子太师史部尚书中极殿大学士观澜张公神道碑》,表明他一度与张居正关系相当密切,但并不说明他目睹张居正的权势灼人,就没有自己的想法。《四库全书提要》对《天池草》的收文体例颇不满意,但还是相当认可王弘诲的这两篇诗歌为讽刺之作,并云"张居正当国,又尝作《火树篇》《春雪歌》以讽,为居正所衔,盖亦介待之士也"[①]。这两首诗歌在艺术上全用比体,但由于比喻恰当,并无晦涩难懂的毛病,艺术上取得了相当的成功。全诗意象丰富,褒贬鲜明,讽刺效果极为突出,是王弘诲诗歌中情感表达较为激烈的诗篇。

另外,王弘诲在纪游诗歌方面取得了相当突出的成绩。其吴越之游过程中所写的诗歌,无论是山水吟咏,还是名胜古迹的赞颂,在作品的数量和质量上都是很突出的。

总的来看,王弘诲的诗歌数量、题材、体裁都较丰富,最好的诗歌多带有浓郁的苏轼风,风格以豪放清旷为主,也有优美绵密的篇什,在意境塑造上善于融汇佛理意象,又善于纪游山水名胜,其绝句则多组诗,虽往往失之含蓄,但亦有佳制,单篇在艺术上则更可取。王弘诲生于晚明之际,于晚明诗坛哀飒之将复作振起,撑起晚明万历诗坛,其诗歌特别是晚期诗歌,在当时即产生了较大影响,所谓"南都佳山水,暇辄同通儒名卿览观江山,举杯相属,酒酣耳热,泚笔

---

① 《四库全书总目提要》,第962页。

为诗赋,宛转深切,万口传诵。此与典册而施朝廷,弦歌而荐宗庙,其用异矣,而末甚相远。迨请老而归,去清华繁富之地,历山阻水涯之险,去国登楼之感,夫孰能无之。公乃涵养弥邃,而结撰弥工,大抵安时处顺,超然物表,不矜不挫,不诬不怼,读之令人遗荣利,冥得丧,如睹东郭顺子而悠然意消。何其盛也"①(焦竑《大秩宗尊师王公集序》),并在晚明至清初盛传不衰,"作之于前,传之于后,满箧充缃,百有余年"②(杨天授《重刻大宗伯王忠铭先生文集序》)。其诗歌虽然在艺术上未必能赶上丘、王、钟诸大家,但亦相随不远,而在影响上或者还要过之,不得不推为海南晚明诗歌 大家。

第三节　许子伟等其他诗人
（许子伟、梁云龙、梁必强、林震）

一、许子伟

许子伟(1555—1613),字用一,号南囿,琼州府城(今海口市琼山区府城街道)人,原籍金陵。万历丙戌进士,授行人,累官兵部、吏部、户部左给事,以弹劾权贵忤旨,贬铜仁府经历,罢官归,投身家乡教育事业,59岁卒,谥"忠直"。著有《广易通》《警觉语》《文编吟草》,今存《许忠直集》,收入"海南先贤诗文丛刊"本海南出版社 2004 年版《北泉草堂遗稿等七种》中,录其遗文序 2 篇,记 8篇,祭文 1 篇,诗 10 首。另有零散诗歌散见于地方志中。

许子伟 14 岁丧父,受丘濬、海瑞影响,刻苦力学。

16 岁(隆庆五年,1571 年),海瑞罢官乡居琼郡福德里,许子伟"为郡博士弟子员,每袖所习业,就刚峰海先生质正"③,与海瑞建立师徒关系,深受海瑞正直品性和自心为学的影响。

28 岁(万历十年,1582 年),许子伟中举。32 岁(万历十四年,1586)中进士,授行人。奉使南还作《海口渡》诗:

---

① 《天池草》,第 628 页。
② 《天池草》,第 631 页。
③ 许子伟:《陈邑侯去思记》,《北泉草堂遗稿等七种》,第 71 页。

路断天涯得少停，楼船箫鼓日逢迎。三更挂席渺沧海，二月乘槎老使
星。春气暖如帷下卧，潮声细入寝边听。寒装顿喜充行箧，依旧悬车菽
水亭。

诗歌描写出使途经海口的渡海经历，体物细腻，写景清雅，"春气暖如帷下卧，
潮声细入寝边听"句尤其细腻入微，写出了海上春气勃郁、夜听潮声的独特体
验，显示了较为成熟的风格。

33岁（万历十五年，1587），十月，海瑞在南京病逝，许子伟作《挽海忠介公》
缅怀恩师：

本来正气参天地，正气如公信可参。九死孤忠能悟主，一生奇节在惩
贪。已闻吴下称为母，几见朝中果是男。蝉翼□轮何事重，对公衾影欲
无惭。

诗歌高度评价海瑞的耿耿正气与男儿奇节，透露自己以海瑞为范，正直为官，
力争"对公衾影欲无惭"的决心。是年冬，许子伟奉旨护送海瑞灵柩回琼安葬，
"丁亥，奉命理海忠介后事，越己丑而竣"[①]，并在家乡开始开展自己的教育事
业，"复儋游，讲义学，盟义学"[②]，"勉捐十金，创德义书馆于兰村"[③]。

35岁（万历十七年，1589），御葬海瑞工竣，许子伟被升为兵科左给事中，不
久又转为史科左给事中。在做谏官期间，许子伟"抗颜谏诤，直声大著"[④]。居
京为官间隙，许子伟还创办琼州会馆，方便乡人来往京城，受到乡人好评。

请归省亲，假满，起补户部左给事中。许子伟受海瑞影响较大，法海瑞正
直敢谏，最终"以弹劾权贵忤旨"，贬铜仁府经历（今贵州境内），遂告归养母，不
再出仕。

许子伟居家并未停止教育事业，把较多精力投入到海南的教育事业之中，
建明昌塔，设儋耳义学，开敦仁书院，掌教文昌书院，对海南的教育事业做出了
相当大的贡献。

---

① 许子伟：《儋兰村德义书馆记》，《北泉草堂遗稿等七种》，第75页。
② 许子伟：《儋兰村德义书馆记》，《北泉草堂遗稿等七种》，第75页。
③ 许子伟：《儋兰村德义书馆记》，《北泉草堂遗稿等七种》，第75页。
④ 《郝通志本传》，《北泉草堂遗稿等七种》，第85页。

40岁(万历二十二年,1594),时王弘诲尚书告假归省,在家乡建尚友书院,许子伟受王弘诲之托,作《尚友书院记》,云"大宗伯忠铭王先生,自乙丑释褐……既尽友天下之善士矣。归而建书院于是邑学宫之左,题曰'尚友'……伟敬有质于先生,先生襟期朗旷,不立城府,每每脱略于形骸声势之外,而一种天趣,盖如融如。伟月旦先达,尝僭拟刚峰冬也,而先生阳春,春者仁也。先生自适其适,而又适古人之适者也……是举也,经始于癸巳之冬,落成于今岁之春"①;大约在同时期前后,应王弘诲之邀作《五指山和丘文庄公韵》:

> 翠壁峻嶒五岳连,恍疑仙掌出扶天。回环遥镇千溟浪,暖熢长浪百瑞烟。似鼓群山来北拱,已标奇甸正南悬。阳春雅调应相续,俊羽清商起太原。

诗歌虽无丘濬诗雄伟,但"似鼓群山来北拱,已标奇甸正南悬"句亦是虎虎有生气。

42岁(万历二十四年,1596),王阳明二传弟子王塘南的弟子贺瞻龙佐政文昌县丞,建玉阳书院落成,开体仁堂,请许子伟坐首坐讲学。②许子伟作《玉阳书院》诗,通过对自然景物和密细腻的描绘,并暗借朱熹胜日寻芳诗的意境,表达了这一时期的畅达心情:

> 好筑山堂深未深,篮舆便得两登临。共寻胜日无边景,时话先天一点心。苗发雨翻新作浪,枝头鸟宿故知音。乾坤不惜明开眼,红紫东风自古今。

45岁(万历二十七年,1599),"己亥春,会讲玉阳书院,从贺明府请,以上丁日文庙祭毕,主祀白沙先生,不自知其僭也。次日招游青山岭,一名玉阳山,书院盖以是得名云。时春雨淋漓,既溉重别,爰赋志感"③,作《游青山三首》:

> 江门春景自吾乡,祀罢先生蹋玉阳。剩有春风襄一领,不妨投足雨如浆。

---

① 许子伟:《尚友书院记》,《北泉草堂遗稿等七种》,第69-70页。
② 参见《赠贺定斋邑侯仁政荣满序》,《北泉草堂遗稿等七种》,第63页。
③ 许子伟:《游青山三首序》,《北泉草堂遗稿等七种》,第83页。

年来东道主人翁，静似潜龙动亦龙。萧洒不知身透雨，乘风直欲跨崆峒。

春到文昌满县花，衔杯高处讲无遮。微茫雨色团倾盖，错认青阳是白沙。

三首诗歌语调诙谐，意态恬淡，颇有丘濬悟道诗的风采，反映了较高的心学修养。同时，出于对陈白沙的尊敬，许子伟考虑在玉阳书院祀陈白沙，因作《皋塘馆喜晴拟回玉阳书院祀白沙先生》诗：

闻道青山耻据梧，巾车又到小蓬壶。岩花宿雨红含态，水鸟新晴绿唤雏。本为登山持蜡屐，更盟观海泛棠舻。春风两袖蒲三尺，归对先生契我无。

这一首律诗描写的景致比上述三绝句更为清新，"岩花宿雨红含态，水鸟新晴绿唤雏"意极清绝，令人想起诚斋的活泼隽永的小绝句。

56 岁，肇始于乙巳（万历三十三年，1605）春三月迁建的万州学宫，于本年（万历三十八年，庚戌，1610）六月告成，许子伟作《迁建儒学记》。

59 岁（万历四十一年，1613），许子伟卒，谥"忠直"。

清礼部尚书蒋德璟评许子伟"文章则宗丘深庵，理学则师陈白沙、杨复所，气质则效海刚峰"[1]，大约可以概括许子伟的一生。在理学上，许子伟受陈献章心学影响较大，尚独立思考，作《喻义亭朱陆同然记》混同朱陆的异同，云："义也者，自有天性来已然；喻义也者，自有圣学来已然。二先生安得不然，安得不同哉……夫二先生学圣人者也，圣人之道，一而已矣，何至背驰若是？已取象山书读之，则未尝不道问学矣；已取晦庵书读之，则未尝不尊德性矣；已又取所谓无极太极之辨，反复读之，止于一时章句之偏，而未尝不归一于太极矣。居则曰'朱陆同哉'"[2]，又云"凡吾心性原有是学，惟务敬以直内，义以方外，以成气节文章之盛"[3]，显示了心学明显影响。在个人气质和为官方面，许子伟则师法海瑞，讲气节，敢作为，表现出了与其心学崇尚相同的旨趣。

　　在诗歌方面,许子伟今存诗歌多为其心学的自然延伸,以写景明志为主,表现出了鲜明的尚性灵和自由倾向,与丘濬悟道诗以及海瑞明性诗具有非常相近的面貌。除上述已列作品外,如所作《马鞍冈》《文笔峰》《沈太守邀饮骊台口占纪胜二绝》,也皆有自我作古之意:

　　　　从来天厩种,不受俗鞿缰。锦鞯黄金勒,何忧道阻长。(《马鞍冈》)

　　　　凭谁竖羲画,插破古天荒。云锦毫端彩,星芒笔底光。颖临千嶂俯,翰洒八埏香。对此心缘正,依稀首欲昂。(《文笔峰》)

　　　　巍薜山城古石龙,碧流环绕似云从。登台会见文翁化,指点千家屋可封。

　　　　化城文运自今昌,东璧星辉接水光。最喜台成龟出洛,道南回首日扶桑。(《沈太守邀饮骊台口占纪胜二绝》,清光绪《化州志》卷一一)

二、梁云龙

　　梁云龙(？—1606),字会可,号霖雨,海南琼山梁陈(今梁沙村)人。在海南诸人中,梁云龙属于大器晚成的将才。

　　其生平可据《郝通志本传》《御祭文》及其遗文《背水战书与带川书》等推测。由于家贫,"嘉靖辛亥(1551),唐学究训蒙后山,吾业当志学年,始后习作文学篇法"[1],即 15 岁才入私塾读书。入学仅数月,天灾接踵,"五月,吾父损馆去,遂废之而樵牧,日从牧童驰骋原野,猎沙马,生擒论功"[2],樵牧生活养成了梁云龙矫健的身手和勇武的品性,为梁云龙后来的军武生涯打下了良好基础。一年后,"期年壬子(1552)……奉陈襟江先生部置文事……鼓于人言,趋之学"[3],再一年,"其明年,予往梁陈从黄石溪先生讲《周易》……思勤学习"[4],

---

① 梁云龙:《背水战书与带川书》,《北泉草堂遗稿等七种》,第 25 页。
② 《北泉草堂遗稿等七种》,第 25 页。
③ 《北泉草堂遗稿等七种》,第 25 页。
④ 《北泉草堂遗稿等七种》,第 26 页。

"其明年(1553)……往学于梁陈石溪先生……从先生者七十余人……二三梁氏(注,指自己和梁必强),独颉颃称雄"①。嘉靖三十七年(1558),同学陈一松首荐于乡,肇发都里文运,此举令梁云龙、梁必强等人更加勤奋,学古人"背水一战",塞山园结茅庐,闭户苦读。为访名师,梁云龙和梁必强、梁显猷三人拜进士郑廷鹄为师,苦修儒学:"其明年,吾复同原沙先生偕邀肇陵先生质正于郑篁溪先生。先生久领文宗,从游悉四方英俊,晚得三梁,大喜,声称藉藉出诸高贤上。"②嘉靖四十年(1561)三人并应举,入副榜。"隆庆改元丁卯……予与肇陵、原沙三先生并应举,独原沙先生步武而联捷"③,即只有梁必强于隆庆元年(1567)中举。梁云龙至万历十一年(1583),47岁始中进士,授兵部武库司主事,即所谓"吾始成进士云。自壬子迄今,历三朝,越三十余年,数其间聚散离合,未易枚举。率以背水战力,勤苦成功"④。此时他已年过不惑,可谓大器晚成。梁云龙在京与海瑞交游,"忝在戚末,事左右最久,亲炙最真"⑤,海瑞闻之欢喜非常,写信给云龙曰,"自得闻高第以来,日日月月喜之。生之喜,与他亲朋之喜异。盖谓贤亲平日志趣,借此阶梯可大发泄。吾琼他日增一贤者士夫,不比他甲第荣华,俗眼与之,仁人君子不与"⑥。后海瑞卒于任上,梁云龙参加同乡官祭,哀恸至极,犹公言在耳,终生铭记。

万历十六年(1588),梁云龙典试贵州,所取多名士。

万历十八年(1590),青海鞑靼部火落赤攻战临洮、河州等地,总兵刘承嗣战败,游击李联芳战死,朝廷大惊。朝廷阁议边事,诏兵部尚书郑洛兼右都御史,经略陕西四镇及山西、宣、大边防军务。兵部员外郎梁云龙,佥事万世德随军赞画。临河之祸,乃纵敌入青海所致。云龙献策断甘肃、凉州之通道,扼四川、青海之咽喉,迫敌归巢不得四出犯边。郑洛用其言。当年冬,河套部卜失菟犯甘肃永昌,欲侵青海,令总兵官张臣与之相持月余,设伏兵击破之,卜失菟仅得身逃。次年春,云龙又从郑洛入西宁,控制青海,扯力克闻风西徙200余

①　《北泉草堂遗稿等七种》,第26页。
②　《北泉草堂遗稿等七种》,第27页。
③　《北泉草堂遗稿等七种》,第27页。
④　《北泉草堂遗稿等七种》,第27页。
⑤　梁云龙:《海忠介公行状》,《北泉草堂遗稿等七种》,第34页。
⑥　《复梁霖宇》,《海瑞集》,海南出版社2003年版,第693页。

里,还所略洮河境内人口数千人,并与忠顺夫人(受明王朝诰封)认罪清归。见扯力克投降,火落赤和真相等首领也相继西遁,边关乃平。

万历二十年(1592),梁云龙晋升为按察司副使,治兵井陉(今属河北省),旋调天津,扼守京师之咽喉。时日本关白(日本古官名,统率百官)丰臣秀吉率兵侵朝,其势嚣张,朝鲜不能挡,求助于明王朝,明廷派兵救援,兵败釜山,中朝震动。恐倭寇犯边,有议增兵边防者。云龙乃持议:宜敕将帅固守,罢敌台陷阱诸费用,所省数十万白银。因赞画有功,云龙进承宣布政司使右参政。

万历二十二年(1594),云龙又领兵辽东开原,胡人炒花犯辽东,被总兵董一元击败,云龙设计擒巨寇,受赏记功。年底备兵庄浪(甘肃省境内),会土营官鲁某恣行不法,屡犯军规,云龙夺其营务,撤职查办。

万历二十六年(1598),扯力克已东归,而河套部火落赤、卜失菟仍据松山三大巢穴,时常抄掠明王朝境内,百姓流离失所,怨声载道。朝廷令兵部尚书田乐经略两河松山,李汶为三边总督。以云龙善于治边,尤熟西陲敌情,召从其行。李汶内联四镇,外招番族,六路进击,大破敌阵,荡空松山,收复失地千余里,筑边墙400里,大捷之。梁云龙为此役作《荡空松山》一文,勒石于甘肃平番县(今永登县)。

不久,荆楚苗藩犯乱,明廷授梁云龙为荆南布政使,前往弹压。云龙征抚相继,半年后,荆楚乃平,擢跃湖广巡抚,晋一品俸禄。其时,梁云龙已年届六十。

万历三十一年(1603),明朝廷发生了轰动一时的假楚王案。武昌楚藩镇国将军朱华越上奏称楚王朱华奎系昌宗之异姓子嗣,后因大学士宰相沈一贯受华奎重贿,力庇华奎,坐朱华越诬告,废为庶人,押之凤阳。第二年,楚王朱华奎为表忠心,献万金入都修建宫殿,在京宗人疑为送贿,数百人拦道抢夺。巡抚赵可怀下令捕治,宗人朱蕴珍等恨赵治狱不平,聚众冲入抚院,赵可怀被殴伤致死,酿成"楚宗叛乱"事件。万历帝任梁云龙为都察院右副都御史,巡抚湖广提督军门,肇画楚事。不久,闹事宗人悉数被捕,议于朝,有人建议置大辟(即死刑)。云龙建议分别处置,不可滥杀无辜。帝从云龙议,斩朱蕴珍等二人,赐四人自尽,禁锢四十五人,后恩诏开释。棘手的楚宗大案,经云龙之议,很快得以平息,云龙名声大震。正待朝廷擢拔之时,云龙不幸于万历三十四年

(1606)卒于任上,享年 70 岁。赠兵部左侍郎,赐葬于故里。

梁云龙生性刚健勇锐、光明磊落如海瑞,前半生虽困于一经而饱受挫折,然未尝气馁,中进士后宛如良马脱缰,飞鹰去空,其后半生戎马倥偬,屡建奇功,御祭文称"伟略宏深,渊谋邃远"①,在海南诸文士中,只有唐胄、林士元、钟芳数人有此等经历。

梁云龙亦能诗文,今《梁中丞遗稿》存书、碑文、行状各一篇,边塞诗 7 首。梁云龙为文似马迁,洒脱,有奇气,《背水战书与带川书》叙述与梁必强等人少年发奋读书之事,《荡空松山碑文》言河套用兵平复松山勒石记事,《海忠介公行状》则全面表着海瑞一生行事,皆叙事精核,词气慷慨,读之令人感奋。今所存诗惟《塞上曲七首》,不效女儿悲乐,皆为荡空松山侵房之后所作,风骨豪迈苍劲,直追王昌龄、李益边塞七绝:

> 东风吹柳汉营青,上相临戎列将星。誓灭匈奴清绝塞,幕南无复有王庭。
>
> 胡马频年下青海,汉兵此日开营垒。圣主无意启边强,直荡妖氛殿千载。
>
> 黄石阴府白狐变,天山传定无三箭。尚须射杀左贤王,露布飞闻未央殿。
>
> 西塞旄头破贼年,关山月色照祈连。秦筝唱彻胡笳绝,别是阳和一样天。
>
> 征夫弓箭插腰间,万马嘶嘶大号颁。一曲南薰云外奏,吹残杀气满天山。
>
> 莫谓秦关腥未埽,漫云汉市图不早。壮猷但得周方叔,边郊到处生芳草。
>
> 湟河谁挽洗胡弓,麟阁争图第一功。西极夜来瞻正气,乘槎直泛斗牛中。

在明代海南诗人中,有边塞风的诗人只有唐胄、林士元、梁云龙三人,其

---

① 《御祭云龙公文》,《北泉草堂遗稿等七种》,第 57 页。

中,唐胄善古体,林士元善律诗,梁云龙则善绝句,可谓海南边塞诗的三足。

三、梁必强

梁必强(1531—?)字原沙,琼山梁沙人。夙负清才,倜傥不群,磊落自异,少年时与梁士龙交游歃盟,发奋读书,俱入郑廷鹄门下学习,郑门下数百士,独取二梁为大器。后果于万历二年(1574)先中进士。任晋江知县,以经术治吏治,提倡文教,风流儒雅,名重当时。善识人,县试拔取蔡梦说第一,决其必中,后来蔡梦说果中进士,位至都察院监察御史。淡于仕途,满任归休,设馆造士,成就后进,以文史自娱。中年后,怡情山水,每遇名胜,辄有题咏,题诗摩崖,至老不倦,著有《沧浪集》。[①]

梁必强为人洒脱不羁,远绍陶元亮、陆天随,近师张事轩,其诗歌多散佚,今见《北泉草堂遗稿等七种·梁必强遗稿》存七律 4 首,《滇南诗选》存五古 1 首、五律 1 首、七律 5 首、七绝 2 首,总计不过 13 首,率皆自然清旷,风格成熟,较陶、陆、张诸人诗歌似更开阔远大,而近于太白,与东坡词风相劲。

其代表作如《墨鹰》《竹夫人》:

> 如窥如奋寂无声,炯炯双瞳映日晴。猥尔形容千古重,因知天地一毛轻。健为胎骨人称雅,淡作精神鸟亦惊。堪美前人留色相,雄心难与画工评。(《墨鹰》)

> 欲结同心无着处,但将手足伴猗那。扫尘二女浑无语,稳梦三更寂不波。脂粉懒沾西子色,风流常逐楚天娥。无端一入骚人手,点污贞心奈若何。(《竹夫人》)

《墨鹰》似老杜劲骨腾达,却多了一分老杜所无的飘逸。《竹夫人》似太白风流潇洒,却多了一分太白所无的淡远。两首诗境界超脱,颇似东坡与张孝祥的词风,然而似更多了一层心学的点染,在艺术上取得了很高的成绩。

其诗歌也有纯似太白清明晶莹的境界,如《月下邀客》《竹景和崔白石韵》

---

① 参见《梁必强遗稿序》,《北泉草堂遗稿等七种》,第 51 页。

《度仙桥》:

> 冰轮辗破万山扃,千里招呼眼共青。对魄遍将肝胆照,论心不觉鬓毛星。却怜剑气还看剑,为惜萍踪又结萍。相伴光华浑不厌,醒来犹见影窥棂。(《月下邀客》)

> 高风劲节共襟期,明月清阴是故知。新笋似擎诗客笔,放梢遥见酒家旗。招邀钟子琴调凤,勾引长庚咏入鸱。相伴沙鸥歌白石,剪裁时有数行题。(《竹景和崔白石韵》)

> 羽化应无足,乘鸾事已非。银河须鹊驾,乔乌傍乌飞。赤石平如砥,丹梯稳似矶。凭虚升宝殿,幻境去忘归。(《度仙桥》)

也有师效苏轼纯然旷达自适的诗歌,如《署事象山,游圆峰寺,时闻邸报》《层峦耸翠二首》《过桃源拜三义堂》:

> 人事支离任转蓬,炎凉作敌古今同。山僧讶我头头错,我美山僧色色空。龙带浮云归古洞,犬随白鹤舞松风。凭高才话诸天事,月挂峰头别又忽。(《署事象山,游圆峰寺,时闻邸报》)

> 半插峻嶒半水涯,逶迤驻节叠山西。乘空虎岭支来远,聚翠龙池眼欲迷。回首三天三岛近,纵观五指五云低。人钟地气清高萃,奚独文章入品题。(《层峦耸翠二首》其一)

> 恰似巫山二六斾,逶迤州里万峰余。前屏拖紫文争焕,后障垂青秀更奇。石室可容多客坐,仙岩应与众朋期。他年着屐重来此,半买山钱半酒卮。(《层峦耸翠二首》其二)

> 千古高风在,熏人姓字香。齐驱神合券,相对日生光。信义镌金石,彝伦刻肝肠。有心当愧死,世态日炎凉。(《过桃源拜三义堂》)

也有效天随子诙谐自嘲的诗歌,如七绝《喜蚊勉儿辈二首》:

怪我贪眠似困蒙，怜君唤醒主人翁。雷声入耳尘缘悟，尽在乾坤大觉中。（其一）

老大临头耳更聪，忽惊枕上话生风。苍蝇微夜君知否，顿觉蚊蠓亦化工。（其二）

也有如陶元亮廉静自守的诗歌，如《登楼对菊》：

秋声一叶桐，君复传消息。君对我舒眉，我慕君抱德。抽英何其迟，吐蕊应在即。浥露若迎人，含风如守墨。凭楼一望之，明月照颜色。松竹匀丰姿，栽培并南国。故人恰爱君，君意何默默。机事待秋深，黄花赛篱北。陶潜懒折腰，只为君心直。与尔结深知，炎凉情罔极。

还有两首《青草孝贻祠堂和张子翼韵》，大约融合了海南本土隐士经验，更能显示出作者本人的冲和宽厚气质：

栋宇千寻壮里居，如何祠下草长除。炉烟袅袅灵如在，水木悠悠意自舒。种德一心无望报，传家万卷有藏书。知君对此无他美，只美吾生乐有余。（其一）

耳外无闻车马音，白云长护宇垣深。心田远接槐三叶，手泽长存桂一林。课子才名齐北斗，承家礼教重南金。照人古道今犹在，唤醒人间乌哺心。（其二）

诗歌似不经意，然宽厚仁和，虽无李白的高、陶渊明的远、天随子的峭拔，却自有一种浑厚温暖的气韵。

四、林震

林震，生卒年不详，琼山博茂人。明神宗万历十四年（1586）进士，观政刑部，官至四川按察副使。与王尚书弘海、许给谏子伟为道义交，常时论学。王弘海建尚友书院落成，大会诸生，讲明心性省察慎独之学，在学会，亦发明程朱学说。事见清道光《万州志》卷二、明陈是集《滇南诗选》卷二。惜遗集散佚，仅存序、记、诗 10 余篇。"海南先贤诗文丛刊"本《滇南诗选》录其诗 9 首。从所存诗看，决断峭拔，炼字古拗，与王弘海的豪放、梁云龙的苍劲、梁必强的清旷比较不同,与许子伟的悟道风格也有较大差距。方之历史,颇有近于贾岛的风味。

这种决断峭拔,首先源于题材与构思的奇特。如集中《秋月饮崔白石宅对圆石》《晒蚬》《七夕雨》《和唐人鸳鸯诗》,皆是构思与题材奇特的诗篇:

> 风物凄清对倚栏,云根班坐绿醅宽。留将明月空庭满,摘向骊龙秋水寒。勾漏不知丹几转,摩尼忽自现团栾。祥光夜夜凌无极,疑作天南斗气看。(《秋月饮崔白石宅对圆石》)

> 端居室如蜗,耻为蛮触奋。饮啖仅充肠,百珍非所问。溪叟前致词,火食虽古训。而我山野人,别作一风韵。蚬蛤晒可供,烹饪味相似。无劳釜鬵溦,只取炎阳蕴。生涵熟之理,日即火之运。制物各有宜,达生在随分。(《晒蚬》)

> 鹊桥岁岁架银河,不似今年怨恨多。据拮偏教风雨妒,缘悭其奈牛女何。鸣虫似写秋声赋,断雁惊残子夜歌。欲向津头问消息,乘槎无计水生波。(《七夕雨》)

> 徐开锦翼弄晴晖,半掩菰菱见面稀。睡里不知沙际暖,戏时端的浪花飞。双栖绣被沾恩宠,并坐澄潭了道机。莫羡五侯池馆胜,与人相对亦依依。(《和唐人鸳鸯诗》)

《秋月饮崔白石宅对圆石》属于咏物诗,然而所咏之物却非常奇特,仅是友人宅里的一块圆圆的石头,若非构思巧妙,断难成篇,但作者通过奇特的想象,将这块石头与天水云彩、明月骊龙,乃至道家丹机、摩尼宝珠相联系,把人带进了一个斑斓绚丽的虚幻世界。《晒蚬》则取材更为奇特,诗歌通过对野人溪叟晒蚬而食的奇特饮食习俗的描写,表达了万物殊途,各有其宜,达生随性,殊途同归的道理。《七夕雨》亦甚巧妙,历来七夕若无明月则不可着笔,本篇则反其意用之,写七夕之雨阻隔天河,引发哀怨,全诗全凭想象,即使眼前景物描写如"鸣虫似写秋声赋,断雁惊残子夜歌",亦多为衬托作用,末句发出"乘槎无计"的感慨,诗歌意境优美凄怨,然出语峭拔,风格并不哀飒。《和唐人鸳鸯诗》则借鸳鸯生活描绘各种复杂的人生体验,语微而意远,近于可解与不可解之间,意旨古奥,很耐人寻味。

这种决断峭拔,还与作者炼字造句的奇崛相关。如《和云龙雅咏诗》:

> 遥忆园林好,居然惬素心。论文耽旧癖,啜茗涤烦襟。一槛看鱼曲,千松系马深。夜来干象纬,奇绝此登临。

全诗所用的"耽""涤""曲""深""干"等字,皆准确矫健,峭拔警深,形成了全诗直而不枯、曲而不婉的峭拔风格。再如《秋月饮黄乾斋书楼,时菊初蕊,得"阳"字》:

> 吟倚书楼对夕阳,霜株拂槛未全黄。已经重九迟秋节,犹自葳蕤逗晚香。商舸近桥人语乱,女墙如带柝声长。花神九字君家是,冬去春来放未央。

"迟""逗""乱"字,皆用得险倔,"未全""未央",亦透漏出情绪的复杂。再如《初冬寻菊》中的"翻""含""抱""砌"诸字:

> 栽向东篱也自妍,开迟翻占百花先。萧疏嫩蕊仍含冻,管领幽香别有天。为抱孤贞劳杖屦,不随群艳落芳筵。若教容易当庭砌,安得骚人带醉怜。

《华封仙榻》诗中的"疑""窥""蜗篆""买山"等字:

> 骑鹤仙翁去不还,空留禅榻隐重关。九天人在虚无里,三祝声疑杳霭间。月冷霓裳窥树色,岚深蜗篆集苔斑。坐临盘石耽清赏,耕凿何须更买山。(清道光《万州志》卷八)

这些用字除准确表达作者意图之外,皆有奇崛僻涩的一面,为全诗的奥峭奠定了基础。

当然,也有些决断峭拔纯粹是由于作者的想象出人意表,如《和姚道尊五指山诗》:

> 一臂高擎海上洲,褰帷人是采真游。欲排瘴霭摅长策,为挽天河洗末

流。吾道有盟归掌握,皇图何地不中州。时清宜献平蛮颂,南顾应纾万里愁。

还有语言本身的洗练古质也会直接造成峭拔风格,《贺牛文垒七十一》即是如此:

白发壶中诀,清尊海上仙。初衣遂鸿举,彩服俱象贤。此去一百岁,直须三十年。凡数起于一,乘之将及千。

第七章　明末诗坛及其他:衰歇期

明末,随着梁云龙、许子伟、梁必强、王弘诲等一批诗人的相继谢世,海南诗坛陡转消沉。明末 30 年,海南诗坛后继无人,实际活跃的著名诗人只有陈是集一位,轰轰烈烈的明代海南诗坛终于迎来了它的暮年。

第一节　明末海南诗坛的衰歇

从万历初叶开始到明亡,其间 70 余年,新出生涌现出来的诗人竟只有陈是集一位。万历年间,当万历之前出生的一批诗人正活跃在诗坛上的时候,尚看不出什么,但当这批诗人逐渐衰老的时候,其间的空白就显示了出来。明末 30 年,海南诗坛后继无人,实际活跃的著名诗人只有陈是集一位,轰轰烈烈的明代海南诗坛终于迎来了它的暮年。而考察同时的大陆诗坛,尚有竟陵诗派在维系命脉,同时,复社、几社作家也贡献出了相当大的力量,顾炎武、王夫之、黄宗羲也先后崛起,诗坛并没有表现出明显的衰退。那么,是什么原因导致了明末海南诗坛的迅速衰退呢?

考明初海南文化的崛起,一是国家的政策倾斜,二是环境的稳定,三是地方经济的繁荣,四是地方教育的重视,五是移民文化的影响,则不难看出明末诗坛骤衰的一些端倪。陈是集《与刘按台书》尝论明末海南的情况,"大约以吏则贪,以弁则横,以士气则不扬,以井里则流寓强而土著弱……此四者,通琼之积害,日甚一日。即近赖诸公祖之廉慈,而积蠹已久,不可顿改"[①],则明末海南,已是吏治腐败而民不堪任,军队腐化而寇盗横行,百姓不安而人心思变,士

---

① 陈是集:《中秘稿》,《湄丘集等六种》,第 407-408 页。

气衰败而教育风气不扬,所有这些情况加在一起,反馈在文化上,就必然是文化的衰退。大约这种衰退在海瑞时期便已发生,发展到陈是集之时,实已是病大难医,积重难返,当海瑞、王弘诲等一批人带着最后的辉煌离开诗坛,接下来在诗坛发生的状况也就不难理解了。

要考察各种因素对海南明末诗坛的实际影响,当然需要更深入的资料分析与研究。但经济的衰败与教育的衰退一定是其中两个最核心要素。当经济衰退和教育衰败,诗歌无可避免地走向了末路。陈是集在海南诗坛沉寂的时候编订《溟南诗选》,与其说是对明代海南诗歌的一次总结,还不如说是对海南诗坛实施的一次补救。可惜,这种补救方式随着国家的迅速衰败而宣告流产。陈是集的子孙一代又一代携带着尚未刊刻的手稿,希冀着这些手稿有朝一日能够启迪海南诗歌再来一次中兴,在他们的视野中,也许永远留着明代海南诗坛那辉煌的大幕以及那大幕下无数辉煌的影子。陈是集是最后一个在那大幕下跳舞的人,也是通过他的《溟南诗选》最后亲手关上那重大幕的人。

第二节　陈是集与《溟南诗选》

一、陈是集

陈是集(1593—1647),字虚斯,号筠似,别号双峰居士,晚号忍辱道人,海南文昌人。万历二十一年生。26岁,中秀才。28岁(1620),即万历四十八年,七月二十一日,万历驾崩,八月初一,朱常洛登基,年号泰昌;九月初一,朱常洛驾崩;九月初六,朱由校继位,是为熹宗,年号天启。天启年间,内则党宦争斗,民生凋敝,起义蜂起;外则女真崛起,国力渐衰,乱象环生。29岁(1621),天启元年,陈是集中举人。天启初,朱由校用东林党人为政,天启三年,用魏忠贤掌东厂制衡,东厂干政,恐怖四起,吏治腐烂。35岁(1627),天启七年,陕西大旱,三月,王二率饥民首义,明末起义揭开序幕;八月,熹宗崩,朱由检继位。36岁(1628),改元,是为崇祯元年。崇祯年间,大旱不断、瘟疫爆发,内则农民起义抚剿不定,成燎原之势,外则满清和战不定,日益坐大。崇祯十七年(1644)三月十九日李自成攻入北京,崇祯自缢,明亡。在这一背景下,陈是集39岁

(1631)考中进士。以父母相继去世,丁艰六年,守制期间编《滇南诗选》。45 岁 (1637),授中书舍人,出使蜀粤诸王。47 岁(1639),十月回京复命,未及一年, 被人嫁祸,卷入南雄知府吴之京钻营案,入狱。耿介不屈,拒不认罪,淹狱二 年。49 岁(1641),崇祯十四年辛巳二月,崇祯下罪己诏免诸犯,得免返乡。居 乡潜心读书写作,著《中秘稿》。1644 年,三月,李自成、清兵先后入京,陈是集 为人耿介正直,有民族气节,尝言"国危矣! 我犹戴发正寝,夫何憾"①,"燕京之 陷,龙髯驭天……闻变,偕郡城诸绅衿,聚哭丛林,声动天地,观者如堵。时督 学林公将举义勤王……慷慨激愤,赞决其行"②,清兵下琼,"始闻之,辄更沐衣 冠,北向稽首,且拜且哭曰:'臣无以报国矣!'继而就缢者再,饮鸩者再,咸以救 获苏。举家坐卫之,而日夜痛哭不休,越十数日咽枯泪竭,至喑不能言。有劝 薙发投诚者,辄援笔谢曰:'吾欲以此见诸先帝于地下,可杀不可辱耳'"③,遂一 病不起。作为一介书生,保持了一个民族知识分子的基本气节。其事迹其子 撰《筠似公行状》述之甚详,清《道光广东通志·琼州府》有传④。

陈是集能文能诗。今存《中秘稿》⑤,保留五律 32 首、七律 42 首、七绝 37 首、五古 3 首,计诗 114 首。其诗歌内容,有叙写身世感叹遭遇的,有描写现实 劝勉朋友的,有描摹景物抒写胸怀的,咏怀、写景、赠送各种类型都有,并非全 都是咏怀一己之作。

明末起义蜂起,边境告急,国家险象环生,这些在陈是集的集中有所反映。 如其《闻寇警》写国家内乱:

> 蹒跚已见十年间,卷席无人慰圣颜。纸底孙吴非大将,槛中豺虎纵依
> 山。尚方赐玦归何益,浪子从军逝不还。楚尾蜀头今告急,画江为守便
> 晨关。

此诗大约写于农民首义后十年间,即崇祯十年左右,是年清军入边,张献忠联 合罗汝才部活动于湖北蕲春霍山,李自成进军四川,故诗中有"楚尾蜀头今告

---

① 潘应斗:《中秘稿序》,《湄丘集等六种》,海南出版社 2006 年版,第 354 页。
② 陈人驹、陈人骅:《筠似公行状》,《湄丘集等六种》,第 453 页。
③ 陈人驹、陈人骅:《筠似公行状》,《湄丘集等六种》,第 454-455 页。
④ 阮元总裁、陈昌齐总纂:《道光广东通志·琼州府》,海南出版社 2006 年版,第 819 页。
⑤ 载入"海南先贤诗文丛刊"本《湄丘集等六种》,海南出版社 2006 年版。

急"之语。诗歌对国家之变寄予了深深的担忧，甚至为朝廷提出了"画江为守"的防御策略。《答邱懋建见赠》是感于国家之乱，劝勉朋友早图国是的作品。

> 何时兵气化为光，人世于今半夜郎。锻翮岂堪险鹄惊，幽栖偶尔羡鸿翔。芳能有几分兰艾，性不相容是桂姜。公等雄图应早奋，道民只喜束云装。

其诗歌也有表达自己诗书立家文化志向的。如《家信至，六月长男人驹举一孙，适吴比部鲁冈、秋曹岳大行、金明经润孚在座，而伍国开年兄家信亦至，长郎以仲秋举第三孙，座中一噱，明日以诗见示，赋答其韵二首》其二云"青缯自是吾家宝，怡弄先芸乃及荪"；《鹏侄试笔》云："少孤能自立，贵在养蒙初。友让家之宝，钱刀俗所余。事君惟节义，念祖必诗书。羡尔为千里，腾飞远胜予。"诗歌借自己的遭遇，劝诫晚辈"事君惟节义，念祖必诗书"，实际上是夫子自道。这方面的代表作是《寄友》：

> 蓦尔逢君面，相看只自痴。强将心半住，争奈影犹离。兰籍永为好，骚坛或可期。怀人长啸处，恐有白云低。

此诗应写于出狱不久，故作者出语悲愤，有"相看只自痴"之句，但作品仍然表露出"兰籍永为好，骚坛或可期"的自我期待，并表现出了"怀人长啸处，恐有白云低"的孤傲之情。

当然，对于影响其一生的被诬入狱事件，作者笔下有多方面的反映。最直接的表现是其七律《狱中有感三首》：

> 天遇如此宁复歔？劝儿休读制科书。愤来欲碎渔阳响，憔绝同吟泽畔余。聊复钟情怜病妾，偶将坐隐当安车。雄心未忍空抛却，志怪齐谐尚猎渔。

> 远来何事使人歔？今日邹阳已上书。苦节一生非业债，清名两字或冤余。摩编自可招人妒，下榫翻多载鬼车。石出是时将策□，莼鲈吾适问樵渔。

> 生当磨蝎可如何？命似炜鸡熬未过。目断南天惟梦绕，书陈北阙被

人跎。廉名自许身先辱,仇事无端累已波。独喜君心昭雪得,累臣泪尽望恩多。

作者无端被诬,莫名下狱,心情极为复杂,"劝儿休读制科书"的激愤,"雄心未忍空抛却"的矜持,"志怪齐谐尚猎渔"的自勉,"邹阳上书"的抗争,"水落石出"的期盼,"莼鲈归隐"的设想,"廉名先辱"的遗憾,诸种情绪皆涌显于诗中。系狱事件促使陈是集不得不归隐,对陈是集诗歌更深远的影响是气质上的。

明潘应斗《中秘稿序》评价其诗文:"诗三卷,庚辰(1640)后尤为臻胜,大都峭劲澹宕,类元次山,不但步海琼子之遒轨,漱文庄辈之芳润已也。文若干首,博丽典伟,则又与于麟、若士并驱。"①清姚玑《中秘稿跋》评论其诗文:"即其文章以论,其俯仰揖让,似欧阳庐陵;其醇笃朴茂,似曾南丰;其诗则自出机杼,不屑寄唐宋人篱下。间有随身竿木,作戏逢场,如宋广平之赋梅花,而戛戛独造,则所谓豪杰之士,无所待而兴者。"②大约其前半生经历似元结(元结进士授官后不久遇安禄山反,率族人避难归隐),气质古澹亦近元结,故诗歌风格亦有相近之处,早期已颇有扞格不羁之气,晚又经屈辱下狱,而介直不改,故更添峭劲澹宕,时夹激愤语,与前辈白玉蟾与丘濬的流畅颇不同。

仔细辨认其五律,或者能看出其前后期的细微差别。《自梅溪行遇雨,晚宿野店》大约作于系狱前。

> 险绝人难信,身游今乃知。嶙岏峰叠织,亚细亩如眉。柏色偏宜雨,萝烟半绕篱。锦江心政切,为诵小陵诗。

诗中描写古质,写景清老,叠峰眉田,正是江南风景,柏雨烟萝,恰为野户风色,末句写到"锦江心政",大约正忙于公务。全诗洋溢着一种自然的热情与兴味,故可定为作者授中书舍人,出使蜀越诸王期间所作。而《访林日父》《寄友》《答林启薇见赠》诸篇,大约都作于出狱后。

> 一别那能久,因之过子庐。榔阴光入户,花静影和裾。兴剧呼卢远,情深漏刻迟。为言宾主意,长啸莫愁予。(《访林日父》)

---

① 《湄丘集等六种》,第 355 页。
② 《湄丘集等六种》,第 457-458 页。

笑彼乾坤窄,违心又有端。忍将尘外响,而向巴人弹。小屈君何介?千秋我未阑。午余花院静,玉屦肯珊珊。(《寄友》)

君才非一世,健翮欲凌空。极目忧戎马,深怀寄远鸿。怜余孤隐处,散帙万山中。花木欣人意,雾飞大国风。(《答林启薇见赠》)

《访林日父》写自己拜访友人的场景,林日父大约是作者极要好的知音,此言"一别那能久",显示不久前即见过面,末句言"长啸莫愁予"是对朋友的宽慰,大约这位朋友有感于作者的遭遇,很为之愤愤不平,故作者更开导之。颔联写景,"榔阴光入户,花静影和裾"描写故人的居室,极为恬淡静谧,显示了主人高雅的情操与恬淡的情怀,只有颈联"兴剧呼卢远"显示出一些激烈的气氛,曲折透露出作者的内心并不平静。《寄友》则较为直接,所谓"笑彼乾坤窄,违心又有端。忍将尘外响,而向巴人弹",显系怨愤不平之言。《答林启薇见赠》写朋友志气高远,"健翮欲凌空"句极为矫健,而"怜余孤隐处,散帙万山中"虽是不平之语,却澹宕峭峻,很有力度。《访林日父》《答林启薇见赠》可视为作者五律的代表之作。

陈是集的七律较五律写得更为豪放一些。

如其早期言志的作品《锦江答贺南溟父母韵》:

纡回曲道已经旬,倚玉依然涨海滨。焉有仙才耽俗吏,定将峨雪隐高人。涛笺万幅供麾使,锦树千章结要津。我亦金门称避世,来寻方外远枫宸。

如"涛笺万幅供麾使,锦树千章结要津",确实是不肯依人下的志向。早期国事家事俱尚可期,看什么都是兴味盎然的,如唱和诗《正月十三夜同乡李晓湘、姚谷神、李二何诸公招饮粤东会馆,开灯有赋》《十六夜过伍国开饮,散灯次韵》:

紫塞年来不起烟,主恩春色浑无边。暂邀玉署开灯约,可免金龟换酒钱。友善堂中追古谊,银花灿处笑惊筵。自兹不夜连三五,赐酺年年胜似前。(《正月十三夜同乡李晓湘、姚谷神、李二何诸公招饮粤东会馆,开灯有赋》)

　　　　如此风光那得愁？开灯便晓散灯由。绮窗月透犹招饮，紫陌花清入

　　座收。论到千愁添侠韵，算来几种应题留。升平乐事缘非浅，重拟近君百

　　尺楼。(《十六夜过伍国开饮，散灯次韵》)

两首诗均写作于作者耽留京城时，正月与朋友会宴观灯之后，大约此时作者尚
未中进士，故言"可免金龟换酒钱"，"紫塞年来不起烟""升平乐事缘非浅"句亦
表明国家尚在太平之中。两首诗语意清畅，气氛热烈，显示了作者早期的思想
意识。

　　至晚经系狱磨砺后，世事看得更为透彻，诗歌中欢乐的气氛消减了，议论
思考更深入了，并显示出前期所没有的孤愤抑郁，但作者兀然独立，冰肌玉雪，
傲然不与世情同的气质似乎有增无减。《和林启抡席间茉莉韵》三首当是这一
时期的代表作：

　　　　犹恋灯前未忍开，幽情如许月同来。孤光不着狂蜂语，别韵频将奋友

　　杯。魄似冰仙谁作伴？香飘梅影醉偏陪。对君愿祝东风主，莫向人间染

　　俗埃。(其一)

　　　　冰魂能向火边开，朵朵贞心天际来。悄地焚香堪拂座，嫣然无语自催

　　杯。歌中白雪缘何赏？麈尾清言为尔陪。不羡牡丹和芍药，只因微焰故

　　多埃。(其二)

　　　　倒泻银河枝上开，拈花微笑印如来。色香了了归禅眼，精魄飞飞濯酒

　　杯。姑射远空呈绰约，洛神波底幸追陪。前生记与花为主，九锡名人绝尘

　　埃。(其三)

其一起句"未忍开""幽情如许"，这是系狱前所没有的调子，次联"孤光""狂蜂"
"奋友杯"皆是孤愤之语，"魄似冰仙谁作伴，香飘梅影醉偏陪"显然融合了作者
的沉痛经历，"对君愿祝东风主"句说得恳切，不似以前的张扬，的确显示了作
者系狱后心理的深沉变化。其二"冰魂能向火边开，朵朵贞心天际来"句，恰如
沉默很久之后的忽然爆发，是作者压抑很久的情绪的宣泄，是内心贞节的告

白，后面"悄地焚香""嫣然无语""歌中白雪""麈尾清言"皆是进一步的补充说明，至尾句"只因微焰故多埃"则又是借花自语，所谓"伤心人别有怀抱"了。其三描写更加恣肆，其情感仿佛一发而不可收，一连用了"银河""如来""姑射""洛神"四个典故神话来形容茉莉花的高洁圣美，末句用"绝尘埃"作结，显示自己绝不与世同流合污的决心。这三首诗歌尤以第二、三首写得神采飞扬，顾盼生姿。

陈是集的晚期七律多有这种表明心境的豪放作品。如他咏物诗的代表作《有以王瓜护烛者，名为瓜烛，赋之》《和孙硕肤病中对菊》：

> 谁能火宅具冰容，禅续风灯自不穷。忽见丛条连蔓摘，复依莲焰吐花茸。果于慧照求生种，膏莫煎残觅护从。愿得君心如此烛，光明匣里露华浓。（《有以王瓜护烛者，名为瓜烛，赋之》）

> 独喜东篱不世情，霏黄绽紫亦分明。病容未肯因卿瘦，诗思遥飞仗若轻。芯隐月华随赏客，香闻天际惹鸣莺。雪霜何物能侵尔，烛浪先生细数英。（《和孙硕肤病中对菊》）

送别诗代表作《清远峡酬别朱叔子》《送冯志寰杭州府幕南归》也是借送别言心境的豪放佳作：

> 公然画手倚天开，贝阙凌空何自来？潭影峰峦清不了，松流梵呗群成堆。欲酬好句裁云叶，更挹飞泉佐茗杯。胜侣胜游真快事，惜分临水重徘徊。（《清远峡酬别朱叔子》）

> 一官几度任升沉，苏堤何如宦海深。荒徼花封犹厌老，冰清莲幕独知心。高情原不粘轩冕，傲骨因之长竹林。闻说山居荷数亩，归来长啸水云岑。（《送冯志寰杭州府幕南归》）

从语意看，两首似乎分别作于系狱前和系狱后，前首中"欲酬好句裁云叶"中欣喜之情颇重，"潭影峰峦清不了，松流梵呗群成堆"的写景也十分和气；后一首中"荒徼花封犹厌老，冰清莲幕独知心"则隐然有傲然愤世之意。

另外，陈是集纪游写景类七律也多气魄雄浑、不蹈袭前人的作品：

巨灵劈破是何年,势极昭峣可问天。兔涤雪涛毫旋练,客披云顶语生玄。茗擘悟见龙池水,碑藓疑探禹穴篇。到此不知川路险,好从支遁学拈禅。(《过白兔亭》)

何处秋风夜转蓬,客思缥缈静闻钟。笙吹石磴偋仙子,钥扣梵林逗远峰。鱼自亲人添俗唤,珠还额佛漫留踪。鬅翁现偈兼泉涌,滴滴醍醐想玉容。(《立秋后一日登中岩寺,步宋人张方韵》)

抛却君山半点青,石尤风起复玲玢。云帆空恋南楼月,槎路遥瞻太史星。换得村醪强拨闷,拟开残帙当扬舲。溯湘舟子骄横甚,笑拥千樯入洞庭。(《偕文铁庵老先生城陵矶发舟,阻风相失》)

这几首诗写于何时今已难考,所透露心迹亦甚隐微,但"兔涤雪涛毫旋练""钥扣梵林逗远峰""笑拥千樯入洞庭"确实是境界开阔,描写入胜,在写作的陌生化方面近于元结。

陈是集的绝句主要是写景之作,风格古朴而略倾向于豪放。有纯粹怜赏美景的:

高标髻起幻空晴,一抹连天彷赤城。云华夫人初出帷,青鬟簇拥尽携琼。(《巫山十二峰 望霞峰》)

丝丝垂柳系归舟,夹岸人家映荻洲。借问风光何所似?为言往事胜邗沟。(《发江陵二首》其一)

有以写景言今昔之变的,如:

竹响松涛半入云,巴童度曲午犹纷。当年彩笔翻飞处,岩石空腾尽隐纹。(《泊嘉州,拟游峨眉不果,登九顶山,州守郑君麟野招饮其上,薄暮乃还,舟次为纪其游清音阁》)

镇蜀功高气渐雄,荒心佛度暮纱笼。七层杰阁今颓剥,半入雨花台名烟草丛。(《泊嘉州,拟游峨眉不果,登九顶山,州守郑君麟野招饮其上,薄

暮乃还,舟次为纪其游·大象阁》)

　　摩天健翮倚青葱,地气南来占此中。卢肇榜多追盛事,翩翩桃李度春风。(《雁峰呈秀》)

也有借写景表达某种哲理趣味的:

　　嵌空石室斧痕成,劈破浑沦卦始生。《易》注原来无了义,剩有流霞洞口迎。(《泊嘉州,拟游峨眉不果,登九顶山,州守郑君麟野招饮其上,薄暮乃还,舟次为纪其游·治〈易〉洞》)

　　黄陵庙口猿三咽,至喜亭前酒一杯。身向昭君看里渡,航从人鲊峡边来。(《抵夷陵志喜》)

　　乌光山上旷怡亭,尔雅笺成墨起灵。传有江鱼能变黑,客来长啸试垂听。(《泊嘉州,拟游峨眉不果,登九顶山,州守郑君麟野招饮其上,薄暮乃还,舟次为纪其游·郭璞岩》)

陈是集绝句也有怀人的作品,如集中悼念其仆人的作品就非常感人:

　　坐起犹然错问名,狂飙倏逝寂无声。莫愁泉路悭相识,好向西江逐队行。(《济宁悼仆十首》其九)

　　山川何处可销愁? 络马湖边归路悠。猎猎悲风吹客黯,不堪重过济宁州。(《济宁悼仆十首》其十)

陈是集另有五古三首、《满庭芳》词三首。古诗尚可一读,如《和伍国开年兄惠生日诗》:

　　豪士不受羁,自然远俗格。貌兄以青莲,疑也何其特。索米长安中,与兄安苦节。坐对亦何言,乃心如皓月。穷交世莫骇,狂起天应悦。惠我生日诗,筵间飞白雪。坐此不知寒,朔风徒栗烈。

其词则哀飒颓其,不可卒读。

　　总的来看,陈是集性耿直,尚气节,行狷介,其诗情感真挚而古质独造,不屑于蹈袭前人,后期诗歌更是峭劲澹宕,气质俊伟,在气质、行径、诗歌结集及风格上都有类于元结的地方。

二、《溟南诗选》

陈是集是海南明代诗歌的殿军。他的诗歌峭劲澹宕,时夹激愤语,不是大家,却可称得上是名家,为海南明代诗坛增添了最后一抹光彩。但陈是集对海南诗坛更大的贡献,则是在他的诗歌选集《溟南诗选》。《溟南诗选》是海南诗歌的第一部总集,甚至也可以说是迄今为止唯一的一部诗歌总集。《溟南诗选》对于海南诗歌,其贡献相比于元结《箧中集》对于中唐诗歌的贡献要大得多。

陈是集于39岁(崇祯四年,1631)考中进士,以父母相继去世,在家丁艰六年,守制期间,"集读礼之暇,惧奇甸文献之或遗也,因诗识其大者,广搜郡乘、家塾残编,删而选之,存诗十卷,付杀青焉……称诗自宋玉蟾子始。古来仙子未必能诗。即能诗,亦带铅汞中语尔。玉蟾子能为诗,又不尽为仙诗,诗所以佳也。明兴以来,文庄先生淹通少两,人或以浅率目之,不知其才自赡,笔下无迹可摸,古体尤胜,使与青莲对垒,未必屈座也。王汝学诗老而益工,近体冲澹隽远,步武唐人。钟、唐二司徒歌行亦佳,由其学问渊邃,有以使之。郑篁溪赡丽多姿。王宗伯归田所作,远胜于馆阁诸篇。唐景夷任诞自废,诗才奔放,师海琼子一派,跨出父兄之上。余或人有数篇,间止一律,犹必采而收之。间有散轶未获者,犹思购之以嗣吾选"①,利用闲暇时间编纂了一部海南籍诗人诗选,定名为《溟南诗选》。关于选诗的情况,其子作《筼似公行状》有交代:"读《礼》之暇,删选奇甸诸诗,自宋迄于昭代,玉蟾子而下,得三十家,贤媛羽流备载,颜曰《溟南诗选》……"②这部诗选虽然当时有版,但换代之际,传之不远。

至民国初年,晚清优贡生王国宪在采集琼台文献时,发现、补充并重刻了该书。关于发现、补充、重刻情况,王国宪在《后序》中云:"宪近年采辑《琼台文献集》,获公《中秘遗稿》,有《溟南诗选序》。访求数年……知为筼似公后。问

---

① 陈是集:《溟南诗选序》,《溟南诗选　定安古诗》,第5-6页。
② 《筼似公行状》,《湄丘集等六种》,第452页。

及诗选,粲三先代淑章茂才,有手钞本。急为借读,见明代名人诗大半皆在其中……谋重刻……宪为再三复阅钞本,其诗仅二十二人,与《行述》所言不符;又无海忠介公诗,不能无疑。因考公《备忘集》为公亲定,刻于万历年间,原未刻诗。筠似公见《备忘》无诗,故不选及,非是遗佚。至康熙年间,公六代孙廷芳孝廉重刻公集,始采公诗补入。今为编入《诗选》。又《行述》言有闺媛诗,今钞本无,亦从温谦山先生《广东诗海》,琼有明闺媛诗数人,悉采补入卷终,以符三十人之数。"①今所见最早的版本,是 1931 年海口海南书局印行的本子。今本《滇南诗选》系在该本基础上剔除重复,调整错排,由海南出版社于 2004 年重新出版的本子。

关于《滇南诗选》所选诗人,陈是集的子嗣称选 30 家,但王国宪所见钞本只 22 家,经王国宪补入海瑞一家及"闺媛诗"五家,也只凑够 28 家(其中一家为无名氏),仍未符 30 家之数。其中选诗较多,有白玉蟾、丘濬、陈繗、王佐、唐胄、钟芳、海瑞、郑廷鹄、唐穆、王弘海、唐秩 11 家,其他 17 家均不超过十首,为邢宥、薛远、夏升、李珊、韩俊、钟允谦、陈实、黄显、张子翼、梁必强、阙名、林震、冯银、丘夫人、林淑温、黎瑜娘、苏微香。其中黎瑜娘、苏微香二家,周济夫疑为丘濬小说《钟情丽集》人物的误入。②

从《滇南诗选》选诗看,除张子翼选诗略少,唐穆兄弟选诗略多外,余人选诗大致符合今所见诗歌的数量和质量,以此可以见出《滇南诗选》具有较高的水准和代表性。《滇南诗选》除白玉蟾外,所选皆为明代海南诗人,基本上可以看作是明代海南诗人的诗歌总集。陈是集为海南明代诗人留下了宝贵的精神遗产,这种贡献可能比他本人的诗歌还要大。

---

① 王国宪:《滇南诗选后序》,《滇南诗选 定安古诗》,第 311-312 页。
② 周济夫:《〈滇南诗选〉的编选与印行》,《琼台小札》,第 175 页。

第三节　明代海南女诗人（冯银、丘夫人及其他）

一、明代海南女诗人文献辨析

女性文学兴起是明代文学的一个重要特征。明代大陆文坛先后出现了张红桥、朱妙端、陈德懿、黄娥、孟淑卿、谢五娘、陆卿子、徐媛、商景兰、张引元、沈宜修、叶小纨、叶小鸾、李因等一批有影响力的女诗人。这些女诗人各有所长，如金华宋氏的《题邮亭壁歌》是古代少见的女性长诗；郭贞顺以一首《上俞将军》保全一族人免于战祸；明初的张红桥与"闽中十子"中的林鸿往来唱和；朱妙端"成弘间以诗名于世"（清吴骞《拜经楼诗话》），"博学高才，遗文垂手，才识纯正，词气和平"（清王士禄《宫闺氏籍艺文考略》引《碧里杂存》），"为闺品之豪者"（清顾玄言《国雅品》）；黄娥诗曲皆精，与杨慎夫妻唱和，王士祯言其诗词胜于杨慎；陈德懿以诗文丰富著称；孟淑卿工诗词，善论诗，尝云"作诗贵脱胎化质，僧诗无香火气，女诗无脂粉气，秀士诗无寒酸气，道士诗无修养气，山人诗无幽僻气，朱淑贞固有俗病，李易安可与语耳"，为时人所重；马守真能诗善画；梁孟昭出身名门，诗文书画皆驰名当时，并以《相思砚传奇》等驰名曲界，许为"女中元白，每拈一剧，必有卓识"（清王瑞淑语）；还有如一生坎坷，入狱而不改其志的潮州才女谢五娘；富有民族气节，作诗勉励丈夫为国从戎的晚明才女蔡玉卿；万历年间相互唱和，时称"吴门二大家"的徐媛与陆卿子；因钟情于牡丹亭而闻名后世的冯小青；身世文章酷似李易安的商景兰；"有徐淑、管夫人之声"最后以死轼道的方孟式及其"以文史代红织"气骨高俊的妹妹方维仪；"尔雅峻拔，类刘长卿风骨"（《贯朱集》范濂序）的张引元、张引庆姐妹；"中庭之咏，不逊谢家；娇女之筋，有逾左氏。于是诸姑伯姊，后先姊姒，靡不屏刀尺而事篇章"（《列朝诗集小传·沈氏宛君》）的沈宜修、叶小纨、叶小鸾母女；以勤奋苦吟著称的女诗人李因；等等。这些女性诗人性情、嗜好、遭遇各不相同，或孤芳杰出，或以文学家族的面貌出现，但俱都才华横溢，有优美的作品传世，不少还是多才多艺，诗曲书画兼善，共同构成了明朝海内女性文学斑斓多彩的风貌。

相对于海内诗坛的盛况，海南女性诗人相对稀少，诗歌流传作品也不多。

今传《滇南诗选》中的女性诗人，皆系王国宪从清末温汝能辑《粤东诗海》补入，数量仅有五位。其中两位黎瑜娘与苏微香，身份尚可疑，很可能是《粤东诗海》作者误将丘濬小说《钟情丽集》中人物当成实际人物，屡入选集中所致。

考今存《钟情丽集》版本众多，以《万锦情林·钟情丽集》为底本，经弘治单刻本《新刊钟情丽集》补充后，统计小说中各言诗词，总计 138 首，另有套曲一篇、赋一篇；其中确定出自女主人公黎瑜娘的诗词达 65 首之多；另有八首，即"自是之后，幽会佳期，殆无虚日；眷迩之情，亲昵之意，有不可以言语形容者。所作诗词，不可尽述，姑记含蓄意深者八绝"，尚无从判断是二人中谁所作，可能为二人合作；另有两首确定为二人合作；出自女性人物苏微香的诗歌，计诗两首、词一首。

而王国宪《滇南诗选》选入的苏微香诗一首，作者介绍云"微香琼山人。庠士符骆侧室"，实为录自清温汝能《粤东诗海》卷九十六，所录之诗当为《懊恨曲》四首绝句合成：

> 莲藕抽丝那能长，萤火作灯难久光。薄幸相思无实意，可怜粉蝶与蜂黄。（其一）
>
> 君何不学鸳鸯鸟，双去双来碧沙沼。兰房自居尚抛捐，何况风流云散了。（其二）
>
> 大堤儿女抹翠娥，贵财贱德君知么。夭桃秾李虽然好，何似南山老桂柯。（其三）
>
> 悠悠万事回头别，堪叹人生不如月。月轮无古亦无今，至今常照丁香结。（其四）

与小说中的苏微香诗全同。选入的黎瑜娘诗 11 首，其中《闺情集古七首》，录自《粤东诗海》的《闺情集古八首》：

> 故园东望路漫漫，泣雨伤寒翠黛残。去日渐多来日少，别时容易见时难。春蚕到死丝方尽，沧海扬尘泪始干。无可奈何无可奈，五更风雨五更寒。（《闺情集古》其一）
>
> 残妆满眼泪阑干，睹物伤情死一般。三径冷香迷晓月，十分消瘦怯春寒。黄花冷落不成艳，青鸟殷勤为探看。天若有情天亦老，可怜孤负月团

圜。(《闺情集古》其二)

黄菊枝头破晓寒,此花不与俗人看。车轮生角心犹在,蜡烛成灰泪始干。云鬟懒梳愁折凤,晓妆羞对怕临鸾。故人信断风筝线,相望长吟泪一团。(《闺情集古》其三)

暑往寒来春复秋,故人别后阻仙舟。世间美事难双得,自古英雄不到头。荳蔻难消心上恨,丁香空结雨中愁。欲知此后相思处,海色西风十二楼。(《闺情集古》其四)

百感中来不自由,同君身上属谁忧。金丹拟注千年貌,仙鹤空成万古愁。岂有蛟龙曾失水,敢教鸾凤下妆楼。两身愿托三生梦,几度高吟寄水流。(《闺情集古》其五)

枯木寒鸦几夕阳,自从别后减容光。遥看地色连空色,人道无方定有方。披扇当年叹温峤,此生何处问刘郎。愁来若对相思曲,只恐猿闻也断肠。(《闺情集古》其六)

天上人间两渺茫,天涯一望断人肠。多情不似无情好,尘梦那知鹤梦长。沧海客归珠送泪,坠楼人去骨犹香。人生自古谁无死,烈烈轰轰做一场。(《闺情集古》其七)

真成薄命久寻思,独立沧浪自咏诗。粉面怕遭尘土浣,此心惟有老天知。诗成夜月人何在,花落深宫雁亦悲。今日春风亭上过,寒猿晴鸟逐时啼。(《闺情集古》其八)

而此《闺情集古八首》又全见于小说中黎瑜娘"集古十首"中。另有七言绝四首:

绕栏秾艳四时开,都是区区手自栽。此去莺花谁是主,故园猿鹤不胜哀。(《花园留别》)

平生不省出门前,今日飘零到海边。同驾木兰从此别,鹤归华表是何年。(《博浦开船》)

惨惨中秋夜半天,闺闱未敢出门前。举头见月人何在,步未移时泪已涟。(《仙门夜月》)

野草寒烟眼望荒,秋风飒飒树苍苍。不知此地是何处,怕听猿啼恐断

肠。(《古道秋风》)

录自《粤东诗海》卷九十六,而俱见于小说中"登程所作八景",惟小说中诗歌有八首之多,又并未指明是男女主人公中谁之所作。另,《滇南诗选》王国宪所选入丘夫人诗一首二段,题为《题吹弹歌舞图》,《万锦情林·钟情丽集》版刊落,但亦见于《新刊钟情丽集》中,惟《国色天香》版末句题为"仙声不入凡人耳",考此句与上段末句重,然在本段不如《滇南诗选》从《粤东诗海》所录之句押韵,故以《粤东诗海》所录末句"有声不似无声好",与《新刊本》所录同,当较近原本。小说原文中并未指明此诗的作者,如《国色天香·钟情丽集》此处原文为:

　　自是生既禪之后,夜就枕间,忽梦往黎室。至相见,托延至于春晖堂后新创亭上,生,顾其额曰"剪灯书窗"。壁间所挂吹弹歌舞四画,上题有诗,附录于此:

　　谁家有女颜如玉,手持几竿昆仑竹。镂玉编云一片形,含商弄羽千般曲。一声迟,晓起丹山彩凤啼。一声疾,半夜孤母婺妇泣。一声喜,秦楼仙侣同飞起。一声悲,异时忠臣乞食归。十分妙趣真无比,良工写入霜缣里。时人莫道是无声,仙声不入凡人耳。右调《佳人品玉箫》

　　中虚外实木一片,吟向佳人怀里见。玎玎珰珰几点声,细细粗粗四条线。一声清,半夜天空万籁鸣。一声浊,八月秋风群木落。一声苦,昭君马上啼红雨。一声欢,妃子宫中洗禄山。风流画史龙眼老,笔端写出心机巧。劝君莫道是无声,仙声不入凡人耳。右调《美人弄琵琶》①

未知《粤东诗海》指为丘夫人所作,是据小说与丘濬关系所推测,还是另有所本。另,《万锦情林·钟情丽集》为丘濬所作,当无疑问。人所怀疑有二,一是《钟情丽集》语涉猥渎,与丘濬道学思想似有不合,此实为隔膜之言,丘濬心思敏锐,重理亦极重情,即是其晚期亦无悖情之言,早期更是一无顾忌,从心而学,开明代心学的先声,于情尤为看重,这在其集中诗歌中屡有体现,如歌颂虞姬、王昭君、严子陵诸作,其见道之作亦空无依傍,自为己师,小说中的思想,正

━━━━━━━━━━

　　① 《古本小说集成·国色天香》卷十,上海古籍出版社 1994 年影印《新锲公余胜览国色天香》万历丁酉万卷楼重锲本。

是少年丘濬的思想。而小说中诗词歌赋、四言骚体、回文乐府乃至当代散曲，随手拈来滔滔不绝的才气，逞词竞学，"不让中州独专美"，欲与中原文化争胜的心态，对传统文化了若指掌，随意评说，横竖烂漫的学术功底，海外除少年丘濬外，恐难找到一人。在海南诗文作家中，若说有一人能当《钟情丽集》作者，则非丘濬莫属。二是孙楷弟《日本东京所见小说书目》卷六附有明弘治十六年癸亥(1503)刊《新刻钟情丽集》四卷本简庵居士的序文一篇，题作于成化二十三年丁未(1487)："余友玉峰生……暇日所作《钟情丽集》以示余……髫俊之中，弱冠之士，有如是之才华，有如是之笔力，其可量乎？"①孙楷弟目验于1932年，然序文未录全，2015年北大潘建国作《明弘治单刻本〈新刊钟情丽集〉考》全文补录该序："□□者，无补于世教，犹不作也。诗自三百篇《周南》、《召南》、《关雎》、《麟趾》所言，皆齐家治国之事，其补于世教也大矣。而变风变雅、《桑中》、《溱洧》等篇，哀而伤，乐而淫，乱而失其正者也，若无补于世教□□□□□□(残6字)者以其足□□□□□□□□□(残9字)人伦，扶世道，植纲常□小补云乎哉。余观玉峰主人所著《钟情丽集》一帙，述所以佳人才子之事，间有诗有词，有歌有赋，华而藻，艳而丽，奇而新，其终始本末、悲欢离合之情，模写之切，而断案一章，又真史笔也。所畏者，云情雨意之辞耳，然亦取其有补焉，盖以《桑中》之诗者，而奔淫之风自□□□□□□□(残7字)而淫溺□□□(残87字)曰泥其辞，以欲而□□欲，以私而济其私，则温峤稍误于前，而辜误于后，甚误，踵辜生之甚误者，又其人也，安知作者之意？时成化丙午春三月望日南通州乐庵中人书。"②后人怀疑丘濬此时(成化二十三年)已68岁，不当为序文中所提到的"髫俊之中，弱冠之士"，其实未详，此"髫俊之中，弱冠之士，有如是之才华，有如是之笔力，其可量乎"亦可以解读为是对过去的玉峰生的一种肯定，所指的正是其友人少年丘濬，并此还可以反证此小说当作于丘濬弱冠时，但其公以示人则很晚，刊刻

---

① 孙楷弟：《日本东京所见小说书目》卷六附录，人民文学出版社1958年版。
② 潘建国：《明弘治单刻本〈新刊钟情丽集〉考》，《中国典籍与文化》2015年第3期，第80—87页。

恐更加之晚了。然则丘濬作此小说,是否有纪实成分,有多大的纪实成分,黎瑜娘、苏微香其人其诗是否亦有本事来源,还需作更仔细考证。

抛开悬疑不论,海南女诗人确凿有诗留存的尚有冯银与林淑温。其中冯银尤值得一提。

二、冯银

冯银,字汝白,琼山(今属海南)人,教谕冯源之女,归同邑唐舟之孙贡生唐继祖,以孝及诗书著称,为名贤王佐所重,比重于庄姜许穆夫人。冯银是海南有史可查的最著名的女诗人,王佐撰《冯氏墓志》①记其事迹其详:

> 冯氏名银,字汝白,琼山那邕都人,教谕先生源女也。在襁抱中仅能言,父教以《诗》《书》,即成诵。稍长,博通经史。尤隐约深厚,谨守礼法,有古幽闲淑女之风。尝自序云:"昔先人任福建之龙岩,而予始生;再任江西之新城,而予始受《诗》《礼》之训。"此其在室时大略也。

> 及长,归同邑东厢唐氏善继。唐氏世族名宦,守乃祖侍御史颐庵(注,当为唐舟之号)先生遗训,清素澹泊,惟以读书业儒为事。冯氏至而喜曰:"是族风教可人,吾归得所矣。"动遵家法,奉姑陈氏,极其孝敬。一味之甘,姑未尝,不敢食,自奉甚粗粝,所以奉姑必精洁。凡姑之心所愿欲,微见其意即顺承,必至姑之心悦乐然后已。待妯娌弟妹以礼,有无通融,未尝较量。所亲或劝其为私蓄计,则默而不答,持志愈坚。而曰:"此所以乐吾姑之心也。"

> 始姑陈氏为妇时,事颐庵先生及祖妣太孺人杨氏也,孝养备至。太孺人尝病危,陈氏昼夜忧懑,至废寝食,私自焚香祷天,割股和羹以进。太孺人怪其羹美,食之尽。既而病愈已,乃知妇之所为,叹曰:"古人所谓无以报新妇恩,愿新妇有子有孙皆如新妇孝顺耳。"及得冯氏为妇,事姑如姑之事太孺人者,人以为陈氏孝姑之报云。奉养之余,织纺针纫不释手,针纫之工,尤极精致。时常口训诸子以圣贤之学。又自序云:"尝与子观书,至颜子箪瓢陋巷,舍书而作曰:'吾与颜氏之子同俦哉!吾虽居于陋巷,朝焉

---

① 《鸡肋集》,第 239—241 页。

命仆以耕,则有余食矣;夜焉督婢而织,则有余衣矣;暇则与子观书,则有余乐矣。又闻祖父尝爱山谷,不可断读书种。子之言,予实有契于衷,不自知其陋也。'"此其言几于知道者,岂女子所能? 其所作诗尤多,如挽父联云:"三春花木空青翠,千载松树自绿阴。"言空言青翠,则知其实矣;言自绿阴,则知其无主矣。以父无后,故云。然其言从容、潇散、涵蓄,不尽余音,此有诗人风雅,惜乎不幸为女子,莫自彰显于世也。

呜呼! 昔卫庄姜许穆夫人录于仲尼而列于国风,今也岂有能轻重时人而取信后世者一为斯为重之,使其不泯也耶? 平生诗文未尝出稿,既殁之后,善继乃持以示余,求志其墓,余因得而采之。所引其言皆出稿中语,从实故也。卒时成化某年某月某日,去生时宣德某年某月某日,享年若干岁。子男二:曰怡,娶周氏;曰憬,娶刘氏。女二:曰贵珍,适训导陈懋;曰贵瑜,适谭某。以某年月日卜葬于祖坟之左云亭山。

铭曰:珊瑚玉树,生于深渊。虽不见采,而贵则然。云亭之山,白石齿齿。天地无穷,永以宁此。

《正德琼台志》《嘉靖广东通志》《万历琼州府志》《康熙广东通志》《康熙琼州府志》均有传。

唐善继曾持冯银诗文稿见王佐,则冯银生平所作诗文当不在少数,可惜大都散佚。今存诗有《滇南诗选》卷二录五绝《夏日》《题画》《咏蝉》,七绝《暮春》,唐胄《正德琼台志》卷七录七律《端阳竞渡》,计五首。

其中绝句《咏蝉》《暮春》二首为冯银的代表作,两诗言微情遥,有一种淡远优雅的风度:

身高吸霄瀣,羽薄趁仙风。自奏清商曲,泠泠山水中。(《咏蝉》)

绿暗红稀春已深,东风吹度小墙阴。凋荣何恨人间事,独倚幽窗数过禽。(《暮春》)

"自奏清商曲,泠泠山水中"固是孤芳自赏,"独倚幽窗数过禽"则是春风吹度、淡泊自如的态度,两诗展现出来的境界与作者的颜子之叹相一致,颇近于王佐所说的见道之言,而诗歌的风韵则近于唐人。

另两首五绝《夏日》《题画》则是脱口而出,优美如画的风景小诗:

> 坐对北窗凉,晴空日正长。柳深莺语滑,花落燕泥香。(《夏日》)

> 碧云乔木古,翠竹远山青。昨夜东风暖,池塘草未生。(《题画》)

"柳深莺语滑"的旖旎,"池塘草未生"的古拙,皆能曲尽文字之妙而得自然之理。

冯银另存的一首七律《端阳竞渡》,出语俊朗爽利,代表了作者的另外一种风格:

> 端阳竞渡楚风存,疾较飞兔夐出群。棹起浪花飞作雪,竿扬旗彩集如云。一时豪杰追卢肇,千载忠魂吊屈君。两岸红裙笑俚妇,那知斗草独笼芸。

这首诗写端午节男赛龙舟女斗百草的场景。首四句写龙舟竞渡的华彩画面,疾较飞鸟,棹起浪花,竿扬旗彩,场面紧张而热烈。颈联融入历史,卢肇是唐名臣,生于中唐,以勤学好问与独立不欹著称于唐宋,尚作《竞渡诗》云:"石溪久住思端午,馆驿楼前看发机。鼙鼓动时雷隐隐,兽头凌处雪微微。冲波突出人齐譀,跃浪争先鸟退飞。向道是龙刚不信,果然夺得锦标归。"这里当指大家纷纷如卢肇一样作诗以纪念屈原。末联写妇女斗草游戏,俚妇被笑却最终"笼芸"大胜。整首诗写端午民风民俗,洋溢着一种欢快的调子,风格爽朗豪迈,诙谐成趣,与前面四首诗歌的矜持含蓄很不一样。从这首诗歌看,冯银的诗歌风格也应该相当多元化。

三、林淑温

林淑温,琼山人,明末海寇掠其家,淑温碎首啮舌,骂贼而死。《正德琼台志》《嘉靖广东通志初稿》《嘉靖广东通志·琼州府》《万历琼州府志》《康熙广东通志》皆有传。《嘉靖广东通志初稿》云:

> 林淑温　琼山人林继绠(《嘉靖广东通志·琼州府》作"统")之女,许嫁同邑沈家子。年方十六,未事而沈卒。女闻讣,矢志自守,即日去栉螺,

朝夕哀恸,人皆难之。有海寇数百人掠其家,见女姿,欲虏之。女号哭,奋身投于海,几死。贼赴水攫起。见其难犯,乃吓杀女父母以逼其从。女曰:"辱吾身,吾父母亦何颜于天地?"遂啐首流血,齿舌而死。贼见而怜之,就释其父母而去。人皆叹其贞烈。琼士民金闻于巡按御史戴璟,勘实命立祠,尚俟奏旌表。①

清温汝能《粤东诗海》卷九十六存其诗一首,题为《白菊》:

> 丰姿皎皎接东篱,贞白寒芳缀满枝。月朗霜明色共赏,冰肌玉质影难移。重阳山笛催秋节,五柳家庭送酒时。露滴幽枝通造化,铅华洗尽晚香宜。

自陶渊明"采菊东篱下"诗传,菊花便以高洁自然而为千古文人贞爱之物,成为文人高洁品质的象征。本诗以贞白寒芳、月朗霜明、冰肌玉质一系列清冷的意象来形容菊花,并融入深厚的历史文化:山笛与五柳。向秀有《思旧赋》云"经山阳之旧居……听鸣笛之慷慨",为路经故居,纪念朋友嵇康所作,向秀与嵇康俱为竹林七贤之一,当年在竹林啸聚,今日再过旧庐,嵇康已逝,朋友云散,向秀听见远方传来的笛声,苍凉感慨,遂有是作;这里用"山笛"典故,暗含对亡夫的不尽怀念之意。"五柳家庭送酒时"则借陶渊明来写持家的气节。末联云"露滴幽枝通造化,铅华洗尽晚香宜",既写菊之晚开,亦含有自勉之意。全诗气质浑雅,用语含蓄,情绪深沉,于贞白寒芳形象之中寓温柔敦厚之意,实属笔致老练之作,很难相信出自十几岁的女孩之手。从本诗看,林淑温性情高洁,不染于尘世,是个很有风骨的女子,传记言其于丈夫逝世之后"矢志自守",又记其遇寇"奋身投于海""啐首流血,齿舌而死",当是实录。可惜她的诗歌今仅存一首,而不能窥其全貌。

四、丘夫人

丘夫人,丘潜室,琼山攀丹唐家女,即监察御史进士唐舟之女。《滇南诗选》言其"世以诗礼传家,名儒名臣先后蔚起。与冯汝白有嫂妹之称。自少有

---

① 《嘉靖广东通志初稿·琼州府》,第99-100页。

家庭教育,故女解吟咏"①。邱掌珠《读闺秀诗偶成》有"仙姑吐属何清新,琼台我爱丘夫人"之句。其事见清温汝能《粤东诗海》卷九十六。《粤东诗海》卷九十六录其诗《题吹弹歌舞图》二首:

> 谁家有女颜如玉,手持几竿昆仑竹。镂金编云一片形,含商弄羽千般曲。一声迟,晓起丹山彩凤啼。一声疾,夜半孤舟嫠妇泣。一声喜,秦楼仙侣同飞起。一声悲,异时忠臣乞食归。十分妙趣真无比,良工写入霜缣里。时人莫道是无声,仙声不入凡人耳。(其一)

> 中虚外实木一片,抱向佳人怀里见。玎玎珰珰几点声,细细粗粗四条线。一声清,半夜天高万籁鸣。一声浊,八月秋风落群木。一声苦,昭君马上啼红雨。一声欢,妃子宫中洗禄山。风流画史龙眼老,笔端写出心机巧。劝君莫道是无声,有声不似无声好。(其二)

此诗形制奇特,有民歌风味,疑其为当时的流行曲制。从诗歌内容看,当另有"歌""舞"各一首,可惜均不见传。另外,此二诗《粤东诗海》题名丘夫人,未知温汝能何据,考此二诗,又见于丘濬所作小说《钟情丽集》,小说中并未指明作者是谁,未知究竟是丘濬将丘夫人作品度入小说,还是《粤东诗海》将小说诗文移于丘夫人名下,还是更有其他可能,具体讨论已见于前文,此处不再讨论。从丘夫人的身份及当时记录看,其应该是有诗歌传世的诗人,但《题吹弹歌舞图》是否即其诗歌,尚待进一步研究。从诗歌的艺术看,作品借"吹""弹"写人生的离合悲欢,遇合遭际,比喻优美而活泼风趣,虽是游戏之作,却含有较深厚的文史修养,不失为佳作。

---

① 《滇南诗选　定安古诗》,第304页。

参考文献

白玉蟾.白玉蟾集[M].海口:海南出版社,2006.

陈繗.唾余集[M].《湄丘集等六种》本,海口:海南出版社,2006.

陈是集.溟南诗选[M].《溟南诗选　定安古诗》本,海口:海南出版社,2004.

陈是集.中秘稿[M].《湄丘集等六种》本,海口:海南出版社,2006.

戴熺,欧阳灿.万历琼州府志[M].海口:海南出版社,2003.

郭棐.万历广东通志·琼州府[M].海口:海南出版社,2006.

海瑞.海瑞集[M].海口:海南出版社,2003.

海瑞.海瑞集[M].北京:中华书局,1962.

海瑞.海忠介公全集[M].朱逸辉,劳定贵,张冒礼,校注.海口:东西文化事业公司,1998.

戴璟,张岳,黄佐.嘉靖广东通志·琼州府(二种)[M].海口:海南出版社,2006.

李勃.明代海南文化的发展及原因新探[J].海南师范大学学报,2011(5):111-119.

李景新,余咏梅.诗歌、书法:助成海瑞人格的立体塑造[J].海南大学学报(人文社科版),2014(3):19-24.

利玛窦,金尼阁.利玛窦中国札记[M].何高济,王遵仲,李申,译.北京:中华书局,1983.

梁云龙.梁中丞集[M].《北泉草堂遗稿等七种》本,海口:海南出版社,2006.

林士元.北泉草堂遗稿[M].《北泉草堂遗稿等七种》本,海口:海南出版社,2004.

潘建国.明弘治单刻本《新刊钟情丽集》考[J].中国典籍与文化,2015(3):80-87.

丘濬.丘濬集(10 册)[M].海口:海南出版社,2006.

屈大均.广东新语[M].北京:中华书局,1985.

唐胄.传芳集[M].《湄丘集等六种》本,海口:海南出版社,2006.

唐胄.正德琼台志[M].海口:海南出版社,2006.

王国宪.钟筼溪先生年谱[M].海口:海南书局,1930.

王弘诲.天池草(2 册)[M].海口:海南出版社,2004.

王力平.海隅名臣——晚明王弘诲研究[M].海口:海南出版社,2008.

王佐.鸡肋集[M].海口:海南出版社,2004.

邢宥.湄丘集[M].《湄丘集等六种》本,海口:海南出版社,2006.

许子伟.许忠直集[M].《北泉草堂遗稿等七种》本,海口:海南出版社,2004.

叶坚.岭南巨儒——钟芳[M].海口:海南出版社,2013.

永瑢,纪昀.四库全书总目提要[M].海口:海南出版社,1999.

张嶲,邢定纶,赵以濂.崖州志[M].北京:中国文史出版社,2010.

张朔人.明代海南文化研究[M].北京:社会科学文献出版社,2013.

张廷玉,万斯同,等.明史[M].北京:中华书局,1974.

张子翼.张事轩摘稿[M].《湄丘集等六种》本,海口:海南出版社,2006.

郑廷鹄.石湖遗稿[M].《湄丘集等六种》本,海口:海南出版社,2006.

钟芳.钟筼溪集[M].海口:海南出版社,2006.

周济夫.琼台小札[M].北京:中国文联出版社,2003.

朱元璋.明太祖御制文集[M].台北:学生书局,1965.

图书在版编目(CIP)数据

明代海南诗歌史 / 柯继红著. —杭州:浙江大学
出版社,2020.6
ISBN 978-7-308-20267-1

Ⅰ.①明… Ⅱ.①柯… Ⅲ.①诗歌史－海南－明代
Ⅳ.①I207.209

中国版本图书馆 CIP 数据核字(2020)第 095987 号

明代海南诗歌史

柯继红　著

责任编辑	吴伟伟 weiweiwu@zju.edu.cn
责任校对	诸寅啸　吴心怡
封面设计	雷建军
出版发行	浙江大学出版社
	(杭州市天目山路 148 号　邮政编码 310007)
	(网址:http://www.zjupress.com)
排　　版	浙江时代出版服务有限公司
印　　刷	广东虎彩云印刷有限公司绍兴分公司
开　　本	710mm×1000mm　1/16
印　　张	21.5
字　　数	340 千
版 印 次	2020 年 6 月第 1 版　2020 年 6 月第 1 次印刷
书　　号	ISBN 978-7-308-20267-1
定　　价	88.00 元